23 SECONDEN

KEES VAN BEIJNUM BIJ DE BEZIGE BIJ

Over het IJ
Dichter op de Zeedijk
De ordening
De oesters van Nam Kee
De vrouw die alles had
Het verboden pad
Paradiso
Zoon van
Een soort familie
De offers
Het mooie seizoen

Kees van Beijnum

23 seconden

ROMAN

2019
DE BEZIGE BIJ
AMSTERDAM

Omslagontwerp Moker Ontwerp
Vormgeving binnenwerk Peter Verwey, Heemstede
Druk Bariet Ten Brink, Meppel
ISBN 978 94 031 6000 9
NUR 301

debezigebij.nl

1

Het kruispunt voor het Centraal Station lijkt op de set van een rampenfilm. Graafmachines en drilboren leven zich uit op het asfalt. Kraters, grommende generatoren, buizen die modderig water spuwen. Dwaze Zaken, toepasselijke naam heeft het café waar ik met uitzicht op al die bedrijvigheid een koffie bestel om het laatste beetje moed te verzamelen. Of om de deur naar afstel op een kier te houden, dat moet nog blijken. Ter aansporing herlees ik op mijn telefoon het bericht van Bart, de bevestiging dat het voorschot voor mijn nieuwe boek volgende maand wordt overgemaakt.

'Ik wil tot twintigduizend gaan, Anne,' had hij me een week eerder met zijn kenmerkende directheid te verstaan gegeven.

Ik zat tegenover hem in zijn kantoor met uitzicht op de classicistische gevels aan de overkant van de gracht en trotseerde zijn hyperactieve blik achter de ronde brillenglazen. Vijfentwintig had ik aan mijn uitgever gevraagd voor het boek over mijn jeugd op de Wallen. 'Twintig?' herhaalde ik, in een poging mijn teleurstelling als een professioneel onderhandelaar door te laten klinken. Kansloos, maar goed, je probeert het toch.

'Doe maar niet moeilijk,' zei hij gedecideerd. 'Als je te

lang gaat nadenken, is mijn aanbod verlopen. Net als de bonusaanbieding van Albert Heijn.'

Ook al valt het bedrag lager uit dan ik hoopte, feit blijft dat ik voor het eerst in mijn leven profijt van mijn moeder trek. Wie had kunnen denken dat een hoer dood meer waard is dan levend? Nu ja, een *vermoorde* dode hoer.

Om te voorkomen dat ik binnenkort aan de bedelstaf raak, hoef ik alleen nog maar mijn koffie op te drinken, de deur uit te gaan, en linksaf de Nieuwebrugsteeg in te slaan. En, ja, ook dat, een boek schrijven. Aan het begin van de steeg ligt de startlijn, waar ik fysiek overheen moet. Twintig jaar geleden deed ik dat in tegenovergestelde richting, met het vaste voornemen om er nooit meer terug te keren. Wat ik al die jaren heb volgehouden. Zonder enige moeite overigens.

In die verre zomernacht was het uitgestorven geweest op straat, in tegenstelling tot de kermis van auto's, fietsers, scooters, stadsbussen en trams die vandaag in een bocht voor me langs de Prins Hendrikkade over zwenken. Alle voetgangers gaan rechtdoor, als door een magische kracht van mijn oude, smalle straatje aangetrokken, waar ze in de muil van rupsje-nooit-genoeg verdwijnen. Toeristen, het zijn er zoveel meer dan vroeger. Als het in het hotel van zijn moeder stil was, ging ik samen met mijn overbuurjongen en grote jeugdliefde Hayo naar hen op jacht. Runnen, noemden we het. Hij was een jaar of vijftien, ik anderhalf jaar jonger en zijn schaduw. Ook in de hal van het Centraal Station, wanneer de internationale treinen binnenliepen. Natuurlijk was het Hayo, met zijn wilde, lange haren en de onderkant van zijn trui in zijn spijkerbroek gepropt, die de reizigers onder aan de trappen van de perrons aansprak. Moeilijk was het niet om de prospects eruit te pikken. Iedereen met een koffer of rugzak versperde hij met ongewone handigheid de weg. *Hotel? Good price. Clean rooms. Five minutes. Let's go*! Dat van die vijf minuten klopte.

'Mevrouw?' De serveerster van Dwaze Zaken staat aan mijn tafel. Achter haar wacht een groepje jonge Italianen belangstellend de ontwikkelingen af. 'Zou u het erg vinden om ergens anders te gaan zitten?' Ze wijst naar een kleine tafel langs de muur bij de bar. 'Dit is onze Instagram table.'

Als ik buitenkom, sluit ik me aan bij een gezelschap Aziaten die juist over de brug naderen en op hun hoede, lijkt het, een grote, kale man volgen, die een bordje omhooghoudt. *Small group Volendam & Zaanse Schans* staat erop. Ingesloten door windjacks laat ik me als een bange verstekeling de grens over smokkelen. Op de hoek van de steeg met de Warmoesstraat houdt de gids halt en wijst naar nummer 13, waar in het jaar dat ik hier kwam wonen nog een bakker zat. Hij capituleerde als een van de laatste middenstanders voor de dealers, die in de vensterbanken van de houten onderpui van de bakkerswinkel als ijverige ondernemers hun eigen nering draaiende hielden. Het is een zeventiende-eeuws pandje met een trapgevel in renaissancestijl. Met small group luister ik naar de gids, die naar de gevelsteen 'In de Lompen' boven de puibalk wijst. Zodra ik omhoogkijk maakt het perspectief van onderaf, met de hoekige trappen die de lucht in klimmen en al die kleine witte blokjes steen, me duizelig. Ik heb het gevoel dat ik ga flauwvallen en leun tegen de muur van het restaurant achter me. De groep trekt weer verder als ik nog sta bij te komen en me afvraag waarom de aanblik van dit op zich even onschuldige als luisterrijke pandje zo'n hevige uitwerking op me heeft. Op de stoep passeren me stromen voorbijgangers. Gemurmel in een amalgaam van vreemde talen, vlekkerige gezichten, rusteloze zielen die de weg naar huis niet willen vinden.

Ik heb geen idee wat ik me had voorgesteld als ik een aarzelende, vluchtige blik door het raam van de benedenverdieping werp. Wat het ook mag zijn dat ik had verwacht, niet een armoedige Chinese massagesalon. De buitendeur lijkt nog dezelfde, maar heeft een andere kleur. Snel loop ik verder, langs de tattooshop, een paar huizen verder, die er vroeger ook al zat. Ik zie het meisje van acht voor me, met haar paardenstaart en roze koffertje, op de dag dat ze op de achterbank van een oude legerjeep de grachtengordel binnendringt. Als bij Dantes hellekringen, dieper en dieper, terwijl achter het autoraam de straten versmallen en het leven huiveringwekkender wordt. Als ze na de lange rit in het smalle straatje uitstapt en haar moeder een bos sleutels uit haar tas ziet vissen, heeft ze geen idee waar ze is beland of wat er van haar verwacht wordt. Hoezeer ik ook mijn best doe om aansluiting bij haar te vinden, dat kleine meisje van vroeger blijft op afstand. Al wat ik zie is mijn moeder, de eerste hoer vanaf het Centraal Station, dat wil zeggen, als er niemand stond te tippelen. Ze zit met opgetrokken benen in de kuipstoel van skai. Haar brandende filtersigaret in de asbak op de vensterbank, haar gelakte teennagels in de donzige muiltjes, de kleine ronde tafel met het gemarmerde blad van formica, de sprei op het bed, de wasbak, het handdoekje, alles badend in een uitnodigend warm, rood licht.

Nieuwmarkt, Koestraat, Bethaniënstraat, Zeedijk, Achterburgwal. Ik versmelt met de stroom van passanten en schuifel langs cafés, koffieshops, snackbars en Chinese restaurants met genitaal glanzende pekingeenden aan metalen haken achter het raam. De Molensteeg, het walhalla van het rode licht, is zo afgeladen met toeristen dat de in de hoerenkasten uitgestalde rijkdommen in lingerie aan het oog onttrokken worden. Kerkvader Thomas van Aquino vergeleek de prostitutie met een mestvaalt waar een paleis niet buiten kan als je niet wil dat het hele paleis gaat stinken. Maar dit is een mestvaalt noch een paleis, hier worden dagelijks duizenden dagjesmensen doorheen gedraaid. Hand in hand lopende stelletjes. Complete gezinnen. Het enige wat ontbreekt is een ballenbak.

Ik loop en loop zonder ergens lang te blijven kijken. Zoveel bekends, maar niets komt me vertrouwd voor. Waar zouden al die junks uit mijn jeugd gebleven zijn, vraag ik me af. Met pensioen waarschijnlijk, als ze het al overleefd hebben. Op de Achterburgwal passeer ik de panden die vroeger van Daems waren, voor hij naar het buitenland uitweek op de vlucht voor de belastingdienst. In het ene pand zat een casino en het andere, met in lilakleurig neon groot de naam de Tempel aan de gevel, was ingericht als een new age-heiligdom, waar in een quasimystieke sfeer de animeermeisjes doorgingen voor slavinnen of priesteressen. Al naargelang de voorkeur van de klanten. Op een podium werden seksshows opgevoerd. Voor de deur stond een uitsmijter, gehuld in een lange rode jas met epauletten. Mijn vader.

2

Op de terugweg naar de tramhalte op het Stationsplein beland ik weer in de steeg. Dit keer durf ik het aan om bij mijn oude huis te blijven staan en omhoog te kijken naar de eerste etage, waar ik samen met mijn moeder woonde. Boven de zaak. Het raam in de dakkapel van mijn vroegere kamertje op zolder is dichtgetimmerd met een plaat multiplex. Opnieuw voel ik de koele glazen ruit waar ik mijn meisjesneus tegenaan drukte, zie ik het roze gestreepte behang, mijn katten op het platje tussen de huizen. Niets is veranderd, niemand is verhuisd, niemand is vermoord. Maar als ik door het raam op de benedenverdieping naar binnen kijk, krimpt mijn maag samen. Op de plek waar nu een leren stoel met voetenbank staat, moet ze gelegen hebben. Pas drie dagen nadat ze haar lichaam gevonden hadden, bereikte mij de tijding. Na mijn eindexamen was ik met enkele klasgenoten op vakantie in de Cevennen, ik stond in een telefooncel op zo'n archetypisch Frans pleintje met platanen. Aan de andere kant van de lijn klonk de stem van een rechercheur van de afdeling Ernstige Delicten in Amsterdam. Achteraf weet ik nog steeds niet wat meer indruk op me heeft gemaakt, het nieuws dat mijn moeder vermoord in het peeskamertje was gevonden of het besef kort na het gesprek, daar op dat pleintje met de schaduwrijke bomen, dat ik boven op mijn kamer had geslapen terwijl zij beneden in een plas bloed lag.

Naast me steekt een Aziatische vrouw in een glimmend trainingspak een sleutel in het slot van de deur. Voor ik in staat ben te reageren, staat zij al binnen, waar ze zonder een seconde te verdoen aan het werk gaat met schoonmaakmiddel en poetsdoek. Als ik na enige tijd tegen het glas tik, richt ze zich verstoord op en schudt het hoofd. 'Closed!'

Ze heeft een breed en stuurs gezicht met bloeddoorlopen ogen, een door pokken geschonden huid. Zou zij hier uitsluitend poetsen of ook masseren? Het beroep van masseuse valt of staat natuurlijk bij het raffinement van de handen – ik heb weleens gelezen dat kleine, harde vingers ideaal zijn – maar als je in zo'n leren stoel ligt weg te dromen, anticiperend op le grand finale, probeer je toch op zijn minst een illusie in stand te houden die uitstijgt boven de professionele kneding door tien peentjes.

Ik gebaar dat ik haar iets wil vragen en na enige aarzeling komt ze met sloffende tegenzin naar de deur. Door de kier die ze mij gunt leg ik uit dat ik hier als kind gewoond heb en dat ik graag nog een keer binnen zou kijken. Ze schudt haar hoofd, een beetje van slag door mijn voorstel, lijkt het, hoewel ze aan haar kant van de deur toch wel wat gewend moet zijn. Ze neemt me achterdochtig op, alsof ze een spook voor zich heeft. Misschien weet ze iets, heeft ze ooit wat over vroeger gehoord. Wat er in dit smalle rotstraatje gebeurd is. Ziet ze me voor een figurant uit een buurtlegende aan? Of voor iemand die onlangs na een langdurige opname uit een inrichting is ontslagen? Het biljet van twintig euro dat ik uit mijn portemonnee vis en haar voorhoud, lijkt haar enigszins te kalmeren. Met een laatste loodzware blik monstert ze me nog eenmaal van top tot teen. Waarschijnlijk om vast te stellen dat ik niet van de vreemdelingenpolitie of de belastingdienst ben en ook anderszins ongevaarlijk, want ze waagt het erop en laat me binnen.

De trap mag dan vuil en kaal zijn, het gevoel van heiligschennis is er niet minder om wanneer ik met mijn schoenen aan omhoogga. Dat was mijn moeders eerste gebod, in steen gebeiteld: schoenen uit. Dezelfde houten, uitgesleten treden, dezelfde houten leuning. Ik ben de trap duizenden keren op- en afgegaan toen ik hier woonde. En daarna nog duizenden keren in mijn dromen. Op de eerste etage bevindt zich nog net als vroeger een kleine keuken, maar de kastjes hebben geen deuren meer en het fornuis is bedekt met een donkerbruine laag vet, alsof alle Chinese restaurants van Amsterdam erop wokken. In de huiskamer, waar mijn moeder en ik, toen ik nog klein was, samen op de bank zaten en naar *The X-Files* of een film van de videotheek keken, liggen nu op de vloer vijf matrassen op min of meer gelijke afstand van elkaar met ertussen tassen en koffers waar kleren uit puilen.

'Zo goed?' vraagt de vrouw, die me als een schaduw is gevolgd.

'Mijn kamertje was boven, daar sliep ik. Mag ik kijken?'

'Heel even. Nergens aankomen, ik nog werken, dus jij moet snel, snel, snel.' Het beetje Nederlands dat ze machtig is, spreekt ze uit alsof ze met een hakmes op een geroosterde kip inslaat. Het goede nieuws is dat ze niet achter me aan komt op de steile, onder mijn gewicht schuddende vlizotrap.

Op het niet afgeschoten deel van de vliering tel ik twee matrassen en achter de deur van mijn oude kamer nog eens drie. Mijn moeder en ik woonden hier maar met zijn tweeen, maar het huis was vol, want we hadden een hoop spullen, een bankstel, een eettafel, een mooie koperkleurige gashaard, die een zacht gesuis liet horen, een wandkast met een televisie, kasten vol kleren, een videorecorder, een cd-speler, en op een wandtafel stonden de drie aapjes, een beeldengroep van namaakporselein, met de ogen en oren en mond bedekt. Zie niks, hoor niks, zeg niks. Omdat mijn moeder meestal 's avonds werkte nam ze haar favoriete tv-series op en bekeek die languit liggend in haar ochtendjas op de bank, zodra ze haar make-up had verwijderd. Op de vliering, waar mijn kamertje was, vertoonde ze zich uitsluitend vanwege de zonnebank, die onder de vuren delen van het schuine dak stond. Naakt lag ze in het felle licht, dat soms met een kort tikkend geluid en onder zacht gevloek van mijn moeder doofde, zodat het in het hele huis van het ene op het andere moment stikdonker was, wanneer de zekering in de stoppenkast het weer eens had begeven.

Ik stap over de matrassen heen en loop naar het raam dat uitkijkt op de platjes van golfplaten, de slaphangende waslijnen en schuin daarboven het vroegere venster van mijn moeders moordenaar, Johan, die door iedereen behalve zijn moeder Haantje werd genoemd. Lang voor de moord had het *miauw miauw-incident* plaatsgevonden, naar aanleiding waarvan hij een briefje onder mijn raam had doorgeschoven. In simpele woorden had hij geschreven dat hij niet verantwoordelijk was geweest voor de smeerlapperij waaraan ik was blootgesteld, en dat hij ook nooit 'zoiets' zou doen. Wat ik van zijn apologie moest denken, wist ik niet, wel besefte ik heel goed dat hij over het platje bij mijn kamer kon komen.

Ik loop naar het andere raam, dat van de dakkapel aan de kant van de steeg, waar een plaat multiplex voor getimmerd is. De eerste avond dat ik hier sliep klom ik op een stoel om naar buiten te kunnen kijken. De maan trok een lichtspoor over de daken, te midden van een uitgestrekte duisternis van onbekende straten en nog meer straten, kilometers lang, er kwam geen eind aan Amsterdam, zoals ik eerder die dag had opgemerkt tijdens de rit dwars door de stad. Ik had mijn nieuwe nachthemd aan en mijn haar had ik, zoals mijn oma me het had geleerd, in vlechten gedraaid om te voorkomen dat het in de war raakte. Het was voorjaar, ik weet de precieze datum nog, 8 maart 1988, een maand na mijn verjaardag én de dood van mijn oma. Beneden mij klonken voetstappen en stemmen, het geluid van auto's en scooters, en muziek uit de geopende deuren van de cafés. Het was kil op de onverwarmde vliering, maar rillend en op blote voeten bleef ik op de stoel staan staren naar de huizen aan de overkant, die je bijna kon aanraken, zo leek het, en die deel uitmaakten van een stad die bij mijn grootouders thuis altijd afgeschilderd was als een plek van gevaar en smerigheid. Een stad waar de burgemeester op straat in zijn gezicht gespuwd werd. Dat hadden we zelf op de televisie kunnen zien. Wat mij hier te wachten stond, wist ik niet, maar wat het ook zou zijn, hier begon mijn leven opnieuw, en ik moest er het beste van maken.

Toen ik mijn moeder de trap naar de vliering op hoorde komen, gleed ik snel in bed en deed of ik sliep. Haar voetstappen kwamen naderbij en in de stilte die volgde kon ik haar blik op mij voelen rusten. Ik rook haar parfum toen ze vooroverboog om mijn voorhoofd te kussen. Het was al laat, de klok van de Oude Kerk sloeg twaalf uur. Ik hield mijn ogen stijf dicht tot ze mijn kamer had verlaten. Midden in de nacht werd ik wakker door het zingen van een Engelse zuiplap beneden in de steeg en het schreeuwen van mijn moeder uit het raam op eenhoog dat hij zijn bek moest houden. Het duurde enige seconden voor ik besefte waar ik was.

Onder me, in de massagesalon, loeit een stofzuiger. Het plafond van mijn oude kamer is vergeeld en de gebarsten verflaag van de balken laat los. In de balk waar ik vroeger onder sliep, vind ik na enig zoeken een teken van mijn aanwezigheid terug. Gekerfd met een nagelvijl, toen ik een jaar of dertien, veertien oud was: een hartje met een pijl erdoor en de letters A en H. Net als een onverstaanbaar woord achter de deur van mijn moeders slaapkamer jarenlang een spookachtige echo heeft opgeroepen, doet het hartje met de eerste letter van onze namen me met een sprong belanden in het verleden. In die krasjes, in die kamer, een flard voorjaarsnacht en de schemering op de trap – dat is kennelijk waar mijn herinneringen bewaard zijn gebleven.

Ik daal de vlizotrap af en probeer de deur van de vroegere slaapkamer van mijn moeder te openen, maar die zit op slot. Ik weet nog hoe we op de overloop, tijdens die laatste avond, tegenover elkaar stonden, en hij keert weer terug van weggeweest, de grote vraag van die avond en de eerste maanden erna. Terug uit Frankrijk had ik op het politiebureau verklaard dat ik dacht dat er iemand bij mijn moeder binnen was geweest en dat ik een stem had gehoord, maar die niet had herkend. Dat ik de geur van aftershave had opgesnoven, liet ik ongezegd, want daar was ik achteraf niet meer zeker van. Ook over de handschoenen op de trap had ik gezwegen en de rechercheur die mijn verklaring opnam had ook niet doorgevraagd. Een stem van een onbekende man is, in het geval van een prostituee, sekswerker, zeg je tegenwoordig, maar dan sta je ook ingeschreven bij de Kamer van Koophandel, niet zo opmerkelijk. Misschien wel van ondergeschikt belang als de dader inmiddels is opgepakt en het moordwapen als 'bewijsstuk A' veiliggesteld. Mocht het Hayo geweest zijn, wat ik destijds veronderstelde en waar ik nog steeds rekening mee houd, dan heeft hij me een vuile streek geleverd. Om over het verraad van mijn moeder nog maar te zwijgen. Ze zijn nu beiden dood. Ze zouden toch gestorven zijn, ze stonden op de nominatie, net als ieder ander, alleen prijkten hun namen wat hoger op de lijst. Mijn haat voor mijn moeder is afgebladderd als de verflaag van de balken in mijn kamertje. Het is nu ruim twintig jaar geleden. Die gesloten deur maakt me alleen nog maar triest. Het is geen verdriet om wat er gebeurd is, om wat geweest is en verkeerd is gelopen, maar om wat nooit een kans op een opknapbeurt met vergevingsgezindheid heeft gekregen.

Beneden in het kamertje is het nu stil, de dochter van het Hemelse Rijk vouwt handdoekjes in een keurige stapel. Eigenlijk is het maar een verdomd kleine ruimte, zie ik nu, bepaald niet indrukwekkend, maar wat er op deze schamele vierkante meters gebeurt, mag niet worden onderschat. Ook al ben ik godzijdank niet bekend met de finesses van de massagebusiness, ik weet dat het een bijna magische inventiviteit en de nodige ingevingen van geest en lichaam vereist om mannen die met een primitief verlangen binnenstappen, zover te krijgen dat ze binnen de gestelde tijdslimiet de echtgenoot, de ambtenaar of de kanariefokker op de stoep achterlaten. Ik weet niet of ook een massage op de menukaart van mijn moeder stond. Waarschijnlijk wel, maar zelfs voor dat gerecht zou zij niet zozeer haar handen als wel een knap gezicht en een goed figuur als voornaamste wapen hebben ingezet. Als er iets was wat ze in huis had, dan wel het vermogen om vorm te geven aan de erotische fantasie van een man. Een droomreis naar een exotisch oord, noemde Albert Camus de extase die je te wachten stond achter de ramen van Amsterdam. In het geval van mijn moeder klopt dat wel: buiten op straat wind en regen, maar binnen in het kamertje tropische palmen voor een prikkie, al waren ze van plastic.

De Chinese vrouw kwijt zich, zonder acht op mij te slaan, georganiseerd van haar volgende taak, het verschonen van een kussensloop. Een kussen was in deze ruimte vroeger taboe, want dat was een potentieel moordwapen. Toen ik een jaar of dertien was kwam ik een keer de trap af en pas op de onderste trede besefte ik dat er iemand bij mijn moeder binnen was. Ik hoorde geluiden en wilde alweer geruisloos op mijn schreden terugkeren toen ik zag dat de deur op een kier stond, wat nooit gebeurde. Ik aarzelde, maar kon de verleiding niet weerstaan en wierp een blik naar binnen. Op het bed lag een man, naakt op zijn sokken en onderhemd na, zijn gezicht in de schaduw. De rest van hem kon ik duidelijk zien, in een kleine kring van rood licht. Zijn jas en broek hingen over de stoel naast het bed. Zijn schoenen stonden eronder; zo'n paar zwarte van kunstleer met stevige zolen, die wij Bata-boten noemden. Zijn handen lagen aan weerskanten van hem op het bed, ontspannen, met de palmen naar boven, alsof hij voelde of het regende. Hij had zijn benen gespreid en hield zijn ogen gesloten. Op de vloer naast het bed zat mijn moeder in een broekje en beha van zwart kant. Haar haren lagen uitgespreid in zijn schoot. Ze zat op haar knieën, haar ene hand op zijn dijbeen, haar andere verborgen achter haar gezicht. Haar hoofd maakte knikkende bewegingen. Onverwacht opende de man zijn ogen en richtte zijn hoofd op. Even vreesde ik dat hij mij had ontdekt. Maar daarna legde hij zijn hand op het hoofd van mijn moeder en kreunde. Hij tilde haar haar op om te kunnen zien hoe zijn pik in en uit haar mond ging. Mijn moeders vrije hand kwam omhoog en trok met een geërgerde ruk zijn hand weg van haar hoofd, terwijl ze kort en snel knikkend doorwerkte.

Soms kwam ze boven met een dikke lip en huilogen. Of vreemd haar, waar aan getrokken leek.

'Ik kan dit niet meer opbrengen,' zei ze.

'Gaat het, mam?' vroeg ik en haalde een glaasje water uit de keuken voor haar.

'Dank je, lieverd. Laat me maar even.'

Zodra ik naar mijn kamer ging, hoorde ik haar bellen, meestal met Pierre de kapper. Ze moest haar verhaal kwijt, kennelijk niet aan mij. Het duurde nooit lang of ze daalde de trap naar de begane grond weer af en dan kwam in het kamertje de stem van Madonna tot leven, om haar weer een beetje op te vrolijken, haar de kracht te geven de volgende ontmoeting te volbrengen en te verdragen.

Voor ik wegga bedank ik de vrouw in het trainingspak voor haar toestemming om binnen te komen. De laatste keer dat ik hier vertrok, meende ik werkelijk dat ik nooit meer terug zou keren. Het voelde alsof ik een soort Bijbelse straf over mijn moeder uitsprak, de verbanning uit mijn leven. Zij zou niet meer voor mij bestaan. Ik zou doen alsof ze nóóit voor me bestaan had. Was ik dat echt van plan geweest? Zo wreed en resoluut de deur achter me dichtsmijten om mijn moeder voorgoed de rug toe te keren. Zou ik het volgehouden hebben? Waarschijnlijk had ik het, net als Hayo vroeger na een ruzie met zijn moeder deed, weer bijgelegd. Ooit. Dat denk ik nu, dat wil ik denken.

Het is druk op straat, maar niemand merkt me op. Tegen de stroom in loop ik het laatste stukje naar de tramhalte. In de ban van een vraag die me lang niet meer heeft beziggehouden maar nu weer helemaal *alive and kicking* is. Hoe kan het dat ik mijn moeder 's avonds laat of 's nachts – hoe laat precies, weet ik niet, maar in ieder geval te laat voor haar om nog aan het werk te gaan – op de overloop in haar ochtendjas heb gezien en zij de volgende ochtend beneden, gehuld in haar vliesdunne bloesje en suède minirok, in het kamertje is gevonden? En, nog verwarrender, hoe kan het dat ik die nacht thuis heb geslapen zonder iets te merken?

8 MAART 1991

Weer lag er een houtduif op het platje, veertjes her en der op de golfplaten. Het werk van een moordenaar. Mijn moeder vindt dat ik overdrijf. Het is de natuur, Johan, zegt ze. En dat ik niet de hele dag voor het raam moet zitten. Mijn moeder snapt niet dat het allemaal door Anne komt. Ze is nog jong, ik weet het, en heeft misschien niet door waar ze mee bezig is, maar het blijft haar schuld en die van haar alleen dat er steeds meer katten op het platje rondlopen. Ze moet stoppen met voeren, snapt ze dat dan niet? Vroeger, toen zij hier nog niet woonde, zag ik maar zelden een kat op het platje tussen onze huizen. Dan zakte hij diep door zijn poten, met zijn kop vlak boven de grond, en schoot voorbij en verdween met een schuwe, lenige sprong in de dakgoot. Tegenwoordig komen ze met de staart recht omhoog overal vandaan aantrippelen om te kijken of er al wat te halen valt. Voor zij met haar kattenasiel begon, zaten er altijd vogels op de vensterbanken, de waslijnen of de golfplaten van het platje. Duiven, meeuwen, mussen, spreeuwen, soms een verdwaalde ekster of een vink. Het was een beetje hun rustplek. Ik kon op mijn gemak naar ze kijken en ze natekenen. Toen zij hier pas woonde vond ik Anne een ongrijpbaar, schuw kind, dat even om een hoekje van haar gordijn naar me gluurde en dan weer verdween als een schim. Maar ze leek me niet onaardig, het enige wat ik voor haar voelde was medelijden. Ze was bijna de hele dag alleen op haar kamertje en kwam nauwelijks buiten. Ze leefde zonder broertjes of zusjes, zonder vriendinnetjes, met niemand anders dan haar moeder. En wat voor een.

Vanaf het moment dat ze zich met die katten begon te bemoeien, veranderde alles. De vogels durven zich nog amper te vertonen. Vanochtend, toen zij op school zat, was er heel even een houtduif en die heb ik met inkt gedaan. Misschien was het wel dezelfde die later op de dag verstijfd in een kring van donsveertjes op de golfplaten lag. Toen hij nog leefde had het net geregend en zijn vleugels waren een beetje nat. Net als de muren. Een natte of een droge muur, dat verschilt nogal. De veren van een natte duif zijn niet alleen maar wat donkerder, ze verliezen ook iets van hun luchtigheid. Een natte duif trekt zijn nek in, als een geschrokken schildpad. Nadat ik het zaadbakje op mijn kozijn had bijgevuld, kwamen er ook nog een paar mussen eten. Mussen zijn heel lastig om na te tekenen. Ze lijken al snel van hout, en als je te veel je best doet krijgen ze menselijke trekken. Soms weet ik niet dat ik teken en dan gaat mijn potlood als vanzelf over het papier, alsof het niet door mij wordt vastgehouden. Een snavel, een poot, ze verschijnen zonder dat ik nadenk, zonder haperingen. En ineens is het een echte vogel en niet een mensje met veren dat je aankijkt.

Door al die katten is het bijna onmogelijk geworden om het potlood zijn eigen gang te laten gaan. Als ze er zijn, is alles verpest, en als ze er niet zijn, wacht ik onbewust de hele tijd op het moment dat er eentje plat op zijn buik aan komt sluipen. Ze geeft ze melk en brokjes te eten. En Sharif van hotel Schagen neemt restjes vleeswaren van de slager voor ze mee. Die beesten hebben volop voedsel, meer dan genoeg om de vogels met rust te laten. Maar dat doen ze niet, dat kunnen ze niet.

Van dozen en sinaasappelkistjes heeft ze hokken gebouwd en daar vuilniszakken overheen gespannen tegen de regen. Er zijn jongen geboren. Nog meer katten. Ze ziet alleen maar zielige beestjes die ze moet redden. Waarschijnlijk denkt ze zelf dat ze van dieren houdt. Spinnende poesjes op schoot, dat is haar dierenliefde. Als ze het raam alleen al opent, schieten ze van alle kanten op haar toe. Ze praat tegen ze, hele gesprekken. Soms als er een groepje bij haar is komen zitten lijkt ze net een juf voor de klas. Sommige dieren laten zich oppakken en dan drukt ze haar neus in hun vacht.

Ik ben net uit het raam geklommen om de dode duif op haar vensterbank te leggen. Kan ze zelf zien hoe het zit. Katten zijn moordenaars, ze doden vogels, die geen ander levend wezen, of het moet een worm of een mug zijn, kwaad doen. Vogels maken zich klein, zijn zacht en licht, het liefst in de lucht. Ze houden gepaste afstand.

Kapitein De Lucht heeft me een mooi boek uitgeleend, *The World of Birds*. Toen ik gisteren op de teken- en knutselclub van het Leger des Heils kwam, had hij het voor me klaargelegd. De tekeningen die ik van thuis heb meegenomen heeft hij allemaal heel nauwkeurig bekeken en hij zegt dat ik het in mijn vingers heb en dat talent een godsgeschenk is. De afgelopen jaren heeft hij me dingen uitgelegd over schaduw en perspectief, en over hoe je de poot van een vogel een tak laat omklemmen. Ik ga proberen een van die mooie prenten uit het boek na te tekenen, ik twijfel nog tussen de papegaaiduiker of de toekan. Ik heb nog nooit vogels met zulke mooie kleuren geprobeerd, misschien lukt het me niet. Het moet machtig zijn om die vogels in het echt te zien. Papegaaiduikers komen voor op de rotsen in Schotland en de toekan leeft in het tropisch gebied van Zuid-Amerika. Aan de overkant gaat het raam open. Daar heb je haar weer met melk en brokjes. Ze kijkt naar de duif op haar vensterbank en sluit even haar ogen. De katten komen miauwend op haar af.

3

Het dreigt een lange, doorwoelde nacht te worden. Dromen voeden zich met de inhoud van het pak papier op mijn nachtkastje, het complete dossier van de moord op mijn moeder. Iedere keer als ik wakker schiet, grijp ik ernaar, als naar een reddingsboei, wat het allesbehalve is. Al vanaf het moment dat ik het vandaag totaal onverwacht in handen kreeg beheerst het dossier me. Zo snel als ik kon, fietste ik ermee naar huis, als naar een ontmoeting met een minnaar. Het was me toevertrouwd door meneer Sanders, voormalig rechercheur van de afdeling Ernstige Delicten. Door zijn lidmaatschap van een vereniging voor senioren van de Amsterdamse politie had ik tamelijk eenvoudig contact met hem kunnen leggen. Zijn glimlach vertoonde meer rimpels, wat wil je, twintig jaar later. Hij droeg een te ruime spijkerbroek en zijn magere hals stak matgeel af tegen de openstaande boord van zijn overhemd. Bijna twee uur lang heb ik in zijn aanleunwoning in Slotervaart tegenover hem op een doorgezakte stoel en met een kop thee en een sprits zitten luisteren naar wat hij zich herinnerde van het onderzoek naar de moord op mijn moeder, en meer nog naar de anekdotes van een man die negentwintig jaar lang in een wereld van vuur en vergelding was afgedaald. Over de zaak van mijn moeder bleek hij tot mijn teleurstelling vooral veel niet meer te weten. Voortdurend zocht hij data en namen op in het dossier, langs zijn grijze snor snuivend tegen de pagina's. De dader, Haantje, daarentegen stond hem nog helder voor de geest. 'Ik kon hem niet plaatsen,' zei meneer Sanders, 'die knaap was op de een of andere manier niet het type, ook al had hij ze misschien niet allemaal op een rijtje.' In zijn opmerking klonk de frustratie door van een man die over een zesde zintuig meende te beschikken en achter de gezichten kon kijken. 'Hij leek me eerder iemand die een gevonden portemonnee op het bureau zou afgeven.'

Mij lukte het niet om een scherp beeld van Haantje op te roepen. Misschien omdat hij altijd zo kleurloos, zo saai was geweest. Misschien omdat ik zo lang en zo overtuigend mijn best had gedaan om niet meer aan hem te denken. Terwijl Sanders met trage stem en licht trillende handen zijn verhaal deed, raakte ik afgeleid door de bult van de stomazak onder zijn hemd die iedere keer wanneer hij bewoog een krakend geluid, als in een radiohoorspel, produceerde. Plotseling verscheen hij aan me, Haantje, heel duidelijk, precies zoals ik hem talloze malen had gezien, als ik 's middags uit school kwam. Achter zijn raam. In het kamertje met de treurige plant in de vensterbank en overal schemer, doordrenkt van bruine kleuren. Daar zat hij kennelijk liever dan bij zijn moeder in de woonkamer. Ikzelf had geen keuze, ik mocht niet beneden zijn, in ieder geval niet wanneer er iemand bij mijn moeder binnen was. Het was me zelfs verboden om iets te eten of te drinken uit de keuken te pakken, tot de buitendeur dicht was gevallen, het teken dat de kust weer veilig was. *Upstairs downstairs* op amper tachtig vierkante meter. Drie kamers, een keuken, een overloop en twee trappen scheidden mij van het bed naast het wasbakje. En toch bereikte me vandaar soms het geluid van een vreemde stem of de metaalachtige klap in de waterleiding als de kraan werd dichtgedraaid. Haantjes moeder werkte buitenshuis. Regelmatig zag ik haar in uniform op straat. Daar lagen de nobele taken voor het opscheppen. Geen betere buurt dan de onze, niet alleen voor temeiers, ook voor heilssoldaten: in overvloed dronkaards, verslaafden en weggelopen meisjes om enkel en alleen met een glimlach de helpende hand te bieden.

Haantjes moeder is een van de velen van wie een verklaring in het proces-verbaal is opgenomen. Sanders had het complete dossier, tot mijn verbazing en geluk, al die jaren in een ladekast bewaard, kopieën om precies te zijn. Samen met die van nog enkele zaken die er in zijn carrière uit waren gesprongen. Zijn greatest hits.

Sanders leek me een vriendelijke man, niet alleen vandaag, ook toen ik in de Cevennen was en hem aan de telefoon had gesproken. Al was hij toen de brenger van het slechte nieuws dat een abrupt einde aan mijn vakantie maakte – en niet alleen daaraan. Zo had zijn stem ook geklonken, zacht, meelevend, de stem van iemand die zich ervan bewust was dat hij mensenlevens voorgoed kon veranderen: 'Ik denk dat je beter zo snel mogelijk terug kunt komen.'

Een paar dagen later had ik hem op het bureau van de afdeling Ernstige Delicten aan de Elandsgracht ontmoet. Ik weet nog dat hij mijn verklaring met twee vingers hamerend op zo'n ouderwetse schrijfmachine optekende. Zo'n volstrekt irrelevant detail waarin mijn geheugen gespecialiseerd is. Die verklaring is weinig opzienbarend en lijkt nauwelijks met mijzelf te maken te hebben. Ze is in formele, ambtelijke taal opgesteld, gezuiverd van alle persoonlijke nuances en dubbelzinnigheid die normale spreektaal kenmerken, en beslaat niet meer dan twee pagina's met mijn antwoorden op zijn vragen. Van groot belang was wat ik te melden had natuurlijk allemaal niet meer. Haantje hadden ze inmiddels opgepakt en de verzamelde bewijzen tegen hem waren zo overvloedig en overtuigend dat ieder woord dat nog aan het proces-verbaal kon worden toegevoegd een overbodigheid leek, een verspilling van papier en schrijfmachinelint.

Het dossier heb ik, zoals afgesproken met Sanders, gekopieerd en weer bij hem in de bus gedaan. In feite ligt er op mijn nachtkastje een kopie van een kopie, alles een beetje vaag en in zwart-wit, ook de bijgevoegde foto's van de hamer die ze onder Haantjes bed hadden aangetroffen en van mijn moeders lichaam in een donkere plas op het linoleum van het kamertje beneden. Vernietiging, een ander woord kan ik niet verzinnen voor wat hij had aangericht. Negentien slagen had de patholoog-anatoom tijdens de autopsie op mijn moeders lichaam geteld. Ook zijn verslag is in het dossier bijgesloten, evenals een psychiatrisch rapport dat de man die voor die klappen terechtstond een persoonlijkheidsstoornis met waanvoorstellingen toeschreef.

Haar handen waren niet geraakt, een interessant detail, volgens Sanders, waaruit ze opmaakten dat de eerste klap onverwacht, waarschijnlijk van achteren, was gekomen. En dat het hier niet om een cleane, efficiënte executie ging, maar om het werk van een woedende, zieke geest, een psychopaat of een bekende, of beide. Hoe lang weet ik niet, maar ik heb een hele poos naar mijn moeders ongeschonden handen liggen staren, misschien omdat hun aanblik nog enigszins draaglijk was. Het leek of ze in zwart-wit mijn aandacht probeerden te vangen, een laatste mededeling. Het mysterie van haar twee gebalde vuistjes, alsof ze was gestorven in een woede-uitbarsting met een onhoorbare schreeuw.

Hij had nog een poging gedaan de kopieën van de foto's uit het dossier te verwijderen, Sanders. 'Die wil jij niet zien.'

'Ik wil alles zien,' had ik gezegd. En ik geloofde het zelf.

Natuurlijk zijn er dingen die je niet wilt zien, waarvan je uit zelfbescherming wegkijkt. Dingen waar je het liefst niet eens aan zou denken. Zoals mijn moeder vroeger beneden in het kamertje verdrong dat er een man op haar lag, blokkeerde ik boven op de vliering de gedachte dat zij onder een man lag. Dat waren onze posities. En we spraken er niet over. Nooit.

In de keuken drink ik staand bij het aanrecht een glas water. Buiten balanceert een scheve maan op de huizen aan de overkant van de straat.

'Schrijfster?' had meneer Sanders gezegd. 'Had je zelf ooit verwacht dat te worden?'

Ik zei hem dat bijna niets is zoals ik verwacht had en daar is geen woord aan gelogen. Toen ik in de steeg kwam wonen, leek het uitgesloten dat de snoever die de godganse dag als een circusartiest balancerend op het achterwiel van zijn crossfiets voorbij kwam suizen mijn eerste vriendje zou worden. Hayo woonde schuin tegenover me, op nummer 17, in het hotel van zijn moeder, Mathilde. Beneden een klein café en boven, verdeeld over drie etages, twaalf krappe, armoedige kamers en een gemeenschappelijke badkamer. In de kelder stonden de biervaten, de kratjes met lege en volle flesjes, de dozen met sterkedrank en flessen wijn, en helemaal achterin had Hayo later achter een gordijn zijn donkere kamer. Ik zie alles voor me, de barkrukken met hun verchroomde draaipoot, de gekromde ruggen van de vaste klanten, de afgedankte bank in de kelder, waarop ik naast de koolzuurflessen op mijn vijftiende mijn maagdelijkheid verloor. En natuurlijk Mathilde, die het leven en haar klanten met de blote vuist tegemoet trad. In haar ochtendjas zat ze met ongekamd haar aan het tafeltje bij het raam, vanwaar ze schuin de steeg in kon kijken. Al die beelden, met inbegrip van het glas versgeperste jus d'orange waarmee Mathilde de dag begon, zijn me bijgebleven, geheel intact, als in een tijdscapsule.

De eerste tijd durfde ik amper van huis te gaan, verkende ik meter voor meter mijn nieuwe territorium. Op de brug van de Zeedijk, om de hoek van mijn straat, speelde zich een leven af dat ik alleen maar van tv-beelden kende. In groepjes, met schorre, harde stemmen, trokken ze voorbij, de junks en de dealers die soeverein over hun eigen Little Hades heersten. Veegacties van de politie vonden sporadisch plaats en maakten een ongeïnspireerde indruk, een beetje zoals kinderen ganzen van het weiland verjagen. Mijn moeder had me gewaarschuwd voor vreemde mannen, met wie ik onder geen beding mocht praten, en voor junks. Die laatsten vielen voor mij aanvankelijk ook onder de categorie vreemde mannen, maar waren, merkte ik al snel, geen gewone vreemde mannen. De drugsverslaafden kon je, los van hun gebrek aan iedere vorm van schaamte en decorum, goed onderscheiden. Ze deelden dezelfde motoriek, dezelfde oogopslag en markante gelaatstrekken. Op kleine meisjes hadden ze het niet voorzien, maar het was nog een hele toer om je fiets uit handen van deze bevlogen kleptomanen te houden. Van buurtbewoners vergde het 's nachts de nodige inventiviteit om hun stoepen, portieken en auto's te vrijwaren van de even doortastende als vasthoudende junks op zoek naar een slaapplaats.

Ik tekende mijn eigen kaart, met de grachten, stegen en straten in verschillende kleuren, en droeg die onder mijn kleren met me mee. Verdwalen was mijn grote angst die eerste maanden als ik naar of van school ging. Maar zelfs met mijn kaart durfde ik nog niet ver van huis te gaan. Tot Hayo in mijn leven kwam. Het eerste wat hij deed was me leren hoe je een wheelie moest maken. Hij hielp me mijn huiver voor de doolhof van stegen, straten en grachten, zelfs voor de junkenpanden, zwanger van onheil, vol schimmen en bedreigingen uit de duisternis, te overwinnen. In gedachten zie ik ons samen gaan over de straten die het leven open en bloot presenteerden maar die aan de andere kant zovele geheimen verborgen. Onze oude buurt van dicht naast elkaar geparkeerde auto's langs het water, waar nu de terrasstoelen uitgestald staan; een buurt van verweerde bakstenen, verrotte gebitten, afgedankte spuiten. De vreemde, luidruchtige, opgewonden, broeierige, tot in de uithoeken van het land verwenste Wallen. Met in de schaduw van dichtgetimmerde rijksmonumenten de avonturiers, bannelingen, weerlozen en amokmakers. Overal verlokkingen en listen, Duitse en Domenicaanse meisjes, Surinaamse en Antilliaanse dealers, het geluid van jukeboxen, autoalarmen, en boven alle hysterie uit onverstoorbaar elk kwartier het carillon van de Oude Kerk.

Iedere straatklinker daar bewaart een herinnering van mij aan Hayo. Hij heeft toen zijn stempel op mijn leven gedrukt, en nu, na zijn dood, doet hij het opnieuw. Onaangekondigd is hij alomaanwezig. In zijn afwezigheid in mijn verklaring, in het voorschot van mijn uitgever, zelfs in het boek waarvan ik me tijdens dit donkere, stille uur afvraag of ik het überhaupt wel wil schrijven. Enige weken geleden werd ik benaderd door een oud-klasgenoot van de middelbare school, Jens, die tegenwoordig directeur van fotomuseum Foam is. Hij bereidt een grote overzichtstentoonstelling van Hayo's werk voor, die voor precies drie jaar na zijn dood geprogrammeerd staat. Jens beweerde dat hij onmiddellijk aan mij had gedacht als schrijver van de tekst voor de expositie en het bijbehorende fotoboek. De reden lag voor de hand, hij herinnerde zich dat Hayo en ik, zoals hij het verwoordde, 'een amourette' hadden gehad. Zonder die uitnodiging voor een schnabbel en de stroom van mijmeringen die het telefoongesprek op gang bracht, zou dat idee voor een boek over mijn eigen verleden, met alle aspiraties en pretenties, nooit bij me opgekomen zijn.

Spinnoza wrijft zijn cyperse velletje langs mijn wang, als om aan te geven dat het tijd is om uit bed te komen. Gisteravond lag hij al de tijd dat ik het dossier doorlas bij me op schoot en leek het of hij met zijn fijngevoelige zintuig voor mijn gemoedsstemmingen aanvoelde dat er iets speelde. We hebben samen veel meegemaakt, ook de mooie jaren met Willem, in het boerderijtje op de Utrechtse Heuvelrug. Na de scheiding verhuisden Spinnoza en ik naar de stad, daarbij geholpen door geboren fikser Bart. Door zijn bemiddeling belandde ik, zonder zelf een vinger uit te steken, in het appartement van een redacteur van de uitgeverij, die tijdelijk in Nieuw-Zeeland zijn geluk zoekt. Vanaf het moment dat ik hier introk, nu bijna een halfjaar geleden, bestookt Bart me met uitnodigingen voor feestjes en recepties op de uitgeverij, zelfs voor etentjes bij hem thuis. Aanvankelijk aanvaardde ik iedere kans op frivoliteit, al was het maar om de schijn op te houden dat ik sterk was en dat het goed met me ging. Want soms lijkt het alsof zwakte een schande is, en verdriet een besmettelijke ziekte. Terug in Amsterdam had ik me voorgenomen om gelukkig te zijn, wat ik al snel matigde tot een goed leven leiden. Inmiddels begint dat woord leven iets intimiderends te krijgen en ik weet wat dat inhoudt. Het wordt tijd dat ik de straat op ga. Een voorschot, een nieuw boek, een kans om met het aloude, obsessieve verlangen naar de gepolijste woorden al het andere naar het tweede plan te verwijzen.

Vannacht heb ik een begin gemaakt. Mijn notitieboekje en pen liggen naast me op bed. Ik lees mijn in hanenpoten neergepende aantekeningen over Hayo terug. De stem achter de deur, de handschoenen op de trap. Toen ik als in een uitbarsting van razernij mijn herinneringen aan die surrealistische avond opschreef, wezen ze allemaal in dezelfde richting, maar nu, in het ochtendlicht van een nieuwe dag, twijfel ik aan mijn eenduidige conclusies van een uur of zes eerder. Ik weet niet of hij het was, Hayo, die zich in mijn moeders slaapkamer schuilhield. Ik weet niet of het zijn stem was die ik opving toen ik thuiskwam van een uit de hand gelopen feest, in een huis waar ik eigenlijk zou blijven slapen.

Het ziet er inmiddels al aardig vertrouwd uit, zeker niet meer als een symptoom van een slopende ziekte, de ontbijttafel met dat ene theeglas, die ene lepel, die ene kom met sojayoghurt met muesli. Een eenzaam ritueel met de spullen van de eigenaar van het appartement. Er was hier geen plaats voor mijn bezittingen, op wat fotolijstjes en een nieuw matras met donsdek na. De meubelen en affiches van toneelvoorstellingen zijn niet echt mijn smaak, maar je neemt zo'n plekje nu eenmaal met inboedel en al over. Misschien steek ik er nog wat van op.

Voor ik de deur uit ga, vul ik twee bakjes voor Spinnoza, een met zijn favoriete brokken en een met melk. Al weet ik dat hij er pas iets van zal nemen als ik vanmiddag weer thuiskom, en geen seconde eerder. Spinnoza heeft zo zijn eigenzinnige maniertjes om zijn ongenoegen kenbaar te maken over mijn afwezigheid van de laatste tijd. Dat het voor mijn werk is, op zijn minst toch een fatsoenlijke poging om niet financieel aan de grond te raken, zal hem een rotzorg zijn. Met zijn geen-hap-en-geen-lik-protestactie lijkt Spinnoza te willen zeggen: dat was niet de afspraak toen we het paradijsje in de boomgaard met veldmuizen inruilden voor deze bunker met krabpaal. 'We gaan hier heel gelukkig zijn, heb je dat begrepen?' zeg ik en kniel ootmoedig voor een laatste aai en nog wat vertrouwde zoete woordjes in een taal die alleen wij tweeën verstaan.

4

Bart lijkt werkelijk opgetogen over mijn volgende boek, dat blijkt wel uit de opdracht die hij een knipseldienst heeft gegeven om ieder flintertje bedrukt papier over de moord op mijn moeder uit het archief te lichten. Het kan ook zijn dat hij, als de horzel in de paardenflank, me zo aanspoort. Per slot van rekening is mijn voorschot niet terugvorderbaar, waardoor het financiële risico volledig bij hem ligt. Hoe dan ook, de oogst van zijn energieke betrokkenheid is een map vol gekopieerde artikelen over 'de hamermoord', die ik in de trein naar Lelystad doorneem. Na de dood van mijn moeder had ik mijn best gedaan om alle publicaties over de zaak te mijden. Daardoor wordt me nu met terugwerkende kracht pas duidelijk hoe groot de ophef destijds geweest moet zijn. De media hadden zich als een hongerige wolvenroedel op ieder mogelijk, vaak volstrekt irrelevant detail gestort, zoals dat ons huis in de steeg haar eigendom was, ze in Putten was geboren en regelmatig bij de kapper op de Zeedijk kwam. Haar moord werd in verband gebracht met een Italiaans meisje, een verslaafde tippelaarster, die in diezelfde periode met een ingeslagen gezicht en borstkas uit het IJ was opgedregd. De overeenkomsten – prostituee, hamer, Amsterdamse binnenstad – waren opvallend genoeg geweest, maar voor die moord is Haantje niet veroordeeld. Hij heeft er zelfs niet voor terechtgestaan. Meneer Sanders had me verteld dat ze geen enkel bewijs tegen hem hadden kunnen vinden, hoewel hij tijdens ons gesprek toegaf dat ook hij het nog steeds opmerkelijk vindt dat Haantje het meisje gekend heeft en dat zijn moeder haar begrafenis had geregeld. De officier van justitie had niettemin van vervolging voor deze zaak afgezien, tot teleurstelling van de verslaggevers, die zich een seriemoordenaar door de neus geboord wisten. Meneer Sanders' werk was het om het drama te reconstrueren, in tegenstelling tot sommige kranten, die het liever zelf construeerden. Ik herinner me dat een week voor Haantjes rechtszaak een journalist van *De Telegraaf* geprobeerd heeft me te benaderen. Maar de ouders van mijn klasgenoot Jens, die me tijdelijk onderdak hadden geboden in hun grachtenpand, schermden me voor hem af, bang dat ik de volgende was die op het verlanglijstje van de schandaalpers stond.

Als ik Bart bel om hem te bedanken voor het archiefmateriaal, klinkt zijn euforie bijna angstwekkend.

'Ben je naar hem onderweg? Laat me als je hem gesproken hebt weten wat hij gezegd heeft. Hoe het was na al die jaren. Wat er van hem is geworden.'

'Bart, luister, ik heb een ontmoeting met de directeur van het woon- en zorgcentrum waar hij zit. Niet met hemzelf. Ik weet niet eens of ik hem te spreken krijg.'

'Natuurlijk krijg je hem te spreken. Dat moet! Laat me weten hoe het gegaan is.'

Een halfuur later zit ik in een kantoorkamer tegenover een man van een jaar of vijftig die, nog voor ik mijn notitieblok en pen op tafel heb kunnen leggen, op zijn beurt de verwachtingen tempert. 'Ik hoop dat ik iets voor u kan betekenen, maar ik vrees dat het weinig zal zijn.'

Het is nog een hele opgave geweest om hem tot een afspraak te bewegen. Mijn oorspronkelijke verzoek om me in contact te brengen met Haantje wees hij zonder pardon van de hand. Door middel van een kruiperige comeback-e-mail wist ik er nog net een ontmoeting met hem zelf uit te slepen. In het gunstigste geval wordt dit gesprek de opstap naar een afspraak met Haantje, maar zijn inleidende woorden geven weinig reden tot optimisme. Borstelig haar boven een stuurs gezicht dat er geen geheim van maakt dat hij niet op mij zit te wachten. Een overhemd met stropdas en een grijs colbert, in plaats van het uniform van het Leger des Heils, dat ik verwacht had. Op zijn verder lege bureau staat een kubus met foto's van een spaniël met oren tot op het gras. Dezelfde hond is ook afgebeeld op een ingelijste aquarel aan de muur.

'Heeft u mijn verzoek aan hem nog overgebracht?' begin ik.

'Zeker. Maar ik heb hem geadviseerd er niet aan mee te werken. Er was weinig overredingskracht voor nodig om hem te overtuigen.'

'Ik heb een lijst met vragen voor hem bij me. Hij zou er misschien naar kunnen kijken. Om een idee te krijgen waarover ik wil praten.'

'Lijkt me geen goed idee.'

'Misschien kan hij er schriftelijk antwoord op geven.'

Hij schudt slechts het hoofd. Deze man is het gewend om anderen in de ogen te kijken en verhalen over pijn, nachtmerries, en slachtofferschap aan te horen. Dat ik de dochter van een vermoorde vrouw ben legt weinig gewicht in de schaal, vrees ik.

'Woont hij hier al lang?'

'Twaalf jaar. Daarvoor heeft hij nog in onze vestiging in Den Haag gezeten. Dat was direct nadat hij uit de gevangenis kwam.'

'Ik neem aan dat hij hier een plek heeft gekregen omdat zijn moeder bij het Leger des Heils zat.'

'Zit. Luitenant De Haan heeft het geregeld, dat is juist. Maar we zijn er voor iedereen die ons nodig heeft.'

Hij veegt met de zijkant van zijn hand iets wat voor mij onzichtbaar is, misschien een suikerkorrel, van tafel. Een precieze, behoedzame man, en niet alleen in zijn praten. In het café van Mathilde kwam een man die nooit zijn lange leren jas uitdeed en aan de bar de hele avond gebruikte paperclips rechtboog. Niemand die wist waarom hij het deed of waar die paperclips vandaan kwamen. Daar deed hij geen mededelingen over, maar het was duidelijk dat hij helemaal opging in zijn bezigheid. Van een afstandje kon ik minutenlang naar hem kijken. Ik probeerde te raden wie hij was en waar hij vandaan kwam, waar hij woonde, wie zijn vrouw was. Waar hij aan dacht terwijl hij een volgende paperclip tussen zijn vingers nam en kracht zette. Ik verzon een heel levensverhaal voor hem, net als ik nu voor de directeur van het woon- en zorgcentrum doe. Eerst geüniformeerd de modder van de dagelijkse praktijk in, daarna langzaam de rangen van het Leger des Heils doorlopen, een cursus management en financiële administratie. Ten slotte operationeel directeur, baasje, de man van de cijfers, die iedere eerste zondag van de maand de tanden van zijn hond poetst.

'Twaalf jaar is een lange tijd,' zeg ik. 'Je zou verwachten dat hij inmiddels zelfstandig woont.'

'In de gevangenis heeft hij nooit geleerd om voor zichzelf te zorgen. Nog steeds kan hij niet zonder ondersteuning. In het gewone leven komt er van alles op hem af. Te veel prikkels. Hier doet hij iedere dag wat onderhoudswerk aan het gebouw of werkt hij in de tuin. 's Avonds leest of tekent hij. Televisieprogramma's of kranten interesseren hem niet. Iedere dag dezelfde routine. Toen hij bij ons kwam had hij geestelijke problemen. Het gaat nu beter met hem, maar het ijs is dun. Vandaar ook dat ik er geen voorstander van ben om het verleden weer op te rakelen. Daarvoor is hij te gevoelig.'

Gevoelig? Ik moet de neiging onderdrukken om de map met knipsels op tafel te gooien.

'Kende u hem vroeger?' vraagt hij.

'We woonden een jaar of tien tegen over elkaar.'

'Maar kénde u hem ook?'

'Ik geloof dat niemand hem kende.'

'Of niemand heeft de moeite genomen.'

De eerste tijd vond ik hem maar eng, met dat bleke, uitdrukkingsloze gezicht achter het raam tegenover me. Wat me gerust zou stellen, was de dromerige indruk, alsof hij er niet helemaal bij was. Hij was, aanvankelijk althans, niet op mij gericht. Hij leek me iemand van weinig woorden, net als ikzelf. Mijn angst nam af, om incidenteel weer op te laaien als ik 's nachts wakker werd en hem voor het raam zag. Dan joeg hij me plotseling weer de stuipen op het lijf. 'Let maar niet op hem,' probeerde Hayo me gerust te stellen.

‘Hij is gewoon zo. Maar hij doet niemand kwaad.’

‘Heeft hij nog contact met zijn moeder?’

‘Zij woont hier ook. Maar ze hebben ieder een eigen studio.’

Ongelooflijk, dat hij na al die jaren nog steeds met haar in hetzelfde ‘huis’ leeft. De moeder door wie hij wel moest uitgroeien tot de jongeman met de kaarsrechte scheiding in zijn haar, de laatste die nog niet een spijkerbroek droeg, en die op zondag in een wit overhemd, dichtgeknoopt tot aan het bovenste knoopje, naast haar door de steeg liep in de richting van het Centraal Station. Daar namen ze de tram naar een samenkomst ergens in de stad of naar een optreden van het muziekkorps. Dat laatste wist ik van Mathilde, die regelmatig een praatje met zijn moeder maakte als zij in het café kwam om de *Strijdkreet* aan de man te brengen.

Net als Haantje had ik het gevoel dat ik netjes moest zijn. Ook vanwege mijn moeder, maar om andere redenen. Op school was ik stil en beleefd, ik lette altijd op. Er mocht niets afkeurenswaardigs aan mij zijn. Niet aan mijn gedrag in de klas, niet aan mijn kleding. Een soort onderdanige instelling, die ik pas later onder invloed van Hayo durfde te laten varen.

Toen ik als kind nog bij mijn grootouders in Putten woonde, had ik een gesprek tussen hen opgevangen. ‘Als ze maar niet haar moeder achternagaat,’ hoorde ik mijn oma zeggen. Vaak dacht ik aan die woorden, het was de grote angst als ik langs de rand van het schoolplein stond, de grote angst waar ik nooit over sprak, maar die ik door wat er zich in mijn nieuwe huis afspeelde kreeg toegediend, als een lepeltje levertraan, iedere dag opnieuw, te smerig om door te slikken. Het was de afschuwelijke angst dat ik misschien inderdaad op een dag te uitdagend gekleed zou gaan, obsceen uit mijn ogen zou kijken, bereid om een slecht meisje te zijn. De eerste tijd dat ik in de steeg woonde, was ik me ervan bewust dat Haantjes moeder naar me keek als ik langsliep. Iets in haar blik bracht me de woorden van mijn oma in herinnering.

'Heeft hij buiten haar nog met anderen contact?' vraag ik.

'Met sommige bewoners en het personeel hier en de mensen met wie hij bij de kledinginzameling werkt. Maar hij is graag op zichzelf.'

Zou hij nog steeds zo sterk onder invloed staan van haar? Van die rechtlijnige, enigszins tirannieke vrouw, die maar niet kon accepteren dat een ander net zo ongelovig kon zijn als zij gelovig was, en er alles aan deed om daar persoonlijk verandering in aan te brengen.

Dat alle moeders van hun kinderen houden werd dagelijks bewezen op het platje tussen onze ramen. De katten zoogden hoe ziek of hongerig ze zelf ook waren hun jongen. Ze spinden als de kleintjes tegen hen aan lagen en likten ze geduldig schoon. Ze waren bereid hun jongen met hun leven te beschermen. Zelfs de grootste en valste katers waagden het niet om in hun buurt te komen. En ook ik, die van kartonnen dozen, plastic tassen en houtwol nesten bouwde en iedere middag trouw melk en brokken bracht, moest oppassen als ik ze benaderde. Het gespin en de zachte, delicate lijnen van hun nekken en genotzuchtig trappelende poten, konden zo maar veranderen in een scherpe, sissende uitval. Dan had ik vier rode krassen op mijn hand, die precies de onderlinge afstand van de klauwen aangaven.

Het bewijs van liefde in mijn huid gekerfd, een zichtbaar teken van de natuurwet dat alle moeders van hun kinderen houden en ze willen beschermen.

'Heeft hij ooit iets gezegd over de moord?'

'Wat hij tegen de psychiater erover heeft verteld, weet ik niet, en als ik het wist zou ik het u niet zeggen. Ikzelf heb het er een keer met hem over gehad. Toen hij hier nog niet zo lang zat. Hij was aan het werk in het rosarium en ik ging even bij hem kijken.'

'En wat zei hij?'

'Waarom zou ik u dat vertellen?'

'Tijdens de rechtszaak heeft hij een beroep gedaan op zijn zwijgrecht. Ik vraag me al zo lang af of hij ooit berouw heeft getoond. Heeft hij spijt?'

'Hij zei dat hij straf verdiende.'

'Dus aan u heeft hij het wel bekend?'

'Hij ontkende dat hij het gedaan heeft.'

'En toch straf verdienen?'

'Hij besefte dat hij fouten had gemaakt. Dat hij van het juiste pad af en daardoor in de problemen was geraakt.'

'Dat snap ik niet.'

'Wij komen dat hier in huis regelmatig tegen. Het innerlijke gevecht.'

'Tegen wat?'

'Dat kan zoveel zijn. Dit is een plek voor mensen op wie het leven zwaar drukt.'

'Het gevecht tegen het kwaad, bedoelt u dat soms?'

'Zo zou u het kunnen noemen.'

'Als hij dacht dat het kwaad vat op hem had gekregen, bewijst dat toch juist zijn schuld, dat hij het gedáán heeft?'

'Er zijn vele soorten demonen. Ik begrijp uiteraard dat het voor u anders ligt, maar voor mij is de vraag of hij het gedaan heeft niet belangrijk.'

Zijn kalme, correcte, onpersoonlijke houding staat me plotseling tegen. Ik weet niet goed hoe ik het nu verder moet aanpakken. Wat verwacht hij van me? Dat ik hierheen ben gekomen om een filosofische discussie te voeren over schuld en boete, over de eeuwige vraag of de mens van nature goed is?

'Jammer dat hij niet zelf aan mij uitleggen mag...'

'Wil.'

'Wat hij bedoelt met het kwaad dat vat op hem had gekregen. Het klinkt tamelijk vaag.'

'Ik parafraseerde. Hij heeft het anders geformuleerd.' Er is een nieuwe toon in zijn stem geslopen. Ik besef nu pas hoezeer ook hij op zijn qui-vive is.

'Spijtig hoor, dat ik het met de woorden van iemand anders moet doen.'

'U wist dat van tevoren.'

'Hij heeft nooit verantwoording afgelegd. Nooit verteld waarom.'

'U vindt dat u daar recht op heeft, dat snap ik.'

'Ja?'

'Jazeker. Maar hij heeft zijn straf uitgezeten.'

'En ik zit nog steeds met mijn vragen.'

Haantje heeft me niet alleen de antwoorden op die vragen onthouden, maar ook, vooral, heeft hij het me onmogelijk gemaakt me met mijn moeder te verzoenen. In de eerste maanden na haar dood maakte ik me nauwelijks een voorstelling van wat haar was overkomen. Ik sloot me er volledig voor af. Natuurlijk vond ik het gruwelijk wat er met haar was gebeurd, maar een authentiek gevoel van medelijden ontbrak. Ik was verdwaasd en stil en iedereen weet dat aan mijn verdriet. Een vergissing, want ik was niet in de rouw, daarvoor voelde ik me domweg te verward. Kort voor haar dood had ik met haar gebroken. Ik wilde zo ontzettend graag van haar af. En ineens was ze er echt niet meer. Weg, helemaal weg. Alsof het lot me een handje had geholpen. Het maakte me niet zozeer verdrietig als wel boos. Op haar, omdat ze mij in mijn haat had achtergelaten, alsof ze me een lesje wilde leren. Boos ook op hem. Allereerst om wat hij haar had aangedaan. Want wie wil er nou als hoer sterven? Maar ook omdat hij het me onmogelijk had gemaakt om nog één keer met haar te praten, om haar een enkel briefje te schrijven. Zelfs het kleinste hartelijke woord had hij uitgesloten.

Ik moet denken aan haar gebalde vuistjes op de foto. Als een onhoorbare schreeuw, een nijdig teken dat ze in haar laatste seconden voor me achterliet.

Mijn eigen boosheid dreigt zich nu tegen de man aan de andere kant van de tafel te keren. Ik kom niet verder. Ik verspil hier mijn tijd. Dat verwijt ik hem, ten onrechte, ik weet het, maar iemand anders om het kwalijk te nemen is er niet. Hoewel het niet redelijk is, al helemaal niet omdat hij tegen zijn zin en op mijn uitdrukkelijke wens tijd voor me vrij heeft gemaakt, heb ik toch de neiging om te zeggen dat hij dood kan vallen.

'Dus u bent schrijfster?' vraagt hij.

'Ja.'

Natuurlijk heeft hij me gegoogeld om uit te zoeken wie

na al die jaren plotseling de rust kwam verstoren. Hij moet ze gelezen hebben, de compacte stukjes over de inhoud van *Het lichamelijk kapitaal*, waarin de door de een of andere wijsneus gemunte omschrijving 'pornografische eruptie' voortdurend echoot. Dochter van een hoer, zal hij gedacht hebben. Misschien is dat wel de voornaamste reden dat hij heeft toegegeven aan mijn smeekbede om een afspraak, zijn nieuwsgierigheid om de dochter van een hoer en schrijfster van een pornografische eruptie in levenden lijve te ontmoeten.

'Kunt u ervan leven, als ik vragen mag? Of is het meer een hobby?'

'Geen van beide.'

Ik berg mijn notitieblok en pen op en kom uit mijn stoel overeind. Zijn gezicht ontspant als hij wijst naar de aquarel aan de muur.

'Heeft hij gemaakt.'

'Is dat uw hond?'

'Pascha. Hij heeft haar kort na haar dood verleden jaar geschilderd. Van een foto. Ik heb geen verstand van kunst, maar ik denk dat hij echt talent heeft. Eeuwig zonde...' Hij maakt zijn zin niet af.

Bij de lift nemen we afscheid, maar juist voor de metalen deur tussen ons in dichtglijdt, voegt hij me nog een laatste advies toe. 'Ik weet niet wat u van plan bent te schrijven. Maar hij heeft nooit veel gehad en het is nog steeds niet veel. Ik hoop dat u daar rekening mee wilt houden.'

Beneden schuifelen bewoners met rollators door de hal, anderen zitten te dommelen aan de tafels bij het raam. Ze zijn een stuk ouder dan hij, die nu vijfenveertig moet zijn. Buitengekomen loop ik in de richting van het station, maar het idee dat hij ergens in of bij het gebouw is, misschien op ditzelfde moment mij wel in de gaten houdt, trekt aan me. Ik draai me om naar het zes etages tellende, rechthoekige gebouw van beton en glas en laat mijn blik langs al die ramen dwalen. Daarna volg ik het grindpad om het verzorgingshuis heen. Het is aan drie zijden omgeven door gras en plantenperken. Bejaarden op bankjes. Bloeiende kamperfoelie tegen een stenen muur. Het geritsel van scharrelende merels tussen de struiken. Dan merk ik haar op, alleen op een bankje en stevig verschanst in haar uniform met de S op de kraag, haar grijze haar in een strakke knot, het hoedje met het rode lint op schoot. Ik overwin mijn schroom en loop op haar toe.

'Dag mevrouw De Haan.'

Haar ene hand rust op een glimmende wandelstok tussen haar knieën.

'Heb je meneer Vlieger gesproken?'

'Ja.'

'Dan weet je dus hoe het ervoor staat.'

'Ik loop nog even rond voor ik naar het station terugga. Het is hier mooi.'

'Je had beter niet kunnen komen.'

Ik leg haar uit wat ze natuurlijk al weet van meneer Vlieger, dat ik aan een boek over mijn jeugd werk en dat de moord op mijn moeder daar deel van uitmaakt.

'Wat in Gods grote goedheid denk je hiermee te bereiken? Je eigen verdriet wegnemen? Of ben je op zoek naar wraak? Je hebt iets vreselijks moeten doorstaan, dat begrijp ik heel goed. Maar jij niet alleen.' Ze leunt naar voren op haar stok, klaar om me de volle laag te geven. 'Ik hoop dat hij niet nog een keer door het slijk gehaald gaat worden. Maak niet dezelfde fout als je moeder. Of ben je dat soms vergeten, hoe ze die gemene praatjes overal in de buurt heeft rondgebazuind? Door haar is bij ons de duivel binnengedrongen. Het was ook maar een klein afstandje.'

'Ik dacht dat het andersom was. Dat hij ons huis was binnengedrongen.'

'Het heeft hem kapotgemaakt. Hij had niets gedaan. Alles zou anders zijn gelopen. Je moeder...' Ze zwijgt en door de goudgerande bril op haar neus schenkt ze me een blik vol bitter verwijt, die voor mijn moeder bestemd is, maar het genoegen is geheel aan mij. Ik heb er de laatste weken een paar keer over gefantaseerd wat er zou gebeuren als ik Haantjes moeder, die op mijn lijstje van te benaderen personen staat, te spreken zou krijgen. Dat het ongemakkelijk zou worden, begreep ik wel, maar dat ik als het werktuig van het kwaad gecast zou worden, nee, bij die mogelijkheid had ik niet stilgestaan. Kennelijk heb ik me door het miauw miauw-incident voor de rest van mijn leven een vurige vijand op de hals gehaald, die er in haar fanatisme aan voorbijgaat dat haar zoon mijn moeder als een beest heeft afgemaakt.

Goed, het miauw miauw-incident, daar kunnen we kennelijk niet omheen, dáárover moeten we het hebben. Snapt ze het echt niet van mijn moeder? Ik was verdorie twaalf jaar oud. En de overbuurman was mij te na gekomen, op een tamelijk afschuwelijke manier, voor mijn moeder een legitieme reden om vernietigende verhalen op te dissen aan eenieder die ze maar horen wilde. 'Die gestoorde stond zich voor het raam af te rukken,' vertelde ze aan Elsje de werkster. En in Pierres salon hoorde ik haar het kattengeluid dat hij gemaakt had nadoen: 'Miauw, miauw, en toen Anna opkeek...' Ongetwijfeld had ze er goed aan gedaan discretie te betrachten, mijn moeder, maar dat lag niet in haar aard, verre van dat. Ook niet in de aard van de buurt, overigens, daar werd de hele dag door geroddeld als in het kleinste dorp, je hield niets geheim, ook al had je het gewild, want er was altijd wel iemand die iets gezien of gehoord had.

Het is mijn bedoeling om tegen de heilssoldate in ruste beleefd te blijven, zonder me al te zeer te laten beledigen. Maar dat valt nog niet mee tegenover een stekelige autocrate die begiftigd meent te zijn met de wilskracht van een martelares en denkt te beschikken over een direct lijntje met de hemel, de eeuwigheid en de waarheid, de enige, welteverstaan.

'Ik ben in andere dingen geïnteresseerd,' zeg ik, 'ik zou met hem willen praten over wat er op de avond van mijn moeders dood gebeurd is. Hij heeft er nooit iets over gezegd.'

'Hij heeft het niet gedaan.'

Alweer niet. Misschien heeft het geen zin om met haar over de schuldvraag, de grote, in discussie te gaan, omdat ze tegen alle redelijke argumenten in zal volhouden dat hij, ongeacht de bewijslast, vrijuit gaat. Toch kan ik het niet laten om haar te vragen waarom hij dan op de vlucht was geslagen en ondergedoken, als hij niets gedaan had.

'Hij was bang.'

‘Daems?’

Ze knikt.

‘Waarom?’

‘Die man had hem in zijn macht.’ Haar hand glijdt in de zak van haar uniformjas.

‘Hij is die avond bij u aan de deur geweest? Dat klopt toch?’

‘Samen met Pat. Ik ben naar beneden gelopen om te kijken wat ze wilden. Toen ik zei dat Johan niet thuis was, stormde dat figuur de trap omhoog zonder om mijn toestemming te vragen. Terwijl Pat mijn arm vasthield.’

‘Waarom deed Daems dat? Hij moet toch een reden hebben gehad?’

‘Wie zegt dat hij hem echt wilde spreken? Misschien moest hij om een heel andere reden zo nodig naar boven.’ Ze heeft een metalen doosje met snoepjes tevoorschijn gehaald.

‘Hoe bedoelt u?’

Ze schudt haar hoofd en onderbreekt haar wraakoefening om mij een groen mentholsnoepje aan te bieden en neemt er zelf ook een. Ik steek het snoepje in mijn mond.

‘Je sliep als klein meisje altijd met het licht aan.’ Haar even eerder nog krachtige stemgeluid is getemperd. ‘Woon je nog in Amsterdam?’

Plichtmatig vertel ik iets over mezelf, opgelucht dat we een soort van wapenstilstand bereikt hebben, en ik besef dat zich ergens achter die façade van de kleine heerseres een vrouw bevindt die zich jarenlang het vuur uit de sloffen heeft gelopen voor verslaafde meisjes, dakloze mannen en zieke bejaarden. Uit die gedachte put ik voldoende moed om de schijn op te houden de situatie meester te zijn. Ik trek het plastic mapje met het vel uit mijn tas en geef het haar. 'Dit zijn wat vragen die ik hem zou willen stellen. Misschien kunt u ze aan hem geven.'

Als ik afscheid heb genomen en wegloop, gebeurt waar ik voor gekomen ben, onverwacht. Hij zit op zijn knieën in een perk tussen de bloemen en als hij me ziet, komt hij langzaam overeind met een wiedijzer in zijn hand. Hij ziet er verschrikt uit, als iemand die belaagd wordt in het donker. Na enkele stille, weifelachtige seconden wil ik hem iets toeroepen, maar het lukt me niet en hij blijft me maar aanstaren, met in zijn hand dat metalen tuingereedschap. Dan wendt hij zijn hoofd met een ruk af en gaat er met dat rare vooroverhellende loopje van hem dat ik vergeten was vandoor. Mijn telefoon trilt in de zak van mijn spijkerbroek, nummer onbekend. Als ik opneem blijft het stil aan de andere kant van de lijn. In de verte verdwijnt hij met zijn kruiwagen achter de struiken.

26 APRIL 1992

Zodra ik vanochtend mijn ogen opendeed dacht ik aan de nieuwe *Strijdkreet*, die vandaag van de drukker komt. Mijn aquarel van Jezus met een lam in zijn armen staat erin afgedrukt. Op de club vond iedereen hem prachtig, ook kapitein De Lucht, die me een tijdje terug had gevraagd of ik iets voor de *Strijdkreet* wilde maken, een illustratie bij een artikel over het jubileum van de hobby- en tekenclub. Ik stelde voor om de papegaaiduiker, die ik toen net af had en waar ik best wel trots op ben, te gebruiken, maar de kapitein had een ander idee. Hij gaf me een dik boek met daarin mooie plaatjes, onder andere een van Jezus met een lam in zijn armen. Hij stelde voor dat ik dat zou namaken, een aquarel, want dat is de techniek die we de laatste tijd hebben geoefend. Eerst bestudeerde ik heel nauwkeurig het plaatje in het boek, waarvan de kleuren licht leken te geven, en toen werkte ik thuis op mijn kamer een hele week als in een roes aan mijn opdracht.

Een stapel van het nieuwe nummer van de *Strijdkreet* zou vanmiddag om een uur of een afgeleverd worden bij de vestiging in Oost, maar ik ging al eerder van huis, want kapitein De Lucht had me gevraagd om een nieuwe glasruit in de deur van de hal te plaatsen. Mijn moeder was vanochtend net zo nerveus als ik en zei maar steeds dat ik moest opschieten omdat ik niet te laat mocht komen. Terwijl ik mijn havermoutpap en thee naar binnen werkte, was ze overal tegelijk met een plumeau van kippenveren en een spons met sop. Het hele huis geurde naar groene zeep en boenwas. In de keuken lag een zakje van de banketbakker op de Nieuwendijk, maar ik deed net alsof ik het niet zag, want ik vermoedde dat er bokkenpootjes in zaten, mijn lievelingskoekjes, als verrassing voor wanneer ik vanmiddag met de *Strijdkreet* zou thuiskomen. Ze had krulspelden in en dat maakte het gevoel van feestelijkheid alleen maar groter, want als ze haar haar netjes deed kon het geen gewone dag zijn. Ze zei de hele tijd dat ik moest opschieten, wat ik deed, mijn schoenen had ik al aan. Onderweg naar Oost zag ik een Vlaamse gaai een boom in zeilen, waarna een getjilp van mussen tussen de bladeren losbarstte. In gedachten probeerde ik de geschrokken mussen op de rand van het nest te tekenen, hun snavels wijd open, de vleugels gespreid als een schild.

Kapitein De Lucht nam me mee naar de hal om samen de deur te bekijken. Er zaten twee identieke glasruiten in, waarvan er een over de hele lengte gebarsten was.

Hij had er alle vertrouwen in dat ik de reparatie kon uitvoeren en gaf me een briefje van vijfentwintig gulden om bij de glashandel te kopen wat ik nodig had. Daarna merkte hij nog iets op dat ik niet had zien aankomen. Ik kon niet alleen prachtig tekenen, maar was ook heel handig en juist daar hadden ze een tekort aan, mensen die bekwaam klusjes konden uitvoeren, meer dan aan mensen die vogels konden tekenen, hoe kunstig ook. Voor iedere kleinigheid moesten ze een timmerman of een loodgieter laten komen en volgens de kapitein had ik geen idee wat die kerels vandaag de dag vroegen, als ze al kwamen opdagen. Het behoorde tot zijn taken om te zorgen dat alles in het gebouw perfect verloopt, legde hij uit. De administratie, de aankoop van levensmiddelen en linnengoed, de indeling voor de collectes, maar ook het onderhoud van de panden. Iedere cent die daarvoor uitgegeven wordt, gaat ten koste van ons eigenlijke werk, mensen die het nodig hebben helpen. Ik was nu negentien jaar, zei de kapitein. Ik schilderde, ik tekende en ik had een baantje bij de posterijen op de sorteerafdeling. Maar ik kon ervan op aan, dat het Leger des Heils me ook nodig had. Nog meer zelfs. In de Leeuwenburgh waren de houten raamluiken aan een grote opknapbeurt toe. Dat had ik zelf al opgemerkt, ik woon er immers om de hoek. De kapitein had een offerte door een timmerbedrijf laten opstellen. Hij wilde me niet met bedragen lastigvallen, maar het kwam erop neer dat hij mij vroeg of ik vanaf volgende maand de reparatie van de luiken op me wilde nemen. Hij heeft de staf benaderd om me aan te stellen als eerste timmerman en volgens kapitein De Lucht hebben de overige leden zijn voorstel welwillend ontvangen. Ik heb de laatste jaren op iedereen een gunstige indruk gemaakt, beweerde hij. Er is niet genoeg geld om me marktconform te belonen, maar de kapitein verwacht dat er, als ik deze klus naar tevredenheid volbreng, een vaste aanstelling, zoals hij het verwoordde, voor me in het verschiet ligt. Zijn aanbod verwarde me, waardoor ik niet goed wist wat te antwoorden, maar ook voelde ik trots bij het idee dat ik eerste timmerman zou worden.

Ik kocht een nieuwe glasruit en stopverf, en verving het kapotte exemplaar. Het was een karweitje van nog geen uur, alles bij elkaar. Toen de stopverf gehard was, schilderde ik hem met een fijn kwastje over, zodat je geen enkel verschil meer kon zien tussen de nieuwe glasruit en de oude ernaast. Nadat ik alles weer opgeruimd had, ging ik naar het kantoortje van kapitein De Lucht om, zoals we afgesproken hadden voor hij de deur uit was gegaan, het wisselgeld op zijn bureau achter te laten. Toen ik binnenkwam zat Marieke achter het bureau. Haar moeder heeft een hele rits problemen, waarover ik weleens iets heb gehoord, maar waar ik me alleen nog van kan herinneren dat ze aan de drank is en na een brandje uit haar woning in De Pijp is gezet. Marieke likte aan een grote roze lolly in de vorm van een hart, zo een die je op de kermis kunt kopen.

Het eerste wat ze verkondigde was dat ik niet in het kantoor van de kapitein mocht komen. Ik lekker wel, liet ze er met zo'n jennend stemmetje op volgen. Want dat had de kapitein zelf gezegd. Zij mocht altijd bij hem langskomen. Ze hield haar lolly uitdagend omhoog. Die had zij van de kapitein gekregen.

Het wisselgeld had ik al in mijn hand, maar ik aarzelde om het op het bureau achter te laten. Ze is amper dertien, maar sluwer dan kinderen van haar leeftijd. Het kan met haar alle kanten op en je weet nooit welke. Zonder aanleiding zei ze dat ik veel te oud voor de club ben. Ik reageerde door te zeggen dat ze uit haar nek kletste, waarop zij wist te vertellen dat niet alleen zij maar iedereen me te oud vond. Ze is niet goed bij haar hoofd, dat kind. Maar dat zei ik niet, ik zei dat ik er binnenkort toch mee zou stoppen omdat ik eerste timmerman werd.

Toen kneep ze haar ogen samen, waardoor het leek alsof ze over mijn woorden nadacht, maar dat was niet zo, want ze begon met een verhaaltje over mijn moeder, die kapitein De Lucht had vastgehouden. Marieke deed het voor, een omhelzing met de lucht, haar ogen gesloten.

Ik wilde weten wanneer dat was en ze beweerde tijdens de repetitie van de band. Ze kwam net uit de wc op de gang. Ik schudde mijn hoofd. Ze had het waarschijnlijk niet goed gezien. Ze hield vol, nee, nee, want ze stond dichtbij genoeg. Dat zal wel, zei ik. Volgens Marieke waren ze eerst aan het praten toen mijn moeder ineens haar armen om hem heen sloeg. Tot ze haar zagen staan. Mijn moeder zou de kapitein toen snel weer losgelaten hebben en hij had Marieke uitgelegd dat mijn moeder last van een flauwte had. Ik zei tegen Marieke dat het goed mogelijk was dat ze zich niet lekker voelde, want ze was de afgelopen week uitgeput geweest. Marieke stak de lolly in haar mond en zoog er aan. Ze vroeg me of ik haar wilde leren hoe je een schaap moest tekenen.

Een andere keer, zei ik.

Wat is ze nou, vraag ik me nu af, een leugenaar of een fantast?

5

Van nature ben ik nogal een uitsteller, maar op deze zonnige ochtend overtref ik mezelf en peddel op mijn fiets dwars door het drukke verkeer recht op mijn doel af. Meteen in het water springen, zei mijn oma vroeger altijd, als ik stond te treuzelen op de rand van het zwembad in Harderwijk. Ruim een halfuur slenter ik over de paden van het Sarphatipark langs de grasvelden, vijvers en speelplaatsen, maar van Pat, de vroegere eigenaar van de tattooshop in de steeg, geen spoor. Zijn opvolger in de tattooshop, met wie ik een paar dagen geleden een praatje maakte, wist te vertellen dat Pat hier 's ochtends met zijn hondje komt. Maar de enige viervoeter in het park is een jonge labrador, die met soepele sprongen achter de bal aan rent die zijn bazin met een tennisracket lanceert.

Ik ga op een bankje zitten en terwijl ik afwacht of Pat nog opduikt, pak ik uit mijn tas het velletje papier van Haantje. Bart had het me doorgestuurd. Eindelijk, dacht ik, toen ik de envelop met het logo van het Leger des Heils en Haantjes naam erop opende. Hier waren ze, de antwoorden op mijn vragen. Maar die verwachting kwam niet uit. Ik moest genoegen nemen met een kopie van een handgeschreven stukje tekst over een volstrekt onbeduidend voorval uit het verleden, de dood van een duif. Die ik op mijn geweten zou hebben. Ik herlees de laatste regels van zijn vergezochte beschuldiging aan mijn adres en vraag me opnieuw af waar hij het lef vandaan haalt om zoveel jaar later míj terecht te wijzen. Als ik van het tekstje opkijk ontdek ik een bekend gezicht, niet dat van Pat, ter hoogte van het Sarphatimonument. Zijn haren, vroeger gitzwart in een lang dun staartje op zijn rug uitlopend, omkransen in grijze plukken zijn gezicht. Op zijn armen zitten littekens van het spuiten, zijn rug is stram, waarschijnlijk door het jarenlange slapen onder bruggen en op houten banken. Maar hij heeft het doorstaan en beschikt nog volop over vitaliteit om als een circusartiest drie in het zonlicht schitterende zilverkleurige ballen hoog te houden. Als kind vreesde ik zijn dreigende blik wanneer hij langs me in de steeg liep, of liever stoof, want altijd leek hij haast te hebben. Hij was niet zo'n zielig geval als de meesten, maar een onberekenbare idioot waar een luchtje aan zat. Hij beroofde andere verslaafden en schopte door als ze met hun handen voor hun gezicht op de grond lagen.

De tot jongleur omgeschoolde junk legt de drie ballen in het gras, rekt zich met zijn armen boven zijn hoofd uit en kijkt bedaard om zich heen. Door zijn manier van doen maakt hij het hele park tot zijn eigendom. Even overweeg ik om bij hem te informeren naar Pat, die hij ongetwijfeld nog van vroeger kent, maar ik doe het niet. Nog steeds ben ik een beetje bang van hem.

Een halfuur later stap ik van mijn fiets voor een ontmoeting waar ik wel naar uitkijk. Het appartementengebouw waar

Mathilde tegenwoordig woont telt acht verdiepingen en is opgetrokken uit baksteen, een architectonische knipoog naar de monumentale panden die op deze plek zijn neergehaald. Op het bellentableau zoek ik naar nummer 1336. Mathilde heeft me door de telefoon al gezegd dat er geen naam bij staat. 'Het is op de zevende etage, tweede deur links als je de lift uit komt.'

Op de galerij, met uitzicht op het water, herinner ik me hoe we op Hayo's brommer naar het IJ reden, waar toen nog krakers in de leegstaande pakhuizen woonden. Achter die met roet beslagen kolossen zaten we in het gras en keken uit op het Java-eiland, vóór het ontwikkeld werd. We aten uit een vetvrije zak de gegrilde kippenpootjes van de poelier op de Nieuwmarkt en dronken er een blikje cola bij.

Hayo had in de krakers een interessant onderwerp gevonden voor zijn foto's. Net als zij hield hij van barricades, met dit verschil dat hij ze liever slechtte dan dat hij ze opwierp. Hij raasde eroverheen, als het even kon op zijn Honda. Hij was verzot op stunts en zwoer bij onverzettelijkheid. Woorden als onmogelijk, gevaarlijk en onverantwoordelijk betekenden niets voor hem. De krakers maakten ondanks hun hanenkammen en met veiligheidsspelden doorboorde lippen weinig indruk op me, daarvoor was ik te veel betoverd door Hayo's ontzaglijke persoonlijkheid, zíjn afkeer van autoriteiten en zíjn voldoening over de vrijheden van de straat, die hij iedere dag van zijn leven opeiste. We zaten naast elkaar in het gras, hij met zijn wilde bos krullen en zilveren oorring, ik met mijn hoofd tegen zijn schouder. We kauwden op het vlees van de kippenpoten. Ik zoog mijn longen vol met de koele lucht die vanaf het water aan kwam waaien, vol bedwelmende geuren en het gekrijs van meeuwen. Over een jaar zou ik de middelbare school verlaten en gaan studeren. Met Hayo zou ik in een van die kraakpanden gaan wonen of we zouden eerst op reis gaan, naar het Verre Oosten. Ik zou mijn leven in de steeg achter me laten. Ik was er bijna.

Als Mathilde in de open keuken koffiezet kan ik haar vrijelijk observeren. Haar zachte, mollige armen zijn bespikkeld met bleekbruine sproeten, net als Hayo die over zijn hele lichaam had. Ook haar lichtblauwe ogen had hij geërfd en haar blonde, naar rossig neigende haar. Opvallend is dat haar handen ouder zijn geworden dan haar gezicht. Het lijkt alsof ze net van de kapper komt, of ze heeft het zelf opgestoken en bespoten met haarlak. De geur ervan, die me terugvoerde naar mijn jeugd, viel me meteen op nadat ze aan de binnenzijde van de deur twee sloten had opengeschoven om me binnen te laten. Haar brillenglazen weerkaatsen de zonnestralen. Vroeger weigerde ze uit ijdelheid haar bril te dragen en god weet dat ze hem goed kon gebruiken. 'Hoeveel?' vroeg Hayo en stak aan de andere kant van het café zijn vingers op, tot besmuikt vermaak van de klanten.

'Het wordt ouderwetse filterkoffie. Ik heb zo'n espresso-apparaat, maar na wat er de laatste keer gebeurd is, heb ik het weer in de doos opgeborgen.'

Was ik helemaal vergeten, die kenmerkende manier van praten, waarbij ze half ironisch, half gemeend, zichzelf een beetje onderuithaalde. Ze kocht haar appeltaart bij de Hema, want als ze het zelf probeerde kon ze hem beter gelijk weggooien. Ze bracht haar kleren naar de wasserette omdat bij haar de was toch altijd doorliep. Zo zette ze zichzelf als een kluns neer, maar op een onaantastbare manier, want niemand die het in zijn hoofd haalde om haar gelijk te geven. Op Hayo na, maar goed, wat kon die eigenlijk niet bij haar maken?

In het begin zag ik in dat zichzelf omlaaghalen niets anders dan onschuldige zelfspot, de luchthartige, risicoloze relativering van een vrouw die niets te duchten had. Maar later begon ik te twijfelen, misschien school er ook nog iets anders in, speciaal voor mij bedoeld. In een poging om de gevoelens te sparen van een meisje wier moeder nooit een ouderavond bezocht, die een bankbiljet van vijfentwintig op tafel achterliet wanneer ze met haar nieuwe bink voor een paar dagen naar het carnaval in Keulen afreisde. Toen ik Mathildes zelfverklaarde stommiteiten eenmaal hield voor een poging mij me minder rot over mijn eigen moeder te laten voelen, vond ik het vreselijk om ze te moeten aanhoren.

'Wisten ze bij dat museum dat jij en Hayo elkaar gekend hebben?' vraagt ze.

'Ja, een oud-klasgenoot van me is er directeur.'

'Ik dacht al: wat een toeval.' Ze zet de kopjes op een houten salontafel en gaat tegenover me zitten. 'Een tentoonstelling én een boek. Ik hoef jou niet te vertellen wat een hoge borst hij opgezet zou hebben, als hij nog geleefd had.' Ze glimlacht niet bij deze gedachte. 'Ze hebben zo'n beetje zijn hele archief meegenomen. Het stond hier beneden in de bergruimte. Tijdelijk, zei hij toen hij het kwam brengen. Hij was toen net bij zijn laatste vriendin weg en woonde in een appartement aan de Keizersgracht. Nu ja, appartement, ongeveer zo groot als mijn slaapkamer.'

In een lange monoloog vertelt Mathilde over haar laatste jaren in het hotel. Eerst viel er nauwelijks iets te verdienen, omdat toeristen de buurt mijdden. Toen het de gemeente eindelijk lukte de junks te verdrijven en de buurt te reanimeren, was het voor haar al te laat. Het pand van Schagen moest volledig gerenoveerd worden, en niet alleen omdat haar voor de zoveelste keer door de brandweer nieuwe veiligheidsvoorschriften waren opgelegd. Jarenlang had Mathilde uitsluitend de hoognodige klusjes laten uitvoeren. Haar kamers waren hopeloos armoedig, wist ik uit eigen waarneming. Roestige radiatoren met draaiknoppen waar geen beweging meer in te krijgen was, gloeilampen met vlekkerig licht, gebarsten linoleum en een houten stoel en een kast met een verweerde spiegel. Uit de douche op de gang kwam een zwakke straal water. Dunne, verwassen handdoeken, kleine stukjes zeep. De gordijnen donkergrijs, zodat het niet opviel dat ze al jaren niet gewassen waren.

Ze stelde de noodzakelijke werkzaamheden keer op keer uit, tot er op een dag een kleine Chinese man haar zaak binnenstapte. Met zijn handen in zijn broekzakken keek hij om zich heen en vertelde haar langs zijn neus weg dat hij al enkele pandjes in de steeg had opgekocht. Aanvankelijk sloeg ze zijn bod af, maar toen hij na een paar maanden nog een keer langskwam om het te verhogen, hapte ze toe. Achteraf gezien had ze beter nog enkele jaren kunnen wachten, met de torenhoge prijzen van tegenwoordig. Maar ze klaagt niet, dat ligt niet in haar aard. Van de opbrengst kocht ze dit appartement aan het IJ.

‘Na twintig jaar tegen een muur aankijken wilde ik eindelijk weleens iets anders.’

Als op afspraak wenden we allebei ons gezicht naar het grote raam. Het licht van de zon geeft het troebele water en de huizen van Noord een groengrijze tint. Er varen enkele boten, maar verder bespeur ik daar buiten geen enkel teken van leven. Het daglicht stroomt rijkelijk haar huis binnen en, inderdaad, ze heeft een spectaculair weids uitzicht, toch kan ik me gewoon niet voorstellen dat de Mathilde die ik gekend heb hier kan leven.

In het café zat ze altijd aan het tafeltje bij het raam, om alleen als ze stijf was geworden even op te staan, met haar handen op de rugleuning, en vanaf haar commandopost deelde ze haar bevelen uit aan het barmeisje, de werkster, de leveranciers en de klusjesman, eigenlijk aan iedereen die geen geld inbracht, hoewel ze er niet tegen opzag om als dat zo uitkwam ook haar klanten te koeioneren. Aan haar tafeltje had ze uitzicht de steeg in, tot de hoek met de Oudezijds, en kon ze de kassa en de binnendeur naar het hotelgedeelte in de gaten houden, dus ook de gasten die nog niet betaald hadden en meenden zich, als ze beneden zouden komen, uit de voeten te kunnen maken.

‘En jij? Jij zult wel geen cent gezien hebben van je moeders pand?’

‘Nee, ze had schuld bij de bank.’

‘Niet alleen bij de bank, kan ik je verzekeren.’

Ik haal mijn opschrijfboekje en mijn balpen uit mijn tas. Ze wacht zonder iets te zeggen, alsof ik een rechercheur ben die na de eerste beleefde plichtplegingen nu eenmaal zijn werk moet doen.

Op mijn verzoek haalt ze herinneringen op aan Hayo's tienerjaren, zijn energie en gedrevenheid, die levenshonger, waar iedere dag opnieuw de stukken bij afvlogen. Zijn eerste toestel was een polaroidcamera die een hotelgast had achtergelaten en zeker een halfjaar ongebruikt in een kastje achter de bar had gelegen voor Hayo er op een dag belangstelling voor kreeg.

'Hij zag er een leuke bijverdienste in, polaroidfoto's maken. Zo is het begonnen. Hij ging 's avonds de cafés langs, een rijksdaalder voor een foto. Later kreeg hij van mij voor zijn verjaardag zo'n camera waar rolletjes in gingen en waarvan je de lenzen kon verwisselen.'

Zijn eerste spiegelreflexcamera, een kleinbeeld-Canon. Ik zie hem voor me en als ik eraan terugdenk kan ik het metaalachtige geluid van de sluiter weer horen. Hayo gebruikte een blaaskwastje om de lenzen met chirurgische precisie stofvrij te maken. Met die camera, de eerste in een lange reeks van steeds duurdere, professionelere modellen, maakte hij foto's die hij zelf de moeite waard vond. Aanvankelijk van duiven op de Dam, een tramongeluk op het Spui en een uitslaand brandje op de Westerstraat, maar later begreep hij dat hij zijn onderwerp dichter bij huis moest zoeken, in de stegen en op de grachten, het decor waartegen hij het leven van junks, hoerenlopers, vechtersbazen en markante buurtbewoners van de oude garde zou vastleggen. Hij was volkomen autodidact en had uit een boekje geleerd hoe hij zijn zwart-witfilms zelf kon ontwikkelen en foto's kon afdrukken. Op zijn handen en kleren zaten regelmatig vlekken van het fixeer en de ontwikkelaar. Hij was nog maar net zeventien toen hij zijn eerste nieuwsfoto, van de ontruiming van een kraakpand, aan *Het Parool* verkocht en niet veel later wist hij een reportage over een verslaafd Italiaans meisje dat op de Achterburgwal tippelde aan het tijdschrift *Panorama* te slijten. Daarmee had hij zijn voornaamste doel, onafhankelijkheid, bereikt. Want dat streefde hij boven alles na, van niemand afhankelijk zijn. Hij maakte foto's en verdiende er geld mee. Naar school ging hij niet meer.

'Hij was geen doorsneejongen,' zegt Mathilde, 'zo eigengereid, en volkomen onhandelbaar in een schoolsysteem. Hij weigerde gewoon te gaan. Dreigen, smeken, het maakte niet uit wat ik deed. En als hij dan een keer ging, waren er zoveel problemen geweest dat ik dacht: je kunt daar inderdaad maar beter wegblijven. Sommige kinderen hebben gewoon weinig op school te zoeken.'

In mijn leven heb ik nooit iemand ontmoet die zo volstrekt eigenzinnig en overtuigd van zijn eigen kwaliteiten was als Hayo. Tegen zijn gelijk was geen mens bestand, zeker niet een leraar, die hij als zijn natuurlijke vijand beschouwde. Hayo in een klaslokaal was zoiets als een onverdoofd wild dier in een kleine kooi. Mijn blik dwaalt langs de souvenirs die hij van zijn vele reizen voor Mathilde heeft meegenomen en die een plekje hebben gekregen in, op of naast de gedecoreerde buffetkast in Mechelse stijl, met tal van glazen deurtjes. Het wandkleed met apen en olifanten komt zo te zien uit Azië, een zittend mannetje van donker hout uit Afrika, en het theeservies op een tinnen dienblad uit het Midden-Oosten. In het begin van die laatste zomer had Hayo me voorgesteld om samen een tijdje door Azië te trekken. En dan? vroeg ik, want ik was van plan om te gaan studeren. 'Dat zien we wel. Je moet niet te ver vooruitdenken.' Voor mij waren er wel tien goede redenen om ervan af te zien, maar hem ging het altijd om die ene reden om het wel te doen.

De uitgestalde porseleinen borden, kopjes en kristallen glazen in Mathildes buffetkast voeren me terug naar haar vensterloze slaapkamer achter het café. Behalve donker was het er bedompt, en er hing de slaaplucht van haar lijf, dat van Sharif en hun bejaarde hondje. Aan de ene kant stond het tweepersoonsbed waarop meestal halflege doosjes Leonidas-bonbons lagen, aan de andere kant het aftandse dressoir met daarop soepborden, gevuld met kwartjes, guldens en rijksdaalders, het wisselgeld. Als hij krap bij kas zat of gewoon als we met zijn tweeën naar de film wilden en Mathilde niet in de buurt was om haar om geld te vragen, nam Hayo daar een niet-kinderachtige graai uit.

'Hij heeft een keer een leraar die hem wilde beletten het lokaal te verlaten gevloerd,' zegt Mathilde. 'Met een klap, zeiden ze; hij beweerde dat het een duwtje was geweest. Hij kon zo woedend worden, die jongen. Weet je nog die keer dat hij een vuilnisbak door het caféraam gooide? De glassplinters zaten in mijn haar. Ik had hem gezegd dat hij zonder schoolopleiding een grote mislukkeling zou worden, dat ik hem het huis uit zou zetten en dat hij maar beter vast bij de Stadsreiniging kon gaan solliciteren. In dat verband was die vuilnisbak wel toepasselijk. Door het gat in het raam schreeuwde hij dat ik zijn moeder niet meer was. Maar hij kwam terug. Ook later als hij het weer eens te bont had gemaakt en we woorden kregen. Na een paar maanden stond hij weer met iets wat hij uit een ver land had meegenomen voor mijn deur. Altijd keerde hij weer terug.'

Ze raakt met haar vingertoppen voorzichtig de onderkant van haar stijf gekapte haar aan. In de lelletjes van haar oren tekenen zich kleine spleetjes af waar vroeger briljanten oorbellen hebben gezeten. Ook zij kon soms onverhoeds in woede uitbarsten, het gebeurde niet veel, maar als het zover was, kon je je beter bergen. De flessen en glazen stonden dan bij wijze van spreken achter de bar te schudden.

'Ben je getrouwd?' vraagt ze.

'We zijn uit elkaar.'

'Mijn eerste man, de vader van Lucas, de enige met wie ik getrouwd ben geweest, ging dood toen ik ongeveer jouw leeftijd had. Het leek het einde van de wereld, maar dat was het niet. Heb je kinderen?'

'Hij kon geen kinderen krijgen. En hoe is het met Sharif?'

'Geen idee. Misschien is hij ook dood. Nog koffie?'

Sharif, haar man destijds, de klanten hadden zijn naam verbasterd tot Sheriff, ik ben er nooit achter gekomen of hij nou Libanees of Egyptenaar was, of een Algerijn die in Frankrijk had gewoond. In de buurt werd beweerd dat hij in Marseille in de problemen was geraakt en onder een andere naam naar Amsterdam was uitgeweken. Hij droeg nachtblauwe gilets met een rugpand van zijde en volmaakt gepoetste schoenen. Hij had gitzwart haar en donkere, doordringende ogen die toch altijd een glimlach verraadden. Als hij je aankeek had je het idee dat hij moeiteloos doordrong tot je diepste wezen en zonder dat je een woord had gesproken begreep wat je dacht en wat je wilde zeggen, als je het gedurfd had. En ik wás een angsthaas in die tijd.

Maar zijn glimlach gaf op een plezierige manier te kennen dat het niets uitmaakte omdat hij toch al geraden had wat ik voor hem probeerde achter te houden. Hij las Franse kranten en soms, als hij in een sentimentele bui was, zong hij met een niet onverdienstelijke stem chansons van Gilbert Bécaud en Charles Aznavour. Als hij boodschappen deed bij de slager in de Lange Niezel, door Mathilde steevast 'de oplichter' genoemd, vergat hij nooit een papieren zakje met afsnijsels voor mijn hongerige katten mee terug te brengen.

'Na de dood van Lucas' vader heb ik het nog drie keer geprobeerd. De vader van Hayo vertrok zonder zelfs maar een briefje achter te laten. En die andere twee was ik op een gegeven moment zo zat dat ik ze er zelf uit heb gegooid.'

'Sharif?'

'Hem ook.' Een glimlach glijdt over haar gezicht, kennelijk is Sharifs vertrek uit haar leven niet meer dan een rimpeling op het water geweest. 'Ik heb van het begin af geweten dat het met hem zo zou lopen. Het was ingecalculeerd. Altijd heb ik naar het verkeerde in een man gezocht, iets spannends, maar dat is zo'n beetje het laatste waar je voor moet gaan, weet ik nu. Tegenwoordig, zal ik je zeggen, niet dat ik er op mijn leeftijd nog aan begin, god beware me, maar tegenwoordig vind ik fatsoen misschien nog wel de belangrijkste eigenschap. Op een goed humeur na, want anders word je weer stapelgek van dat fatsoen. Vroeger hoopte ik dat jij en Hayo, dat jullie... ik vond jullie bij elkaar passen... Ach, het is moeilijk om over die dingen te praten.' Ze valt stil en ik staar naar mijn notitieboekje zonder iets op te schrijven. Welke loop zal ons gesprek nemen als het me niet lukt om een volgende vraag te bedenken? Alsof ze de impasse wil doorbreken komt Mathilde overeind uit haar stoel en pakt een foto uit een lade van de buffetkast. Ze legt de polaroid voor me op tafel, voorzichtig, alsof hij in stukjes uiteen zou kunnen vallen. Het is een verbleekte afbeelding van Mathilde en mij samen op straat voor het raam met in witte sierletters *Hotel-café Schagen* erop geschilderd. De foto moet door Hayo gemaakt zijn, ik schat een jaar of twee nadat ik in de steeg was komen wonen. We gingen nog maar net met elkaar om, Hayo en ik, want de eerste tijd had ik me nauwelijks buiten durven vertonen en richtte ik me voornamelijk op het redden van de verweesde kittens op het platje waar ik vanuit mijn kamer op keek. Bovendien vond ik hem een vervelende branieschopper, zo'n beetje de laatste tot wie ik me aangetrokken voelde. Maar ten tijde van de foto waren we al bevriend, niet meer dan dat, een vriendschap die, besef ik nu, veel kostbaarder was dan wat er daarna speelde: een nogal zelfzuchtige, onbehouwen, soms zelfs ronduit lelijke liefde zonder de aandacht en ruimhartigheid van de eerste jaren. Ik kan me niet meer herinneren dat Hayo de foto heeft gemaakt. Naast Mathilde, zomerjurk, opgekamd haar, ringen, oorbellen, kettinkje met briljanten hanger op haar borst, staat een mager scharminkel, gespannen, bleek, met kringen onder haar ogen.

'Ik had met je te doen.' Mathilde zit weer tegenover me. 'We hadden allemaal met je te doen toen je in de steeg kwam wonen. Je was zo klein en... bang. Altijd maar met die beesten in de weer. Je was zelf ook net een zwerfkatje, want toen je eenmaal buitenkwam, wilde je niet meer naar huis.'

Dat zwerfkatje werd toen ze een jaar of twaalf was op de

Geldersekade door een auto aangereden. Hoe het precies gebeurd was wist ik niet en heb ik achteraf ook niet kunnen achterhalen maar ik lag met een stekende pijn in mijn hele lichaam onder mijn fiets op het asfalt. Ik schreeuwde niet, ik probeerde niet overeind te krabbelen, misschien omdat alle kracht uit mijn lichaam wegvloeide. Een oudere man keek door een grote vierkante bril op mij neer terwijl ik in een bodemloze put leek te vallen en daarna werd het volkomen donker, een duisternis vol stemmen. Toen ik weer in het licht terugkeerde, zag ik boven mij behalve de man met de bril ook een vrouw, zo mogelijk met een nog bezorgdere blik. Het voorwiel van mijn fiets bleek verbogen en de man en de vrouw stonden erop om me haar huis te begeleiden, ook nadat ik met bebloede handen en knieën was opgekrabbeld en hun te kennen gaf dat het wel weer ging. De vrouw nam mijn hand, koud van schrik, in haar warme hand en de man tilde mijn fiets aan het stuur omhoog zodat het voorwiel boven het wegdek hing. En zo liep ik met dit onbekende echtpaar, dat zo te horen niet uit de stad kwam, over de Nieuwmarkt en de Zeedijk in de richting van mijn huis. Onderweg probeerde ik ze er nog van te overtuigen dat het echt goed met me ging en dat mijn moeder misschien niet thuis was en dat ze werkelijk geen moeite hoefden te doen, want ik had geen last meer, maar wat ik ook zei, ze zouden en moesten me persoonlijk bij mijn moeder afleveren. Op de 'eerste brug' aangekomen, minder dan honderd meter van mijn huis verwijderd, hield ik plotseling halt. De vrouw keek me even aan en bestudeerde mijn gezicht aandachtig als een verpleegster die wil weten waar het pijn doet. Tot mijn eigen verbazing begon ik plotseling hard te huilen en de vrouw nam me in haar armen en drukte me tegen zich aan. Ze zei dat het door de schrik kwam, maar uiteraard wist ik wel beter, en ze probeerde me te troosten, lieve, bezorgde woordjes mompelend. Haar stem was zacht en prettig, een stem die deed denken aan de stille, lege weilanden in de ochtendnevel achter het huis van mijn opa en oma, aan gewone, nette mensen die onopvallende kleren dragen, het gras maaien, op zaterdag de auto wassen. En zekerder dan wat ook wist ik dat ik met die twee niet verder kón lopen. Ze zouden het kamertje met de rode tl-buis zien, en mijn moeder met opgetrokken blote knieen op haar stoeltje, en dat idee was gewoonweg onverdraaglijk. Op de brug hield ik de vrouw minutenlang vast en ondanks mijn radeloosheid genoot ik van haar omhelzing. Niet, nog niet wilde ik dat ze me los zou laten.

Ik weet niet of ze nog leven, die twee brave mensen uit de provincie met wie ik café-hotel Schagen binnenging. Mathilde zat op haar vaste plek bij het raam. Ze hoorde het verhaal van de man en de vrouw kalm aan, zag hoe ik door de grond zakte toen het onvermijdelijke 'uw dochter' viel, en bedankte het echtpaar omdat ze mij hadden afgeleverd, dat alles zonder een krimp. Toen ze vertrokken waren, nam Mathilde me mee naar het keukentje achter de bar en depte met een washandje mijn bebloede knieën en handen. Ze deed jodium en pleisters op de wonden. Ik zette me schrap want al die tijd verwachtte ik dat ze iets over mijn leugen zou zeggen, al was het maar een achteloos gemaakte, ironische opmerking, wat al erg genoeg zou zijn, maar dat deed ze niet. Zonder een woord leidde ze me naar het tafeltje aan het raam, installeerde me op haar eigen troon en trakteerde me op een reusachtige reep Zwitserse chocolade en een mok thee. Met geen woord repte ze over mijn leugen, toen niet en later ook niet, nooit.

In die dagen was ik inderdaad meer op straat dan thuis te vinden, of zat ik samen met Hayo in het café bij het ketsende geluid van de dobbelstenen onder de leren beker, in het keukentje, waar we eieren met ham bakten, in de kelder of met mooi weer op de brandtrap aan de achterzijde van het hotel. Steeds meer leek het alsof niet het pandje met het rood verlichte raam, maar het hotel schuin aan de overkant mijn huis was.

Mijn moeder, die wel in de gaten had wat er speelde, noemde Mathilde een geslepen haaibaai. Uit eigen waarneming wist ik dat Mathilde behalve een taaie en gocheme, ook een harde vrouw kon zijn, niet bepaald de gedroomde, zorgzame moeder, en ook hoe er in de buurt over haar gedacht werd. Dat ze sluw was, een beetje de Machiavelli van onze steeg, met scherpe zintuigen voor de intriges en kwetsbaarheden van haar klanten, dat ze juwelen of porselein van verdachte herkomst opkocht, en een zwak voor foute mannen had, bovendien ontzettend lui was. Als je haar slechts oppervlakkig kende, niet zoals ik, was het verleidelijk om in haar uitsluitend een vertegenwoordigster van de oude Amsterdamse stempel te zien, inhalig, lui, bluf en Johnny Jordaan, en een mondje Engels. In haar geval was dat nogal onbillijk, aangezien ze Duits sprak en haar Frans was door haar relatie met Sharif zeker niet onverdienstelijk; bovendien had ze een grondige hekel aan Nederlandse liedjes. Maar het was ontegenzeggelijk waar dat ze niet graag uit haar stoel opstond.

Als ik de foto op tafel leg, zegt Mathilde: 'De laatste keer dat hij hier langskwam, was een paar dagen voor hij naar Afghanistan vertrok. Hij had het over vroeger, dat kwam niet veel voor, het verleden interesseerde hem niet zo, mij ook niet, soms denk ik nog weleens aan iemand, maar dat gebeurt zelden. Maar die middag begon hij over het hotel en wat we daar hadden meegemaakt, ook dat met je moeder. En toen zei hij ineens iets over jou. Je had in de krant gestaan, geloof ik, door dat boek. Hij is je nooit vergeten. Hij heeft het altijd jammer gevonden dat jullie uit elkaar zijn gegaan. Zij was het beste meisje dat ik ooit tegenkomen zal, zei hij tegen me. Je wilde hem niet meer zien na de dood van je moeder. Hij beweerde dat hij het nog een paar keer geprobeerd heeft, maar dat jij het contact afhield.'

Ze neemt me vragend op, maar ik heb geen idee wat ik hierop moet zeggen.

'Ik geef je nergens de schuld van. Het lag aan hem. Hij wist het.'

In de stilte die valt stel ik me voor hoe ze in deze lichte kamer met het eindeloze uitzicht iedere dag in haar eentje koffiedrinkt, verzonken in gedachten aan haar jongste zoon, hoe ze een broodje bij de televisie eet, om een uur of vijf haar eerste glaasje wijn inschenkt. Een eenzame vrouw, een actrice die de set niet meer op mag.

'Hij had vele gezichten. Het valt niet mee om hem te begrijpen. Maar dat is niet zo vreemd. Ik heb vier mannen gehad, en ik durf te beweren dat ik geen van hen gekend heb. Misschien maar beter ook.'

Haar lichtblauwe ogen achter de brillenglazen laten mijn gezicht nu geen moment meer los. 'Jij bent er goed uit gekomen, een hele prestatie, maar verbaasd heeft het me niet, want vroeger al was je wijs en deed je je best om vooruit te komen. Voor een kind uit die buurt was je bijzonder, juist omdat je gewoon was. Ik hoef jou niet te vertellen dat er heel wat onderuit zijn gegaan. Zeker in die tijd was het zo'n beetje de slechtst denkbare plek voor een kind. Ik had mijn jongens er natuurlijk nooit moeten laten opgroeien, maar ik had die zaak van Lucas' vader geërfd. We leefden ervan.'

'Hoe gaat het tegenwoordig met Lucas?'

'Hij heeft lang in het buitenland gewoond, maar na het overlijden van zijn vrouw is hij teruggekeerd. Nu woont hij weer hier, nou ja, in Buitenveldert. We zien elkaar af en toe en we bellen. Ik hem. Niet te veel. We doen het rustig aan, ik moet me een beetje inhouden, het aan hem overlaten. Dat is zijn dochter.' Ze wijst naar de portretfoto aan de muur die me al was opgevallen, van een meisje met glanzend lang haar en blauwe ogen. 'Lizzy, ze zit op de internationale school, Engelstalig. Lucas brengt en haalt haar iedere dag. Hij rijdt wat af. 's Zaterdags ook nog naar tennisles in het Vondelpark. Daar zit ze samen met een meisje van school op. Lucas vindt het belangrijk dat ze vriendinnen krijgt. Volgend weekend komt ze bij me slapen en dan gaan we samen de stad in en pizza eten. Na Hayo's dood leek het even alsof ik twee zoons was kwijtgeraakt. Maar nu heb ik er een terug, en een beeldige kleindochter.'

'Heeft u hem nog gevraagd of ik hem kan spreken?'

'Hij vindt al die aandacht, met een tentoonstelling en een boek, een beetje overdreven. Voor hem hoeft het niet zo.'

De broers hadden nooit veel met elkaar opgehad, wist ik. Hun relatie was er een van gedogen geweest.

'Wij hebben haar samen geïdentificeerd, je moeder, wist je dat?'

'Wie?'

'Ik en Lucas. Ze hadden twee personen nodig, zeiden ze. Jij was op vakantie, ze konden je niet bereiken, en je opa lag in het ziekenhuis van Harderwijk. De politie kwam bij ons langs, ze waren al eerder geweest om van alles te vragen en wisten dat wij als overburen je moeder goed kenden. In het gerechtelijk laboratorium lag ze, wat er van haar over was.'

Tot mijn eigen verbazing denk ik bij Mathildes woorden niet zozeer aan mijn moeder als wel aan Hayo. Aan wat er van zijn lichaam over was nadat een raket de auto waar hij in zat geraakt had. Ik vraag me af of Mathilde, terwijl ze naar haar oude, beaderde handen staart, ook terugdenkt aan die verwrongen, uitgebrande Toyota die op een foto in de kranten had gestaan. Een van de weinige niet door Hayo zelf gemaakte foto's die op de tentoonstelling te zien zullen zijn.

'Na afloop,' gaat ze verder, 'voor de politie ons terug naar huis reed, stonden Lucas en ik buiten op de parkeerplaats te trillen op onze benen. Wees maar blij dat jij op vakantie was.'

Ze staart langs me heen, alsof haar ogen iets achter me zoeken, iets wat hier niet meer is. Ik weet dat ze me niets verwijt, toch voel ik me bezwaard om wat ze twintig jaar geleden in mijn plaats heeft moeten opknappen, en misschien nog wel meer om wat ik haar vandaag aandoe. Zo lang liet ik niets meer van me horen en ineens duik ik op, zit ik voor haar, om oude wonden open te rijten.

'Het was een rotzomer,' verzucht Mathilde. 'We hadden

er een hoop van verwacht, maar het was gewoon onze zomer niet.'

Voor me uit blinkt het IJ tussen de hoge gebouwen als ik met een vlijmend gevoel van zelfverwijt besef dat ik, het zal eens niet, iets vergeten ben. Het cadeautje voor Mathilde, een boekje met verhalen en legenden over onze oude buurt. Ik had het bij een antiquariaat op de kop getikt en zelf mooi ingepakt, maar nu zit het nog in mijn fietstas. Willem plaagde me er vroeger regelmatig mee, met die verstrooidheid, of is het slordigheid. Ik rijd terug naar het appartement van Mathilde. Door het waas van ergernis voor mijn ogen zie ik aanvankelijk niets van het gebouw en de straat, maar dan vangt mijn blik een man die uit een auto stapt en met lichte, vlugge passen naar het portiek loopt. Ik zie hem alleen schuin van achteren en ik zou niet kunnen uitleggen waarom ik er bijna naar smacht om hem in te halen en zijn gezicht te zien. Het moet met zijn houding te maken hebben, met de beweging van zijn armen, een bepaalde opwinding die mij lokt. Ik moet zijn gezicht zien, verdomme, voor hij naar binnen gaat. Hij is bruinverbrand, met donker, kortgeknipt haar, zijn lange, slanke benen in jeans gestoken. Daarboven een openstaand grijs hemd en een wat verlegen glimlach als ik met een voet aan de grond voor hem stop.

'Lucas!'

'Wat een verrassing,' zegt hij met een lachje. 'Ik ben op weg naar mijn moeder.'

'Ik kom net bij haar vandaan, maar ben vergeten haar iets te geven.'

'Was dat vandaag?'

'Ik vond het fijn om haar weer terug te zien.'

'Dat ik niet op je uitnodiging ben ingegaan, moet je niet persoonlijk opvatten.' In zijn stem klinkt na al die jaren buitenland nog steeds een vleugje Amsterdams accent door. 'Ik hoop dat mijn moeder dat goed heeft overgebracht.'

'Ik wilde je ontmoeten om een openhartig gesprek te hebben.'

'Daar zit precies het probleem. Mijn verstandhouding met Hayo was niet best. Ik heb gewoon geen zin om na te trappen. Hij is dood. Ik heb genoeg tijd gehad om hem persoonlijk te laten weten wat ik van hem vond, maar heb dat nagelaten. Het lijkt me dan ook een beetje onredelijk om nu aan jou op te gaan hangen wat ik hem had moeten zeggen. Al helemaal als dat in een boek terechtkomt.'

'Jammer,' zeg ik en slik nog net de poging om hem over te halen in. Uit wat Mathilde me heeft verteld, maakte ik op dat iedere poging van haar kant om toenadering tot hem te zoeken in het verleden, de afstand alleen maar had vergroot. Niet voor niets liet ze tegenwoordig het initiatief aan hem.

'Dat je na al die jaren een boek over hem schrijft,' zegt hij.

Waarschijnlijk ziet hij me nog steeds als het vroegere vriendinnetje van zijn broer, wat me aandoenlijk maakt, de sneue passie van een naïef meisje.

'Ik ben ervoor gevraagd en het is trouwens meer een catalogus, waar ik een tekst voor schrijf.'

Hij knikt langzaam met zijn hoofd terwijl er van alles in zijn mooie, lichte ogen gebeurt. Zijn houding tegenover me is anders dan ik verwacht, toch is hij net zoals ik me herinner uit de dagen van onze jeugd, de oudere, bedachtzamere figuur. Tegelijk is hij aantrekkelijker, elegant in de heupen, eersteklas schouders. Ik hoop dat hij niet vindt dat ik hem vreemd aankijk. Over de hoge gevel achter hem hangt een bleekblauwe schaduw, met hier en daar een fonkelend raam. Onhandig en in een gecompliceerde houding bevrijd ik het ingepakte boekje uit mijn fietstas.

'Zal ik het haar geven?' vraagt hij terwijl hij het van me aanneemt.

'Bel me als je je bedenkt.'

'Dat zal ik doen,' belooft hij. 'Goed om je weer gezien te hebben.'

Ik hoop dat hij het meent, denk ik als ik wegfiets. Dit heb ik lang niet meer gevoeld.

6

Op de Ceintuurbaan stap ik uit de tram en opnieuw, poging nummer drie inmiddels, struin ik de paden van het Sarphatipark af zonder Pat te vinden. Misschien is Pats opvolger in de tattooshop een liefhebber van practical jokes en heeft hij mij beetgenomen, zoals vroeger sommige Amsterdammers die niet eens de oorlog hadden meegemaakt er een sport van maakten om Duitse toeristen de verkeerde kant op te sturen.

Bij een marktkraam met dierenspullen koop ik een stoffen muis met een belletje, mijn zoenoffer aan Spinnoza, die ook vandaag weer veroordeeld is tot een lange dag van eenzame opsluiting. Hij mist me, en ik voel het. In een zijstraat van de Albert Cuyp ga ik een zaak binnen, waar ik marktkooplui met luide stem, schuine mop, koffie met room, broodje bal, en een fluitje tegen een droge ochtendkeel verwacht, maar in plaats daarvan hippe twintigers aantref. Bewegingloos naast elkaar, gebogen over hun laptops en lattes, als een klasje meditatie voor beginners. Op straat, tussen de marktkramen, lopen een man en een vrouw, beiden gehuld in het zwarte uniform van het Leger des Heils. Hun aanblik doet me aan Haantje denken, aan die rare stukjes tekst die hij me heeft toegestuurd, inmiddels twee. Het zijn, ja, hoe moet ik ze inschatten, dagboekfragmenten, daar houd ik het voorlopig op. Het eerste een onomwonden aanklacht tegen mij als kind omdat ik de katten voerde, het tweede een beschrijving van zijn tekening in de *Strijdkreet*. Alsof er geen belangrijkere zaken tussen ons zijn voorgevallen. Ontving ik zijn eerste post nog via mijn uitgever, zijn laatste zending bereikte me rechtstreeks. Waaruit ik de bepaald niet geruststellende conclusie kan trekken dat hij mijn adres heeft achterhaald. Wat zou hij op dit moment uitvoeren in Lelystad? Het gras voor het gebouw maaien of beneden in de hal koffie uit de automaat drinken? Misschien maakt hij een praatje met zijn moeder of een van de bejaarden, misschien zit hij op zijn kamer, in zijn eentje, en selecteert hij een volgend fragment. Hij is er in ieder geval mee bezig, met vroeger. Ook al schrijft hij er met geen woord over, hij zal zeker worstelen met wat hij gedaan heeft, daar twijfel ik niet aan. De eerste mens moet nog geboren worden, moordenaars inbegrepen, die niet diep in zijn hart weet wat goed en kwaad is. Ik wist, al gelijk vanaf het begin, dat wat mijn moeder deed niet deugde. En zij wist het. We weten het allemaal.

'Hai, vind je het goed als ik naast je kom zitten?' We zijn ongeveer even oud, maar zij maakt een meisjesachtige indruk door het tengere figuur en de natte vlecht langs de ene kant van haar hals, waar ze haar hand langs laat glijden. Ze vertelt dat ze net met vriendinnen gezwommen heeft in het Nieuwe Meer.

'Werk je nog voor *Het Parool*?' vraag ik.

'Ik freelance tegenwoordig.'

Ze was de eerste die me interviewde na het verschijnen

van mijn debuut *Het lichamelijk kapitaal.* Inmiddels al weer meer dan vier jaar geleden, tijdens een najaarsstorm in de bomen van het boerderijtje. Het was mijn allereerste vraaggesprek en ik zag er vreselijk tegen op, bang als ik was dat ik onzin zou uitkramen, misschien nog wel het meest dat ik afschuwelijk op de foto zou staan.

'En jij?' vraagt ze. 'Nog met iets nieuws bezig?'

'Dat gaat nog wel even duren.'

Het interview werd over een hele pagina afgedrukt en bleek achteraf de opmaat van een onvoorziene stroom aan publiciteit. In andere kranten, in tijdschriften, op radio en tv. Mijn boek ging over de tijd die volgde op de dood van mijn moeder, zonder daarnaar te verwijzen, de periode tussen Hayo en Willem, de interimjaren die ik met voorbeeldige overgave aan de nacht had gewijd. Tijdens het vraaggesprek beweerde ze dat ze me weleens had gezien in een van de clubs. Mijn oogleden bedekt met zilverkleurige oogschaduw, mijn haar bespikkeld met glitters die in de felle lampen oplichtten als schitterende dauwdruppels. Ik had mijn studie eraan gegeven. Danste iedere avond tot de laatste beat. Droeg een rokje van zwarte latex, een ceintuur van slangenleer. Dat ik het verhaal niet verzonnen had, bleek een machtig en in dank aanvaard wapen voor de publiciteitsafdeling van de uitgeverij. Zelf meen ik dat niet zozeer realisme als wel wrok de kracht van mijn boek was, waar ik overigens pas achter kwam nadat ik de reacties van de lezers onder ogen kreeg.

'Het volgende boek vond ik eerlijk gezegd minder.'

'Ik zal het meenemen.'

Haar beoordeling werd helaas breed gedeeld en door de

tegenvallende verkoopcijfers van 'nummer twee' – onversneden fictie, voor zover die bestaat – toont Bart, die met een niet kinderachtig voorschot zijn nek had uitgestoken, uitsluitend nog interesse voor een boek van mij op voorwaarde dat het over 'de werkelijkheid' gaat. Je zou het niet verwachten na *Het lichamelijk kapitaal*, maar eigenlijk ben ik iemand die helemaal niet graag iets van zichzelf prijsgeeft. Dat heeft een lange geschiedenis, de andere kinderen mochten niets weten, zo ontstond hij, die persoonlijke code. Wat dat aangaat was ik waarschijnlijk nog meer dan de lezers van *Het lichamelijk kapitaal* geschokt over het feit dat ik mezelf zo schaamteloos naakt had opgevoerd.

'Wonen jullie daar nog?' Dat 'daar' klinkt uit haar mond alsof het een vieze smaak heeft.

'We zijn uit elkaar. Ik ben weg, hij zit er nog.'

'Ik vond je er toen al een ontheemde indruk maken, en vroeg me af wat iemand als jij daar zocht, alles zo vreselijk braaf. Ach, uiteindelijk komen ze allemaal terug.' Om haar mooie mond plooit het triomfantelijke lachje van iemand die allang wist dat ze het laatste woord zou hebben.

Maar ze heeft het mis. Ik wilde helemaal niet terug, ook al ging ik eraan onderdoor. Het is moeilijk om afscheid te nemen van de dingen die je het meeste pijn doen, misschien vooral daarvan. Het ergste kwam daarna, terug in Amsterdam, toen ik op de een of andere manier op Willem had gewacht. Het duurde even voor ik aanvaardde dat hij echt niet zou komen.

We zitten op hoge krukken en drinken onze gemberthee. Ze bestelt een Griekse yoghurt met granaatappel en banaan en geeft het meisje dat bedient opdracht om er niet te veel maple syrup overheen te doen. Ze woont in De Pijp en heeft een heleboel goede tips voor me over wijnbars waar kunstenaars, ook collega-schrijvers, komen, en tentjes waar je vegetarisch kunt eten. Ze zingt de lof van haar appartement, waar ze nooit meer weggaat. Ook van haar nieuwe vriend, die ze bij de bagageband op Schiphol ontmoette, maar met wie ze haar superhuis met balkon op het zuiden onder geen enkele voorwaarde wil delen.

'Die mannen,' zegt ze, 'je moet ze nooit te veel macht gunnen. Maar goed, daar weet jij alles van, denk ik, als je in zo'n gat opgesloten hebt gezeten.'

Ik heb geen zin om haar over Willem te vertellen, iets in me verzet zich daartegen. Want als ik het wel doe zal ik zowel hem als mijn gevoelens voor hem tekortdoen. Daarbij wil ik helemaal niet met Willem bezig zijn. Misschien vanavond, alleen thuis, met een glaasje wijn op dat ik mezelf dat zal toestaan.

Op de terugweg naar de tramhalte probeer ik het nog een keer in het park. Als ik hem met het gevlekte hondje naast zich op de bank in de zon ontdek, voel ik eerder schrik dan voldoening omdat het nu eindelijk raak is. Vreemd dat ik zo van slag ben nu ik hem moet aanspreken. Op een afstandje wacht ik om mijn ademhaling weer onder controle te brengen. Ik voer een beroerde imitatie van de toevallige voorbijganger op, zogenaamd verbaasd dat ik hem hier in het park tegenkom. Zelf lijkt hij een stuk minder verrast en met een plagerig, triomfantelijk glimlachje vraagt hij: 'Dus jij liep hier toevallig rond?'

Een onoprechte vraag, blijkt al snel als ik zo ver mogelijk

bij hem vandaan op het bankje ben gaan zitten. Zijn opvolger in de tattooshop heeft al doorverteld dat ik in de steeg naar hem informeerde. Natuurlijk voelt het alsof hij me op een leugen betrapt en zo neemt hij me ook op met zijn groene, koude ogen, die tegenwoordig helemaal nergens meer van op lijken te kijken.

Over Hayo hoeven we het niet lang te hebben. Tragische dood, overzichtstentoonstelling, boek, het zal allemaal wel, maar hem is het een rotzorg.

'Ach, Anne...' Hij slaakt een diepe zucht, als een dokter die slecht nieuws voor de patiënt heeft. 'Dat je hem na al die jaren nog steeds zo bewondert.'

Natuurlijk is het stom om op zijn uitdaging in te gaan, maar ik kan het niet laten. 'Ik ben niet de enige. Over de hele wereld wordt hij als een belangrijk fotograaf beschouwd.' Overdreven, maar met iemand als Pat voor je grijp je al snel naar grote woorden.

Hij wendt in minachting zijn blik af, minachting voor Hayo of voor mij, de blinde bewonderaarster die het levensverhaal optekent, dat is mij niet duidelijk.

Mijn onthulling dat ik een boek over de moord op mijn moeder ga schrijven, beantwoordt hij met een glimlach die ook al moeilijk te duiden valt. Drukt hij gruwelijke afkeer uit of amuseert mijn voornemen hem? 'Als ik alles wat ik heb meegemaakt opschrijf, dan heb ik aan een trilogie nog niet genoeg,' zegt hij.

En als ik van iedereen die dat de afgelopen jaren tegen me heeft gezegd een euro had mogen vangen, had ik niet hoeven bedelen om een voorschot, denk ik, en zeg: 'Dat zal best.'

'Hoe gaat het tegenwoordig met het kattenmeisje?' Hij gaat iets onderuit zitten, kantelt zijn pafferige gezicht naar de zon. Zijn lange, vette haar is achterovergekamd en hangt over de capuchon van zijn openhangende vest. Een roodzwart geblokt houthakkershemd spant om zijn omvangrijke buik. Met zijn verbrande neus, zijn grijs doorschoten puntbaardje à la Buffalo Bill en de hoge zwarte militaire schoenen is hij, hoewel wat ouder, nog helemaal de man die ik me uit mijn jeugd herinner. Ook de manier waarop hij om zich heen kijkt, is onveranderd, alert, nieuwsgierig. De man die alles ziet en zich nooit hoeft te vervelen, want altijd vindt hij wel iets om aanstoot aan te nemen.

Als hij in een goede bui was maakte hij grapjes, kwajongensachtig, stangend, bij voorkeur dubbelzinnig. Maar als hij de vorige avond te veel gedronken had of op de Achterburgwal aan de blackjacktafel van Daems een flinke som geld had achtergelaten of wanneer het dagen achtereen doodstil in zijn zaak was geweest of, erger, als dit alles samenviel, kon hij behoorlijk chagrijnig zijn. De tekenen dat je hem met rust moest laten waren overduidelijk. Ik hield me koest, negeerde hem tot zijn gezicht was opgeklaard, meestal al na een paar uur, zodra hij weer wat verdiend had.

'Het kattenmeisje mag niet klagen,' zeg ik en vraag hem waar hij tegenwoordig woont.

'Hier niet zo ver vandaan.'

Ik wacht af, maar verdere details blijven uit. 'Mis je de buurt nog weleens?'

'In het begin dacht ik van niet.' Hij aait zijn hondje. 'Maar iedere keer als ik vanaf het Damrak naar de Warmoesstraat doorsteek gebeurt er nog steeds iets, ik kan het moeilijk uitleggen. De straten die steeds smaller worden, die mierenhoop, de spanning... ik kom er nog regelmatig. Voor niets bijzonders, ik drink wat en als ik een bekende tegenkom maak ik een praatje. Zodra ik 's avonds weer op de tramhalte sta, draait mijn maag zich om. Alsof er iets niet klopt.' Zijn vroeger krachtige stem is door sigaretten en chronische bronchitis tot een zwak, hees geluid gereduceerd en het wit van zijn ogen is gelig. 'Sommige mensen laten het helemaal achter zich, maar ik ben er nog steeds.'

Het gevoel dat er iets niet klopt heb ik zelf de eerste maanden terug in Amsterdam aan den lijve ervaren, dat ik ineens op die irrationele manier dacht: ik wil terug, ik wil naar huis.

Zodra ik het gesprek op mijn moeders dood breng, lijkt hij er voor het eerst zin in te krijgen. 'Ik heb haar zien liggen.' Pats geheugen blijkt gespecialiseerd in geweld en deining, die even onuitwisbaar in zijn herinnering zitten gegrift als de tatoeages op zijn lijf, en zijn sensatiezucht is een natuurlijk gegeven. Ik herinner me nu weer dat de gebeurtenissen hem vroeger niet extreem genoeg konden zijn. Zonder zelf een crimineel of een bendelid te zijn, droop zijn interesse in onderwereldfiguren en motorbendes van hem af. Hij dweepte met die scene en monsterde zich uit in motorgangstijl, met zijn bandana als niet te missen verwijzing naar de banden die hij onderhield met de geduchte Hell's Angels, die in die dagen een aanzienlijk deel van de harddrugsmarkt controleerden. Soms stopten ze met brullende motoren in de steeg om vanaf het zadel een praatje met hem te maken en dan trilden bij ons thuis de ramen in hun kozijnen.

‘Het was nog voor de politie naar binnen ging,’ herinnert hij zich. ‘De werkster, dat magere wijfie zonder tanden, hoe heette ze ook alweer?’

‘Elsje.’

‘Ze liep krijsend en met rollende ogen recht op me af, helemaal de weg kwijt, ze kon nog amper praten. “Saskia!” schreeuwde ze alleen maar. Toen ik ging kijken stond de deur open en kon ik haar op de grond zien liggen. Dat bloed! Een fucking meer! Ze had er de hele nacht gelegen. Een gemiddeld mens heeft toch gauw een litertje of vijf bloed in zijn lijf, wist je dat? Haar gezicht kon ik niet zien, daar lag een doek overheen.’

Een dweil, had ik in het dossier gelezen. Die Elsje in haar vlugge, magere handen had gehad toen ze die ochtend nietsvermoedend het kamertje binnenging en in een opwelling – of was het een stuiptrekking van angst geweest – over het gezicht van mijn moeder had ‘gelegd’, staat in het dossier, maar ‘uit haar poten laten vallen’ lijkt me aannemelijker. Iemand om dankbaar te zijn, arme Elsje. Het lag voor de hand dat ik mijn moeder gevonden zou hebben, maar het lot had anders bepaald. Niet mij, die ’s ochtends in alle vroegte de deur uit was geslopen in de veronderstelling dat mijn moeder boven in haar bed sliep, maar Elsje lag op die donderdag in juli de horreur in hinderlaag op te wachten.

‘Ik wilde nog naar binnen stappen,’ zegt Pat met iets van spijt in zijn stem, ‘maar het was duidelijk dat ik niets meer kon doen.’

Ik denk aan wat Sanders me vertelde, dat iedereen die op de plaats van een moord is geweest iets heeft veranderd aan de situatie. Vaak een toevoeging. Een veeg van een schoenzool op de vloer, een vingerafdruk over een vingerafdruk op een deur, een dweil op een gezicht.

Pats verklaring is een van de meest uitgebreide in het dossier, viel me tijdens het lezen op. Niet zo verwonderlijk als je weet dat hij als de belangrijkste informatiebron van de steeg werd beschouwd. Die reputatie had hij te danken aan het feit dat hij een groot deel van de dag buiten voor zijn shop stond om de ene na de andere sigaret te roken. Tijdens alle seizoenen en altijd in dat zwarte leren vestje zonder mouwen, waarvan beweerd werd dat hij er zelfs in sliep. 's Zomers stond hij op de smalle stoep voor zijn zaak of zat hij op de vensterbank, met zweetvlekken in zijn T-shirt. 's Winters leunde hij tegen zijn deurpost, met opgetrokken schouders, ogen die traanden van de bijtende wind, een hand in de zak van zijn spijkerbroek, en zijn zwarte kistjes beurtelings tegen elkaar stotend. Eeuwig en altijd maar registreren, met de opnamecapaciteit van een inlichtingendienst. Hij was onze eigen Big Brother, waar niemand die de steeg in of uit ging ongezien langs kwam en hij kende ze allemaal. De drankleveranciers, de temeiers in ruste, de café-eigenaren, snorders, uitsmijters, heroïnehoeren en hun klanten, autodieven, mannen die hun gezin in de steek hadden gelaten of zakenlui op wie de belastingdienst jaagde. Maar ook de nieuwe gezichten: jonge gastjes zonder een cent te makken maar met genoeg hoop op een carrière als drugsdealer of souteneur, of agressieve probleemzoekers, plotseling opgedoken en in de wieg gelegd voor een lang en voorspoedig gevangenisleven.

Ik vertel hem dat ik in zijn verklaring heb gelezen dat

Haantje op de avond van de moord nog bij mijn moeder aan de deur was geweest.

'Dat had ik gehoord van Rits, mijn assistent in die tijd. Zelf heb ik Haantje de dag ervoor op straat, precies bij mij voor de deur, door het lint zien gaan. Het was een beetje onwerkelijk, want hij was altijd juist zo'n dooie. Geen woord, chocomel, dat werk. Dat is toch het cliché, de stille psychopaat achter wie niemand het had gezocht? Nou, die keer niet! Hij schreeuwde en vloekte en schold je moeder uit, alsof hij een dolle hond had opgevreten. Het leek alsof hij haar ieder moment te lijf zou gaan en toen ze de deur dichtsmeet schopte hij ertegenaan. Iedereen wist dat hij haar niet mocht sinds ze hem had beschuldigd van je-weet-wel. Maar dat was zo lang geleden. Hoe oud was je toen dat gebeurde, een jaar of dertien?

'Twaalf.' Die stijve pik stak uit onder het omhooggeschoven raam. Miauw! hoorde ik. Miauw! En natuurlijk keek ik.

'Zijn moeder had zo mogelijk een nog grotere hekel aan Saskia dan hijzelf. Ze heeft altijd volgehouden, zelfs nog toen hij in de bak zat, dat het nooit gebeurd was, dat aftrekken, en dat die valse beschuldiging zijn hele leven had...'

'Vals?' onderbreek ik hem.

'Háár woorden. In ieder geval was er haat genoeg. Maar dat hij zó door het lint kon gaan als op die avond, dat was nieuw voor mij.'

Zijn hondje is wakker geworden en geeft met zacht gepiep aan dat het van de bank af wil. Pat staat op en zet het diertje voorzichtig op de grond, waarna hij met twee handen zijn spijkerbroek ophijst. Zijn gezicht hangt nu boven me en zodra ik ernaar opkijk voel ik duizelingen op komen zetten. Heet zweet prikt op mijn hoofdhuid en mijn hart bonkt in mijn keel. Ik voel gewoon dat het niet komt door wat hij me vertelt, maar door hemzelf, zijn fysieke aanwezigheid. Het liefst zou ik nu opstaan en de benen nemen.

'Je hebt het wel voor je kiezen gehad, jij.' Als hij weer is gaan zitten, neemt mijn angst wat af. 'Doordat je moeder je in huis heeft genomen, bedoel ik. Dat had ze nooit mogen doen.'

Zijn kritiek op mijn moeder verbaast me, want ze hadden een goede verstandhouding, die twee. Waarbij wat haar betreft ongetwijfeld berekening en eigenbelang een rol speelden wanneer ze een broodje haring met extra uitjes en zuur van de viszaak op de Zeedijk voor hem meenam. Het is het ultiem dienende beroep, hoer. Behalve het geld valt het niet mee om iets voor jezelf te bewaren. Daarbij is er altijd de angst voor die ene keer dat het fout gaat. Als je je met onbekende mannen achter gesloten gordijnen afzondert, is het handig, eigenlijk noodzakelijk, om iemand in de buurt te hebben. Dat was Pat. Bij een gil van mijn moeder kwam hij gewapend met een honkbalknuppel aanstormen. Ze had niemand anders, want ze werkte voor zichzelf in haar eigen huis. Soms had ze een bink, zoals ze het noemde, maar dat was altijd iemand met een eigen leven op een andere plek, god mocht weten waar. De enige op wie ze in geval van nood kon rekenen, was goede buur Pat met de honkbalknuppel.

'Ik zag je uit Pierres auto stappen toen je aankwam. Je was zo klein. En je wist helemaal van niets. Ik zag je daar staan en dacht gelijk: dit is niet oké.'

Een meter vijfendertig op Jip en Janneke-laarsjes. Een

paardenstaart die door mijn opa 's ochtends was geborsteld. Mijn moeder had me samen met Pierre de kapper opgehaald. Pierre reed in een legerjeep. Hij was de eerste homo die ik zag. De eerste die er geen geheim van maakte in ieder geval.

'Trouwen en kinderstoeltjes en de aflossing van een hypotheek,' zegt Pat, 'ik wist dat al die shit niets voor mij was. Dat moet je gewoon accepteren.' Hij refereert gelaten aan het feit dat hij nooit een echte relatie heeft gehad, alsof het een gerechtvaardigde straf is voor iemand die er in zijn twintiger en dertiger jaren de principes van het stoere, onafhankelijke, vrouwonvriendelijke motorbendelid op na hield die hij zijn verdere leven niet meer heeft kunnen loslaten. Terwijl iedereen die hem een beetje kende weet dat hij eigenlijk een roddelend oud wijf was in een leren vestje zonder mouwen, en dat hij wat zijn veroveringen betreft genoegen moest nemen met zielige gebruiksters.

Pat gaat nog even zo door met praten over zichzelf, en over vrouwen van vroeger. Hij beschrijft ze stuk voor stuk als knappe, jonge, bereidwillige stoten uit de *Playboy*, die hij zich slechts met de grootste moeite van het lijf wist te houden. Alles om zijn onafhankelijkheid te bewaren. Maar mijn gedachten zijn blijven steken bij dat beklagenswaardige kleine meisje, een kennelijk hardnekkig beeld, want ook Mathilde schilderde me zo af. Zo zagen zij me dus, de buren, de onderwijzers, allemaal, misschien zelfs sommige klanten van mijn moeder, al deed ik mijn best om die niet onder ogen te komen. Alleen Hayo had een volstrekt afwijkende kijk op mijn leven, ons leven, moet ik zeggen. Zijn moeder zat weliswaar niet achter het raam, maar ook

Hayo's dagelijkse omstandigheden waren niet wat ze in pedagogisch jargon 'een veilige omgeving' noemen.

'Laat je door niemand wijsmaken dat je zielig bent, Anne, en val niet in de kuil die ze voor je graven. Ze willen je laten geloven dat je omdat je hiervandaan komt er een zooitje van zult maken, dat alles vastligt.' Het was een zondagochtend en we zaten aan de bar van Schagen. Behalve wij was er nog een persoon binnen, een Fransman die al twee weken in het hotel logeerde, een hoed droeg en zijn wijn dronk zonder zijn handschoenen uit te trekken. Mathilde bakte in de keuken een omelet voor hem en in de tussentijd telde ze de weekopbrengst van de jackpot, vaste prik op zondag.

Hayo en ik waren in die tijd tamelijk fanatiek met dobbelstenen, met name blufpoker hield ons in de ban, een spel dat hij me had geleerd. Op die verre zondagochtend van de geur van gebakken spek liet hij de drie dobbelstenen in de leren beker vallen, schudde hem naast zijn hoofd en liet hem met een plof op de bar neerkomen. Zijn hand liet hij op de bodem van de beker rusten met de dobbelstenen blind eronder. 'De getallen liggen nu vast. Je kunt er niets meer aan veranderen. Maar als ik dadelijk onder de beker kijk en weet wat er ligt, kan ik ieder getal noemen, ook al is het gelogen. Ik schuif de beker naar jou door en jij weet nog niet wat er ligt. Misschien heb ik gebluft. Misschien ligt het er. De ene keer heb je een zes en twee vijven, en nog verlies je. De andere keer heb je slechts twee vijven en een drie, en je wint toch. Hij schoof de beker naar me door. 'Zes tweeenzestig!'

Ik was dertien en zat in de eerste klas van de middelbare school. In die tijd had ik nog sterk het idee dat ik nergens bij hoorde. Alsof er noch in het leven in de steeg, noch in het leven op mijn school plaats was voor me. Daar aan de bar op de hoge krukken voelde ik intuïtief wel aan waar Hayo heen wilde, maar het werd me pas echt duidelijk toen hij er een paar dagen later op terugkwam. We hadden Italiaans ijs gekocht bij Pino in de Lange Niezel en liepen via de Warmoesstraat terug naar Schagen tussen de hosselende junks en dealers, zoals altijd verwikkeld in hun eigenaardige levensspel, waarop ze ingeschreven hadden als verliezers, maar ze waren van de avontuurlijke soort die alles wat doodsverachting vergt prachtig vindt. 'Bijna iedereen heeft hetzelfde soort leventje,' zei Hayo. 'Maar jij en ik niet. De anderen dénken dat ze in het voordeel zijn, omdat ze een fatsoenlijk en veilig leven hebben. Maar ze hebben het mis. Wij zijn in het voordeel, snap je?' Door Hayo kreeg ik voor het eerst een beetje het gevoel dat ik, of wij, ook de moeite waard waren, en niet alleen maar kansloos uitschot.

'Als ik terugkijk, is het zonder medelijden met mezelf,' zeg ik tegen Pat. 'Ik heb in ieder geval iets om over te schrijven.'

Op mijn vraag wat hij tegenwoordig zoal doet, volgt een verhaal over huurtoeslag, het eigen risico van zijn ziektekostenverzekering, slaaptabletten die hij zelf moet betalen, en een onduidelijke klacht over zijn benen, die verklaart waarom hij de afgelopen twee weken niet in het park was. De eens zo avontuurlijke *Ink Master of the Red Light District*, met connecties tot de top van de Hell's Angels aan toe, is ineens overtrokken met de poedersuiker van een poffertjeskraam.

'Wat was de relatie tussen Haantje en Daems?' vraag ik hem.

'Daems?'

'Hij was op de avond van de moord bij Haantje aan de deur geweest. Dat beweren verschillende getuigen. Heb jij hem niet gezien?'

'Mijn geheugen laat me de laatste tijd regelmatig in de steek en, kom op, dit is al zo lang geleden.'

'Volgende maand twintig jaar. Mathilde had hem gezien en Haantjes moeder heeft bij de recherche verklaard dat Daems 's avonds bij haar aanbelde omdat hij op zoek naar haar zoon was. Dat hij de trap naar zijn kamertje op was gestormd om te kijken of hij wel echt niet thuis was, zoals zij had beweerd.'

Hij haalt zijn schouders op. 'Hij werkte voor Daems. Dat weet je toch, dat hij het onderhoud van zijn panden deed? Daems bezat ook iets op de Nieuwezijds. Daar had Haantje, geloof ik, zijn werkplaats.'

'Hadden ze ruzie?'

'Misschien was er iets fout gegaan met het werk. Of misschien was Haantje verliefd geworden op een van de meisjes die voor Daems werkten. Een knipoog of een kusje en figuren als Haantje willen gelijk zo'n meisje redden. Daar zat Daems niet op te wachten.'

Mijn belangstelling voor Daems komt niet alleen maar voort uit wat de getuigen gezien en gehoord hebben of wat Haantje in zijn eerste en enige verklaring beweerde. Vooral door wat Sanders me vertelde, iets wat hem na al die jaren nog steeds bezighield, ben ik nieuwsgierig geworden naar de rol van Daems. Haantje leek zich aanvankelijk meer zorgen te maken om de dreiging van Daems, zelfs in de beslotenheid van zijn arrestantencel, dan om het feit dat hij als verdachte van een moord was aangemerkt. Hij was beducht voor frequenties die Daems kon opvangen, voor gedachten die hij kon lezen. Dat was het moment waarop Sanders er een psychiater bij liet komen, die Haantje kalmerende middelen voorschreef. Waarna hij wat rustiger werd, misschien te rustig, want daarna weigerde hij een woord te spreken.

'Ik heb gisteren gesproken met de rechercheur die het onderzoek naar de moord heeft gedaan. Ze hebben lang gedacht dat Daems er ook iets mee te maken had. Hij is ook verhoord. Maar ze hebben het niet hard kunnen maken. En Haantje heeft altijd zijn mond gehouden.'

'Hij is veroordeeld. Daems niet. Waar wil je heen?'

'Ik wil weten waarom Haantje zo bang voor hem was, wat er op die dag tussen die twee speelde. Eerlijk gezegd had ik verwacht dat jij wel iets zou kunnen vertellen.'

'Ik?'

'Jij wist altijd alles.'

'Ik heb geen idee.'

'Nee? Maar jij was toch samen met hem bij Haantjes moeder aan de deur geweest?'

Ik verwacht dat hij, betrapt op een leugen, nu wel van zijn stuk is gebracht, maar mijn opmerking lijkt hem nauwelijks te raken. Met zijn vingers strijkt hij zijn haar naar achteren. 'Hij vroeg me waar hij woonde en het kan zijn dat ik daarna met hem meegelopen ben naar de deur, maar dat weet ik niet eens zeker.'

'Waar woont hij eigenlijk tegenwoordig?'

'Hij heeft lang geleden in Luxemburg een kasteeltje gekocht en sinds hij het met de Nederlands belastingdienst op een akkoordje gooide is hij soms weer in het land. Zijn dochter woont hier.'

'Heeft hij een dochter?'

'Ze doet een tv-programma. Misschien heb je haar wel eens gezien. Mariska Daalder. Ze gebruikt de naam van haar moeder.

'Zegt me niets.'

'Googel haar maar, ze is een paar maanden geleden bevallen. Daems was in die tijd een paar dagen in de stad en toen hebben we elkaar even gesproken. Hij is fucking trots op zijn dochter en kleinkind.'

'Weet je hoe ik met hem in contact kan komen?'

'Om te vragen waarom hij in de vorige eeuw bij Haantje aan de deur was?'

'Hij was weird. Hij zat achter Haantje aan die avond. En mijn moeder had een hekel aan hem.'

'Ze had wel aan meer mensen een hekel. Meestal hadden die nog geld van haar tegoed. Terugbetalen was niet haar sterkste punt en dan was ruzie met ze maken een aardig alternatief. Ik kreeg ook nog zes meier van haar toen ze... Mathilde ook zoiets, en geloof me, het viel niet mee om van Mathilde iets los te krijgen en het was nog veel moeilijker om haar niet terug te betalen.'

Hij staat van de bank op en doet zijn hondje aan de lijn. 'Die moeder van jou, het viel niet mee om hoogte van haar te krijgen.'

Voor hij wegloopt, vraag ik hem nogmaals hoe ik met Daems in contact zou kunnen komen. 'Kun je me helpen?'

'Ik kan het voor je navragen. Wat is je nummer?'

Met de bejaarde Samsung die hij uit zijn broekzak trekt, komen een paar munten mee, ze vallen op de grond. Als hij vroeger in een goede bui was diepte hij opzichtig opgevouwen bankbiljetten uit de zakken van zijn spijkerbroek, een briefje van honderd als buitenste. Waarschijnlijk zijn de muntjes die hij met zijn stijve lichaam van het pad opraapt het budget voor vandaag. Ik geef hem mijn nummer, dat hij in zijn telefoon opslaat, en ik sla dat van hem op.

'Waar woon je eigenlijk?' zegt hij.

'Bij het Hoofddorpplein.'

'Hoofdweg?'

'Weissenbruchstraat.'

Houterig als een invalide oorlogsveteraan loopt hij met zijn hondje naar de uitgang van het park. Waar hij heen gaat, weet ik niet, want de naam van zíjn straat heeft hij niet onthuld. Een ouwehoer, zeker, maar wel een die veel meer praat dan dat hij zegt.

7

Zwervend door de stad zie ik mijn moeder voor me in de korte rokjes waarmee ze reclame voor haar diensten maakte. In gedachten stel ik een lijstje op met wat ik over haar weet, om zo enig licht te werpen op het enigma dat ze inderdaad, zoals Pat opmerkte, was. Herinneringen, dingen die ze me zelf vertelde of anderen over haar. Op haar achttiende als verbitterde adolescent uit huis gegooid. Van een Veluws plaatsje in Amsterdam beland. Met als enige bezittingen haar Puttens accent en de kleren die ze aanhad. Wat ze in de grote stad hoopte te vinden, wist ze niet, maar in ieder geval iets anders dan ze vond. Een halve achterwoning in de Marnixstraat met 's winters ijsbloemen op de ramen, waar ze bij Benno, drie jaar ouder dan zij, introk. Betoverd door deze als gespierde droomprins vermomde jager op lucratieve wanhoop. Na enkele maanden ontwaakt in een ander, grimmiger sprookje, rood verlicht. Weer later zwanger van mij. Ze werkte door. Dat heeft ze me meer dan eens toevertrouwd, al had ik het liever nooit gehoord. Ze wilde zich verontschuldigen voor het feit dat ze mij, amper een jaar oud, achterliet bij mijn grootouders, én ze vertelde het om een muur met glasscherven in een bed van beton tussen mij en mijn verwekker op te trekken. Zelfs op de dag van de bevalling had de sprookjesheld met de kleine oortjes haar, voor hij naar de sportschool reed, bij haar raam in de schaduw van de Oude Kerk afgezet. Als het aan hem had gelegen, was ze doorgegaan tot aan de verloskamer. Het scheelde niet veel. Vier klanten werkte ze af, voor ze met hevige pijnen bij de huisarts op de Oudezijds binnenstrompelde. Ik bleek al onderweg naar de uitgang, zes centimeter ontsluiting. Met een ambulance naar het ziekenhuis. Dat, beweerde ze, was de reden geweest – naast mijn vaders seriële ontrouw, losse handjes, en het feit dat hij van haar geld de mooie meneer uithing – waarom ze hem, 'de kwartjespooier', zoals ze hem noemde als ze over hem sprak, had aangegeven en voor vijf maanden achter de tralies had laten verdwijnen.

Ze had daarna uit dit leven kunnen stappen om voor mij te zorgen. Dat deed ze niet. Een dag na mijn eerste verjaardag leverde ze me af bij haar ouders in Putten. Als mijn oma niet gestorven zou zijn, was ik nooit meer bij mijn moeder teruggekeerd. Die prijs was ze bereid te betalen. Haar klanten betaalden haar in harde valuta terug. Jonge mannen, oude mannen, dikke mannen, dunne mannen. Ik zie ze. Hun ruggen als ze de deur uit gaan. Ik hoor ze. Hun voetstappen in de steeg. Op de donkere platjes achter mijn ramen het gekrijs van de katten, vechtend en parend, hun ijzingwekkende geluiden, die mijn bloed deden stollen. Aanvankelijk hoorde ik in al die geluiden een waarschuwing, voor wat je onverwacht kon overkomen, zoals mijn oma's dood. Ik maakte me zorgen over wat er in de duisternis van de toekomst nog meer op me wachtte. En hoe ik om moest gaan met wat er zich beneden afspeelde. Waar geen liefde of eerzaamheid aan te pas kwam. Een transactie achter gesloten gordijnen. Het maakte niet uit dat je moest betalen of je liet betalen. Of dat je iets gebruikte wat anderen ook gebruikten. Ik was een klein meisje. Probeerde mijn fragiele dromen overeind te houden. In het rode licht. Waar misschien, als ik maar sterk was, toch nog een heel klein plekje voor iets goeds was.

Pas toen mijn puberteit aanbrak, begon ik me, of ik wilde of niet, wanneer beneden de deur open- en dichtging voorstellingen te maken van wat er zich onder mij afspeelde. Vanaf dat moment sloeg mijn fantasie, zo lang in toom gehouden, op hol. De monden, de handen, het zurige zweet op mannenlijven, het haar op hun benen en borst, het hees gefluister, de viezigheid die achterbleef in het condoom, alles zag ik voor me, tot en met het bij elkaar zoeken van de kleren die op de stoel lagen. Ooit zag ik een kind naar buiten komen, althans dat dacht ik, maar toen het dichterbij kwam bleek het een man, niet groter dan een leerling van de basisschool, met een hoge rug, en zwart, glanzend, achterovergekamd haar.

De geringschatting die de wereld haar, een hoer die nog geen dwerg weigerde, toedroeg, betrok ik steeds meer op mezelf en ik zag geen andere uitweg voor mijn gevoelens dan op mijn beurt háár te minachten. Om wat ze zichzelf aandeed met die dagelijkse vernietiging, en meer nog om het ongeluk dat ze mij berokkende. Ik kromp ineen iedere keer als ze, nadat ze haar haar had gefatsoeneerd, haar lippenstift had bijgewerkt en haar rokje rechtgetrokken, het gordijn openschoof. De hoge, slepende gil waarmee de metalen ringen over de rail gleden, kondigde als de bel in een boksring aan dat ze klaar was voor de volgende ronde. Op een gemiddelde dag werkte ze ongeveer tien klanten af. Al die mannen in al die jaren, ik heb eens uitgerekend dat ze bij elkaar goed zijn voor meer dan vijftigduizend nummertjes. Zouden al die kutzwagers met gespreide armen, hand in hand, een ketting vormen, dan begon die op haar sterfplek in de Nieuwebrugsteeg nummer 12 en eindigde daar waar haar wieg had gestaan, de Schoolstraat nummer 9 in Putten. De laatste maanden van haar leven werkte ze onregelmatig, verhuurde ze zo nu en dan haar raam aan een ander, maar op de avond van haar dood had ze er zelf nog achter gezeten. Verschillende getuigen hebben dat bevestigd, las ik in het dossier. Waar weer niet in staat dat er ook nog iemand bij haar boven was toen ik, hallucinerend door alle troep die ik op een feest had gebruikt, de trap opklom.

Als door een onbestemde kracht aangetrokken ben ik via de Utrechtsestraat, het Rembrandtplein en de Nes op de Dam beland. Vandaar is het nog maar enkele tientallen meters naar de Warmoesstraat, die, lang en smal, doorsneden met stegen, een middeleeuwse overvolheid heeft, tot op de laatste centimeter benut door hotels, eettentjes, souvenirwinkels en passanten. Als ik de Lange Niezel nader en het carillon van de Oude Kerk kan horen, vervagen de toeristen. Ze maken plaats voor Mathilde en Hayo. Daar gaat hij, Hayo op zijn Honda, met wapperende haren langs het politiebureau scheurend, tegen de rijrichting in, terwijl de voetgangers uiteenstuiven. En daar heb je Mathilde, met haar karakteristieke loopje, alsof haar schoenen te klein zijn, in haar Siberische bontjas, terwijl ze het laatste stukje tot de

Nieuwebrugsteeg aflegt. Zo goed heb ik ze gekend. Ik wist waar Mathilde haar jurken liet vermaken, dat ze Nina Ricci-parfum gebruikte, hoe ze een junk die haar tas had proberen te stelen een trap in zijn lies had verkocht, waarna hij niet meer was opgestaan, tot zij hem uit medelijden overeind had geholpen; ik wist waar Hayo zijn schipperstruien met rits kocht, dat *The Deer Hunter* boven aan zijn lijstje van all-time favourites stond. Ik wist hoe hij met zijn Honda de haakse bocht naar rechts nam en hoe hij, als hij hem op de smalle stoep voor het raam van Schagen had geparkeerd, in één vloeiende, snelle beweging afstapte en het sleuteltje uit het slot trok. Hoe Mathilde zodra hij de zaak binnenstapte mopperde dat hij zijn brommer verderop, tegen de muur van de Haven van Texel op de Oudezijds, moest neerzetten en hoe hij haar met een toonloos 'Jaha, zo' antwoordde.

Mijn benen hebben me, zonder enig overleg met boven, naar de hoek van de Warmoesstraat en de Nieuwebrugsteeg gebracht. En voor wat? De armzalige herinnering dat ik hier aan kwam fietsen en een man in een suède jasje met zijn rug tegen de toegangspoort van de Sint-Olofskapel stond. Pat haalde met zijn honkbalknuppel naar hem uit. De man had te veel op en in een ruzie over de betaling had hij mijn moeder aan haar haren het kamertje door gesleept. Maar hij was nog niet zo dronken dat hij de honkbalknuppel niet zag en niet onder Pats eerste zwaai door wist te duiken. Hij keek van links naar rechts om uit te maken welke kant hij op zou vluchten. Daar in die nauwe ruimte, met zijn rug tegen de hoge, oude kapeldeuren, raakte de honkbalknuppel hem in zijn ribben. Het maakte een akelig, krakend geluid dat me, op nog geen tien meter afstand met een voet aan de grond, deed huiveren. Ik zag hoe de man met zijn vierkante hoofd de aanblik vermeed van het gepolijste stuk esdoornhout waarmee Pat hem nog een keer trof, nu op zijn been. De man greep naar zijn knie, terwijl Pat zijn vingers om de kermende keel sloeg. En ik moest denken aan wat Hayo over Pat had opgemerkt, dat hij zijn slachtoffers zorgvuldig uitzocht, maar in wezen een lafaard was. Nadat de man het aan mijn moeder verschuldigde geld had afgestaan, gebaarde Pat met zijn knuppel dat hij verder moest lopen. Met zijn hand op zijn been hinkte de man de steeg uit, richting Prins Hendrikkade, en passeerde me precies waar ik op dit moment sta, opnieuw bevangen door hevige duizelingen.

Ze komen niet door deze herinnering, voel ik aan, hoewel ik wel het idee heb dat wat me overkomt met Pat te maken heeft. Ook nog met iets anders, het draaierig makende perspectief, lijkt het. Het zeventiende-eeuwse pandje in renaissancestijl, van onderaf gezien, de hoekige trappen van de gevel, de lucht in klimmend, en dat patroon van kleine witte blokjes steen. Net als enige weken geleden, toen ik hier met small group stond, voel ik dat ik ieder moment onderuit kan gaan.

Het asfalt onder mijn rug is warm. Ik kijk omhoog. Alles draait voor mijn ogen. Het is zo akelig. Er schuift iets tussen mij en de trapgevel, een bol, een maan van vuur, rode en gele vlammen, twee paar ogen.

Zwaar ademend zoek ik met mijn rug steun tegen de muur van het Surinaamse restaurant om te voorkomen dat ik neerga. Toeristen lopen dicht langs me en kijken naar me. Ik sluit mijn ogen en probeer me te concentreren op de beelden, ze uit alle macht terug te halen, te zien wat er toen gebeurd is. Er komt nog iets, geen beeld maar een geluid, van een motor die stationair draait, dicht naast mijn oor. Het is donker en verder stil op straat. Het wiel van een brommer, daarboven een schedel met twee paar ogen in vlammen. Dan een stem. Ver weg. Een man. En ineens is het weg. Lijkt het allemaal niet afkomstig uit de werkelijkheid. Misschien is het geen herinnering, maar inbeelding. Voor de uitwerking maakt het geen verschil. Ik sta te trillen op mijn benen, door de stem, die, hoe onduidelijk ook, naar mij, op dezelfde plek en zovele jaren later, is teruggekeerd.

26 APRIL 1992

Toen het busje om kwart over een voorreed stond ik al voor de deur te wachten en volgde ik met mijn ogen hoe de chauffeur een stapel exemplaren van de *Strijdkreet* uit de laadruimte tilde. Binnen knipte majoor Vink de touwtjes om de stapel door. Ze wist hoe ik uitkeek naar dit moment en gaf me er lachend eentje. Ik begon gelijk te bladeren, ineens heel nerveus door de vrees dat hij er misschien toch niet in zou staan. Hij was wat kleiner afgedrukt dan ik verwachtte, maar hij stond er tenminste in. Naast een mooie grote foto van kapitein De Lucht. Mijn naam was in kleine lettertjes onder de afbeelding geplaatst en zoiets had ik nog nooit eerder meegemaakt. Ik las het onderschrift wel minstens twintig keer en onderweg naar huis moest ik, met het tijdschrift in mijn hand, me inhouden om niet als een gek te gaan rennen. Af en toe stond ik ineens stil om het artikel er weer bij te pakken en naar de afbeelding en het onderschrift te kijken. Ik verheugde me op het gezicht van mijn moeder wanneer ze pagina zeven zou openslaan en onder de afbeelding van Jezus met het lam de lettertjes zou lezen. Het voelde alsof ik iets heel kostbaars en kwetsbaars in mijn hand had, dat ieder moment kapot kon gaan. Ik schoof de *Strijdkreet* onder mijn hemd en deed de knoopjes tot en met het bovenste dicht.

Toen ik aan kwam lopen, zag ik ze al voor de deur van mijn huis staan, het kattenmeisje en haar moeder, die in de Nieuwebrugsteeg achter het raam zit. Het lichtblonde haar van de vrouw was getoupeerd en haar bruine benen staken lang en bloot onder een rokje uit. Met een rauwe stem schreeuwde ze tegen mijn moeder. Anne stond er met gebogen hoofd naast. Ik wist niet wat er aan de hand was, maar door het spierwitte gezicht van mijn moeder begreep ik dat het niet veel goeds kon zijn.

Daar zul je hem hebben, die viezerik, zei de moeder van Anne zodra ze me zag. Ze schreeuwde dat ik me moest laten nakijken om zoiets bij een klein meisje te doen. Omdat ik geen idee had wat er speelde en omdat de manier waarop ze naar me keek me voorzichtig maakte, hield ik mijn mond. Mijn moeder niet. Die zei: Je ziet het. Hij komt net thuis. Hij was er niet eens.

Toen dat mens weer: maar tussen de middag wel, want toen stond hij achter het raam te rukken.

Mijn moeder zweeg, maar in haar blik lagen boosheid en afschuw over dat woord, ze keek even naar de grond en vroeg toen of dat mens het soms zelf gezien had?

Daarop antwoordde ze dat als ik het bij haar had geflikt ik hier nu niet rechtop had gestaan. Natuurlijk was het niet voor haar bedoeld, zei ze, kleine meisjes, daar kicken ze op. En toen keek ze naar mij. Mijn moeder nam het voor me op en zei dat het waarschijnlijk helemaal niet gebeurd was.

Toen werd dat mens pas echt boos, en het leek alsof ze genoot van de weerstand, de uitdaging die mijn moeders woorden haar bood. Bedoelde mijn moeder dat haar dochter loog? Wou ze ontkennen dat die gestoorde zoon van haar miauw, miauw riep en toen Anne opkeek met zijn pik in zijn hand stond. Wou ze nou echt beweren dat Anne dat allemaal verzonnen had?

Achter me, uit het raam van de tattooshop, die vanaf de Nieuwebrugsteeg helemaal doorloopt tot het Wijngaardstraatje, verscheen het hoofd van Pat, met een brandende sigaret in zijn mond.

Kinderen van die leeftijd kunnen een levendige fantasie hebben, zei mijn moeder.

Maar daar wilde dat mens niet aan, want met haar dochter was niets mis, en dat kon ze van mij niet zeggen. Want ik zat altijd en eeuwig achter mijn raam naar Anne te gluren, of ik schoot met een waterpistool op katten. Wou mijn moeder dat soms normaal noemen voor iemand van mijn leeftijd? Dat mens pakte de hand van Anne en boog zich naar haar voorover en vroeg haar om zelf maar eens te vertellen wat ze gezien had. Ze hád het toch gezien? Het wás toch gebeurd? Ze kon het gewoon zeggen. Ze hoefde niet bang te zijn. Anne staarde lang naar de grond en ik verwachtte echt dat ze zou blijven zwijgen, maar toen knikte ze langzaam met haar hoofd en zei nauwelijks verstaanbaar: ja. Haar moeder ging al weer verder. Ze was van de kapper thuisgekomen en eerst wilde Anne haar niet zeggen waarom ze zo van streek was, pas toen ze doorvroeg kwam het eruit. Hoe zou een kind zoiets kunnen verzinnen? Dat moest mijn moeder haar maar eens uitleggen.

Mijn moeder merkte op dat Anne niet bepaald een gemiddeld kinderleven leidde.

Wat bedoel je? zei dat mens, maar dat wist ze natuurlijk

al lang en mijn moeder zei dan ook dat ze dat toch niet hoefde uit te leggen.

De vrouw werd nu nog bozer, met rode vlekken in haar hals, en schold mijn moeder uit voor schijnheilig secreet en woorden die ik niet wil opschrijven. Ze dreigde naar het bureau in de Warmoesstraat te gaan om me aan te geven. Daar schrok ik van, maar mijn moeder bleef rustig en met haar armen voor haar borst gevouwen zei ze dat de vrouw dat vooral moest doen en dat ze dan gelijk op het bureau kon uitleggen wat een jong kind in een hoerenkast te zoeken had. Naar het antwoord op die vraag zou niet alleen de politie maar ook de Kinderbescherming nieuwsgierig zijn. En zo ging het nog een poosje door tussen die twee, terwijl het meisje doodstil naast haar moeder stond en ik met de *Strijdkreet*, plakkerig onder mijn hemd, bad dat het allemaal snel voorbij zou zijn. Toen ik al dat gehak niet langer aan kon horen, zei ik dat ik het niet had gedaan, maar niemand die het leek te horen, alsof mijn stem niet echt was. Ik wurmde me langs mijn moeder en de vrouw naar binnen. Op de trap omhoog vervloekte ik dat mens met haar korte rokje en haar grote mond en ook vervloekte ik dat stomme kind dat deze dingen had verzonnen. Waarom? Alleen maar vanwege die rotkatten natuurlijk. Omdat ik ze met een waterstraaltje had weggejaagd. Wilde ze me dat betaald zetten? Toen ik bovenkwam, zag ik op de salontafel de mooie schaal van gekleurd glas staan die we met kerst en op verjaardagen gebruiken. Er lagen bitterkoekjes in. Ernaast stonden twee kopjes op schoteltjes en rond de suikerpot lagen witte glinsterende korreltjes. Ik ging mijn kamer binnen, waar de gordijnen op een kier na gesloten waren. Het blokje hout tussen de onderkant van het schuifraam en de vensterbank stond met de lange kant omhoog, wat niet klopte. Het hoort met de korte kant te zijn. Op de vensterbank lagen kaarsvetachtige druppels. Ik veegde ze met een stukje wc-papier weg en daarna waste ik mijn handen met zeep. Ik plaatste het blokje weer in de juiste stand onder het raam en trok de gordijnen helemaal dicht. De *Strijdkreet* die al die tijd onder mijn hemd had gezeten, was klam van het zweet toen ik hem tevoorschijn haalde. Beneden viel de deur met een bonk in het slot en daarna klonk de zware stap van mijn moeder op de trap. Voor ze binnenkwam schoof ik de *Strijdkreet* onder het kussen van mijn bed.

Ze wilde iets zeggen, maar ik was haar voor en vroeg haar wie er op mijn kamer was geweest.

Ze schudde haar hoofd. In haar ogen las ik dat ze niet van plan was ook maar iets prijs te geven. Er is iemand op mijn kamer geweest, ma, zei ik. Ik wilde weten of zij het was geweest die aan mijn raam had gezeten.

Ze kwam naar me toe en legde haar hand op mijn schouder en met haar liefste stem zei ze dat niemand de vrouw van om de hoek serieus zou nemen en dat ik het moest vergeten. Ze begon over de *Strijdkreet* en vroeg of ik hem had meegenomen. Ze wilde hem zo graag zien. Daar trapte ik niet in. Kapitein De Lucht, vroeg ik, is hij hier soms geweest?

Laat de *Strijdkreet* nou zien, toe, zei ze. Heb je hem? Ik vroeg haar om weg te gaan. Alsjeblieft ma, voegde ik eraan toe. En toen ze: o, jongen, en sloop er iets smekends in haar stem. Langzaam trok ze haar hand terug en liep naar de deur, pakte de deurkruk vast en bleef toen staan. Haar aarzeling trok een diepe rimpel tussen haar wenkbrauwen. We hadden wel vaker ruzie gehad, maar dit was iets nieuws, dat dieper ging en in mijn kamer rondknetterde terwijl ze haar rug naar me toe keerde. Ik hoorde haar stem. Zacht, bepaald niet alsof ze uit de bijbel voorlas. Ze moest de reservesleutel van het magazijn naar de Leeuwenburgh brengen, ze hadden gebeld, het was dringend. Ze was maar even weggeweest, niet langer dan tien minuten.

Tien minuten, dacht ik, dus zo lang was hij alleen in huis geweest.

Vertel me alles, zei ik, want ik wilde haar zijn naam horen zeggen, ik wilde een echte verklaring over alles wat er achter mijn rug gebeurd was, zonder leugenachtigheid of verhulling. Dat gebeurde niet. Ik voelde een enorme woede in me op komen zetten en voor het mis zou gaan vroeg ik haar opnieuw om me alleen te laten.

8

Om zes uur 's ochtends, het duurde even tot ik besefte dat toch echt de wekker van mijn telefoon afging, voelde het nog fris met melkwit licht achter het raam. Nu, een uur later op het Centraal Station, is de temperatuur al aanmerkelijk gestegen en belooft het een prachtige dag te worden. De nevel aan de wolkeloze hemel is vrijwel opgelost. Uit de bomen op het Stationsplein vliegt een zwerm krijsende spreeuwen op voor de eerste vlucht van de dienstregeling. De afgelopen weken ben ik een paar keer terug geweest, maar steeds viel er geen vredig moment te bekennen. Vandaag doe ik een nieuwe poging, op dit vroege uur, voor de anderen de bruggen en stegen in bezit nemen. En, zie, voor het eerst worden de stille grachten en gesloten cafés, naarmate mijn schreden me dichter in de buurt van het Oudekerksplein brengen, langzaam maar zeker weer mijn buurt. Toeristen zijn er nog niet. Junks zijn er niet meer. Die laatsten moest je vroeger zelfs, nee, juist op dit tijdstip, het uur van de rillende waanzin, ontlopen. Bedelende junks, stelende junks, huilende junks, vechtende junks, over straat slingerende junks. Tegenwoordig zijn het de toeristen die het gedaan hebben. Maar zij slapen uit.

Staalkabels met een hangslot verzekeren de opgestapelde

terrasstoelen en tafels op de Oudezijds. Ik blijf staan op de eerste brug, met een volmaakt gebogen spiegeling onder me op het stille water. Vanaf mijn handen op de leuning trekt een tinteling door mijn lichaam. Ineens is het er, het gevoel dat ik Anne Lieftinck aan de andere kant van de stad, in de Weissenbruchstraat, heb achtergelaten. Twintig jaren van mijn leven lijken in een oogwenk doorgestreept. Anne Lieftinck, die van *Het lichamelijk kapitaal*, de ex van Willem, bestaat niet meer. Ik ben teruggekeerd naar mijn uitgangspunt, het meisje uit de steeg.

Op de hoek van een steeg en de Oudezijds kijk ik door het raam van het donkere, lege café Pleinzicht. Het interieur lijkt nauwelijks veranderd sinds de dag dat ik hier met Hayo langskwam en hij met zijn hoofd knikte. 'Kijk, daar aan de bar, die met het witte hemd. Dat is hem.'

De man was groot en breed en had blonde stekeltjes en doorschijnende oren die te klein voor zijn hoofd leken.

'Wie?' vroeg ik.

'Je vader.'

Zo kwam ik erachter.

Ik vroeg niets en Hayo maakte er verder ook geen woorden aan vuil. Zijn schouders waren de afgelopen maanden breder geworden en zijn stem was een octaaf richting mannelijkheid gedaald. In de Koestraat klom hij behendig als een aap langs de regenpijp van een leegstaand pand met afgebroken dakgoten en groen uitgeslagen stenen, alles lekkend en verwerend, overgedragen aan de voogdij van de elementen. Hij glipte naar binnen en opende de benedendeur voor mij. Het was er een ongekende puinhoop met ingestorte plafonds, kale vloeren met brandvlekken, een bank waar de veren doorheen staken en in de hoek van de kamer in zwarte vegen de resten van een vuurtje. Alle ramen waren met board dichtgetimmerd, op een klein bovenlicht aan de achterzijde van het pand na. De stank van afval en urine benam me de adem.

Op de oude bank lag een Engels paspoort met op de plek waar de foto had gezeten een bleke rechthoek. Achter de bank, tussen een verfrommeld pak vla, zilverpapiertjes, watjes en peuken, vond Hayo een pakje, een stukje papier met wat heroïne erin, bleek toen hij het openvouwde.

'Dit is genoeg voor vier shots. Ze hebben er minstens vijf, zes per dag nodig, een kwart gram per keer.' Hayo wilde me altijd dingen leren; hij geloofde dat hij me kon laten zien waar het leven meegeeft en waar het zijn hakken in het zand zet, wat je kon vertrouwen en waar je met een grote boog omheen moest gaan. Ik was zijn voornaamste leerling. 'Hoe weet je dat allemaal?'

'Jij weet het nu toch ook? Honderd piek, één gram. Die gast van wie het is, zal zo wel terugkomen.'

Ik staarde naar het lichtbruine poeder op het papier. Was dit nu het magische, autoritaire spul dat je leven kon veranderen? Alle verslaafden hadden ooit voor het eerst met zo'n papiertje in hun hand gestaan en net als ik ernaar gekeken. Een vreemd gevoel overviel me, alsof ik in slow motion uit een avondhemel vol sterren omlaag kwam vallen. Wat was het verschil tussen beginnen en niet beginnen, vroeg ik me af? Was er een reden voor nodig om het te doen? Een bepaalde persoonlijke geschiedenis? Een speciaal soort karakter? Ook al wist ik het antwoord niet, het leek me een belangrijke vraag. Het was alsof bij de junks die ik dagelijks op straat zag niet alleen geluk ontbrak, maar ook de herinnering eraan, en misschien nog wel het meest het vooruitzicht erop. Behalve dan de kortstondige euforie à raison van twintig gulden.

Hij vouwde het pakje weer dicht en stopte het zonder te zeggen waarom in zijn broekzak. Geheel onverwacht sloeg hij zijn armen om me heen en ik voelde, daar in die vochtige, uitgewoonde kamer, de aanwezigheid van iets wat op zichzelf al het leven de moeite waard maakte. We hielden elkaar enige tijd zonder iets te zeggen vast. Wat volgde was onze eerste kus, een echte, die ik met gesloten ogen en trillende benen onderging, hij was zo eng en heerlijk tegelijk dat mijn hele lichaam nog gloeide toen we weer buitenkwamen. Van de kant van de Nieuwmarkt klonk het geluid van een politiesirene en toen Hayo begon te rennen riep ik dat hij moest wachten, maar hij hoorde me al niet meer en er zat niets anders op dan dat ik hem volgde met wapperende haren. We hadden elkaar gekust, we waren nog kinderen, we struinden door onze eigen *Hill Street Blues*.

Het pand in de Koestraat blijkt zoals de meeste huizen in de buurt gerenoveerd en de kozijnen steken in een glimmend laagje verf. Wat was dat toch met die tijd toen Hayo en ik hier binnenslopen? Die onachtzaamheid, dat dedain voor spullen, voor kleren, voor huizen. De obsessie om er slecht mee om te springen en ze naar de bliksem te laten gaan. Behalve aan de verslaafden, merkte je het ook aan de punks, die op het verval afkwamen als gieren op het feestmaal van een kadaver.

Het was, nog afgezien van mijn persoonlijke omstandigheden, een verwarrende tijd om in op te groeien. Op de middelbare school leerde ik Engels, geschiedenis, biologie en wiskunde, maar vooral dat we werden klaargestoomd voor de universiteit, een leven dat de moeite waard zou zijn. Mijn verkenningen met Hayo leidden me echter door een wereld waar de tijd alsmaar sneller op leek te raken. In weerwil van wat we door onze omgeving dagelijks kregen ingefluisterd, een boodschap als een gure wind, om ons geen illusies te maken, waren Hayo en ik er juist op gebrand om iets op te bouwen. We zouden nooit drugs gebruiken, want wij waren geen losers.

In de voormalige zaak van Pierre op de Zeedijk zit nu een boetiek met hippe kleren. Ach, Pierre! Wat had ik hem graag nog een keer gesproken, en niet alleen omdat hij als een van de weinigen mijn moeder goed gekend heeft. Hij moet haar ook gemogen hebben, waarom anders zou hij samen met haar helemaal naar de Veluwe gereden zijn om mij op te halen? Via Facebook ben ik in contact gekomen met een kapster die vroeger op vrijdag en zaterdag in zijn zaak bijsprong en die zich mij nog bleek te herinneren, althans dat beweerde ze door de telefoon. En ook dat Pierre drie jaar geleden in een levertransplantatie was gebleven. Zonde, voegde ze eraan toe, en het kwam er zo onderkoeld, achteloos uit dat het leek alsof ze op de lever doelde. Ze ging er verder niet op door en ik durfde haar niet om nadere uitleg te vragen.

Uitsluitend goede herinneringen bewaar ik aan Pierre, al vanaf het allereerste begin, tijdens die rit in zijn oude legerjeep met ingedeukt voorspatbord. Gedurende de twee uur die we met elkaar in de rammelende auto doorbrachten kreeg ik een voorschot op de nieuwe liedjes die ik nog vaak op de cd-speler van mijn moeder en in de cafés in de buurt zou horen. Chaka Khan, Phil Collins, Simple Minds. Pierre en mijn moeder zongen de hits stuk voor stuk mee, met een ongeremde vrolijkheid die ik evenmin als de liedjes kende en die me verwarde, omdat ze zo afstak bij de stille, aangeschroefde wereld waarin ik had geleefd na de dood van mijn oma. Mijn moeder zong in wat ik pas jaren later zou ontmaskeren als een primitief soort Engels, geënt op klank en nagenoeg zonder besef van de betekenis van de tekst. Ze verhaspelde of vergat woorden en ging regelmatig in neuriën over. In de zang van Pierre klonk een onvervalste Amsterdamse tongval door en soms mompelden zijn lippen tussendoor enige krachtige verwensingen aan het adres van andere weggebruikers. Met name de bestuurders van vrachtwagens moesten het ontgelden, maar hij lachte erbij en van meet af aan al leek hij me een goedmoedig en opgeruimd mens. Ik vroeg me af of hij mijn moeders man was, want hij noemde haar 'schat', maar anders dan je zou verwachten. Bij een benzinestation kocht hij sigaretten en voor mij een verrassingsei van chocolade. Van de zenuwen had ik 's ochtends tijdens het ontbijt nauwelijks een hap door mijn keel kunnen krijgen, maar om de ergste bezorgdheid van mijn opa weg te nemen had ik tegen heug en meug toch nog een hele boterham en een glas melk naar binnen gewerkt. Toen Pierre en mijn moeder ieder een sigaret opstaken begonnen de geur en de rook ervan langzaam in de auto te verdichten. Met het nog in zilverpapier verpakte verrassingsei op schoot ademde ik verschillende keren diep in en uit om mijn maag tot bedaren te brengen. Het ei werd zachter en zachter in mijn verhitte handen en mijn moeder zei tegen Pierre dat ze geen traan om mijn oma's dood had gelaten. Hij wierp een blik op mij in het spiegeltje en zei: 'Gaat het, schoonheid?' Hij glimlachte geruststellend naar me en ik moest denken aan mijn opa die mij vaak op eenzelfde toon 'prinses' noemde, diezelfde ochtend nog, toen hij mijn roze koffertje, dat we samen hadden ingepakt, in de gang optilde nadat de jeep was voorgereden. 'Doe je jas goed dicht,' had hij gezegd, 'vat geen kou, prinses.' En daarna had hij geen woord meer uitgebracht.

Enkele dagen na mijn verhuizing naar Amsterdam ging ik samen met mijn moeder naar de kapsalon van Pierre. Ik had de kleren aan die we bij C&A op de Nieuwendijk hadden gekocht, gelijk op de middag van mijn aankomst. Dat was het eerste wat ze deed, me in het nieuw steken, zonder al te veel aandacht te besteden aan mijn persoonlijke voorkeuren. Het was alsof ze al voor we de winkel betraden had besloten wat voor jurkje en vestje en laarsjes ik zou dragen en dat ik nog uitsluitend mee moest om te passen. Thuis liet ze me de nieuwe kleren aantrekken en bekeek met voldoening het resultaat. 'Kijk niet zo sip,' zei ze tegen me. 'Kom!' Ze ging me voor de trap af naar het kamertje aan de steeg en plaatste me voor een grote spiegel, waar ik mezelf van top tot teen in kon zien. Het was alsof ik naar een ander keek, een meisje met verschrikte ogen en opgetrokken schouders, gehuld in een kleurrijk jurkje dat tot ver boven de knie reikte, met daarover een doorschijnende bloes met lange mouwen die goudachtig glinsterde als een kerstbal, en roze westernlaarzen met franje. 'Kijk toch eens hoe knap je bent, lieverd.' Mijn oude kleren trof ik de volgende dag inclusief mijn Jip en Janneke-laarsjes in een vuilniszak onder aan de trap aan. Toen ik vroeg wat ermee ging gebeuren, zei mijn moeder slechts dat ik ze nooit meer nodig zou hebben. Tijdens een onbewaakt moment wist ik de laarsjes die ik voor mijn verjaardag van mijn opa en oma had gekregen uit de zak te vissen en veilig te stellen, want het liet zich raden welk lot die zak en de inhoud ervan te wachten stond.

'Nou?' vroeg ze met glinsterende ogen aan Pierre toen we de salon binnenstapten. 'Hoe ziet ze eruit?'

'Een beauty,' zei Pierre.

'Alleen nog die slome pony.'

De voltooiing van mijn metamorfose werd nog even uitgesteld, want ik moest wachten op mijn beurt. Vanaf de bank langs de in zalmroze gesausde muur keek en luisterde ik naar de vrouwen, waaronder mijn moeder, die op een rij in de kappersstoelen voor de grote spiegels zaten. Hun haren werden geknipt, gewassen, geverfd, gepermanent of in de krulspelden gezet. Ondertussen praatten en roddelden ze al rokend en koffiedrinkend met Pierre en de leerling-kapster of via de spiegels met elkaar over ziektes, geld, vechtpartijen en tv-programma's. Slechts de droogkap wist hen tijdelijk tot zwijgen te brengen en dan zaten ze met de ernstige gezichten van kinderen die in de klas moeten voorlezen gebogen over de *Privé* of de *Story*, verstoken van de conversatie, die steeds nieuw leven werd ingeblazen zodra een van hen uit de warme windstroom terugkeerde.

'Hoe lang moet het nog zo doorgaan?' zei een vrouw van

een jaar of dertig met een clownachtig, rond gezicht waarin een opgezet blauw oog de aandacht trok. Vervolgens zaagde ze eindeloos door over de politie die erbij stond en er niets aan deed, en over het stadhuis waar ze al jaren lagen te slapen. Ze stak een sigaret op, zoog aan het filter en vervolgde, onderwijl rook uitblazend: 'En die Zuid-Amerikaanse meiden, nog even en er zit geen Nederlandse temeier meer achter het raam.'

'Heb je vrijdag die rij in de Molensteeg gezien, bij die meid met dat lange zwarte haar?' vroeg een wat oudere vrouw, een imposante creatie van boezem, sieraden en een kastanjerood haarstuk opgestoken in een soort toren.

'Dat is geen Zuid-Amerikaanse,' zei de vrouw met het blauwe oog, 'die komt uit Joegoslavië.'

'Waar ze vandaan komt weet ik niet, maar er stonden zeker twintig Turken in een rij te wachten.'

Mijn moeder mengde zich nu in het gesprek. 'Niet zo moeilijk, die doet het voor de helft en zonder, zij...' Ze maakte haar zin niet af en ik had geen idee wat dat 'zonder' betekende, maar uit de manier waarop mijn moeder het had uitgesproken en uit de gezichten in de spiegels kon ik opmaken dat het niet iets was waar je in Pierres kapsalon vrienden mee maakte.

Nu eens deed een van de vrouwen een hand voor haar mond voor een samenzweerderige fluistering en dan weer wierp iemand een blik op mij en vroeg iets aan mijn moeder, waarop ik voor het eerst van mijn leven de woorden 'mijn dochter' hoorde en het niet over een ander ging. Ze leken me zonder uitzondering vriendelijk, de vrouwen, maar als kind had je hier, in hun domein, weinig te zoeken, en ik had ook het gevoel dat ze zich een beetje inhielden door mijn aanwezigheid. Het was een echte vrouwenwereld, Pierres kapsalon: achter de vitrages ging een warme, veilige, rumoerige ruimte schuil met het gestadige geloei van föhns en droogkappen, het geklater in de lila fonteinen, de fluisteringen van de bezem die de haren bijeenveegde, de muziek van de cd-speler en de naar aandacht hakende stemmen. De geur van sigaretten vermengde zich met die van lotions, haarlak, shampoo en zwavelachtige permanentvloeistof, terwijl de vrouwen nog een poosje eensgezind afgaven op de Zuid-Amerikaanse die misschien een Joegoslavische mocht zijn maar toch in ieder geval aids zou oplopen. Wat Pierre kalm tegensprak, met de bewering dat alleen homo's en drugsverslaafden aids hadden. 'Turken niet.'

'Nou, misschien geen aids, maar er blijft nog genoeg over,' zei de vrouw met het blauwe oog.

Daarna waren 'die Duitse grietjes' onderwerp van gesprek, de verslaafden op wie dat 'zonder' ook van toepassing bleek, voor een fooi bovendien, nog minder dan de helft, wat het er niet beter op scheen te maken. Later, toen ik wist wie met de Duitse grietjes bedoeld werden en ik ook besefte wat mijn eigen moeder beneden in het kamertje uitvoerde, doorzag ik pas de bron van het fanatisme waarmee de vrouwen in Pierres kapsalon elkaar vonden in hun minachting voor de zonder-concurrenten. Deze verachtelijke schepsels vormden ondanks alle over hen uitgestorte afkeuring behalve een plaag ook een zegening, want zij maakten van vrouwen als mijn moeder 'nette hoeren'. Zo bewerkstelligden ze iets uitzonderlijks, een staaltje opwaardering waartoe verder geen enkele persoon of instantie in staat was: de klanten van Pierres kapsalon klommen een sport op de maatschappelijke ladder.

Toen mijn moeder klaar was en uit de stoel opstond, maakte ze een verpletterende indruk op me, haar zilverblonde haar kunstig met slagen erin hoog opgestoken, niet minder dan een beeldhouwwerk van Pierres hand, haar wenkbrauwen doorgetrokken met een heel dun, licht omhooglopend potloodstreepje, haar rokje met pantermotief nauwsluitend om haar heupen. Ze was achtentwintig jaar oud, het was haar beste tijd, ze stak zichtbaar in topvorm, volslank, maar zonder een grammetje vet, met geprononceerde borsten en billen, een gebruinde huid, tulpenrode Marilyn Monroe-lippen, en met haar bijna even arrogante als aantrekkelijke vulgariteit wist ze in economisch mindere tijden en helemaal in haar eentje een aardig kapitaaltje bij elkaar te verdienen.

Ze kwam drie keer per week bij Pierre in de salon, veel meer dan ik, die gemiddeld een keer in de twee maanden voor een knipbeurt mijn opwachting voor de spiegel maakte. Altijd keek ik ernaar uit, het moment dat ik bij Pierre in een van de verstelbare stoelen plaatsnam en de vederlichte kapmantel op mij neerdaalde. Zijn zachte handen, de geur van het heerlijke parfum dat om hem heen hing, zijn soms wat verstrooide blik als ik, wanneer het stil in de zaak was, zijn haar mocht föhnen en kammen. Dan kreeg hij, sentimenteel als hij was, tranen van ontroering in zijn ogen, maar het volgende moment nam hij me op schoot en barstten we samen in lachen uit om de gekke dingen die hij zei, zoals dat hij iedere dag drie rauwe eieren at omdat zijn neus daar zo mooi van ging glimmen.

Hij trok een roos uit de vaas bij het raam, kortte de steel in en stak hem in mijn haar.

9

De cafés en koffietentjes van de buurt vervullen me met weerzin, op een enkele zaak na, maar die is afgeladen met buitenlandse jongeren die doodvermoeid onderuit hangen alsof ze het hele eind hierheen zelf hebben gevlogen. Daarom had ik geen enkele suggestie paraat toen Jens me een paar dagen geleden door de telefoon had gevraagd waar we zouden afspreken. Om voor de hand liggende redenen stond hij erop dat het een gelegenheid zou zijn in 'jullie oude buurtje'. Door mijn aarzeling nam hij de regie, wat hem wel toevertrouwd is, en stelde het terras van de Oude Kerk voor.

Daar zit hij in de milde ochtendzon met zijn telefoon aan zijn oor en een naar mij opgestoken hand te wachten aan een tafeltje, dat als we elkaar kussen wiebelt op de gladgepolijste kinderhoofdjes. We hebben elkaar onlangs een paar keer door de telefoon gesproken, maar het is jaren geleden dat we elkaar voor het laatst zagen, tijdens een première in Tuschinski, waarvoor ik was uitgenodigd. Wat in die tijd regelmatig gebeurde, maar de stroom invitaties is zo langzamerhand opgedroogd. Voor Jens niet, denk ik, die is nog volop in de race omhoog.

Hij draagt een kostuum van muisgrijs linnen, auberginekleurige suède instappers en een Hermes-sjaaltje dat losjes om zijn hals is geknoopt. Geraffineerd, elitair, chic, met een snufje onachtzaamheid. Hij maakt een fitte indruk. Blakend van het zelfvertrouwen. Verdwijnt in minder dan geen tijd in het tot koffie- en lunchtent omgebouwde deel van de kerk om voor ons een cappuccino te halen.

We zijn waarschijnlijk de enige twee Nederlanders op het terras, bedenk ik om me heen kijkend. Het is een aangename plek, zo met de inmiddels door de zon opwarmende, middeleeuwse zandstenen dicht achter mij. Dat heeft Jens goed bekeken, en de vraag dringt zich op waarom ik deze plek nog niet zelf had ontdekt. Als hij weer is gaan zitten trekt hij uit zijn leren tas een iPad om een presentatie te geven van de voorlopige vormgeving van het boek waarvoor ik de tekst moet leveren.

Al luisterend naar hem bewonder ik de zelfbewuste oordeelkundigheid waarmee hij de indeling van de hoofdstukken en de selectie van de foto's uiteenzet. Geen wonder dat hij zo goed gedijt in de beau monde van de kunstpausjes, wat slechts weinigen gegeven is. Je moet beschikken over én de gave om een uitgesproken mening te hebben én het talent verdomd goed uit te kijken tegen wie je wat zegt omdat je nooit precies weet wie volgend jaar de dienst uitmaakt.

'De expositie en de tekst moeten samen zijn hele verhaal vertellen,' zegt Jens en veegt de ene na de andere foto over het scherm. De meeste zijn in kranten of tijdschriften verschenen. We lijken net twee begrafenisondernemers, het archief omgespit, een grafrede in de maak, nog even en de kunstenaar en zijn werk zullen zijn opgebaard als een museummummie, gewikkeld in oude kranten.

We kijken samen wat langer naar een zwart-witbeeld uit Hayo's serie van de verslaafde Italiaanse, die hem, nog maar achttien jaar oud, als fotograaf op de kaart zette. Zijn opkomst als fotograaf valt een beetje samen met de aftocht van de junkies uit de buurt. De foto van het meisje krijgt een prominente plek in het deel over Hayo's vroegste werk. Ze zit in haar onderbroek op een kale houten vloer van een junkenpand, haar spillepoten opgetrokken en haar beurse armen omhooggericht alsof ze naar iets tast, iets wat alleen zij kan zien. Onheilspellende schaduwen, korrelige achtergronden in hard flitslicht. Van Hayo wist ik dat ze op haar zestiende liftend vanuit Noord-Italië in Amsterdam was aangespoeld, waar ze, voor ze in Daems club aan het werk ging, door diezelfde Daems was geadopteerd, een eufemisme voor het bed met hem delen.

'Met de nieuwe privacywetten vraag je je wel af wat er gebeurt als ze erachter zou komen dat we haar foto gaan gebruiken.'

'Maak je geen zorgen,' zeg ik, 'die is allang aan het hemelen.'

'Hoe weet jij dat?'

'Een paar weken voor de dood van mijn moeder is haar lichaam in het IJ gevonden, bewerkt met een hamer. Ze hebben nog een tijdje gedacht dat het dezelfde moordenaar was geweest.' Voor ze verslaafd raakte en Daems haar de deur uit bonjourde had ze als animeermeisje en danseres in de Tempel gewerkt, in dezelfde tijd dat Haantje daar als klusjesman rondliep, een omstandigheid die de recherche destijds bezighield en mij nog steeds -houdt. Evenals mijn laatste persoonlijke herinnering aan haar, die nog van na de reportage in de *Panorama* dateert, toen ze, op het slotakkoord met de hamer na, echt de bodem had bereikt. Samen met drie mannelijke lotgenoten – ze moeten tot de laatste lichting junks behoord hebben, de hoogtijdagen van de heroïne waren voorbij, de aanwas van verslaafden nam zienderogen af – zat ze op haar hurken te shotten in een steeg. Na een poosje stonden ze een voor een op, maar een van hen bleef achter. Een jongen met lang haar die in een vreemde kronkeling en met zijn tong uit zijn mond stil op de grond lag. Mijn eerste dode. Ik kan hem nog zo voor me halen. En ook hoe een van de junks, dezelfde die tegenwoordig de jongleur uithangt in het Sarphatipark, terugkeerde, even door de zakken van de jongen ging en daarna opnieuw vertrok.

'Achttien jaar was hij pas! Moet je je voorstellen. Zijn werk was van meet af aan al zo zelfbewust,' zegt Jens alsof hij Hayo zelf uitgevonden heeft, 'zo subversief.'

Mooi woord, subversief, hoor je niet veel meer tegenwoordig, misschien is het aan een comeback begonnen. Ja, die Jens kan het eloquent brengen, maar er ontbreekt iets, nog een woord, een ander woord, dat nu op het puntje van mijn tong ligt, maar ik laat hem eerst nog even spartelen. Zo werkt dat nu eenmaal tussen ons.

'Het kan raar lopen,' zeg ik.

'Hoezo?'

'Toen deze serie in de *Panorama* werd gepubliceerd, had je er niets mee.'

'Ik?'

'Jij, ja. Grappig dat je het niet meer weet. Troep van de bovenste plank, noemde je zijn werk.'

‘Hoe kom je daarbij?’ Hij gaat natuurlijk liever dood dan dat hij het toegeeft.

‘Jij niet alleen, jullie allemaal.’

Het ontbrekende woord is sensationeel, en dan in de meest negatieve betekenis ervan. Sensationeel, daar hadden ze moeite mee, net als met commercieel. Ja, ook dat was een probleem voor het clubje rond Jens, waarbij ik vanaf de vijfde klas aansluiting had weten te vinden. Eigenlijk bestond er niets verwerpelijkers dan sensationele, commerciële, eh, ja, troep, daar kwam het toch wel op neer. Ze keurden niet alleen zijn werk af, maar ook hemzelf. En daardoor ook een beetje mij, want hij was mijn vriendje en ik vond zijn foto’s geweldig, net als hemzelf. Toen nog wel tenminste. Dat Hayo het tegenovergestelde van een *petit bourgeois* was, een argument dat ik inbracht, leek in zijn geval van geen gewicht. Daar wilden ze het niet over hebben, wel over zijn verwerpelijke instelling om zo’n meisje te gebruiken, om haar in haar ellende te laten poseren. Maar dat was het hem juist, ze poseerde niet, want hij volgde haar dagenlang en leefde met haar in de duisternis. Ze was zijn aanwezigheid al lang vergeten toen hij die foto nam. Ze had geen flauw idee meer waarom hij hem wilde maken. Waarschijnlijk had ze al een hele poos niet meer in een spiegel gekeken en was ze zich nog maar amper bewust van haar uiterlijk. Daarom is die foto ook zo overtuigend. Eigenlijk was ze verbluffend knap, met, ondanks het leven dat ze leidde, gitzwart haar, een huid van porselein, en een half uitgeteerd lichaam dat ontroerde. De tranen sprongen me in de ogen toen we de foto’s van haar in de kelder van het hotel vergrootten en zij langzaam als een uitgeteerde heilige van El Greco uit de ontwikkelaar opdoemde. Of verbeeld ik me dat van die tranen, door wat er later met haar is gebeurd? In ieder geval lag er iets van zelfdestructie, een bijna religieuze hunkering naar het einde, in haar ogen op de foto. Wat niemand toen leek te zien, willen zien. Sensationeel was het, dus niet aan hen besteed. Sociaal bewogen, geëngageerd moest het zijn. Het was, meenden ze, eenvoudig een kwestie van aan de juiste kant staan. Op de een of andere manier bracht niet alleen zijn werk, maar ook zijn persoon hen in verwarring, nee, in verlegenheid. Ze hadden besloten om hem in de ban te doen. Tot zijn latere reportages over zes pagina's in *Vrij Nederland* verschenen. Toen lag hij ineens niet meer tussen de blote borsten in de kiosk, maar op tafel bij hen thuis. Dat was een klap. Voor hen. Maar ik moet zeggen dat Jens zich daar met verve van hersteld heeft.

'Ik zal je iets uitleggen,' zegt hij met de bravoure van een politicus die in de polls op voorsprong staat, 'zodra er iets op smaak begint te lijken, is het mijn taak om daartegenin te gaan. Dat heet ontwikkeling, dat ís kunst.'

Voordat hij zijn iPad opbergt laat hij nog een foto zien van de zwartgeblakerde fototas, althans wat er nog van het leer en de gespen over is, met de verwrongen body's van de camera's en de versplinterde lenzen, de stille getuigen van de raketinslag die een eind aan Hayo's leven maakte.

'Komt ook op zaal,' zegt hij kinderlijk opgetogen. 'Het is het eerste waar je tegenaan loopt, gelijk als je binnenkomt. Een klap recht in je gezicht. Net als zijn werk, zijn hele leven.'

Ja, dat ben ik met hem eens. Hayo was als een klap recht in je gezicht. Daar kan ik van meepraten. Als we de lengte van mijn tekst doornemen, wijst Jens me er onomwonden op dat er voor mij nauwelijks, eigenlijk geen, ruimte is om Hayo's werk te becommentariëren of te interpreteren. Dat aspect neemt een kunstkenner voor zijn rekening, toevallig zijn nieuwe vriendje, Marcello, tevens samensteller van de tentoonstelling. 'Concentreer je op de mens, jeugd, familie, roeping, karakter.'

'Het lijkt me lastig om Hayo en zijn werk los van elkaar te zien. Hij was zijn werk.'

Zijn foto's zijn heel realistisch, aards, maar toch bevinden ze zich buiten de woorden, buiten de begrippen. Ik ben benieuwd hoe Marcello het eraf gaat brengen. Alles wat je over Hayo's beelden in woorden uitdrukt zal zijn betekenis verliezen zodra je ogen in contact komen met de foto.

'Je moet de groeten van mijn moeder hebben. Ze vond je boek geweldig.'

'Welk boek?'

'Heb je er meer dan één geschreven dan?'

Hoewel ik er niet in trap, voel ik de handschoen als het ware in mijn gezicht slaan. Helemaal wennen aan dit spelletje doe je nooit.

'Ze heeft veel respect voor je. Ze vindt je een uitzonderlijk iemand, omdat je van nature de juiste moraal hebt, en niet de voor de hand liggende weg hebt gekozen. Ze schept soms over je op tegen het bezoek en dan zegt ze dat je nog een poosje bij ons gewoond hebt. Het heeft haar toch wel teleurgesteld dat je nooit meer iets van je hebt laten horen. Dat laatste maak ik er zelf van. Ik weet zeker dat ze dit zelf nooit zo zou zeggen.'

'Hoe gaat het met je ouders?'

'Goed, mijn vader is een soort van met pensioen.'

Wachtgeld, had ik ergens gelezen. Tot de laatste verkiezingen zat zijn vader in de Eerste Kamer. Hij had het verdomd lang vol weten te houden, zijn mars in de voorhoede van het socialisme. Wethouder, Tweede Kamer, Eerste Kamer, en nu dan wachtgeld, begonnen met baard en in jeans, bij de finale gladgeschoren en in een maatpak.

'Ze zitten tegenwoordig meestal in hun huis in Frankrijk.'

Na de dood van mijn moeder belandde ik op de kamer van Sven, Jens' oudere broer, in het vier etages tellende pand met de hoge gestucte plafonds van hun ouders aan de Binnenkant. Sven was op reis in Azië en zou na de zomer naar een studentenkamer in Groningen verhuizen. Zijn ouders hadden me opgenomen zonder mij te bevoogden als een wees en ook zonder me uit te horen over wat er met mijn moeder was gebeurd of over mijn jeugd boven het rode kamertje. Een bizarre wending van het lot had bepaald dat ik door de 'gruwelijke moord op een prostituee', zoals de kranten schreven, belandde in het soort milieu waar intelligentie en fatsoen het verschil maakten, en dan ook nog eens in zo'n monumentaal grachtenpand met de grandeur van hoge, geornamenteerde plafonds en marmeren schoorstenen. Ik probeerde me aan te passen, maar hoe meer ik mijn best deed, des te sterker ik het gevoel kreeg dat de ouders van Jens en alle mensen die bij hen over de vloer kwamen niet zeker van me waren. Niet echt. Hun goedkeurende blikken interpreteerde ik steeds meer als een aansporing voor mijn bereidheid om in alles te zijn zoals zij. Ik deed alsof het me geen moeite kostte, maar ondertussen werden mijn pogingen om hen van mijn geloofsbrieven te overtuigen krampachtiger. Ik had de grenzen van mijn assimilatie bereikt. De inburgering, alles begon te haperen, eerst met mijn studie Nederlands, waar ik de brui aan gaf. Daarna volgde de periode van de lange, witbestoven nachten, de lichten op de dansvloer, de grauwe ontnuchtering 's ochtends vroeg op de trap als Jens' vader, toen nog wethouder Sociale Zaken van de gemeente Amsterdam, naar beneden kwam en ik omhoogging. Leeggeschud en hologig als een geest, mijn glitterhakken belachelijk en gênant tikkend op de treden. Ik wist al dat het zo niet veel langer door kon gaan toen ik op een avond met Jens' moeder samen in de open keuken met het Aga-fornuis en de strengen knoflook aan het plafond Italiaanse wijn uit een mandfles dronk en zij zei: 'Als je ooit iemand nodig hebt om mee te praten, je weet me te vinden.' Wat me achteraf nog het meest verbaast, is dat ik haar woorden niet direct had opgevat als de beleefde variant van 'je kunt nu beter vertrekken'. Maar die onduidelijkheid nam Jens de volgende dag in gewone, niet omfloerste taal weg.

Ja, ik had haar natuurlijk ooit eens moeten opzoeken, want het was een verdomd sympathieke, gastvrije vrouw. En Jens' vader met zijn baard en zijn spijkerpak was, hoewel een beetje zelfingenomen, ook een welwillende man, die bovendien bereid was geweest om iedere keer als Hayo aan de deur kwam hem even geduldig als gedecideerd af te wimpelen. Om geen andere reden dan dat ik, zonder enige uitleg, te kennen had gegeven Hayo niet te willen zien. Pas veel later heb ik me een voorstelling gemaakt van hoe het voor Hayo geweest moet zijn. Ik was overgelopen naar de andere kant, de wereld van Jens' ouders, waar we ons altijd eensgezind tegen afgezet hadden, van mensen met dezelfde beminnelijke manieren, met dezelfde welsprekende beleefdheid, met dezelfde weldoordachte achteloosheid van kleden. Mensen met dezelfde smaak in film, theater en vakantiebestemmingen. Toen Jens' vader hem in de deuropening afscheepte wist Hayo waarschijnlijk al waar ik na een halfjaar zelf achter zou komen: dat ik er niet bij hoorde en ook nooit zou horen.

'Vijftienduizend woorden maximaal. Als je moeite hebt met inkorten kun je het ook aan de eindredacteur overlaten.'

'Je krijgt geen letter meer dan besteld voor die fooi die jullie betalen. Nu we het daar toch over hebben. Je had gezegd dat ik de helft van het honorarium vooruitbetaald zou krijgen.'

'Dan moet je eerst een factuur sturen.'

'Heb ik gedaan, twee weken geleden'

'Daar heb je dan geen gras over laten groeien. Zit je soms aan de grond?'

Hij pakt zijn telefoon van tafel, belt met iemand, vuurt een paar vragen af, knikt, en als hij de verbinding heeft verbroken vraagt hij me met een hautain, pesterig lachje wat voor jaar het is.

'Wat voor jaar? 2019.'

'Waarom zet je dan 2018 op je factuur?'

'Heb ik dat gedaan?'

'Je loopt een jaar achter. Stuur die rekening opnieuw met de juiste datum en het wordt gelijk overgemaakt.'

'Kunnen jullie het niet even aanpassen?'

'Klopt het, wat er wordt beweerd, dat schrijvers ontzettend lui zijn? Hoe ben je eigenlijk schrijver geworden?'

'Moeilijk te zeggen. Het ging in ieder geval niet vrijwillig.'

'Net als deze klus.'

'Helemaal jouw schuld, klopt.'

'Vind je het moeilijk? Ik bedoel, je wilde hem niet meer zien. En nu moet je weer... je hebt nooit willen vertellen waarom het was.'

Na al die jaren ben ik Jens, die zijn ouders destijds bewoog om me bijna een halfjaar gratis asiel te verlenen en die me nu een schnabbel gunt, wel een verklaring schuldig. 'Weet je nog toen we met ons eindexamengroepje in de kampeerbus van de ouders van Duko naar de Cevennen gingen? De avond ervoor waren we met zijn allen bij jou.'

'Mijn ouders waren weg. Iedereen bleef slapen, sommigen twee dagen. Vol opgekropte zucht naar vrijheid en seks.'

'Ik voelde me beroerd door al die troep die we door elkaar gebruikt hadden. Ik had het nooit eerder geprobeerd en wist nog niet dat ik er niet tegen kon. Op een gegeven moment hield ik het niet meer uit en ben ik weggegaan. Toen ik thuiskwam was er iemand bij mijn moeder boven. Ik vertrouwde het niet. Ik wilde weten wie het was, maar ze weigerde het me te vertellen.'

'Wie?'

Ergens onder de terughoudendheid om mijn verhaal te vertellen, een in de jaren opgebouwde gewoonte, heb ik een vaag vermoeden van de heilzame golf van opluchting die erop zou kunnen volgen. Ik hoef het alleen maar voor één keer te vertellen, maar ik talm zo lang dat Jens me voor is. 'Toch niet Hayo?'

'Zijn handschoenen lagen op de trap. Die had ik hem gegeven toen hij een motor kocht. Als hij reed, had hij ze altijd aan. Dat vond hij stoer.'

'Maar heb je hem zelf gezien?'

'Nee, mijn moeder en ik kregen bijna een vechtpartij op de overloop toen ik de deur van haar kamer probeerde te openen. Ik ben toen de straat op gevlucht, dat weet ik nog, en het volgende dat ik me herinner is dat ik weer bij jou thuis was.'

'Je beefde en was lijkbleek. Je schreeuwde dat de muziek te hard stond. Met dat bloed op je T-shirt leek je rechtstreeks uit een horrorfilm gestapt.'

'Wat voor bloed?'

'Je arm lag open. Dat weet je toch nog wel?'

'Nee, o, ja, wacht, ik weet dat hij verbonden was.'

'Dat was later gebeurd. We zijn samen in een taxi naar het ziekenhuis gereden. Je wilde onderweg uitstappen omdat je de chauffeur niet vertrouwde. Je dacht dat hij naar je keek en dingen over je doorspeelde, maar die man was alleen maar bang voor bloedvlekken op zijn bekleding. Gelukkig kon ik je een beetje rustig krijgen, tot je in het ziekenhuis opnieuw flipte en ze je kalmerende middelen wilden geven. Eerst moesten ze precies weten wat je allemaal gebruikt had. Daar had ik niet op gerekend en ik hield me een beetje op de vlakte in de hoop dat het wel zou overwaaien. Maar jij somde de hele apotheek op: paddo's, hasj, xtc, wijn, je noemde zelfs de roombrie waarvan je had gegeten... Dat gezicht van die verpleegster zal ik nooit vergeten. Ik kreeg me daarna een preek te verduren! Terwijl ze met je bezig was vroeg jij mij steeds opnieuw hoe dat van je arm gekomen was.'

'Het komt weer terug. Was ik niet bij jou thuis door een raampje gegaan?'

'Dat dacht ik op dat moment. Er was die avond een ruitje van de balkondeur gebroken, dat van die antieke Chinese vaas die we van mijn oma hadden geërfd was natuurlijk veel erger, maar goed, een paar dagen later versprak Duko zich, waardoor ik wist dat hij dat raampje kapot had gemaakt.'

'Ah, Duko!' Het hoogste IQ van de klas. Wist alles, maar snapte niks. Had daar verder ook geen probleem mee. Hij zat die avond als een roofdier achter me aan. Toen ik op het bed van Jens' ouders was gaan liggen om een beetje bij te komen, kroop hij naast me om me te 'kalmeren', wat de trip er niet beter op maakte. Een brede nurkse mond, plakkerige handjes, de beddensprei bezaaid met kruimels van stokbrood, sigarettenpeuken en olijfpitten. Een groot, opdringerig, tot barstens toe met bloed en geilheid gevuld lichaam dat steeds opnieuw op me kroop en dat ik ternauwernood van me af wist te duwen. 'Ik herinner me nog vaag het ziekenhuis, de felle lampen aan het plafond, en jouw gezicht. Flarden van het feest. Maar wat er daarna is gebeurd... Geen idee.'

'Ik heb je 's nachts met de taxi bij je huis afgezet.'

'Eén ding is zeker: ik ben 's ochtends in mijn eigen bed wakker geworden.'

'Dus je denkt dat hij, dat Hayo...?'

'Later dacht ik dat ik het me misschien verbeeld had. Een maand eerder was ik erachter gekomen dat hij er behalve mij nog een vriendinnetje op na hield, een meisje van in de twintig met een ringetje door haar neus. Ze woonde in dat kraakpand in de Spuistraat. Ik was stikjaloers. Dan zie je soms dingen die er niet zijn. Zelfs als je niet tript.'

'Zoals die handschoenen?'

'Ik moest met hem breken. Eigenlijk wist ik dat al vóór die avond. Ik had zo vreselijk getwijfeld of ik met jullie mee zou gaan naar Frankrijk. Hayo was er zwaar op tegen en probeerde me ertoe over te halen om samen met hem door Vietnam te reizen, maar dat vond ik doodeng. Daar kwam nog bij dat hij niet zei wanneer dat dan zou gebeuren. Hij vond jullie een stelletje losers, hij keek op jullie neer, zoals jullie hem minachtten. Ontken het maar niet, want zo was het. En ik zat daar altijd tussenin.'

Tot we de volgende ochtend met het busje wegreden. Ik had maar een paar uur geslapen en was nog suf door de tranquillizers die ze me in het ziekenhuis mee hadden gegeven. Toch kon ik door mijn wazigheid heen de eerste opluchting al voelen. Een dromerig soort optimisme. Ik had gekozen, de juiste beslissing genomen. Ik nam me voor om alles te aanvaarden wat het leven me aandeed en rustig volgens plan voort te gaan. Misschien niet altijd in een rechte lijn, want dat was me inmiddels wel duidelijk, uit het verleden, maar ik zou verder gaan. Zo uitgeput als ik was, diep vanbinnen was een kracht in mij, een vastberadenheid en moed, waarvan ik hoopte dat die op een dag beloond zouden worden.

19 SEPTEMBER 1992

Mijn moeder zeurt erover, beweert dat het niet normaal is, drie keer op een dag je bed opmaken. Misschien heeft ze een punt, maar dat doet er niet toe. Want steeds is het net niet goed. Eerst het onderlaken helemaal vlak trekken, en dan het kussen opschudden en met de zijkant van mijn hand alle plooien gladstrijken, dan het bovenlaken en de deken, de boord van het laken eroverheen geslagen, strak als een envelop. Het liefst zou ik het nu gelijk nog een keer doen, maar ik dwing mezelf om te blijven zitten aan mijn tafeltje, omgeven door de schetsen van de aalscholver en de bergeenden die ik aan de overkant van het IJ heb gezien. Bij het licht van de gebochelde bureaulamp blijf ik nog even schrijven omdat het nog te vroeg is om te gaan slapen. Achter de gordijnen, op het platje, slaakt een krolse kat hitsige kreten. Op de gracht klinken stemmen en toeterende auto's en smartlappen die in de cafés gedraaid worden. Vanochtend om halfzeven, toen ik in de ochtendmist op de pont naar Noord stond, was alles heel stil en vochtig. Van de aanlegplaats liep ik naar de sluizen, het zicht was toen niet meer dan dertig meter en achter me klonken misthoorns. Op het grasland langs het kanaal vlogen rotganzen op en verdwenen weer, als donkere vlekken tegen een bleekgrijze achtergrond. Toen de zon warmer werd en door de mist prikte ontdekte ik een aalscholver op een dukdalf. Het was alsof hij met zijn oudemannenschouders daar op me had zitten wachten. Ik legde mijn jas op het natte gras, ging zitten en begon de vogel in mijn schetsboek na te tekenen. Eerst terwijl hij sliep, daarna toen hij zijn veren schudde, en ook tekende ik hem toen hij opvloog en in het water dook. Al die tijd dacht ik niet aan wat er gebeurd is en ook mijn haat voor dat mens was verdwenen. Even voelde het zelfs alsof het niet gebeurd was. Toen de aalscholver allang weer weggevlogen was, bleef ik nog een poosje zitten. Het was warmer geworden en er woei een lauw windje dat plukken pluizige zaden van uitgebloeide paardenbloemen blies. Ik zag ertegen op om weer terug te gaan, maar ik wilde voor tienen binnen zijn, want dan gingen Schagen en de tattooshop open. De afgelopen weken kom ik alleen nog maar heel vroeg in de ochtend buiten. Dan lijkt het alsof ik alles achter me laat, de manier waarop ze onderzoekend naar mijn gezicht kijken, de dingen die ze fluisteren als ik langsloop. Een groepje jongens van een jaar of vijftien schreeuwde heel hard viezerik, en het klonk alsof ik een nieuwe naam had gekregen. Op de Kloveniersburgwal zette een dikke vrouw die daar samen met haar man een koffiehuis heeft me klem en zei tegen me dat ik me moest schamen. En dat doe ik, me schamen, maar niet om iets wat ik gedaan heb. De straten hebben hun eigen waarheid. De mensen verbeelden zich te weten wie ik ben. Maar op grond waarvan? Ze weten niet wat er in me omgaat en ze hebben mij er ook nooit naar gevraagd. Ze baseren hun oordeel alleen maar op de gemene praatjes van dat mens of misschien niet eens van haar, maar van weer iemand anders. Mij kennen ze niet. Vroeger was er in het weekeinde soms poppenkast bij het Leger des Heils in Oost. In het spel kwam altijd wel een pop voor waar de andere poppen zich met elkaar vrolijk om maakten, omdat hij altijd te laat kwam of zijn muts verkeerd om had opgezet. En de kinderen moesten om deze pop, als hij weer eens met zijn neus tegen een deur aanliep, hard lachen. Niemand, ik ook niet, die zich afvroeg wat die pop zelf voelde.

Vanavond heb ik samen met mijn moeder aan tafel gegeten. Ik zat gebogen over mijn bord in de tuinbonen te prikken terwijl ik voelde hoe zij de hele tijd naar me keek. Ze had haar uniform nog aan want ze had tot laat gewerkt. Een vrouw was helemaal uit Zuid-Duitsland naar de Leeuwenburgh gekomen om haar dochter te zoeken en mijn moeder was van 's ochtends vroeg tot aan het eind van de middag met haar op pad geweest. Tijdens het eten toonde mijn moeder me een foto van het meisje. Ze was zeventien en had donker halflang haar en een rond gezicht. Ik vroeg me af hoe ze er tegenwoordig zou uitzien. Mijn moeder beschreef hoe ze samen met de vrouw de hele buurt door was gelopen en overal navraag had gedaan, bij de junkenpanden en bordelen, maar ook bij de kaasboer in de Warmoesstraat, waar de verslaafden pakken vla kopen. Zonder resultaat. Nog niet, voegde ze daaraan toe, maar wie hoopt op de Heer, krijgt nieuwe kracht: hij slaat zijn vleugels uit als een adelaar, hij loopt, maar wordt niet moe. Het was niet eens het citaat uit Jesaja dat me ergerde, maar haar toon des te meer. Als ze over Jakob of Petrus of Maria Magdalena spreekt, is het alsof ze hen persoonlijk kent en daardoor overal met de haren bij mag slepen. Ik moest me inhouden om niet te zeggen dat ze behalve dat meisje ook God niet zouden vinden. Al gingen ze een week lang iedere dag op pad. Ik heb hem hier tenminste nooit gezien en ook niet iets wat op zijn werk of liefde lijkt. Daar ben ik inmiddels wel achter gekomen.

Zoals altijd vroeg ze wat ik vandaag gedaan had. Niets bijzonders, was mijn antwoord. Ze zei dat ze wilden weten of ik de luiken van de Leeuwenburgh nog ging opknappen. Zé, dacht ik. De naam van kapitein De Lucht is sinds de ruzie met haar van om de hoek niet meer gevallen. Alsof hij niet bestaat. Ik had haar al laten weten dat ik ervoor pas, het opknappen van de luiken, en toen ik dat vanavond herhaalde vroeg ze wat ik dan wel van plan was. Dat zou ik zelf ook wel willen weten, want nu mijn baantje bij de Post is gestopt, heb ik niets meer.

Ik denk er nog over na, zei ik tegen mijn moeder. En toen begon ze over aankomend weekend en een uitvoering van de Staff Band in Noord en over de familie Bleijs die ook zou komen. Met Edith, hun oudste. En daar voegde ze aan toe dat Edith ernaar uitkeek om me weer eens te zien.

Ik zei tegen haar dat, als ze me niets meer te bieden had dan dit, ze beter kon stoppen. Dat ze alsjeblieft geen moeite meer moest doen. Ik stond op en ging naar mijn kamer.

Nu heb ik spijt dat ik me zo uitgelaten heb. Ik zit aan mijn tafeltje na te denken over wat ik moet gaan doen. Ze heeft gelijk, ik kan niet alleen maar vogels tekenen en op mijn kamer zitten. Ik ben moe. Misschien dat ik morgen het antwoord weet. Ik zet mijn wekker op zes uur. In het omgeslagen laken zit een vouwtje en de boord is net niet helemaal haaks. Nog een keer het beddengoed van het bed halen en het opnieuw proberen. Dat moet. Strak. Er is geen wind vanavond. Ik wed dat het water van het IJ morgenochtend zo glad als een spiegel is.

10

De straten en grachten zijn weer volgestroomd als ik na mijn afspraak met Jens naar het Centraal Station onderweg ben. De opluchting die ik verwachtte door hem over de avond van de moord te vertellen, is vooralsnog uitgebleven. Nu ik weer alleen ben werpt niemand nog een blik op mij, alsof ik lichaamloos ben, een geest. Hayo lijkt vandaag meer levend dan ik ben. In de laatste maanden dat we samen waren had hij vaak zijn camouflagevakkenvest zonder mouwen aan en scheurde hij, zijn handen in de van mij cadeau gekregen handschoenen gestoken, op een motor als een rumoerige komeet door de stad. Zaken die hem in sommige ogen, in ieder geval die van hemzelf, fascinerend maakten. Naar hem werd altijd gekeken, ook, misschien wel juist, door degenen die hem verachtten. Wat is toch de toverformule die ons allemaal nog steeds naar hem doet kijken, zelfs over het graf heen? Ik bedenk dat mijn persoonlijke waardering voor Hayo's werk zich tegengesteld heeft ontwikkeld aan die van Jens en de anderen die Hayo's foto's vroeger hekelden. In het begin vond ik alles mooi wat hij maakte, maar als zijn latere werk me onder ogen kwam, bekroop me weleens het idee dat er iets niet klopte. De kindertehuizen, de vluchtelingenkampen, de blinde bedelaars... hoe doffer de ellende, hoe fascinerender, hoe esthetischer – vernuftig uitgelicht en met een achtergrond van canvas doek – hij hem probeerde af te beelden. Er is een grens aan wat je als fotograaf kunt maken, vind ik. Aan de verkeerde kant ervan beginnen de leugens.

Op de Oudezijds blijf ik even staan bij het Wijngaardstraatje, dat parallel loopt aan en nog iets smaller is dan de steeg waar ik en mijn moeder woonden. Enkele weken na mijn verhuizing naar Amsterdam plaatsten ze aan weerszijden van het straatje een hek, en niet alleen daar, steeds meer stegen werden afgesloten. De haarvaten van de binnenstad raakten een voor een verstopt. Het was een vreemde gewaarwording en kreeg zelfs iets onheilspellends, als er ergens nóg een stalen hek opdook. Het leek nog maar een kwestie van tijd of we zouden in een gevangenis leven. Zo voelde het, ook al was me verteld dat de hele operatie door het stadsbestuur was opgezet juist om ons te beschermen tegen de in die dagen intimiderende en grootschalige drugsscene, de dealers voor wie de schemerige, hol echoënde stegen ideale handels- en vluchtroutes vormden. Haantje en zijn moeder beschikten over een sleutel van het stalen hek, om hun woning in het straatje te kunnen bereiken. Wat hij erover in zijn dagboek schrijft, staat ook mij nog levendig voor de geest. Hoe hij verbaasd, schuchter, aan kwam lopen. Zijn moeder en mijn moeder die aan het bekvechten waren en wij, dader en slachtoffer, die de afloop van de strijd lijdzaam afwachtten. Vóór ze verhaal ging halen, had ik mijn moeder verteld wat er gebeurd was. Daarbij had ik niet beweerd dat ik zijn gezicht had gezien, want dat was ook niet het geval, de gordijnen waren immers op een kier na dicht geweest. Wie heeft hem de grootste streek geleverd, vraag ik me nu af. Mijn moeder, die haar conclusie al had getrokken, het vonnis geveld, en daarna aan eenieder die het maar horen wilde, vertelde wat hij geflikt had? Of ik, die tijdens het heibelen niet de moed had opgebracht om een enkel woord te spreken? Dat had ik natuurlijk wel moeten doen, mijn moeder erop wijzen dat ik niet Haantje, maar een schuddende hand met een pik erin had opgemerkt. Ja, later zei ik het tegen haar, toen ik thuis geplaagd werd door het beeld van een zweterig, handenwringend ontkennende Haantje. Die verlate reactie van mij heeft hem niet geholpen, nooit, ook later niet, toen ik er zelf eigenlijk niet meer aan dacht, omdat ik hem nog nauwelijks zag, want wij beiden hielden onze gordijnen vanaf dat moment gesloten.

Het is bijna niet te bevatten, maar hij is nog altijd afgesloten, de steeg. Als ik door de tralies kijk en ter hoogte van hun deur twee hoge afvalcontainers van een restaurant zie staan, herinner ik me nog iets, een voorval dat later plaatsvond, maar dat mij meer zou bezighouden dan het incident zelf. Op een dag ving ik een gesprek op tussen Haantjes moeder en haar buurman, Manolo, de eigenaar van een Spaans restaurant, dat van de Warmoesstraat helemaal tot aan de steeg doorliep. Ze hadden het over de hekken, én over de grote schoonmaak die zou gaan plaatsvinden. Het verjagen van de junks en de dealers en al het andere onkruid. Al kon ik me niet goed voorstellen wat er te gebeuren stond, dat gretige verlangen van die twee naar de aanstaande zuiveringen deelde ik niet. Aanvankelijk was mijn angst geweest dat we geen kant meer op zouden kunnen, opgesloten werden, maar de woorden van Haantjes moeder en Manolo maakten een nieuwe, nog grotere vrees in mij wakker, de bange vraag of en wanneer mijn moeder en ik aan de beurt zouden komen. Die grote schoonmaak zou ook ons treffen, dat kon niet uitblijven, want ik wist maar al te goed waar mijn moeder en ik van leefden. Een enkel telefoontje naar de Kinderbescherming, misschien van Haantjes moeder, zou volstaan om alles in gang te zetten.

11

Een voordeel van mijn tijdelijk adres is dat ik dicht bij het Vondelpark woon en er regelmatig doorheen fiets, liefst meerdere keren per dag, zelfs als ik een stukje moet omrijden. Tussen de bloeiende kastanjes slentert op blote voeten een jonge vader met zijn zoontje op zijn schouders, *Papapaard*. Omdat het zaterdag is rijd ik langs de ingang van de tennisclub, wie weet tref ik Lucas er. Maar net als een week geleden, en de zaterdag daarvoor, zie ik hem niet bij de velden of het clubhuis. Een ontmoeting met hem zou mijn hele dag goedmaken, zelfs als hij over Hayo weigerde te spreken. Ik fiets weer verder in het licht en de geur die me doen denken aan Putten, aan het bos waar wij als kind speelden en dat abrupt eindigde waar de weilanden achter prikkeldraad begonnen. Koeien met zachte roze neuzen en zwiepende staarten, boterbloemen, vlinders, kastanjes zoeken met mijn opa, urenlang. Mijn oma kon voor dat soort bezigheden in 'de heilig verklaarde groente', geen geduld opbrengen. Vandaag voel ik me ook onrustig. Er zit me iets dwars, de hond van mijn buren, het weerzinwekkende beeld van zijn brede kaken, geklemd om een slap kattenlijf, dat heen en weer wordt geschud, iedere druppel leven eruit geranseld. Toen ik gisteravond thuiskwam van de bioscoop stond mijn buurvrouw met haar herdershond voor de deur. Ze sjorde aan zijn riem en riep 'los', drie, vier keer achter elkaar, steeds luider. Haar overslaande stem weergalmde in de stille, donkere straat. Het duurde even voor het tot me doordrong wat de hond in zijn bek vasthield, maar toen dat gebeurde sloeg de panische angst toe dat mijn eigen Spinnoza hier het lijdend voorwerp was. Het bleek echter een pluchen beest te zijn, een knuffel. Volgens mijn buurvrouw had hij met een touwtje om zijn nek aan de buitenkant van de deur gehangen.

'En dat bloed?' vroeg ik

'Een of andere gek,' zei ze.

Wat bloed leek, bleek verf te zijn toen de hond eindelijk losliet. We praatten nog even door, mijn buurvrouw en ik, eerst over de macabere 'grap' die iemand had uitgehaald en daarna over de deur, die een duwtje nodig had om in het slot te vallen. Wat we kennelijk beiden op hetzelfde moment een belangrijke kwestie vonden.

Sinds ik hier woon doe ik alsof ik de buren niet hoor en zie, dus ook alsof ik niet weet dat het haar vriend is die steeds vergeet de deur goed te sluiten. Andersom besta ik voor de buren niet. Dat is nóg een voordeel van het appartement. Als ik nooit meer thuiskom, zal niemand er notitie van nemen. Mocht ik in een gedroogde biologische vijg stikken, dan zal het weken, misschien maanden duren voordat iemand me met grote, ronde ogen en een lepel in mijn verstijfde hand naast mijn bakje sojayoghurt vindt. Aan deze afstandelijke relatie met mijn buren, het jonge stel met de hond in het benedenhuis, en de oudere man met de toupet boven mij, wil ik niets veranderen. Aan perfectie moet je niet sleutelen. Het werk van een gek. Ik zei dat ik het met haar eens was.

Mijn leven verloopt de afgelopen tijd een stuk minder rustig dan voorheen, bedenk ik als ik een kwartier voor de afgesproken tijd in de Hallen aan een tafeltje met zicht op de ingang heb plaatsgenomen. Sinds ik niet meer alle feestjes of recepties afliep, zat ik meestal thuis en kwam ik de dag door met lezen, tv-kijken, en Facebook afstruinen. Naar buiten ging ik slechts om boodschappen te doen en, af en toe, in het centrum naar winkels te kijken of een museum te bezoeken. Natuurlijk waren er momenten waarop ik in mijn telefoonlijst op zoek ging naar de nummers van vrienden en kennissen, waarna meestal de twijfel toesloeg. Wie zat er in godsnaam nou op te wachten dat ik zijn of haar leven kwam binnenbanjeren? In plaats van iets af te spreken, maakte ik een fietstocht naar een of ander nieuw tentje aan de Amstel, waar iedereen scheen te komen, ook al kon je er geen broodje onder de tien euro bestellen. Alles in een poging om het brute beest van de eenzaamheid op afstand te houden. Maar tegenwoordig zijn de bakens verzet, en dat is zo snel gegaan dat ik nog niet eerder tijd heb gehad om erbij stil te staan.

Van mijn muntthee drinkend neem ik de oude krantenartikelen door over de rechtszaak tegen tv-journalist Henri Mateman, die ik dadelijk hier in de voormalige tramremise hoop te ontmoeten. Ik herinner me hem nog vaag van zijn reportages van vroeger, waarin hij nooit te beroerd was om zelf pontificaal zijn opwachting te maken, gekleed in lange jassen met schoudervulling en zijden stropdassen in knalkleuren. Na twee eerdere miskleunen vond hij zijn professionele Waterloo uiteindelijk in zijn reportage over Daems. 'De seksgoeroe van de Wallen', zoals hij in de artikelen die aan hem gewijd zijn wordt genoemd, had er zelf niet aan meegewerkt. Op internet heb ik überhaupt maar twee interviews met Daems kunnen vinden, beide afgenomen in 1994, en kennelijk zijn die hem niet goed bevallen, want daarna heeft hij nooit meer iemand van de pers te woord gestaan. De reportage van Henri Mateman uit 2000 kan ik niet terugvinden, en ook mijn uitgever Bart is het niet gelukt, maar uit de krantenberichten over de rechtszaak heb ik een en ander over de inhoud kunnen opmaken: Daems' jeugd, opkomst en ondergang. Hoe hij als enig kind van een alleenstaande moeder van Hongaarse afkomst opgroeide in Arnhem, een theateropleiding volgde, een eigen mimegezelschap oprichtte, een voorwaardelijke straf voor aanranding en mishandeling van een vrouwelijk lid van het gezelschap opgelegd kreeg, en uiteindelijk als stoepier op de Amsterdamse Wallen belandde. Waar hij het klaarspeelde om in minder dan tien jaar tijd schatrijk te worden met zijn casino en seksclub, én zich te verzekeren van een langlopend geschil met de fiscus dat hem meerdere keren aan de rand van de financiële afgrond bracht en uiteindelijk dwong naar het buitenland uit te wijken. De omroep die de documentaire had uitgezonden werd veroordeeld tot 25.000 euro schadevergoeding, na een aanklacht van Daems wegens smaad. Niet vanwege de onthulling in de reportage van Daems' bedrijfskundige vondst om zijn seks- en gokbedrijf in de rechtsvorm van een spiritueel genootschap te gieten, ook niet vanwege de ongehoorde perversiteiten die er zich onder zijn verantwoordelijkheid zouden afspelen, en zelfs niet vanwege het innemen van de paspoorten van zijn meisjes, aan wie hij bovendien persoonlijk heroine zou hebben verstrekt. Nee, de schadeclaim was uitsluitend toegekend vanwege de in de documentaire gedane bewering dat Daems niet alleen minderjarige meisjes in zijn zaak exploiteerde, maar zich ook persoonlijk aan hen vergreep. Voor dat laatste was een van de slachtoffers, als silhouet en met vervormde stem, opgevoerd. Een bron die gefingeerd bleek. Het desbetreffende meisje, na de uitzending op miraculeuze wijze door Daems' advocaat opgespoord, bekende dat ze de Seksgoeroe van de Wallen nooit had ontmoet, maar dat de maker van de documentaire haar 300 euro had betaald om een tekst van papier voor te lezen. Het was het slotakkoord van Henri Matemans journalistieke loopbaan. Tegenwoordig runt hij een webshop in urnen, kwam ik te weten door hem te googelen, maar toen ik hem door de telefoon vroeg wat hij deed, antwoordde hij dat hij labradoedels fokt. Ook beweerde hij, met een venijnige stelligheid die me na zoveel jaar verbaasde, dat zijn reportage van destijds wel degelijk klopte, alleen de bron niet. Het echte meisje, van wie hij het verhaal over Daems had gehoord, was op het allerlaatste moment verdwenen en hij had nog weken naar haar gezocht, maar op een gegeven moment moest er gemonteerd worden en nog steeds wist niemand waar ze uithing, en toen, ja, toen had hij het fatale besluit genomen om een stand-in te gebruiken. Stom genoeg ook een meisje uit de buurt, dat had hij natuurlijk nooit moeten doen, want daardoor was het uitgekomen. Het leek alsof die misrekening hem nog het meest dwarszat.

Om hem tot een afspraak te bewegen viel nog niet mee,

pas toen ik hem had uitgelegd dat Daems misschien iets met een moord te maken had, ging hij om. We wachten natuurlijk allemaal op de klop aan de deur door de wraakengel die aanbiedt het vuile werk op te knappen waar we op regenachtige nachten onze fantasie mee voeden.

'Heb je hem al gesproken?' wilde Mateman nog van mij weten aan het eind van het gesprek.

'Telefonisch, verleden week. Niet lang. Hij maakte zijn punt en ging op geen enkele vraag in.'

'Ik hoop oprecht voor jou dat je hem nooit persoonlijk ontmoet.'

'Hoezo?'

'Daar laat ik het bij.'

Kennelijk moet ik dat laatste letterlijk opvatten, want een halfuur na het afgesproken tijdstip is Mateman nog steeds niet komen opdagen. Als ik hem probeer te bellen, neemt hij niet op. Dat is slecht nieuws, heel slecht nieuws, want ik heb niemand anders kunnen vinden die me iets wezenlijks over Daems zou kunnen of willen vertellen. De Ierse vrouw die ooit een boek schreef over haar tijd in de Tempel, een aaneenschakeling van baanbrekend vaginaal variété met bananen en bankbiljetten, leeft tegenwoordig in een ashram in India en wil niets meer van haar meesterwerk weten. 'Dat ligt achter me,' reageerde ze op mijn e-mail. Waar ze nog een goedbedoeld advies aan toevoegde: 'Verdoe je tijd niet.' Daar zit misschien iets in, maar toch kon ik het niet laten om mijn allerlaatste optie te verkennen, de redacteur die ooit een doorwrocht stuk over de fiscale constructies van het Daems' imperium had geschreven voor *Het Financi-*

eele Dagblad. Zijn spoor liep dood in Finland, waar hij vijftien jaar geleden tijdens een kanotocht is verdwenen.

Op mijn telefoon zie ik dat ik een Facebookbericht heb ontvangen. Van, ik kan het bijna niet geloven, mijn vader. Benno met de kleine oortjes. Ik ging er al van uit dat hij, de zoveelste in een inmiddels steeds langer wordende rij, geen interesse in een ontmoeting met me had. Maar nu schrijft hij dat hij blij verrast was met mijn bericht en dat hij me graag wil zien. Ik ben van harte welkom op zijn oude schip dat het hele jaar in de jachthaven van Ibiza ligt. Hij laat ook weten dat hij liever over de toekomst dan over het verleden spreekt. Om dat te onderstrepen, vermoed ik, schrijft hij dat zijn Braziliaanse vriendin onlangs een eigen bikinilijn lanceerde, en wel wat publicitaire ondersteuning op Facebook of Instagram van een bekende Nederlandse schrijfster kan gebruiken. Hij heeft enkele foto's meegestuurd, van hemzelf, bruinverbrand, bijna paars, met zijn, schat ik, twintig jaar jongere Braziliaanse, op zijn boot. Ibiza, dat is een roteind weg voor een gesprek over bikini's.

Als ik van mijn telefoon opkijk, zie ik een paar tafeltjes verder twee vrouwen. Het zouden zussen kunnen zijn. Ze zitten tegenover elkaar zonder een woord te wisselen. De een eet langzaam en zorgvuldig van haar worteltaart. Ze staart voor ze een hap neemt naar het stukje op het vorkje, alsof ze in gedachten de calorieëen telt. De ander leest *Nachtspel*, dat al drie weken in de boekentoptien op één staat. Het is me toegestuurd door Bart, die ook de uitgever van deze bestseller is. Toen ik bij hem op kantoor was om over mijn nieuwe boek en het voorschot te praten, had hij me uitgenodigd voor de presentatie van *Nachtspel*, sterker, hij drukte me op het hart te komen. Hij vond dat ik me de laatste tijd weer begon te verstoppen.

'Maak je om mij geen zorgen, Bart,' zei ik. 'Hoeft echt niet.'

'Je bent zo... bleekjes,' zei hij.

'Bedankt.'

'Nee, echt, ik meen het.'

'Ik geloof je, heus, doe geen moeite.'

'Ga naar de sportschool, laat jezelf nu en dan eens zien. Anders denken ze dat je dood bent. Onzichtbare auteurs, dan heb ik nog liever iemand die helemaal niet schrijft. Er komt een hoop pers. Maak een praatje met de nieuwe chef boeken van de *NRC*. Als hij een glaasje opheeft, schijnt hij heel charmant te zijn.'

'Go fuck yourself, Bart.'

Ik was niet gegaan en enkele dagen na de presentatie ontving ik per post het boek met een kaartje erbij. Slechts een enkel woord had Bart erop neergepend: 'Lafaard!'

Aan de andere kant van de oude tramrails die nog over de vloer van de hal lopen hangt een man in jeans en een gestreept zomerhemd onderuit in een leren bank. Dicht naast hem zit een jongetje van een jaar of vier, dat verzaligd aan een ijsje likt. De man staart naar me op een manier die ik niet helemaal kan plaatsen. Flirt hij? In de tijd die ik in *Het lichamelijk kapitaal* heb beschreven, wist ik het in een oogwenk. Nog voor de schikgodinnen hun lage plannetjes hadden kunnen beramen. De man blijft maar naar me kijken. Misschien herkent hij me, is hij een van die vergeten gezichten uit mijn nevelige interimjaren, liefjes voor één nacht, met wie ik belandde op vreemde slaapkamers. Waar mijn moeder plotseling tussen mij en dat zwoegende lichaam aan me verscheen. Met een triomfantelijk lachje. Willem zou een fantastische vader geweest zijn, dat weet ik zeker. Niet dat hij onder zijn onvruchtbaarheid leed, voor hem was een toekomst zonder kinderen geen schrikbeeld. Voor mij ook niet, dacht ik altijd, maar het gemis was groter dan ik had verwacht en is er nog steeds. Verwijtender dan toen Willem en ik nog samen waren, alsof ik mezelf een streek heb geleverd. Of het ons bij elkaar zou hebben gehouden, zo'n project van gedeelde genen, dat weet ik niet. Waarschijnlijk was het hoe dan ook onafwendbaar geweest, dat moment waarop Willem, terwijl we samen tv-keken, bijna langs zijn neus weg opmerkte dat hij het gevoel had slaapwandelend door het leven te gaan. Het was de eerste keer dat hij de breuklijn van ons bestaan verkende, een scheur die mij tot dan toe volledig was ontgaan.

Ik probeer Henri Mateman nog een keer te bellen, misschien moest hij zijn honden uitlaten. Weer neemt hij niet op. Nog geen minuut later ontvang ik een sms-bericht van hem.

'Bel me niet. Nooit meer!!!'

Woorden van gelijke strekking had Daems ook gebruikt, maar dan met de dodelijke scherpte van zijn tong. Ik moest hem met rust laten, en hem niet alleen. Hij leek vooral getergd door mijn poging om via Facebook met zijn dochter contact te leggen. Ik denk dat ik hem gevonden heb, Daems' zwakke plek.

12

Pas dagen later dringt het tot me door dat ik steeds om me heen kijk, zodra ik mijn straat in kom rijden, vooral 's avonds. Iedere fietser, wandelaar of automobilist valt me op. Nog voor ik mijn voorwiel de stoep op til, vraag ik me al bezorgd af of de buitendeur wel goed dichtgetrokken is, of iemand in de donkere gang zijn kans afwacht. De 'bebloede' kat aan het touwtje, stom dat ik het niet gelijk doorhad op de avond dat ik hem in de bek van de hond heen en weer zag zwiepen. Pas na ontvangst van het laatste fragment uit Haantjes dagboek sloeg de argwaan toe. Misschien lijd ik aan achtervolgingswaan, maar ik geloof toch echt dat de man die in een donkere auto zit te wachten, niet toevallig recht voor mijn deur geparkeerd heeft. Terwijl ik mijn fiets op slot zet hoor ik achter me een portier openen en voetstappen in mijn richting komen. Zonder om te kijken loop ik naar de deur met mijn sleutels in mijn hand.

'Een ogenblik.'

Zijn lange profetenhaardos waait lichtjes op in de wind. Het is nog steeds pikzwart, zijn haar, net als zijn wenkbrauwen, maar nu waarschijnlijk uit een tube. Harde, doordringende ogen, wit hemd met opstaand boordje, wit linnen kostuum, witte instappers, zijn handelsmerk, wit, kennelijk nog steeds.

'Voilà, hier ben ik,' zegt hij op zachte toon.

Het duurt even voor mijn ademhaling weer enigszins bedaart. Ik heb het altijd nogal bespottelijk gevonden, die toer van spiritueel leider, want dat hele mystieke gedoe was niets anders dan de dekmantel van een weliswaar creatieve, maar in wezen ordinaire casinobaas en bordeelhouder. Nu hij zo ineens voor me staat, begrijp ik wel waarom in het verleden zoveel mensen onder zijn invloed raakten.

'Je wou me toch spreken?'

'Ik wilde een afspraak maken voor een gesprek. Niet voor een overval in mijn eigen straat.'

'Ik maak het je makkelijk.' Hij loopt naar zijn auto en opent het portier aan de stoepkant en kijkt me aan. 'Dit is je kans.'

Als ik aarzel, klinkt na enige seconden bijna hooghartig zijn sonore basstem. 'Zijn we bang?'

Hij mag vooral niet denken dat hij indruk op mij maakt, die charlatan, die hemels in het wit gestoken, getruukte belastingontduiker met zijn schuinse glimlachje en chantageogen. De man die een conflict met mijn moeder uitvocht. Ja, dit is mijn kans, waarschijnlijk de enige. Beschouw het maar als een rijexamen, houd ik mezelf voor, hoe eerder je instapt, des te sneller het achter de rug is.

Ik kijk om me heen, maar er is niemand, ook niet achter de ramen van de huizen. Ik loop naar de auto en stap in zonder een woord te zeggen. Als hij ook is ingestapt start hij de motor en vergrendelt met een metalen klik de deuren.

‘Waar gaan we heen?’ vraag ik.

‘Als ik rijd kan ik beter denken.’

Hij stuurt de auto langzaam over de rotonde van het Hoofddorpplein. Dat we weg zouden rijden, heb ik niet voorzien. Met mijn handen op mijn knieën kijk ik recht voor me uit, donkere winkels en huizen schieten voorbij. We stoppen voor een verkeerslicht, het laatste voor de Ringweg. Zoals ik nu zit, zou ik snel over hem heen kunnen buigen en het knopje van de centrale vergrendeling indrukken. Ik zie mezelf uit de wagen springen en een willekeurige straat in rennen. Ik zou ontsnappen, het boek schrijven zonder de persoonlijke inbreng van maffe Daems, so what! Ik doe niets. Over de Ringweg rijden we in de richting van de Coentunnel, maar dan slaan we af en naderen al snel het Westelijk Havengebied. Rechthoekige gebouwen van fabriekjes en groothandels, de rookpluim uit de schoorsteen van de vuilverbranding in de verte.

Ik verwacht dat hij het gesprek opent, wat niet gebeurt, dus zit er niets anders op dan dat ik de eerste zet voor mijn rekening neem.

‘Hoe weet je waar ik woon?’

‘Is niet zo moeilijk, hoor.’

‘Dat is geen antwoord op mijn vraag.’ Ik heb besloten niet bang te zijn, toch voel ik die onvergelijkbare tinteling door de dreiging van echt gevaar.

‘Een ogenblik.’ Bij een donkere loods van een groothandel in diervoeders, zet hij zijn auto aan de kant en stapt uit om een telefoongesprek te voeren. De molligheid van een in zijn jasje geknoopt buikje wordt uitgelicht door de koplampen als hij heen en weer loopt. Ik hoor hem praten, in het Duits, lijkt het, maar wat hij zegt kan ik niet verstaan. Mijn hart klopt in mijn keel. Ik ben hieraan begonnen omdat ik niet twijfelde aan mijn moed, houd ik mezelf voor. Op de een of andere manier denk ik, terwijl hij weer op de auto komt aflopen, dat ik misschien wel gek moet zijn als ik nu niet bang ben. Zodra hij is ingestapt rijden we verder.

'Waarom had je ruzie met mijn moeder?'

'Had ik dat?'

'Dat wordt beweerd.'

'En wat nog meer?'

'Dat ze schuld had in je casino.'

'Dat hadden er zoveel.'

'Je was bij Haantje langsgegaan, de avond van de moord.'

'Is dat verboden?'

'Nee, maar wel opmerkelijk. Wat was er zo belangrijk dat je hem op dat moment per se wilde spreken?'

'Hij werkte voor me, dan valt er altijd wel iets te bespreken.'

'Je duwde zijn moeder in de deuropening opzij en stormde naar zijn kamer.'

'Ach, het is twintig jaar geleden. Het leven gaat verder.'

'Goed om te weten.'

'Ik ga geen enkele vraag van jou beantwoorden en jij gaat niets over mij schrijven.'

'Schaam je je?'

'Voor wat?'

'Voor het feit dat je je geld verdiend hebt met de grootste hoerentent van de stad. Weet je dochter dit eigenlijk wel? Dat je de paspoorten van minderjarige, verslaafde meisjes inhield, dat je ze de meest grove vernederingen liet ondergaan?'

'Zo'n bedrijf leiden is nu eenmaal geen spelletje Twister. En overigens lijk jij me niet in de positie om te moraliseren. Ik heb je boek niet gelezen, maar dat is ook niet nodig om die conclusie te mogen trekken.'

Hij laat een lange stilte vallen, de beproeving van de zwijgende kilometers door het industriegebied met steeds minder gebouwen en verkeer. Maar dan is hij het die als eerste zijn mond opent. 'Mij persoonlijk raakt het niet, wat je ook schrijft. Ik ben onkwetsbaar. Maar ik heb, zoals je misschien zult begrijpen, rekening met anderen te houden. Laat het uit je hoofd om hen lastig te vallen. '

'Nobel hoor, je opwerpen als beschermer, nu het je eigen dochter en vrouw betreft.'

Hij reageert niet op mijn woorden, alsof hij ze niet gehoord heeft, en stuurt de auto een smalle weg op. Slechts het gezoem van de motor is nog te horen. De weg strekt zich recht voor ons uit, met een enkele zwakke straatlamp, en loopt dood op een hoog hek met ijzeren spijlen. Er staat een auto geparkeerd. Binnenin zie ik in het voorbijgaan heel even een flauw schijnsel, waarschijnlijk van een telefoon die wordt uitgezet. Daems passeert de auto en parkeert de zijne een meter of tien verder, laat de motor draaien en zijn handen op het stuur liggen.

'Waarom stoppen we hier?'

'Iedereen dacht altijd dat ik eropuit trok, de straten afschuimde om ze op te sporen, zoals een hondenvanger met zijn net in stripverhalen doet, maar zo was het niet. Een enkel meisje kruiste toevallig mijn pad, maar de meesten kwamen uit zichzelf naar mij toe. Ze waren op zoek en hadden iets gehoord. Ze wisten me te vinden. Hun eigen krachten waren ontoereikend. Het was hun karma, én het donkere tijdperk waarin we leefden en nog steeds leven. Volgens de Maya's zou in 2012 de grote omslag komen, maar dat is niet gebeurd, we zitten nog steeds in dat laatste stuk van weerspannigheid die gepaard gaat met het einde van een tijdperk. Om jezelf te bevrijden moet je eerst begrijpen wat je gevangenhoudt.'

'Het lijkt mij niet het moment om te filosoferen.'

'Je bent aan het verkeerde adres. Ik weet niets. En dat geef ik je graag cadeau.'

'Je kunt me niet verbieden te schrijven over wat ik van anderen hoor en in het proces-verbaal ben tegengekomen.'

'Je denkt dat je moedig bent. Maar dat is niet zo. Geloof me. Voor mij ben je geen partij.'

Zijn gezichtsuitdrukking verraadt niets dan volharding en superioriteit. Ik weet dat hij gelijk heeft, de strijd is ongelijk. Hij is iemand voor wie macht en rijkdom niet onbereikbaar zijn, voor wie een sprookjesachtige magiër niet een wezen van een andere orde en uit andere tijden is. Ik verafschuw hem, maar tegelijk dwingt hij ook nieuwsgierigheid af, zelfs iets wat in de buurt van bewondering komt. Je moet wel een bijzonder persoon zijn, met een scherp intellect, ondernemersvernuft, een neus voor macht, en een uitzonderlijke aantrekkingskracht, als je als gesjeesd pantomimespeler uit de provincie, een complete buitenstaander toen hij in de buurt zijn opwachting maakte, in staat bent om een aantal als spirituele tempels vermomde goedlopende bordelen op te zetten. Als een goeroe voor een grote schare volgelingen door het leven te gaan, en een illegaal casino rendabel te exploiteren. Dat alles onder de neus van de politie en de fiscus, en, misschien nog wel het allermoeilijkst, onder de afgunstige blikken van concurrenten die niet terugschrikken voor een beetje bloed aan de paal.

'Dit was een populaire plek,' zegt hij. 'De heroïnemeisjes lieten zich achter het Centraal oppikken en dan hierheen rijden. Daar waren ook meisjes bij die het bij mij niet gered hadden, ondanks mijn inspanningen om ze van de ondergang te redden. Ik bood ze werk, redelijke verdiensten, toezicht. Ik praatte 's nachts soms uren met ze.'

Tussen de olieterminals, in de nevelige verte, glinsteren de lichtjes van de buitenwijken van Amsterdam-West. 'Breng me maar naar huis.'

'Hier was niets, niemand. Er zijn hier vreselijke dingen gebeurd.'

Het is hem gelukt. Ik ben doodsbang. 'Breng me terug. Nu!'

Ik hoor een portier van de auto achter ons dichtslaan. Een schim nadert in de buitenspiegel. Ik denk aan de kat aan mijn deur. Kattenmeisje, zo heeft hij me in zijn dagboek beschreven. Ineens ontdek ik het verband, de kat aan mijn deur, Haantje die post naar mijn huisadres stuurt, Daems die me in mijn straat opwacht.

'Er komt iemand aan.' Mijn stem klinkt vreemd hees. 'Is dat hem, Haantje?'

Hij reageert niet, staart slechts de duisternis in. Er gaat een angstwekkende zelfbeheersing van hem uit, waarbij zijn hele lichaam in de greep van zijn wil lijkt te worden gehouden. De klik waarmee de portieren worden ontgrendeld doet me verstijven in mijn stoel.

'Stap uit.'

'Waarom?'

'Ik heb je al gezegd dat ik geen vragen beantwoord.' De donkere gedaante verschijnt nu aan mijn kant naast de auto.

'Wat gaat er gebeuren?'

'Goed dan, omdat jij het bent, voor één keer zal ik antwoord geven: jij stapt uit.'

'Je bent niet goed bij je hoofd. Breng me onmiddellijk terug naar huis!'

Het portier aan mijn kant zwaait open en de hand die mijn schouder vastpakt, sjort me naar buiten. Eerst is er de zware geur van wiet, dan in een flits een streepje neus en mond, de rest van het gezicht is door een capuchon uit mijn beeld gesneden. Ik verzet me, probeer me uit de greep te bevrijden, trap naar achteren, maar in de worsteling die volgt wordt mijn arm op mijn rug gedraaid en slaat de vrije hand om mijn nek. De pijn in mijn ellebooggewricht is zo hevig dat ik weerloos ben tegen de kracht die me dwingt voorover te buigen en te knielen.

'Alsjeblieft, laat me los,' smeek ik. 'Waarom doe je hieraan mee?'

Het antwoord is een knie in mijn rug die me voorover in het natte gras langs de weg doet belanden en bijna verlies ik het bewustzijn. Nergens voel ik nog zijn handen. Wat gebeurt er, wat voert hij achter me uit? Voetstappen verwijderen zich. Een geraas in mijn hersenen, spookachtige vormen in de damp boven het braakliggend land. Een auto rijdt weg. Het heldere licht van de koplampen scheert als een zoeklicht over me heen en het volgende moment is het weer aardedonker. Het geluid van een portier dat dichtslaat, het starten van een motor, draaien en dan snelt de tweede auto weg. In de stilte die volgt houd ik mezelf voor dat er nog hoop is.

21 MAART 1995

Vandaag heb ik voor het eerst op straat gewerkt, op het stukje aan het begin van de Oudezijds Voorburgwal. Helaas, want in de kelder van Schagen had ik een geschiktere werkplek. Mijn schroevendraaiers, vijlen, hamers hingen daar gerangschikt op een kurkbord aan de muur. Gesorteerd op grootte, zo voor het grijpen, maar goed, het mag niet meer van Mathilde, vanwege het stof dat tijdens het werk vrijkomt. Stof is de grote vijand van negatieven en foto's. Ik had Hayo al horen mopperen toen hij achter het gordijn met zijn foto's bezig was, samen met Anne. Die twee hebben verkering, als je het mij vraagt, ze zijn in ieder geval onafscheidelijk de laatste tijd. Zij groet me gewoon en ik haar ook. Het is alweer jaren geleden, we doen alsof het nooit gebeurd is.

Voor Hayo heb ik langs de hele breedte van de kelder een werkblad van formica gemaakt, waarop de plastic bakken met chemische baden en zijn vergrotingsapparaat kunnen staan, en ook heb ik er een waterleiding met een kraantje aangelegd, voor stromend water om te spoelen. Hij was er blij mee. Die jongen gaat helemaal op in zijn foto's. Als hij zo bezig is, vind ik hem best te pruimen, maar hij kan ook irritant zijn, zo'n type dat nooit genoeg aandacht krijgt en je onverwacht een vervelende opmerking naar het hoofd slingert. Lucas, zijn oudere broer, is rustiger, en ook vriendelijker, vind ik. Die is van een andere vader, misschien vandaar. Hij heeft me geholpen met het naar boven tillen van het tafelblad, ook al leek hij niet echt sterk, Lucas. Vroeger heeft hij in een revalidatiecentrum gelegen, voor iets met zijn longen. Ik heb de poten van de grote, zware tafel die ik in de kelder als werkbank gebruikte eerst losgemaakt en toen alles in onderdelen naar boven gebracht om het daarna buiten weer in elkaar te zetten. Zonder een stevig blad om de deuren en kozijnen op te leggen, kan ik niets uitrichten. Met een verlengsnoer haal ik nog net het stopcontact van hotel Schagen en mijn gereedschapskist staat naast me op straat. Die verlies ik geen moment uit het oog. Als ik even naar binnen moet om te plassen, neem ik hem mee, want je hoeft maar met je ogen te knipperen en die junken stelen alles wat los en vast zit.

Het is wel wennen, buiten werken, want iedereen die langskomt kan me zien meten, schuren en frezen. Soms komt er iemand van de Leeuwenburgh langs, maar me lastigvallen met vragen waarom ik niet meer kom doen ze niet meer. Zo onderhand weten ze allemaal dat ze met dat soort praatjes niet bij mij aan moeten komen. Ik verwijt hun niets, maar mij hebben ze, net als mijn moeder, niets meer te bieden. Ik ben klaar met de club, de Staff Band, de collectes, de bijeenkomsten, en met het gezamenlijk gebed. Ik wacht op iets nieuws, een ander soort leven. Vandaag leek het alsof ik daar een beetje mee begonnen ben, want doordat ik de hele dag buiten stond, kwam er een paar keer iemand met wie ik nog nooit gesproken had naar me toe. De kastelein van Marktzicht, die dikke met die bakkebaarden, vroeg me iets over een lekkende dakgoot en een man die boven de viswinkel op de Zeedijk woont wilde weten hoe je lichtspotjes in een schrootjesplafond wegwerkt. Mathilde maakte er een grapje over. Jij wordt nog de technische vraagbaak van de buurt, zei ze toen ze me een kop kippensoep bracht.

Het moeilijkste is om je door al die aandacht niet te laten afleiden. De afstelling van scharnieren is een precies werkje, helemaal in het geval van een oud pand als dat van Schagen, waar geen raam haaks is of gelijke afmetingen heeft. Alles hangt met alles samen, en als je ergens een millimeter mist, krijg je later de rekening in centimeters gepresenteerd.

Aan het eind van de middag kwam er een man met een zonnebril naast me staan, die ik weleens op straat had gezien. Hij keek een hele poos zwijgend over mijn schouder mee terwijl ik bezig was aan de brandvrije nooddeur voor aan de achterzijde, die aan twee kanten wordt afgetimmerd met asbestplaat.

Hij had het idee dat ik wist waar ik mee bezig was, zei hij na zo'n lange tijd dat ik zijn aanwezigheid al bijna vergeten was. Wist ik ook iets van elektriciteit? wilde hij weten.

Ik zei dat ik geen elektricien was, maar dat het vrij eenvoudig werk was.

Hij droeg witte kleren en zijn dikke, gitzwarte haar was achterovergekamd met een golfje over de kraag van zijn colbert. Wanneer was ik hier klaar, dat vroeg hij.

Ik schatte over een week. En daarna? Ik haalde mijn schouders op. Wat vroeg ik per uur? Ik noemde hem mijn prijs, een tientje, exclusief materiaal.

Toen zei hij: Dan ben jij mijn man. Hij deed zijn zonnebril af en keek me heel nieuwsgierig aan, maar tegelijk op zo'n manier dat het leek alsof hij vooraf al wist waar het op uit zou draaien. Zijn ogen testten me en ik had het gevoel dat ze in een enkele seconde uitmaakten of ik voldeed aan een bepaald soort verwachting of niet. Ook al wist ik niet eens wie hij was en om wat voor klus het ging, ik wilde hem niet persoonlijk teleurstellen, omdat hij misschien nog wel beter dan ikzelf begreep wat goed voor me was. Toen hij mij zijn kaartje met zijn telefoonnummer had gegeven en weer doorliep voelde ik me trots. Ik ging verder met de nooddeur en dacht aan al die timmermannen, schilders, dakdekkers, loodgieters en metselaars die hier zo'n vijfhonderd jaar eerder deze panden hadden gebouwd, en aan de werklui daarna, toen er op ieder vrij stukje nieuwe huizen kwamen, met aanbouwen en achterhuizen in stegen. Er zou vandaag geen steen meer op de andere staan als deze mannen er niet waren geweest, met ladders, duimstokken en handboren. Twee handen aan je lijf. Dingen maken. Zinken goten, dakpannen, vloerbalken. Of een door de brandweer verplichte nooddeur. Het voelt alsof ik samen met die lui deel uitmaak van een grote bouwploeg. Ik ben vandaag flink opgeschoten. Mijn handen gloeien na. Het kaartje ligt voor me. Boven het telefoonnummer staat zijn naam, Damien Daems.

13

Op het beeldscherm van mijn computer heb ik een urenlange reis door de tijd gemaakt, die aan het eind een even onverwachte als angstaanjagende wending nam. Als in het rammelende wagentje op weg naar de uitgang van het spookhuis, met in de allerlaatste bocht en de klapdeuren al in zicht de plotseling bliksemende verschijning van een eenogig monster met bebloede bijl. Met dank aan Jens, die me een linkje heeft doorgestuurd van Hayo's gedigitaliseerde archief, voorlopig, het worden er meer, veel meer, ruim zeshonderd foto's. De meeste zullen noch in de tentoonstelling, noch in het boek opgenomen worden. Ze zijn niet bijzonder genoeg, maar juist die foto's, en daarvan weer de minst spectaculaire, wat alledaagsere beelden, helemaal die uit zijn beginjaren, 'mijn tijd', oefenden een onverwacht sterke, onweerstaanbare aantrekkingskracht op me uit. Het waren waarschijnlijk de meest geladen en gedreven momenten van zijn jeugd. Zeker die van mij, wanneer ik met opwaaiende jaspanden bij hem achter op de Honda zat en we door de stad snelden. Hij negeerde stoplichten, pikte stoepen mee en als het de reistijd beperkte reed hij dwars tegen het verkeer in, onderweg naar de plek waar een Amerikaanse popartiest uit het raam was gesprongen, relschoppers de politie in het nauw hadden gedreven, of actievoerders van Greenpeace zich hadden vastgeketend. Of het nou een uitslaande brand in de houthaven, een treinongeluk op Sloterdijk of een schietpartij in Oost was, zijn lange lens was niet kieskeurig en verslond alles wat in zijn vizier kwam. Bloedneuzen, rookkolommen, stofwolken, verwrongen autowrakken, slachtoffers onder dekens, wanhopige brandweermannen met beroete gezichten. Bij het geluid van de gierende motordrive en ratelende sluiter snoof Hayo de stank van verschroeid rubber en roodgloeiend staal op als een bedwelmend middel.

De foto's die hij in onze eigen buurt maakte en waarvoor ik persoonlijk meer waardering kan opbrengen, van de straten en de cafés en de rokende vrouwen in de wasserette en de kroegbazen met hun schakelkettingen en behaarde knokkels, waren hem zelf te tam. Hij maakte ze omdat hij nu eenmaal allerlei onderwerpen uitprobeerde, tot popconcerten aan toe, maar zijn hart lag eigenlijk bij alles waar een normaal mens instinctief zijn blik van afwendde. Als hij een hondententoonstelling bezocht kwam hij terug met een foto waarop een bouvier een hazewind in zijn nek beet. Ik herinner me dat er een man neergestoken was voor café Het Maagdenhuis op de Zeedijk en Hayo met zijn camera voor zijn gezicht erop afsprong, helemaal vergat dat ik bij hem was. Het was beangstigend om hem zo bezig te zien.

Toen hij eind jaren negentig de hele wereld begon over te vliegen op zoek naar een volgend front van voortdenderende rupsbanden, weggeschoten huizen en opgestapelde lijken, verbaasde me dat niet. In een oud interview naar aanleiding van zijn reportage over de oorlog in Eritrea beweerde hij – om niet te zeggen: ging hij er prat op – nergens meer van onder de indruk te zijn. Zelfs niet van de door een gasaanval verminkte kinderlichaampjes, zijn eerste foto die het NOS Journaal haalde. Het enige wat telde was dat de foto gelukt was, beweerde hij. 'Als hij niet goed is, sta je te ver weg.' Hij is altijd een uitslover geweest, maar ik geloof werkelijk dat hij, als hij daartoe kans had gezien, nog zijn eigen dood gefotografeerd zou hebben – zonder met zijn ogen te knipperen.

Van onze steeg vond ik ook enkele foto's op mijn scherm terug. Bij regen met de caféneons weerspiegeld op het natte wegdek, in de mist met een melkmuil van een wijkagent in zijn ruimvallende uniform op de voorgrond, met sneeuw, stil en leeg op zondagochtend, vol met vertierzoekers op de avond ervoor. Ook zag ik klanten van Mathildes café, gezichten die ik al lang vergeten was, mevrouw De Haan in uniform en met collectebus, en zelfs mijn eigen moeder die net van de kapper terugkomt en ineengedoken onder een paraplu recht op de camera afloopt.

Mij heeft hij misschien wel meer dan wie ook gefotografeerd. Ik was zijn eerste model, op wie hij alles uitprobeerde, belichting, scherptediepte en compositie, die hij eerst dagenlang bestudeerde in de fotoboeken die we samen op het Spui bij Athenaeum stalen. Robert Capa, Don McCullin, Henri Cartier-Bresson, tientallen onbetaalbare, gebonden exemplaren maakten we samen buit. Ik leidde het winkelpersoneel af en hij, met een nepbril op om een studentikoze indruk te maken, stak een boek onder zijn jas. Buiten sprongen we op zijn brommer en scheurden weg, alsof we net een bank hadden beroofd. Het zou wat zijn als ik dat allemaal in zijn eigen fotoboek optekende, een glimp van de echte Hayo, als een aanmoediging voor winkeldieven.

Zodra hij een filmpje had volgeschoten togen we naar zijn doka in de kelder van het hotel, waar na een paar uur al de contactafdrukken met kleine metalen knijpertjes aan een strakgespannen lijntje vliegertouw hingen te drogen. Hij fotografeerde me met mijn katten, in mijn nieuwe jas op de eerste brug van de gracht, op de Dam met een zwerm duiven rond mijn hoofd, onder het met graffiti volgespoten viaduct naast het station, tijdens popconcerten in Paradiso, waar hij mij met behulp van zijn perskaart naar binnen smokkelde. Van al die foto's vond ik er geen enkele in het digitale archief terug. Wel een van Pat, voor de deur van zijn shop, gehuld in, hoe kan het anders, zijn leren vestje en op zwarte legerkistjes. De zware, getatoeëerde armen mannelijk voor zijn borst over elkaar geslagen. Ik had zijn foto een poosje bekeken en ging toen verder naar de volgende, tot ik me realiseerde dat ik iets belangrijks over het hoofd had gezien. Ik haalde zijn foto terug. Op de smalle stoep voor het raam van zijn shop was net genoeg ruimte voor een brommertje, ja, ik herinnerde me het weer, dat bij Pat kinderachtig, bijna lachwekkend afstekende brommertje waar hij op rondreed. De man met connecties tot aan de president van het Amsterdamse Hell's Angels-*chapter* aan toe. Misschien is dat wel de perfecte omschrijving van Pat: Hell's Angel-*prospect* op Mobylette. Maar dat lullige brommertje was niet wat mijn aandacht trok. Dat lag op het zadel, een helm met een afbeelding van een schedel in geelrode vlammen, waaruit een duivels paar ogen staarden.

14

Het is me gelukt, een afspraak met Pat maken. Niet in het park, wat ik had voorgesteld, maar bij hem thuis. Door de telefoon zei hij dat hij geveld was door pijn aan zijn rug en been, waardoor hij voorlopig niet naar het park zou komen. 'Probeer het volgende week nog eens.' Ik wist niet of hij me alleen maar probeerde af te schepen of dat hij de waarheid sprak, maar wat ook zijn bedoeling was, ik voelde niets voor uitstel en drong net zo lang aan tot hij zwichtte. Hij woont in een van die onwerkelijk lange, smalle straten in De Pijp, op tweehoog boven een café. Wat me in het geval van Pat beslist geen minpunt lijkt, misschien zelfs geen toeval. Als ik tussen de scooters en andere fietsen een plekje voor de mijne heb gevonden bel ik bij hem aan. In het café zit een man aan de verder lege bar, als een gedetineerde in eenzame opsluiting. De zaak moet in deze verhipte buurt nog een van de laatste bastions van de oude stempel zijn, te oordelen naar de inventaris met vergeelde vitrages voor het raam. Binnen laat Barry Manilow zijn Lola haar inmiddels bejaarde showbenen nog maar eens opgooien, terwijl op straat Pats deur eindelijk openspringt.

Hij wacht me boven op, scheef en pafferig tegen zijn

deurpost hangend, en gaat me voor naar de woonkamer. Hij kreunt en trekkebeent als een oude huurling voor hij neerploft op een bank van vaal velours. Zijn haar is een warboel. Hij ziet eruit alsof hij al dagen samen met zijn hondje op de bank bivakkeert en zo ruikt het ook in de kamer. Naar een muffe lijflucht.

Tijdens het drinken van zijn 'bouwvakkerskoffie' zonder melk en het aanhoren van zijn medisch dossier met details, moet ik steeds denken aan de foto met de helm. Opnieuw en opnieuw zie ik dat wazige beeld van onderaf, de stille straat, het wiel dicht bij mijn gezicht en daarboven een schedel met een dubbel paar ogen in vlammen. Dat tweede paar moet van Pat zelf geweest zijn, echte ogen waarmee hij op me neerkeek. Door die voortdurende herhaling als een filmpje op internet lijkt de tijd stil te staan, vertraagd en onwerkelijk, en dan ineens dringt het tot me door dat Pat me een vraag stelt. 'Is er iets?'

Ik zit op een stoel zonder leuningen, tussen hem en de tv, die zonder geluid aanstaat. Op een lage tafel liggen doosjes van de apotheker en naast een glas water staat een fles Napoléon-cognac.

'Ik vroeg me iets af,' zeg ik. 'Over jou.'

Hij aait zijn hondje dat, een beetje depressief lijkt het, bij hem op schoot ligt. 'Zonde van je tijd.'

'Wil je niet weten wat?' vraag ik.

Hij zucht diep, alsof ik hem ben komen lastigvallen tijdens een spannend liveverslag van een voetbalwedstrijd, niet kwaad, maar licht geërgerd. 'Wat?'

Ik kijk hem recht in zijn kille, lichte ogen en iets in me, een of andere oude overlevingstactiek, waarvan ik me niet meer bewust was maar die sinds het autoritje met Daems gereanimeerd lijkt, dwingt me bijna om bakzeil te halen, om geen problemen te maken.

Ik ga op de rand van mijn stoel zitten. 'Volgens mij houd je iets voor me achter, Pat.'

'Wat nou?'

'Er is mij iets overkomen, en ik ben ervan overtuigd dat jij daar meer vanaf weet.'

Dik zweet parelt op zijn voorhoofd en het glas water dat hij naar zijn mond brengt schudt in zijn hand. 'Sorry, vandaag is mijn alcoholvrije dag. Iedere maandag.'

'Het is vandaag dinsdag.'

Hij zet het glas weer op tafel neer en staart zwijgend voor zich uit.

'Pat, ik wil het weten. Echt, ik kan er niet van slapen. Je moet me helpen, vertellen wat er gebeurd is. Alsjeblieft.'

'Als je belooft Daems en zijn dochter met rust te laten zijn er heel wat problemen opgelost.'

'Daems?'

'Geef eerst antwoord, dan kan ik misschien iets voor jou betekenen.'

'Maar wat heeft dit met Daems te maken?'

Zwijgend en met zijn vingers trommelend op zijn dij wacht hij af.

'Dat is goed.' Als hij het zo hard speelt, mag ik tegenover zijn machtsmiddel best een beetje vals opportunisme stellen. Aan een afspraak met een ordinaire chanteur voel ik me niet gehouden.

'Ik heb het gehoord, van Andy,' zegt Pat.

'Andy?'

'Hij liep vroeger bij ons in de buurt rond, die junk, je kent hem nog wel, die lange klerelijer.'

'Die tegenwoordig in het park de circusartiest uithangt?'

'Hij kreeg binnen twintig seconden iedere auto open. Hij eh... moest je laten zweten. Daems is niet bepaald blij met je plannen voor dat boek, maar dat zal je inmiddels wel duidelijk zijn. Maar ik wil dat je één ding goed begrijpt: als ik geweten had wat er zou gebeuren, dan zou ik er nooit aan meegewerkt hebben.'

Door deze even onverwachte als ontregelende onthulling val ik even stil. Sinds Daems' overval nam ik aan dat Haantje er op de een of andere manier bij betrokken is geweest.

'Het spijt me, meid, ik had echt geen idee.'

'Ik snap hier niets van. Hoe kwam Daems aan mijn adres?'

'Weissenbruchstraat, had je me zelf verteld. Ik ben een paar keer met Andy in de auto langsgereden, tot we je op een middag naar buiten zagen komen.'

'Waarom zou jij dat doen?'

'Dat gaat ver terug. Ik heb altijd klusjes voor hem uitgevoerd, vroeger al. Jonge meisjes die net in de buurt waren aangekomen en werk zochten leverde ik bij hem af, voor een half meier per stuk. Soms had hij in een van zijn pandjes lastige huurders waar hij vanaf wilde of moest er via mijn bankrekening een bedrag naar een buitenlandse bankrekening overgemaakt worden. Dat soort dingen. Toen hij plotseling zelf naar Luxemburg moest uitwijken, heb ik twee pandjes en een Mercedes van hem op mijn naam gehad, althans op die van de bv waarvan ik directeur was gemaakt. Beste baantje van mijn leven, vier jaar lang 300 gulden per maand gevangen met helemaal geen ene fuck doen. Tot zijn advocaat alles gladgestreken had bij de fiscus en ik overbodig was. Toen ik hem doorgaf dat jij hem wilde spreken, was hij des duivels. Hij wil absoluut niet betrokken worden bij dat boek van jou. Hij vroeg me om je op andere gedachten te brengen. Ik wilde je alleen maar een beetje bang maken met die kat.'

'Dat was jij ook?'

'Sorry. Maar jij bleef maar rondbellen om mensen over Daems uit te horen. Dat kwam hij te weten en hij vond dat het zo wel genoeg was geweest. Hij verhoogde het bedrag. Op voorwaarde dat ik je zou... overtuigen.'

'Hoe?'

'Dat maakte hem niet uit.'

'En jou?'

Hij stroopt de mouwen van zijn houthakkershemd op, en niet om met zijn tatoeages te pronken, het lijkt slechts een gewoonte. 'Luister, denk je nou echt dat ik je niet te grazen had kunnen nemen als ik had gewild?'

'Je hebt het in ieder geval niet voorkomen.'

Hij neemt me op alsof niet hij, maar ik de valsspeler ben. 'Daar sta ik helemaal buiten. Andy heeft achter mijn rug om Daems benaderd, een echte rattenstreek. Vijf meier heeft hij gevangen, en denk maar niet dat ik er een euro van heb gezien.'

Ik geef toe aan de behoefte om hem precies te vertellen wat er gebeurd is op de avond dat Daems me in het Westelijk Havengebied uit zijn auto had laten trekken. Hoe bang ik was geweest, ook nog daarna, toen ik ruim een halfuur huilend in het donker had gelopen naar de lichtjes van Geuzenveld, waar ik de bus nam. Hoe ik in mijn eigen buurt aangifte had gedaan, maar weinig inspanning van de politie verwachtte omdat ik zelf in Daems' auto was gestapt, wat de dienstdoende agent me tot drie keer toe liet bevestigen. De diender nam me op met een vermoeide blik, alsof hij wou zeggen: wat kom je hier doen als je met een kerel naar zo'n plek meerijdt en niet eens verkracht bent? Pat zegt dat het hem spijt en bezweert me nog een keer dat hij niet op de hoogte was van Daems' plan om mij te ontvoeren en als een dier in doodsnood op mijn buik liggend in het gras achter te laten.

'Daar zou ik voor gepast hebben. Ook al had ik een auto gehad. Daarom heeft hij ook Andy ingeschakeld.'

'Omdat hij een auto heeft?'

'Zijn vriendin. Andy zit sowieso nergens mee. Zonder mij had hij nog geen euro gevangen en nou neemt hij zijn telefoon niet meer op. Ex-junken, ze zijn van het spul af, maar het blijven dieven. Heeft al meer dan vijftien jaar aids, maar is niet kapot te krijgen. Nou, als ik opgeknapt ben dan duw ik die zilveren ballen van hem een voor een door zijn strot.' Met een diepe grom staat hij op om naar de wc te gaan.

Onder een felkleurig schilderij van een vissersboot met een baardige zeebonk in oliejas aan de reling, staat een vitrinekast. Achter het stoffige glas sluimeren dierenschedels, maar ook een van een mens met ingebrande runentekens. Naast de vitrinekast, in de hoek van de kamer, ligt een uitgespreide krant met rode verfvegen. Een of andere gek, had mijn buurvrouw de onbekende genoemd die verantwoordelijk was voor de actie met de kat aan de deur. Als de wc doorspoelt, trekt een rilling over mijn rug, een gek, ze heeft gelijk, een normaal mens doet zoiets niet. Hij gaat weer op de bank zitten, schenkt zichzelf met bevende hand een cognac in en vraagt me of ik ook wil, waarvoor ik bedank.

'Heerlijk,' zegt hij als hij een slok heeft genomen. 'Dat moet ik Daems nageven, als hij iets geeft, is het nooit bocht. Maar bij mij hoeft hij voorlopig niet meer aan te kloppen. Laat hij maar lekker met Andy verdergaan. Hij komt er nog wel achter wat een onbetrouwbare hufter het is.'

Ik toon hem op mijn telefoon de foto van hem en zijn brommertje en beschrijf wat ik me van die verre avond herinner, probeer het simpel en emotieloos weer te geven, en hij luistert zonder me een enkele keer in de rede te vallen. Zodra ik klaar ben zet hij zijn glas neer en zegt: 'Ik kwam vanaf de Warmoesstraat en ineens rende jij door de steeg pal voor me langs. Ik probeerde je nog te ontwijken, maar schampte je net, niet eens hard, maar je klapte tegen de grond. Ik stapte af en hielp je overeind. Je arm lag open. Ik vroeg hoe het met je ging, maar je gaf geen antwoord. Je leek wel een zombie, je hoorde me amper. Je keek me met van die grote ogen aan, pakte je schoenen op en rende toen weer verder in de richting van de Prins Hendrikkade. Het zag er niet goed uit.'

'En jij liet me gewoon gaan?'

'Luister, het was een lange, hectische avond geweest, met veel drank en nog veel meer onverwachte shit. Eerst Jur, het was toen net een paar weken uit tussen hem en je moeder, maar hij was teruggekomen om haar nog een keer te zien. "Nog één keer", dat heeft hij die avond wel honderd keer gezegd. Ze liet hem niet binnen en toen smeekte hij me om iets met hem te gaan drinken. Het was stil in de zaak, dus ik liet het aan mijn assistent over en ging aan de overkant bij Schagen met Jur aan de bar zitten. Ik kende hem eigenlijk niet zo goed, had nooit meer dan over koetjes en kalfjes met hem gesproken, maar die avond ging hij gelijk het diepe in, het hele verhaal over hem en je moeder kwam eruit. Hoe ze vroeger op het dorp al verkering hadden en zij hem ineens had laten zitten en hij haar later had opgespoord. Wist jij dat?'

Jur, als ik aan hem denk zie ik gerookte paling voor me, de lange, goudbruine lijven uitgespreid op vetvrij papier. Hij had verkering met mijn moeder gehad tot ze met mijn vader mee naar Amsterdam was vertrokken. Soms hoorde ik mijn moeder met haar werkster Elsje over Jur smoezen. Ze sprak uitsluitend met Elsje in plat Puttens, wat het voor mij extra verleidelijk maakte om ze af te luisteren, hun gesprekken in het verboden dialect. Na mijn aankomst in Amsterdam had ik al heel snel doorgehad dat ik om in de grote stad te overleven als eerste van mijn Puttense tongval afscheid moest nemen. Dat had mijn moeder me trouwens al te verstaan gegeven – 'geen boers meer' – en als het gekund had zou ze mijn accent bij mijn oude kleren in een vuilniszak hebben gepropt. Vreemd genoeg verviel zij, als ze met Elsje over Jur *proatte*, als vanzelf, verzaligd leek het, in de klanken van haar jeugd. In mijn rol van luistervinkje ving ik op dat een jaar nadat mijn moeder in Amsterdam was beland, Jur ineens was opgedoken voor haar raam op het Oudekerksplein, de werkplek die mijn vader voor haar had geregeld. Ze had Jur weggestuurd, maar hij weigerde te vertrekken en bleef voor de deur posten, zodat er geen klant bij haar naar binnen kon. Tot mijn vader, in die dagen al een man van sportschool en biefstuk, hem hardhandig tot andere gedachten bracht.

Tien, elf jaar later was Jur, die mijn moeder kennelijk nooit uit zijn hoofd had kunnen zetten, opnieuw opgedoken, nu in de steeg, waar mijn moeder haar nieuwe peeskamertje met een woning erboven huurde. Dit keer had ze hem wel binnengelaten. Aanvankelijk beneden als klant, maar vandaar had hij zich door trouw bezoek, sieraden, etentjes en reisjes geleidelijk omhoog de trap op weten te werken. Zo werd hij haar bink, de laatste in een lange rij, waarvan ik me de meeste nauwelijks meer kan herinneren. Jur wel, een aardige, wat gezette man met een week mondje die bij voorbaat bereid leek om alles wat hij tegen mijn moeder zei terug te nemen. Hij had zijn vaders bedrijfje, één verhuiswagen groot, overgenomen en uitgebouwd tot een heuse vloot op wielen die heel Europa bestreek. Als mijn moeders bink leidde hij een dubbelleven, want in Putten had hij een vrouw en twee zoontjes, een tweeling die vier jaar jonger was dan ik. Meestal kwam hij op vrijdagavond aan in zijn donkerblauwe BMW en vertrok hij zondag aan het eind van de ochtend. Soms bracht hij doordeweeks nog een kort bezoek, maar ongeacht wanneer hij kwam, altijd nam hij rode rozen mee, en gerookte paling.

'Hij zat er vreselijk mee dat je moeder hem weer aan de kant had gezet,' vertelt Pat. 'Ook al wist hij als geen ander hoe ze in elkaar zat en dat ze nooit zou veranderen. Maar hij had de hoop niet laten verlaten. Hij leed eronder dat ze de hoer was blijven spelen. De grote klap kwam toen hij ontdekte dat ze een extra hypotheek op het huis had genomen, precies het bedrag dat hij eerder uit eigen zak had aanbetaald, zodat je moeder het huis kon kopen. De bedoeling was geweest dat ze haar werk zou afbouwen en het raam beneden meer en meer verhuren. Een poosje leek het ook die kant op te gaan, maar uiteindelijk was ze weer zelf de meeste dagen gaan werken. Ze kregen ruzie over haar truc met de hypotheek, een mooie aanleiding voor je moeder om van hem af te komen. Toen hij verhaal probeerde te halen en zijn geld terugeiste, dreigde ze zijn vrouw te bellen. Dat vertelde hij me allemaal, tijdens twee uur lang spuien en innemen, we dronken whisky. Hij beweerde dat hij bereid was om je moeder te vergeven dat ze hem tien ruggen lichter had gemaakt, zelfs dat ze hem had afgedankt, hij hoefde niet eens meer bij haar boven te komen, beneden was ook goed, desnoods betaald, als klant, als hij haar nog maar één keer... Hij zat als een klein kind te janken. Het was duidelijk dat hij niet meer terug naar huis kon rijden en samen met Mathilde had ik hem net zover weten te krijgen dat hij in het hotel zou overnachten, toen Daems zijn hoofd om de deur van het café stak.'

'Waarom kwam hij juist jou halen?'

Hij schenkt zichzelf nog een cognac in, heel geconcentreerd en nu zonder te trillen of mij te vragen of ik ook wil. In de handeling van het glas naar zijn schandaalmond brengen, het aan zijn lippen zetten, een slok nemen, en een poosje met geloken ogen nagenieten, lijkt zo ongeveer alles besloten te liggen wat hij de moeite van de inspanning waard vindt. 'Hij kon de steeg niet in, hij had geen sleutel van het hek. Ik heb voor hem opengedaan.'

'Haantjes moeder beweert dat jij samen met hem was.'

'Ik heb hem de deur aangewezen. Maar dat heb ik je verleden keer al verteld.'

'Wat ik niet begrijp, is waarom Haantjes moeder beweert dat jij haar vasthield zodat Daems naar boven kon gaan.'

'Heb ik niet gedaan.'

'Waarom moest hij zo nodig in Haantjes kamer zijn?'

'Geen idee. Ik weet alleen maar dat hem er veel aan gelegen was om Haantje te vinden, en snel. "Twee rooitjes, Pat," zei hij, "als je hem vanavond nog te pakken krijgt."'

'Hij zal toch wel gezegd hebben waarom het zó belangrijk voor hem was dat hij er tweeduizend euro voor overhad?'

'We praten nog over guldens, hè.' Hij wrijft met een vlakke hand over zijn buik en een grimas glijdt over zijn gezicht. Misschien bezorgt de combinatie van alcohol en medicijnen hem maagkrampen.

'Nou?' vraag ik.

'Hij zou zelf bij zijn pand op het Singel kijken, waar Haantje in het souterrain zijn werkplaats had. Ik moest van hem in de buurt zoeken, ook op het politiebureau in de Warmoesstraat. Ik vroeg hem of hij dacht dat Haantje opgepakt kon zijn. Nee, dat was het niet, maar misschien stond hij op het punt om domme dingen te doen. Het had iets te maken met een mokkeltje dat bij Daems had gewerkt. Hij wilde gewoon zeker weten dat Haantje niet op het bureau was. Daar kwam ik net vandaan toen ik tegen jou op botste. Ik was er eerder op de avond al twee keer langsgereden om door het raam naar binnen te kijken, de derde keer ben ik zelfs naar binnen gestapt met een smoes over een verloren bankpas.'

'In je verklaring bij de recherche heb je er met geen woord over gerept.'

'Wat zou ik daarmee opgeschoten zijn?'

'Liever nam je Daems in bescherming.'

'Ik hoefde niemand in bescherming te nemen en al helemaal niet met de politie mee te werken. Dat heb ik nog nooit in mijn leven gedaan. Ik probeerde gewoon twee rooitjes te verdienen, dát was de reden dat ik kriskras door de buurt ben gereden en overal vroeg of iemand hem had gezien. Mijn benzine was bijna op. Het was nacht, ik had een stuk in mijn kraag en kon nog amper uit mijn ogen kijken. Toen kwam jij voorbijvliegen.'

'Heb je mijn moeder die avond nog gezien?'

'Nee, ik zat met Jur aan de bar van Schagen en was niet meer buiten geweest tot Daems opdook.' Hij zet zijn glas weer op tafel. 'Wil je misschien iets eten? Ik heb kippensoep. Zelfgemaakt.'

'Nee, dank je.'

'Het is geen moeite, even ontdooien en opwarmen.'

'Hoeft echt niet.'

'Vegetariër?'

'Dat nu ook weer niet.'

'Vreemd dat ik nauwelijks iets van je weet. Ja, dat je schrijfster bent geworden en dat je vroeger boven de hoerenkast van je moeder woonde. Mannen deugen niet. Maar vrouwen nog minder. Echt, ik weet waar ik over praat. Heb je iemand?'

'Nee.' Door de verhalen over vroeger begint de steeg, de plaats waar wij ooit verbonden waren, zich te roeren, misschien omdat Pat die verbondenheid met een beetje hulp van Napoléon weer nabij voelt.

'Hoe kom je eigenlijk aan die foto van mij?'

Ik leg hem uit dat hij deel uitmaakt van het archief van Hayo en laat hem de andere foto's zien, die van de steeg.

'Ach, je moeder, het was wel een stuk,' zegt hij als hij naar haar foto met de paraplu kijkt. 'Mijn moeder sloot me op in de kast als ze een kerel over de vloer kreeg. Ik kon alles horen. En als ik eruit kwam kon ik een pak slaag krijgen. Op mijn twaalfde werd ik uit huis geplaatst. Ze is me niet één keer komen opzoeken in het tehuis. Afgedankt als een paar oude schoenen heeft ze me. Als ik haar vandaag tegenkwam, zou ik zo haar strot dichtknijpen, zonder ook maar de minste spijt. Jij had het ook niet makkelijk. Ik begrijp wat jij gevoeld moet hebben.'

Hij lijkt nu echt in een even sentimentele als openhartige bui weg te zinken en vertelt over de vrouwen met wie hij het geprobeerd heeft, samenwonen, een relatie opbouwen. Het werkt gewoon niet, zegt hij en ik geloof hem. Hij is een man alleen, al zo lang dat ook ik denk dat hij nooit meer iemand zal vinden. Misschien vermoedt hij hetzelfde van mij en soms ben ik er ook weleens bang voor. Dan herinner ik me al die mooie liedjes, de nummers waar Willem en ik samen naar luisterden en op de oude plavuizen op dansten. Liedjes die na de scheiding plotseling een en al eenzaamheid en verlies zijn. Ik mis zijn stem als hij meezingt, ik mis het wakker worden door zijn aanraking, licht als een zuchtje wind.

'Vroeger was het makkelijk,' zegt hij. 'Toen ik nog in de shop zat, hoefde ik maar met mijn vingers te knippen. Daarnaast had ik, ik hoop niet dat je het erg vindt dat ik het zeg, maar ik wil eerlijk tegen je zijn, ook je moeder achter de hand. Ik lette toch een beetje op haar als ze aan het werk was. En soms, als ze niemand anders kon overhalen, hielp ik haar het casino binnen te komen. Daar stond wat tegenover, als jij naar school was, want ze wilde niet dat jij of iemand anders ervan wist. Ze deed het trouwens niet met tegenzin, als je dat soms mocht denken. Wat dat betreft had ze het perfecte beroep gekozen.'

Wat een verdomde ploert is het toch! Heeft zich het aureool aangemeten van een onverschillige, een harde, en koestert zijn directheid als een bewijs dat achterbaksheid hem vreemd is. Deelt uit met overgave, want dat is tenslotte niet meer dan oprecht, incasseren daarentegen dat is een ander verhaal, dat doet hij alleen als het echt niet anders kan, maar ik heb helemaal niets om hem mee terug te slaan. Ik kan alleen maar doorgaan met hem uithoren. 'Duurde dat tussen jullie tot aan haar dood?' Misschien zit hij gewoontegetrouw op te scheppen – ja, zelfs hierover, tegen mij – want ik kan me gewoon niet voorstellen dat ik er nooit iets van gemerkt zou hebben.

'Tot ik die tattoo bij haar zette, een jaar ervoor, schat ik.'

De sterretjes, ik weet nog goed dat ik thuiskwam van school, ik moet zestien, of net zeventien geweest zijn, en dat ze me onzeker giechelend en trots tegelijk haar hals toonde met de donkerblauwe sterretjes, vijf in totaal, die vanaf iets onder haar oor een slingerende lijn omlaag vormden. Op de zwart-witkopieën van de foto's van de lijkschouwing leken ze oppervlakkig bekeken eerder op een cluster sproeten of bloedvlekken dan op sterren. Alleen op een close-up van haar hals kwam de tatoeage goed uit.

Behalve als versiering zag mijn moeder de tatoeage ook

als iets wat haar geluk bracht. Misschien had ze voorvoeld dat de banen van die andere sterren, haar ongeluksterren, elkaar begonnen te kruisen en dat het resultaat van haar rommelige, roekeloze leven nu zijn wraakzuchtige vorm begon aan te nemen. Daar stelde ze vijf sterren van inkt als talisman tegenover.

'Voor iedere ster een keer, was de afspraak. Gespreide betaling, zeg maar. Ze zei dat jij het afschuwelijk zou vinden, die tattoo, maar dat maakte haar niet uit, want je walgde toch al van haar.'

'Zei ze dat?'

'Dat je niet kon wachten om het huis uit te gaan en dat je je te goed voor haar voelde. Je wás ook van een ander niveau. Dat bleek wel. Je maakte je school af. Je had vrienden en vriendinnen die niet uit de buurt kwamen. Jij was gewoon een keurig meisje.'

'Geweldig,' zeg ik, 'om de netste te zijn.'

'Maar zij had iets, je moeder. Die vrouw zat in je kop. En niet alleen daar. Voor haar zou die van mij nog steeds in de houding springen. Op mijn leeftijd.'

Na haar dood dacht ik alles achter me te hebben gelaten. Mijn boek *Het lichamelijk kapitaal* was een soort ritueel geweest, het verbranden van mijn schepen. Ik ging verder. Ik had mijn pad uitgestippeld. Maar nu ben ik teruggekeerd en dat stond niet in het script en moet ik dingen aanhoren die onverdraaglijk zijn. Het dode gewicht van mijn jeugd drukt plotseling zwaar op me en ik heb geen idee hoe het nu verder moet. Ik sta op en ga naar de wc, waarvan de muren volgeplakt zijn met foto's van Pat met bekende artiesten, onderwereldfiguren, profboksers en bodybuilders, die hij tijdens zijn carrière onder de naald heeft gehad. Voor het eerst vraag ik me af of ik deze hele onderneming wel aankan. Waarom heb ik daar niet eerder bij stilgestaan? Dat zou niet onverstandig geweest zijn. Het deksel van de stortbak staat op de grond, leunend tegen de muur. Op de deur lees ik een in sierletters geverfde spreuk: 'Laat varen alle hoop, gij die hier binnentreedt.'

Hij zit met zijn knieën uit elkaar op de bank en met het weer bijgevulde glas rustend op zijn vooruitstekende buik. Ik pak mijn tas, bedank hem voor het gesprek en neem al afscheid als ik me herinner wat hij vertelde over Jur, nog zo'n perverseling uit het verleden, het wemelt ervan. Jur, en zijn obsessie om nog eenmaal met mijn moeder samen te zijn, desnoods, of misschien wel juist, beneden, voor het carnale vaarwel waar hij als afgedankt minnaar en gedupeerd financier recht op meende te hebben, ook een soort hypotheek. Dat zou verklaren dat ze in het peeskamertje met haar werkkleding aan is gevonden. Om haar schuld aan hem af te lossen.

'Weet jij of Jur nog bij mijn moeder binnen is geweest, 's nachts misschien?'

'Ik heb hem met de sleutel van een hotelkamer in zijn hand aan de bar van Schagen achtergelaten en dat is het laatste wat ik van hem heb gezien.'

'Had hij handschoenen bij zich?'

'Handschoenen? Het was zomer.'

'Ik herinner me dat hij altijd van die autohandschoenen bij zich had.'

'Zou kunnen.'

'Bedankt voor de koffie. Sterkte met je been.'

8 MEI 1995

Hoe hij me moest noemen, vroeg Daems me aan het eind van mijn werkweek. Op de derde etage van het pand zat hij met blote voeten in slippers achter een antiek bureau van mahoniehout. Op de hoek van het blad lag een stapeltje dikke boeken. Achter hem, boven een marmeren schoorsteen, hing een spiegel in een vergulde lijst. Johan, Johannes, Jan, Hannes? Of had ik iets anders in gedachten?

Ik zei hem dat ze me meestal gewoon Johan noemden. Hem sprak ik aan met meneer.

Hij stelde voor me Jonathan te noemen. Vond ik dat een geschikte naam? Hij paste beter bij me naar zijn mening. Hem moest ik Damien noemen in plaats van meneer. Hij wilde weten hoeveel uur ik had gewerkt. Ik rekende het hardop uit: vijfmaal acht uur, min de pauzes.

Volgens hem had ik wel langere dagen gemaakt. Ik moest mezelf niet tekortdoen. Dat kon ik beter aan anderen overlaten. Hij schatte dat ik zeker 45 uur had gewerkt. 45 uur maal 10, 450 gulden. Uit een bureaulade nam hij een stapel bankbiljetten en telde het bedrag zonder een enkele hapering uit. Hij vond dat ik goed mijn best had gedaan en was tevreden over me. Hij hoopte dat ik het ook was. Toen hij de bankbiljetten over het bureaublad naar me toe schoof bedankte ik hem en stopte ik ze in mijn broekzak. Juist toen ik op wilde staan, vroeg hij waar ik woonde.

Ik vertelde hem dat ik met mijn moeder in het Wijngaardstraatje woonde en daarna maakte hij mijn verwarring nog groter door te vragen om iets over mijn leven te vertellen. Ik dacht dat er maar heel weinig over mezelf te melden viel, maar toen ik eenmaal begonnen was praatte ik wel tien minuten achter elkaar en ik vertelde hem over mijn vader die was overleden toen ik een peuter was en hoe mijn moeder daarna bij het Leger des Heils was terechtgekomen en een cursus maatschappelijk werk had gedaan, waarna we een woning hadden gekregen in het Wijngaardstraatje. Ook vertelde ik dat ik jaren met haar mee was gegaan naar alle bijeenkomsten en concerten van het Leger, soms helemaal in Den Haag of Eindhoven, maar dat ik daar inmiddels mee gestopt was.

Plotseling schrok ik dat ik hem zoveel verteld had, niet omdat ik dacht dat ik te veel had prijsgegeven maar omdat ik bang was dat hij het allemaal oervervelend vond, die onbetekenende, kleurloze biografie, maar hij knikte bemoedigend naar me en zei dat het duidelijk was waarom hij mij had gekozen.

Hij stelde me nog meer vragen, over de zondagse bijeenkomsten en het aantal deelnemers en over de Bijbelstudie en de opbrengst van collectes en of mijn moeder voor haar uniform had moeten betalen. Daarbij scheen hij ieder woord van mij interessant te vinden en met zijn ogen moedigde hij me aan om verder te gaan. Dat gaf me een plezierig gevoel, maar maakte me tegelijk ook steeds weer een beetje bang dat ik iets stoms zou zeggen, waardoor verloren zou gaan wat van steeds grotere waarde voor me leek.

Op de dag dat ik me voor het eerst bij hem had gemeld, nam hij me mee naar de grote ruimte op de begane grond van de Tempel, waar hij me een foto uit een Amerikaans tijdschrift toonde. Van een nieuw hotel in de heuvels rond Los Angeles, waar beroemde filmsterren en sporters logeerden. In de lounge van het hotel stonden langs de wand banken van onbewerkt Amerikaans iepenhout met daarop dikke leren kussens. Hij zei dat hij precies zo'n bank wilde hebben en wees me aan waar hij moest komen te staan, langs de muur tegenover een kleine bar met krukken ervoor. Hij vroeg zich af of ik de bar kon bekleden met hetzelfde soort hout. Ik zei dat dat mogelijk was, maar legde hem uit dat met het bestaande licht, gekleurde spotjes aan het plafond, de roodbruine gloed en de tekening van het hout nooit zo mooi tot leven zouden komen als op de foto. Hij keek me aan en even meende ik dat ik hem met mijn opmerking had teleurgesteld, maar het bleek dat hij alleen maar diep en snel nadacht. Hij wilde dat ik wist dat hij zich beperkte tot het maken van plannen, dat deed hij de hele dag door, plannen maken, en dan probeerde hij ze uit te voeren, zoals nu met de bank, die veel eigentijdser was, veel passender bij de new age-sfeer die hij nastreefde, dan de huidige, nogal geijkte opstelling met tafels, stoelen en rood pluche. Ik kijk naar die foto, zei hij, en dan wil ik zoiets hier hebben. Ik kan nergens anders meer aan denken. En jij bent de man die het voor me gaat maken. Als er problemen waren, moest ik ze oplossen. Want dat kon hij niet. Het interesseerde hem ook niet. Hij vroeg me of ik een idee had voor het licht. Mijn voorstel om rondom een in het plafond verzonken rail van licht aan te leggen, dat ik verduidelijkte met een tekening, zag hij wel zitten. Hij gaf me een voorschot voor de materialen en droeg me op om de bonnetjes te bewaren. Daarna had ik hem een week lang niet meer gezien. Tot vanmiddag.

Hij was nieuwsgierig naar wat mijn moeder ervan vond dat ik hier werk. Onder het bureau bewogen in zijn slippers alle tien zijn tenen tegelijk, alsof ze de toetsen van een denkbeeldige piano bespeelden.

Ik biechtte hem op dat mijn moeder het niet wist, al had ze me een paar keer gevraagd waar ik heen ging, toen ik 's ochtends vroeg in mijn werkkleding het huis verliet. Om van haar af te zijn had ik na een paar dagen gezegd dat ik op de Recht Boomssloot een verbouwing deed. Mocht ze erachter komen hoe het werkelijk zat, dan zou ze me ongetwijfeld voorhouden dat ik me liet vernietigen door de krachten van de onreinheid, alsof mijn mond van een kadaver at in plaats van dat mijn handen een houten bank timmerden.

Alles wat ik zei werd door hem lichtelijk vermakelijk gevonden, wat hij met een woordloos glimlachje onderstreepte. Hij had niets tegen christenen, beweerde hij, omgekeerd lag dat anders. Het leek hem niet meer dan logisch dat zij, en zij niet alleen, hem een verwerpelijke idioot vonden, maar zelf kon hij zich die luxe niet veroorloven. Daar had hij de tijd niet voor en als hij die wel had gehad, zou hij net zo zijn als al die figuren die hun energie verspillen aan de angst voor hun god of die van een ander.

Ik vroeg hem of hij Gods oordeel dan helemaal niet vreesde. Natuurlijk begreep hij de verwijzing. Vanwege wat hier beneden gebeurt? Dat beetje seks en gokken dat in zijn panden plaatsvond? Ach, zelfs met de drugs, de prostitutie, de aids, en wat verder op straat gebeurde erbij opgeteld, stelde het nog niets voor, beweerde hij. Het echte probleem, Jonathan, zei hij, dat zijn de dokters die de gezondheid kapotmaken, advocaten die het recht verkrachten, universiteiten die de ware kennis achterhouden, overheden die vrijheid inperken, de pers die informatie filtert, religie die de moraal verkracht. De multinationals en de banken doen de rest: ze maken iedere vorm van een rechtvaardige economie onmogelijk. Wist ik dat maar vijfentwintig families de dienst uitmaken in de wereld? vroeg hij me, maar mijn antwoord wachtte hij niet af, dat hoefde ook niet, want dat ik van dit alles niet op de hoogte was, leed voor ons beiden geen twijfel. Hij was nog niet klaar met zijn verhaal. Ze beheersten zowel de financiële en politieke als de religieuze instituten, zei hij, maar ze hadden hun langste tijd gehad. Want het Vissentijdperk liep ten einde, en als laatste van de dierenriem zou dat een ongekend belangrijke afsluiting zijn. Hij was ervan overtuigd dat we aan de vooravond stonden van een verandering die haar weerga niet kent. Maar eerst moesten we nog door het laatste en zwartste stuk. Nadat hij me dat allemaal verteld had, keek hij me recht in mijn ogen en het was alsof hij niet alleen in mijn hoofd kon kijken, maar er ook allerlei luikjes opende, waarvan ik niet eens wist dat ze er zaten. Je lijkt me een slimme jongen, Jonathan, zei hij en hij begreep dat het me verwarde wat hij me vertelde. Ik mocht alles weer vergeten, maar één ding moest ik tot me door laten dringen. Door mijn opvoeding dacht ik misschien veel van religieuze zaken te weten, zoals het verhaal van Jezus. Toen de naam van de Heer viel, boog hij zich voorover en tikte het bovenste boek van het stapeltje op zijn bureau aan en zei dat het belangrijkste systematisch voor mij was achtergehouden. Want Jezus bezag zichzelf heel anders dan christenen door de eeuwen heen beweerd hebben. Dat er belangrijke veranderingen hebben plaatsgevonden in de leer en dat de kerk bewust bepaalde elementen verborgen heeft gehouden, hadden ze me op de zondagsschool van het Leger des Heils nooit verteld. Zijn woordenstroom deed me duizelen, ik was me ongemakkelijk bewust van mijn eigen onwetendheid, en staarde naar de rug van het boek dat hij had aangeraakt. *De vierde weg*, las ik. Intussen was hij al van zijn stoel opgestaan en vroeg me hem te volgen.

We gingen de trap omhoog naar de zolderetage, waar het in de afgeschoten ruimtes een enorme puinhoop was, een uitdragerij met afgedankte matrassen, oude deuren, roestige kolenkachels en stapeltjes dakpannen. De scherpe, dierlijke geur die er hing, kwam me bekend voor.

Beneden was het platvloerse deel van zijn onderneming, zei hij, daar kwam het geld binnen. Met de inkomsten maakte hij andere, interessantere dingen mogelijk. Hier waren we helemaal boven, in de nok, met vlak boven ons hoofd de hemel van Amsterdam. *Above us only sky*, John Lennon, zei hij. Een plek voor de geest, voor verlichting moest de zolderetage worden. Er was een kring van mensen die samen met hem een spirituele reis maakten. Hij was hun gids. Ze kwamen één keer in de twee weken en bij speciale gelegenheden samen, nu nog in de zaal op de derde verdieping, maar dat was eigenlijk zijn woon- en werkruimte. In het begin waren ze met zijn vieren, tegenwoordig zaten er soms meer dan vijftien mensen bij elkaar. Die zaal voldeed niet meer. Hij vouwde een uit een tijdschrift gescheurde pagina open, met een foto van een gerenoveerde boerenschuur, waarvan het houtskelet met zwanenhalskorbelen volledig opengewerkt was. Hij wilde dat ik al die kleine kamertjes tot één grote ruimte maakte. Hij wilde de balken van het dak zien, de stenen van de muren, de structuur en het karakter van het huis blootgelegd, maar alles moest perfect geïsoleerd en afgewerkt zijn. Gerieflijk, zei hij, dat woord moest ik goed onthouden. Een badkamer met douche en toilet, en van muur tot muur een verwarmde houten vloer. Hij liep naar het midden van de ruimte en spreidde zijn armen, alsof hij het al voor zich zag. Hier komt een klein rond verhoogd podium, zei hij.

Ik nam alles eens goed in me op. De muren waren doorgeslagen en op sommige plaatsen ontwricht, de plafondplaten hadden zich volgezogen met vocht van oude lekkages. Ik had geen idee of de steunbalken verrot of nog bruikbaar waren. Er was hier boven geen waterleiding, geen afvoer en ook ontbraken cv-leidingen. Aan de achterzijde van de zolder was een oude, verrotte dakkapel die als toegang van een duiventil had dienstgedaan. Alles aan die kant was bedekt onder een versteende laag mest met veertjes. Ik kon de vogels nog ruiken. Daems had het inmiddels over reïncarnatietherapie, maar ik kon hem toch al niet meer volgen. Daarbij werd ik in beslag genomen door de twijfel of deze klus niet ver boven mijn macht lag. Hij merkte dat er iets speelde, zei dat hij een hekel aan beteuterde snoetjes had. Ik speelde open kaart en gaf aan dat ik zo'n groot en omvangrijk werk niet aankon.

Wát kon ik niet aan? Welk onderdeel?

Het loodgieterswerk, het aanleggen van al die leidingen, zoiets had ik nog nooit gedaan. Daar had ik ook niet het gereedschap voor.

Dus? vroeg hij.

Ik zei hem dat hij iemand anders nodig had, een installateur. Hij vroeg me of ik een installateur kon regelen en begeleiden, terwijl ik zelf de overige werkzaamheden voor mijn rekening nam.

Dat leek me wel, zei ik, en toen nam hij een beslissing, voor hem en voor mij tegelijk. Hij bevorderde me met onmiddellijke ingang, zo zei hij het, tot opzichter.

Een etage lager namen we even later afscheid en ik was al onderweg naar de volgende trap, toen op de gang een deur openzwaaide. Een meisje met lang, bijna zwart haar en een slaperig gezicht en niets anders aan dan een hemdje en een onderbroekje kwam blootsvoets uit een kamer waarin ik een glimp van een groot hemelbed opving. Het was zo onverwacht, de verschijning van het meisje, en ze was zo dichtbij, dat ik de neiging had in elkaar te duiken van verlegenheid, maar het leek alsof zij me niet opmerkte toen ze me passeerde. Ze had grote, reebruine ogen en geen make-up op haar gezicht. Ik schatte haar een jaar of zeventien en ze leek in niets op de jonge vrouwen die beneden in de Tempel aan hun dienst begonnen juist als ik aan het eind van de dag naar huis ging. Misschien was zij Daems' dochter, hoewel ik de afgelopen week niets had vernomen wat in die richting wees. Voordat ik de trap naar de tweede etage afdaalde, keek ik opzij en zag ik haar lange haar langs Daems' schouder strijken terwijl ze op haar tenen stond om hem iets in het oor te fluisteren. Ze leek zo jong, maar tegelijk was er ook iets ouds aan haar. Alsof er iets essentieels uit haar jeugd ontbrak of was kapotgemaakt.

Ik ging naar beneden, blij met het vooruitzicht op een grote opdracht, en misschien nog wel meer met de verlenging van mijn tijd hier in de Tempel, bij Daems. De afgelopen week was misschien wel het hoogtepunt geweest sinds ik als klusjesman mijn brood verdien. Iedere ochtend ging ik met een verwachtingsvol gevoel van huis en liep ik over de gracht en door de smalle straten naar de Tempel. Ik had mijn werkkloffie aan. Ik had een doel. Mensen op straat knikten naar me. Dit was mijn buurt, mijn leven, de volgebouwde, opeengepakte binnenstad van afbreken en opbouwen. In de Tempel deed de schoonmaker, een man met een kale kop en een onstuitbare babbel, voor me open. Hij liet me niet aan het werk gaan voor ik een kop koffie met hem had gedronken. Door hem was ik het een en ander over Daems te weten gekomen. Dat er een paar keer per week een pakketje met boeken met de post voor hem werd afgeleverd. Dat regelmatig jonge vrouwen, sommigen van hen meisjes nog, naar hem vroegen om een baantje in de Tempel te bemachtigen. Het waren niet bepaald hoogstaande taken die van de vrouwen, gehuld in witte, doorschijnende gewaden, verlangd werden, maar dat weerhield ze er niet van om soms een halve dag voor de deur te posten om Daems te spreken te krijgen. Sommige van die meisjes en vrouwen meenden dat hij magische krachten bezat.

De Kale was al naar huis toen ik beneden kwam. De Tempel had juist zijn deuren geopend, maar er waren nog geen klanten. Twee opgemaakte vrouwen lagen op de brede kussens van de bank die ik had gemaakt. Door het nieuwe licht aan het plafond kregen hun gezichten en haren iets zachts, donzig als kuikentjes. Ze lieten hun handen over het leer en het hout van de bank glijden. Een van hen riep naar mij dat ze de bank mooi vond, 'beautiful'. Aan haar uitspraak hoorde ik dat ze niet uit Engeland of Amerika kwam. Haar opmerking maakte me trots. Even twijfelde ik of ik mijn gereedschapskist, die nog in de kelder stond, mee naar huis zou nemen, maar ik besloot hem te laten staan. Na het weekend zou ik immers weer terugkomen. Mijn tijd hier ging nu pas echt beginnen. Ik pakte een bierviltje van de bar, viste mijn potlood uit mijn broekzak en schreef de woorden op die ik steeds in mijn hoofd had herhaald: 'new age' en 'De vierde weg'.

15

De laatste keer dat ik hier stond is zes jaar geleden, samen met Willem. Hij wilde weleens weten, met eigen ogen zien, waar ik in mijn vroege kinderjaren had gewoond. Soms, zei hij, heb ik het idee dat je een vondeling bent, zo weinig weet ik van je jeugd. Het stelt niet veel voor, dat huis, misschien nog wel minder dan toen ik hier met Willem voor de deur stond. Een bescheiden tussenwoning van twee verdiepingen en een puntdak met oranje pannen, in een gewone straat in een doorsneebuurt, die toen ik hier bij mijn opa en oma woonde bekendstond als 'de nieuwbouw'. Dat laatste lijkt me verleden tijd. Het raam van de woonkamer weerspiegelt de huizen aan de overkant van de straat. Ik kan mezelf achter het glas zien staan. Het is mijn verjaardag. Ik ben zes geworden. Mijn moeder komt aan het eind van de ochtend op bezoek, vóór de echte visite, die om drie uur 's middags wordt verwacht. Ik heb haar sinds ik bij mijn opa en oma kwam wonen maar één keer gezien. Een vage herinnering, en alles van voor die tijd is nog waziger, een vertrouwde stem, een vluchtige geur, een gezicht dat als een ballon boven me zweeft. Maar vandaag komt ze. Ze heeft één uur gekregen, geen minuut langer, zo is met haar afgesproken door opa, die eerst oma ertoe moest overhalen om mijn moeder bij grote uitzondering toe te staan op mijn verjaardag langs te komen. ‘Maar klokslag één staat ze weer buiten,’ zei mijn oma, ook nog nadat mijn opa de voorwaarden al lang en breed door de telefoon had overgebracht. Vanaf tien uur houd ik de wacht voor het raam, met mijn nieuwe schoenen aan en met strikken in mijn haar. Om iets over twaalven komt Judith met haar smalle schouders en sluike haar dat door haar moeder in een rechte pony is geknipt op skeelers voorbijklossen. Die heeft ze voor Sinterklaas gekregen. Ze woont een paar huizen verderop en zit bij me in de klas en omdat ze mijn beste vriendin is, heb ik haar als enige in vertrouwen genomen over het geheime bezoek. Ik loop naar buiten, waar ze, met een gezicht dat wel verlicht lijkt door nieuwsgierigheid en blijdschap, op me wacht. ‘Ze is nog onderweg,’ zeg ik en keer weer terug naar mijn post voor het raam. ’s Middags arriveert een voor een de visite, mijn tantes en ooms en neefjes en nichtjes, en Judith met haar moeder. Ik blaas de zes kaarsjes op de taart uit en ze zingen ‘lang zal ze leven’ voor me. Ik probeer niet steeds naar het raam te kijken, omdat ik voel dat iedereen op me let. In de keuken staan mijn oma en mijn tantes met hun schaduwrijke gezichten dicht bij elkaar te fluisteren. Ze denken van alles, maar tegen mij geen woord. ’s Avonds staat er friet met drumsticks en appelmoes op tafel, mijn verjaardagsmaal, en Judith mag blijven eten.

Tijdens de afwas, als iedereen weer naar huis is, hoor ik mijn oma in de keuken aan mijn opa vragen of hij nu zijn zin heeft. Even later komt mijn opa de kamer binnen met de mouwen van zijn overhemd omgeslagen. ‘Ga maar bij dat raam weg, prinses,’ zegt hij zacht en pakt de doos van mijn nieuwe spel, een verjaarscadeau van mijn tante Jet. 'Ik ga je inmaken met een spelletje Rummikub.'

De volgende ochtend, een zondag, stapt ze voor de deur uit een taxi. Ze draagt een kort jasje van lichtblauwe suède en hoge laarzen. Ik vind haar niet zozeer mooi als wel fascinerend, ze lijkt bijna niet echt, eerder een foto in een tijdschrift. Voor haar buik houdt ze een pakket met gekleurd papier en een strik eromheen. Mijn opa wil haar binnenlaten, maar mijn oma roept hem op onverbiddelijke toon terug en loopt zelf naar de buitendeur. Haar stampende hakken op de tegels in de gang kondigen het naderend onheil aan. Ik hoor mijn moeder zeggen dat ze zich in de dag vergist heeft en mijn oma dat het nu niet meer hoeft. 'Dat kind heeft de hele dag gewacht.' Wat volgt zijn woedende kreten, de pijlen van hun giftige rancune schieten heen en weer. De deur slaat dicht en mijn oma komt met een wit weggetrokken gezicht de kamer binnen. Mijn moeder loopt buiten met het pakket in haar handen heen en weer langs het tuinhek. Ik kan haar binnen horen tieren en huilen, met lange, angstaanjagende uithalen. Zelfs nog nadat mijn oma de gordijnen heeft gesloten. Later, als alles weer stil is, en de gordijnen opengaan, staat het pakket in de voortuin. Het gekleurde papier en de strik, ik kan er bijna niet naar kijken.

Die avond zie ik door een kier van de badkamerdeur mijn oma staan. Het licht uit de tl-buis boven haar hoofd daalt als een fijnkorrelige nevel op haar neer terwijl ze zichzelf in de spiegel bekijkt. Plotseling begint ze met beide handen aan haar haar te trekken, slaat ze zichzelf in het gezicht. Tranen lopen over haar wangen en stil, heel stil, zodat ze niets merkt, sluip ik weg naar mijn kamertje. Als in de slaapkamer van mijn opa en oma de stemmen zijn verstomd, lig ik nog wakker op bed. Ik denk aan mijn moeder, die me toen ik amper een jaar oud was naar mijn opa en oma heeft gebracht. Van hun voorwaarde om de zorg voor mij op zich te nemen, namelijk dat mijn moeder me pas weer mag terugzien als ze haar leven heeft gebeterd, ben ik nog niet op de hoogte, maar ik heb zo mijn vermoedens. Houdt mijn oma echt niet van mijn moeder? Ze heeft natuurlijk altijd gehoopt op een jongste dochter om trots op te zijn, maar nu ze een schandelijke mislukkeling blijkt te zijn, straft oma haar, zwijgt ze haar dood, wijst ze haar de deur. En dan komt voor het eerst een vreselijke gedachte bij me op, een inzicht dat al een poosje op doorbreken staat. Misschien ben ik, ook al onderwerp ik me dagelijks aan zelfs de strengste regels van mijn oma en doe ik goed mijn best op school, toch ook een beetje een teleurstelling voor haar. Geen gewone kleindochter, in ieder geval, zoals mijn nichtjes.

Maar ik kan er wel voor zorgen dat ik, nog meer dan mijn nichtjes, zal opgroeien tot een fatsoenlijke puber, waar weer een nette vrouw uit voort zal komen, een oppassende vrouw die gedekte kleuren draagt, zich aan haar afspraken houdt, de buren groet, charmeurs negeert en er verder alle denkbare zedige omgangsvormen op na houdt; iemand die, in welke streekbus ze ook zit, in welke winkel ze ook boodschappen doet, op welke verjaardag ze ook aanschuift, zich altijd weet te gedragen.

Skeelers, ja, het schiet me weer te binnen, als ik langs het voormalig huis van Judiths ouders loop, er zaten skeelers in dat pakket. Nog mooier dan die van mijn vriendin, want die kwamen van de Blokker. Moet mijn moeder van opa gehoord hebben, dat ze op mijn verlanglijstje stonden. Het duurde enkele dagen voor ik het pakket weer terugzag. Op een middag toen ik uit school kwam stond het op tafel. Ik kromp ineen bij de aanblik ervan en keek naar mijn oma alsof ik een glas op de grond had laten vallen. Met een knikje van haar hoofd gaf ze het sein dat het in orde was.

Ik stap in de kleine Toyota die ik speciaal voor vandaag gehuurd heb en rijdt een stukje rond in deze, zoals ik uit eigen ervaring weet, kindvriendelijke, maar weinig tot de verbeelding sprekende buurt. Hier reden de mannen in kleine, oude auto's die op winterochtenden startten met het geluid van astmatische rokers, hier geloofden de vrouwen in een leven van eenvoud, in het idee dat je je niet te veel moest verbeelden, in het bezweren van de lage instincten, en, voor alles, in de naam van de familie hoog en de echtelijke sponde zuiver houden. Daaraan werd je iedere zondag door de dominee in de Nieuwe Kerk herinnerd, voor het geval dat je het mocht vergeten.

Aan de rand van de wijk beginnen de donkere, uitgestrekte bossen, doorsneden door een netwerk van fiets- en wandelpaden. Mijn mollige vingertjes om het stuur van mijn opa's fiets, een van mijn vroegste herinneringen. Een bochtige weg, omzoomd door bomen. Af en toe akkers in de onbeweeglijke zon, kuddes koeien met de koppen in het gras, eenzame boerderijtjes. Ik zit in het kinderzitje. We rijden het bos in. Hij trapt langzaam en alles, het wuivende groen, de zanderige voetpaden, de warme wind in mijn gezicht, zijn stem boven mijn hoofd, alles zweeft en zingt, volmaakt in evenwicht. Jaren later, op een zomerse middag, werden Judith en ik, die bij haar achter op de fiets zat, op een van diezelfde paden opgewacht door een groepje jongens van onze school, twee klassen hoger dan wij. Ze kwamen van het gemeentelijk openluchtzwembad en hadden hun fietsen, met opgerolde handdoeken op de bagagedragers, dwars over het pad opgesteld, zodat we wel moesten stoppen. Niek Gijsbers, de grootste van het stel, met een vierkant hoofd vol sproeten en een vervelde neus, vroeg of ik wist waar mijn moeder was en toen ik niet reageerde zei hij dat hij het wél wist. 'Zal ik het zeggen?' vroeg hij en grijnsde naar zijn vrienden. Meteen stapte ik van de fiets en draaide me om en vluchtte bij de jongens vandaan. Ik rende als een bezetene, achtervolgd door de jongens, mijn kwelgeest voorop, staand op zijn trappers, terwijl hij zijn vraag als een vernietigend salvo van vier woorden op me bleef afvuren. Ik zag geen andere uitweg dan het pad te verlaten en baande me kriskras door het dichte dennenbos een weg, mijn oren met mijn handen bedekkend. Ik rende en bleef rennen, raakte steeds meer verdwaald in het dichte bos, mijn armen geschramd, mijn hart bonkend in mijn keel, tot ik me uitgeput achter een door de laatste herfststorm gevelde boom liet neerzakken. In een bedwelmende geur van hars en dennennaalden wachtte ik af tot alles stil zou zijn.

Ik wist niet waar mijn moeder was, ook niet waar mijn vader was, maar dat laatste hield me nauwelijks bezig, toen al niet. Als ik aan mijn opa en oma vroeg waar ze was, kreeg ik steevast als antwoord: mama is ver weg, heel ver weg, te ver om elkaar te kunnen opzoeken. En als ik wilde weten wanneer mama van die verre, heel verre, te verre plek terugkwam, was het antwoord: later. Zo rond mijn zevende jaar, ongeveer in de tijd dat ik in het bos belaagd werd, was ik gestopt met naar haar te informeren. Ik begreep wat er van me verwacht werd en ook dat er iets vreselijks speelde waar ik niets van wist en waarover maar beter gezwegen kon worden. Stoppen met aan haar denken kon ik echter niet. Juist omdat het zo geheimzinnig was bleven de gedachten in het duister van de nacht rondspoken en namen ze, als de dreigende schaduwen op het plafond van mijn kamertje, vreemde, abstracte vormen aan, tot in mijn dromen aan toe. De volgende ochtend maakte oma beneden het ontbijt terwijl opa zich in de badkamer schoor. Ik kleedde me aan, nog verward door de beelden, en toen oma klaar was met mijn haar kammen namen we met zijn drieën plaats op de stoelen met de rieten zittingen aan de eettafel. Op het plastic tafelzeil met bloemmotief stond zoals iedere dag hetzelfde uitgestald: brood, hagelslag, jam, kommen met melk en Brinta, bekers thee. We aten. Ik vroeg niets.

Afgezien van dat voorval met die jongens van mijn school, bewaar ik plezierige herinneringen aan het bos met de onzichtbare vogels, verwikkeld in hun eeuwige discussie. Op grauwe, dampende herfstochtenden zochten Judith en ik gewapend met een rieten mandje er naar paddenstoelen en in het voorjaar plukten we in de aangrenzende weilanden madeliefjes, waarvan we een ketting maakten die we als een halo rond elkaars kruin schikten. Als het seizoen weer begon, trokken we er al vroeg op uit om te kijken hoe het er bij de vele campings en vakantieparken met hun caravans, vakantiehuisjes en zwembaden voor stond. Het was een eervolle gedachte dat de vakantie van zoveel mensen begon in onze bossen. De boomtoppen rondom de huisjes en caravans waren soms nog verborgen door een lichte nevel die in de loop van de ochtend snel oploste. Vanachter de hekken van gaas bereikten ons stemmen en naarmate de ochtend vorderde zagen we van een afstandje hoe de stadskinderen op de terreinen midgetgolf speelden of schommelden of met grote watergeweren achter elkaar aan renden.

Mijn moeder heeft op een van die vakantieparken mijn vader leren kennen, heeft ze me ooit verteld. Zij werkte er als schoonmaakster toen hij zijn familie uit Amsterdam bezocht. Hij reed in een MG, zo'n lage, Engelse sportauto met een vouwdak, waarmee hij haar 's avonds laat, nadat ze samen uit waren geweest, bij haar huis afzette. Het was tien over halfeen. Ze had voor twaalven thuis moeten zijn. Mijn oma zag door haar slaapkamerraam mijn moeder beneden op straat uit die wagen stappen. Terwijl mijn moeder naar de voordeur liep, daalde mijn oma de trap naar de hal af.

Onderweg naar de begraafplaats passeer ik het kruispunt waar mijn oma op 8 februari 1988 aan het begin van de middag is aangereden. Ze kwam rechtstreeks van de Hema in Harderwijk, waar ze na haar werk mijn verjaardagstaart had opgehaald. Acht jaar werd ik op de dag dat zij haar laatste adem uitblies in de ambulance, onderweg naar het St Jansdal Ziekenhuis in Harderwijk, waar ze diezelfde ochtend als verpleegkundige een verkorte dienst had gedraaid. Het was een chocoladetaart met slagroom die ze in de doos op haar bagagedrager had vervoerd. Als door een wonder zat de doos nog onder de snelbinders toen de politie haar tas en brommer en een van haar schoenen thuisbracht. Een plaatje van marsepein met HARTELIJK GEFELICITEERD erop plakte aan de onderkant van het deksel. De acht kaarsjes waren door de klap in de slagroom kopje-onder gegaan, op de uiteinden met de lontjes na, die als de armen van drenkelingen uit het witte schuim van een golvende zee staken.

Met drie bosjes bloemen van de Deka loop ik het kerkhof aan de Engweg op. Op de stenen van de keurig onderhouden graven lees ik familienamen die ik me nog van vroeger uit de klas herinner. Vlieck, Meiling, Markhorst. Terwijl ik naar het nummer van het graf zoek valt me op hoeveel kinderen hier begraven liggen, ook leeftijdgenoten met wie ik vroeger misschien nog samen gespeeld heb. Op het graf waarvoor ik ben gekomen, staan drie namen met de bijbehorende jaartallen gefreesd in het grijze marmer van een eenvoudige steen. In volgorde van hun overlijden, mijn oma als eerste. Ze had altijd haast, zo is ze ook gegaan, voor de anderen uit, Alida Geertruida van Elda, roepnaam Aaltje, op haar brommertje, racend van Harderwijk naar Putten. Dan volgt mijn moeders naam en weer daaronder die van mijn opa, over wie op zijn vijfendertigste de dokter had geoordeeld dat hij al het lichaam van een oude man had. Ik leg de drie bosjes bloemen op het graf. Het is op de een of andere manier een troostende gedachte dat mijn moeder tussen hen in ligt, tussen haar vader en moeder. Ik heb ze nu alle drie bij elkaar. Je zou denken dat het lot het zo heeft beschikt, maar dan alleen in de zin dat mijn opa, de krakende wagen, als laatste is gegaan. Hij immers was het die bepaalde dat zijn dochter, de vermoorde hoer, waar de kranten vol over hadden gestaan, uit Amsterdam werd overgebracht naar haar geboorteplek om op de Algemene Begraafplaats bijgezet te worden in het graf van haar moeder. Waar ook hij later, zoals hij testamentair had laten vastleggen, te ruste zou worden gelegd. Ironisch, dat juist degene die het minst te vertellen had het laatste woord heeft gekregen en zich daarbij niets gelegen heeft laten liggen aan de wens van zijn vrouw, die liever dood zou zijn gegaan dan dat ze had moeten slikken dat haar dochter, zonder haar leven te beteren en zonder dat ze haar moeder daartoe nederig om permissie had gevraagd, haar een langdurig bezoek onder de grond bracht.

Drie weken na haar dood, eerder werd haar lichaam door de politie niet vrijgegeven, hebben we haar hier begraven. Ik kan er me niet veel meer van herinneren dan dat Jens en zijn ouders me hebben vergezeld en dat Mathilde en Elsje ook helemaal uit Amsterdam voor de uitvaart zijn gekomen. Hayo was er tot mijn opluchting niet bij, omdat hij, hoorde ik later, voor een reportage over het rebellenleger van Ronnie Brunswijk in Suriname verbleef. De begrafenis van mijn oma, tien jaar eerder nota bene, staat me nog haarscherp voor de geest. Daarbij waren veel meer mensen aanwezig. Rijendik stonden collega's, buren, familieleden en kennissen van haar gymnastiekclub met bloemen aan het graf. Degene naar wie ik voortdurend uitkeek ontbrak. Later vertelde mijn moeder me, fier bijna, dat ze er niet over had geprakkiseerd om te komen. Dat was haar overigens door haar twee jaar oudere zus, Jet, ook afgeraden, omdat 'ma het niet gewild zou hebben'. Na afloop kwamen in de aula mijn familieleden en ook de ouders van Judith om de beurt met gebogen hoofd naar me toe en dan leek het iedere keer alsof ze iets tegen me wilden zeggen, maar ze slikten hun woorden weer in, en na een aai over mijn bol of een vochtige kus op mijn wang richtten ze hun aandacht op elkaar of de koffietafel. Ik hoorde een zuster van mijn oma zeggen: 'Ze heeft te veel mee moeten maken.' Mijn opa's reactie was kort en voor zijn doen ongewoon fel: 'Ze is door een bestelbus van de Hubo aangereden. Laten we ons beperken tot de feiten.'

Van het kerkhof reden mijn opa en ik met mijn tante Jet en haar man mee naar hun huis. 's Avonds aten we sperziebonen met suddervlees, en iedereen, ook mijn nichtje en neefje, bleef zwijgend dooreten tot alle borden leeg waren. Ik zou die avond bij mijn tante blijven slapen, was vooraf bepaald, maar toen mijn opa opstapte, smeekte ik hem mij mee te nemen. Mijn oom bracht ons in zijn auto thuis, waar het aardedonker was. Mijn opa knipte de lichten een voor een aan. Mijn vaste stoel bij de eettafel was, nog precies zoals vier dagen eerder op mijn verjaardag, met slingers en gekleurd crêpepapier versierd. Op tafel lag het boodschappenlijstje dat mijn oma de avond voor mijn verjaardag in schuine letters had geschreven: taart, slingers, kippenpoten, chips, limonade. Toen het licht in de keuken aanging, verrees in de achtertuin het skelet van de half gemonteerde schommel die mijn opa als verrassing voor mij aan het plaatsen was op het moment dat de politie had aangebeld.

In de weken die volgden verschenen er donkere kringen onder mijn opa's ogen. Als hij van zijn werk terugkwam aten we de maaltijd die tante Jet aan het eind van de middag bracht in pannen met theedoeken eromheen geknoopt om de warmte vast te houden. Ik hoorde hem 's nachts hard hoesten in de slaapkamer naast me en even later de trap aflopen. Als ik ging kijken wat hij deed, zag ik hem op de bank zitten en naar de geluidloze beelden op tv staren. Het blauwe licht flikkerde op zijn gezicht. Ik stond vroeg op om zelf mijn haar te borstelen en de ontbijttafel te dekken zoals oma het altijd had gedaan. We luisterden samen naar het nieuws op de radio, tot hij zijn jas en nette schoenen aantrok en naar het schuurtje liep om zijn fiets te pakken. Hij werkte op de administratie bij een veevoederbedrijf in Ermelo, op ruim een halfuur fietsen vanaf ons huis. Maar eerst vergezelde hij me tot aan de deur van Judith, waar we samen wachtten tot er werd opengedaan. In de koele, nevelige lucht van de vroege ochtend knielde mijn opa naast zijn fiets, waarbij zijn adem in rook veranderde, terwijl hij zijn rechterbroekspijp in zijn sok propte zodat zijn broek niet tussen de ketting zou raken. Daarna zwaaide hij zijn been over het zadel en stak hij zijn hand naar me op, voor hij met zijn magere, gebogen rug zacht kuchend wegfietste. 'Tot vanavond.' Ik dacht dat het altijd zo zou blijven.

Behalve dat ze voor het eten zorgde, maakte mijn tante gewapend met emmers en plastic flessen twee keer per week bij ons schoon. Zij was de eerste die aangaf dat er verandering op til was en zette als bewijs daarvan een mij onbekende stem op. Waarmee ze sprak over de 'nieuwe situatie', die van iedereen bepaalde offers zou vragen. Ze sprak over plichten en praktische beslissingen. Het duurde niet lang voor ik begreep waar ze heen wilde, dat zij en mijn oom besloten hadden me in hun huis op te nemen. Voorlopig, zei ze, om te kijken hoe dat zou uitpakken. Als ik bij haar zou komen wonen, was dat ook beter voor opa.

’s Avonds bezwoer ik mijn opa huilend en stampvoetend tegelijk dat ik nooit bij mijn tante en oom zou intrekken, dat kon ik niet, het was een regelrechte nachtmerrie, want ik had me nooit op mijn gemak bij haar en haar man gevoeld. Zelfs niet bij hun kinderen. Ik begreep ook niet hoe het voor hem beter zou kunnen zijn. We zeiden weliswaar niet veel tegen elkaar en misschien deden we het huishouden niet naar de maatstaven van mijn overleden oma en mijn tante, maar we redden ons zelf toch heel aardig en, het belangrijkst, we waren elkaar juist in die weken heel nabij.

Toen werd hij ziek, de astmatische bronchitis waar hij zijn hele leven al onder leed, sloeg gemeen toe. De dokter moest bij hem komen en mijn opa kon niet meer naar zijn werk, slikte medicijnen, inhaleerde met een handdoek over zijn hoofd naar menthol geurende stoombaden, lag de hele dag in bed, bleek, koortsig hijgend met een snel op- en neergaande borst onder de dekens. Ik bracht hem vers water en boterhammen en ik maakte thee voor hem die ik serveerde met een biscuitje, alsof het weekend was. Ik waste zelfs de vuile kopjes weer af. Als ik bij hem zat, vertelde ik over school en als hij niet te benauwd was, probeerde hij me op te vrolijken met een hele dierentuin, gemaakt van de schaduwen van zijn handen op de muur, en liet me raden wat voor dieren de projecties voorstelden.

We waren dol op dieren, mijn opa en ik. Elke tweede woensdag van oktober nam hij me mee naar de Ossenmarkt, waar de veehandelaren, die hij door zijn werk kende, nog met ouderwets handjeklap zaken deden. Samen scharrelden we er uren rond, oma hield het na een minuut of tien meestal voor gezien, en dan knielden we bij de biggen of lammeren in het stro om ze te aaien en die verrukkelijke geur op te snuiven.

Drie weken na de begrafenis van mijn oma, net toen hij zelf weer een beetje herstelde, vertelde hij me dat mijn moeder hem had gebeld om te vragen of ik bij haar kon komen wonen. 'Ze heeft een huis, ze wil heel graag voor je zorgen. Ik geloof dat we het een kans moeten geven.' Hij had er lang over nagedacht, zei hij, en zag inmiddels in dat hij zelf niet in staat was om goed voor me te zorgen en dat ik, omdat ik absoluut niet bij mijn tante wilde intrekken, misschien maar het beste af was bij mijn moeder. Zo hoort het ook, zei hij, een kind bij haar moeder.

Toen ik pas in Amsterdam woonde wilde ik hem iedere dag opbellen, maar mijn moeder vond één keer per week, op zaterdag, genoeg. Op een van die zaterdagen liet ik hem beloven dat hij me in Amsterdam zou komen opzoeken.

'Erewoord?'

'Erewoord,' zei hij.

'Wanneer kom je dan?'

'Ik kan momenteel niet weg. Maar ik kom snel.'

'Hoe gaat het met de hamsters?'

'Jelle is dood, maar Saar leeft nog. Doe mama de groeten, prinses, en pas goed op jezelf.'

Ik beloofde het, maar dacht bij mezelf dat hij degene was die goed op zichzelf moest passen. Ik stelde me hem voor helemaal alleen in ons huis, aan de ontbijttafel, op de bank, in zijn bed, met alleen maar het geluid van de penduleklok op de schoorsteen en van de tredmolen in de kooi als Saar het op haar heupen kreeg.

Na twee maanden kwam hij met de trein naar Amsterdam. Mijn moeder en ik haalden hem op van het station, waar we de tram naar Artis namen. Het was voor mij de eerste keer dat ik daar kwam, evenals voor mijn grootvader, maar hij kende alle diersoorten uit zijn hoofd, zelfs die van de roofvogels in de huizenhoge kooien, en noemde me hun namen. Op de terugweg naar het station dronken we koffie en limonade met gebak. We brachten hem naar het perron van zijn trein naar Putten. Voor hij instapte gaf mijn moeder hem een paar bankbiljetten, voor de onkosten van zijn treinkaartje. Maar dat hoeft toch niet, zei hij. Het is wel goed, pa, antwoordde mijn moeder.

12 APRIL 1998

Gisteren stond de vollemaan volgens de berekening van Daems op de juiste plaats. Met twee auto's reden we van het Centrum aan het Singel naar het braakliggende terrein bij de terminals in het Westelijk Havengebied. Ik met de meeste deelnemers in een gehuurd busje en Daems in zijn witte Jaguar. Julie reed met hem mee, evenals de twee Amerikaanse mannen van middelbare leeftijd die ik een dag eerder op Schiphol had opgepikt. Ze leken broers, met brede kaken en vettige kuifjes. Ze droegen identieke crèmekleurige broeken. Als ze over Daems spraken, noemden ze hem de White Magician. Behalve Julie waren er nog twee bruiden mee, Emmy en Isabella, het nieuwe Italiaanse meisje. Voor we uit het Centrum vertrokken, hadden we de lange, dunne witte hemden met een sluiting op de rugzijde aangetrokken. Elkaars knoopjes dichtgemaakt. Daems die van de meisjes. Aangekomen bij de plek tilde ik de bundel brandhout en de jerrycan met benzine uit de auto. Op een open plek tussen de struiken en de scharminkelige bomen trok Daems met de hak van zijn schoen een kruis in het zand. Daar maakte ik een vuur. In minder dan geen tijd laaide het op en Daems knikte me goedkeurend toe. Ik ben niet alleen maar de ingehuurde klusjesman. Ik hoor erbij, dat merk ik ook aan de anderen.

Iedereen keek zwijgend toe hoe Daems met valeriaan en zwarte kippenveren nauwgezet een kring uitzette. Tussen de struiken zocht ik naar droge takken om op het vuur te gooien. Binnen de kring lag Julie op haar buik met haar armen op haar rug en haar enkels aan elkaar gebonden. Ze staarde naar het vuur. Met glanzende ogen, roodachtig van de vlammen, volgde ze de stijgende vonken. Aan haar blik kon ik zien dat ze het drankje had gehad. Op een teken van Daems begon iedereen om de kring te lopen. Eerst heel langzaam, daarna sneller. Daems stond als enige stil en sprak tegen Julie, zachtjes mompelend, stromen van onverstaanbare woorden, hele spreuken. De eerste weken was ze heel stil geweest, Julie, en zo verlegen dat ze haar blik in aanbidding had neergeslagen als Daems aan het woord was. Maar de laatste tijd hoorde ze stemmen die haar tot de vreemdste kuren aanzetten. Spiernaakt en schreeuwend rennen over de trambaan van de Martelaarsgracht was er een van. Ze kwam uit een plaats in Bretagne. Daar deed ze een gymnasiumopleiding, die ze na haar eerste crisis had afgebroken. Ze ontvluchtte haar psychiater en ouderlijk huis, zwierf een poosje rond in Parijs. Bij satanisten vond ze onderdak, maar al snel vertrok ze er met ruzie. Ze liftte naar Brussel en vandaar naar Amsterdam. Blijkbaar had ze iets over het Centrum gehoord. Ik was beneden in mijn werkplaats bezig toen ze aanbelde. Ongeveer een halfjaar geleden. Ze had een briefje in haar hand met daarop geschreven MEESTER DAEMS, SPIRITUEEL CENTRUM, SINGEL, AMSTERDAM. Zo ging het wel vaker. Geen idee hoe ze aan het adres kwamen. Van wie of waar ze het gehad hadden. Maar op een dag stonden ze op de stoep. Op de vreemdste tijden. Met een oude, stoffige rugzak. Zonder verder een cent op zak. Hongerig en huiverend van opwinding. Kennelijk was er niemand die ze miste.

Ik staarde naar Julie, die liggend op haar buik in het zand lag. Van Emma wist ik dat Julie Daems had gesmeekt om haar te doden. Dat was haar grote, terugkerende fantasie, door hem geofferd worden. Daarvoor was ze gekomen. Misschien wilde hij haar dat gevoel vanavond laten doorleven.

Schizofrenie bestaat niet, zei Daems nadat de politie Julie op de Martelaarsgracht had opgepakt en ik haar op het bureau moest ophalen. Volgens hem was het allemaal frequentie. De aanpak van psychologen en psychiaters was één grote mislukking. Ze zochten in de verkeerde richting. Hij weet veel, Daems, en hij beschikt over een bijzondere kracht. Ik ben er meerdere keren getuige van geweest hoe hij mensen in grote geestelijke nood wist te genezen.

Julie schreeuwde en spande al haar spieren aan. De aderen in haar hals zwollen als lichtblauwe wormen op. Toen ze haar lichaam naar het vuur rolde, gaf Daems me een teken. We sleepten haar samen weg bij de vlammen, terwijl de anderen doorgingen met om de kring van zwarte kippenveren te cirkelen. Ze dansten zingend door de rook. Julie bonkte met haar hoofd en trapte met haar voeten in het zand. Op de rug van haar met zweet doorweekte hemd plakten zand en zwarte veertjes. Haar ogen flitsten in het licht van het vuur. Ze gromde en snikte met onverstaanbare woorden. Het leek alsof ze geen adem meer kon halen en ik stond op het punt om Daems te vragen of we haar niet beter los konden maken, maar hij was zo geconcentreerd dat ik hem niet durfde te storen. Zoals altijd voelde hij aan wat ik dacht. We kunnen nu niet stoppen, Jonathan, zei hij zonder zijn blik van Julie los te maken. Volgens hem was Julie er bijna. Ik herinnerde me wat ik hem had horen zeggen op de bijeenkomsten in het Centrum: om je te bevrijden moet je eerst onder ogen zien wat je gevangenhoudt.

Ik gooide nog wat takken op het vuur. Tussen de olieterminals, in de nevelige verte, glinsterden de lichtjes van de schepen in het Noordzeekanaal. Ik werd duizelig van de silhouetten die maar om het vuur bleven draaien en liep een stukje weg, het spoor van de maan volgend door de struiken. Toen ik na enige tijd terugkeerde lag Julie stil op de grond. Het leek alsof ze in een diepe slaap verzonken was. Daems zat geknield bij haar. Zijn hand rustte op haar achterhoofd. Hij vroeg me om iedereen naar de auto's terug te brengen. De twee Amerikanen bleven bij hem en Julie achter. Ik pakte de jerrycan en ging de anderen voor naar de auto's. Het duurde een poosje voor Daems ook kwam. Zonder Julie en de Amerikanen. Hij hield de stukken touw waarmee Julie vastgebonden was geweest omhoog en riep uit dat zij was bevrijd. Isabella vroeg wat de Amerikanen bij Julie deden, maar Daems negeerde haar en riep iedereen op om naar de hemel boven de struiken te kijken. Er scheen een groot gulden licht, dat begon uit te stralen boven de plek waar ik het vuur had gemaakt. Hij bracht zijn beide handen omhoog en het leek alsof dat licht nu ook uit de stukken touw kwam en uit zijn vingertoppen. Alsof het overal was, voor en achter mij, maar ook binnen in mijn hoofd.

We stapten in de auto's en reden terug naar de stad. Niemand sprak. Achter me hoorde ik iemand huilen, een Deense vrouw in een zwarte leren broek. Haar vriend troostte haar. Op de Haarlemmerweg kwam Daems naast me staan voor een stoplicht. Ik keek zijn auto in. Op de achterbank leunde Isabella met haar hoofd tegen de schouder van Emmy. Ze was in slaap gevallen met haar duim in haar mond. De stoel naast die van Daems was leeg. Toch meende ik heel even Julies gezicht te zien, een spookachtig wit schijnsel dat in het donker zweefde. Langzaam draaide Daems zijn hoofd en keek me aan. Hij wierp me een zo intense blik toe dat ik zat te beven achter het stuur en pas toen ik getoeter achter me hoorde besefte dat het stoplicht op groen was gesprongen.

Terug in het Centrum maakte Daems de knoopjes op de rugzijde van de hemden van de bruiden los voor ze naar hun vertrekken op de eerste etage verdwenen. Zijn gevolg had zich inmiddels op de bovenste etage geïnstalleerd en wachtte in lotushouding af tot hij blootsvoets op het ronde podium plaatsnam. Hij begon met tien minuten in absolute stilte mediteren. Daarna sprak hij met een nauwelijks hoorbare stem: 'De dood bestaat niet. Er is alleen maar leven.'

Vanochtend was ik aan het werk in het souterrain. Mijn gereedschap hing als in een klein museum keurig gerangschikt aan de muren. Ik dacht aan Julie en de Amerikanen met de kuifjes. Toen ik een sterschroevendraaier uit een klemmetje van het bord trok, voelde ik dat er iets speelde. Ik keek achterom en zag Daems onder aan de trap staan. Hij glimlachte naar me. Ik wist niet hoe lang hij al beneden was en wilde iets zeggen, maar hij hief zijn hand op en bleef nog een poosje zonder te bewegen staan, alsof er op mijn hoofd een vogeltje zat dat hij niet wilde opschrikken. Eindelijk zei hij iets. Er had een lichtblauwe, doorschijnende diamant boven me gehangen. Iemand zocht contact met mij.

Ik kon niet geloven dat iemand dat zou willen. Of het moest mijn moeder zijn.

Nee, die was het niet, wist Daems. Misschien mijn vader. Of Krishnamurti. Als het zo sterk pulseerde, dan kon ik erop aan dat hij zich nog bekend zou maken. Daems liet zijn blik kalm door het souterrain dwalen, langs het gereedschap en de werkbank. Hij mompelde dat hij met de meisjes een stukje ging rijden. Ze wilden ijs eten aan de Amstel. Om halftwaalf moest ik onze Amerikaanse vrienden in hun hotel ophalen en naar Schiphol rijden.

Ik vroeg hem hoe ze gisteravond weer terug waren gekomen en hij antwoordde dat hij ze zelf had opgehaald.

En Julie? Hoe was het met haar? Daar kon hij alleen maar over zeggen dat haar aanval was afgeslagen. Hij voelde al enige tijd dat er niet zomaar iets met haar mis was. Dat er meer speelde. Toen had hij alles over haar uitgezocht. Julie was geboren in Rennes, precies 666 kilometer vanaf waar wij nu op ditzelfde moment met elkaar stonden te praten. Ze was hierheen gestuurd als tegenkracht. Een uitdaging aan hem.

Dat begreep ik niet. Wie wilde hem via Julie uitdagen?

De zwarte engelen, zouden sommigen zeggen, was zijn antwoord. Maar eigenlijk waren het de zwarte gaten in de kosmos. Die blijven zich verdichten en proberen verdeeldheid te zaaien. Julie was gezonden. Haar lichaamstemperatuur was 35,5. Toeval bestaat niet, zei Daems. 666 is het teken van het Beest. Hij liet een stilte vallen en hield zijn blik lang op me gericht, alsof hij mijn gedachten ontcijferde, maar die had ik niet, althans geen zinnige. Alles tuimelde als in een cementmolen, een brij van woorden en beelden. Toen zei hij dat ik, nadat ik de Amerikanen had weggebracht, langs het casino op de gracht moest rijden. Hij trok een briefje uit zijn broekzak en las wat erop stond. Beneden was een deurkruk afgebroken en in het souterrain ging een raampje niet meer dicht. Ik moest gelijk de Gak-formulieren meenemen. Kon ik aan de Kale vragen, die wist waar ze lagen. Die moesten vandaag ingevuld worden, anders liepen de meisjes hun uitkering mis.

Ik zou rechtstreeks van Schiphol naar de gracht rijden, sprak ik met hem af. En toen zei hij dat hij het gelijk tijdens onze allereerste ontmoeting had gezien. Door zijn glimlach werd zijn hele gezicht gedrenkt in een soort vreugde die op me oversloeg en die ik nooit gekend had. Ik wist dat ik me zovele jaren miserabel had gevoeld. Dat zag ik plotseling haarscherp in.

Wil je niet weten wat? vroeg hij me. Ik knikte. Hij zei dat hij toen al direct had geweten dat hij van mij op aan kon. Hij had me gekozen, wist ik dat nog? Die keer op straat. Op de Oudezijds was het, natuurlijk herinnerde ik me dat nog.

Hij zei dat ik het nooit mocht vergeten. Dat hij mij koos. Hij hield zijn hoofd nu even schuin en dacht blijkbaar al aan het volgende. Het is weer zo ver, Jonathan, volgende week ga je een ritje naar Luxemburg maken.

16

Ik heb nog wat tijd over voor ik naar het huis van mijn tante rijd, voor een ontmoeting met haar en enkele andere familieleden. In de hoop dat ze me wat meer over mijn moeder kunnen vertellen. Ik kijk er niet bepaald naar uit, want in zekere zin kom ik na zoveel jaar de rust verstoren, maar voor mijn boek lijkt het me onontbeerlijk. Zij zijn de enigen die me iets kunnen vertellen over mijn moeder als kind en over haar relatie met mijn grootouders. Als je iets van jezelf wilt begrijpen, moet je naar je ouders kijken, en als je iets van je ouders wilt begrijpen moet je naar je grootouders kijken, zei Willem ooit. Zijn ouders woonden in Naarden in een kast van een huis. Ze hadden twee schilderijen van Weissenbruch hangen, een detail dat ik sinds ik zelf in de naar de meester van de katoenachtige wolken boven een zomerwei vernoemde straat woon wel amusant vind. Destijds kon ik het minder waarderen, evenals zo'n beetje alles wat mijn Gooise entree tot een hachelijke exercitie maakte. Het theeservies van doorschijnend porselein, de kristallen kroonluchters, en niet te vergeten het fysiek vertoon van fatsoen, welstand en importantie, benadrukt door de niet te missen, onder de hoge plafonds galmende stem van Willems vader. De man sprak zo overdreven met een aardappel in de keel dat ik nog even hoopte dat hij zichzelf persifleerde. Ook in zijn schorre lach vergiste ik me. Het was geen lach, maar een oorlogskreet. Die middag dacht ik, wist ik, dat ik nog geen dag langer met Willem kon omgaan. Als dit zijn ouders waren, pasten wij volstrekt niet bij elkaar. Godzijdank lukte het me om na een paar dagen weer de echte Willem te zien, de relativist pur sang, die lachend en schouderophalend al in zijn tijd als student aan de Filmacademie afstand had genomen van de poppenkast van zijn ouders.

Om de tijd te doden rijd ik rond voor een nostalgische tour langs mijn lagere school, de bakker met de harde puntjes, de villa met het rieten dak van de huisarts, de Nieuwe Kerk, waar ik tussen mijn grootouders in de banken zat. Even moet ik aan Haantje denken, die op zondag met een kaarsrechte scheiding in zijn haar zijn moeder trouw vergezelde naar de bijeenkomsten van het Leger des Heils. Uit de laatste fragmenten die hij me stuurde blijkt dat hij dat godvruchtige bestaan had ingeruild voor de esoterische wereld van Daems. In het archief van *Het Parool* kwam ik een bericht uit 1998 tegen, over de vondst van het lichaam van een jonge vrouw in het Westelijk Havengebied. Er stond niet bij of ze uit Rennes kwam. 666 kilometer, ik heb het geverifieerd en het klopt. Ik begin te vermoeden waarom Haantje me juist deze stukken stuurt. Om duidelijk te maken hoezeer hij onder Daems' invloed stond. Misschien wel om aan te geven dat Daems de opdrachtgever van de moord was, en hij, Haantje, zijn werktuig, Daems' hamer. De grote breuk in zijn leven vond plaats toen hij klusjesman in de Tempel werd, die in míjn leven volgde toen de jeep van Pierre de kapper de Schoolstraat in reed. Op dat moment had ik er alles voor overgehad om hier op deze plek te mogen blijven. Dat weet ik nog goed. Mijn eerste jaren in Amsterdam waren getekend door een intens heimwee. Des te vreemder is het dat ik dertig jaar later hier door het winkelcentrum slenter en, ondanks alles wat ik na mijn verhuizing heb moeten doorstaan, me als een rechtgeaarde grootsteedse chauvinist gelukkig prijs dat ik niet in deze weliswaar veilige, vriendelijke en bescheiden, maar toch ook wat tamme, eentonige omgeving ben blijven hangen.

In de huiskamer wachten, buiten mijn tante Jet en haar dochter, die twee jaar jonger is dan ik, nog vier vrouwen, onder wie Judith, mijn vroegere vriendinnetje. Judith en ik omhelzen elkaar en gaan, vanzelfsprekend bijna, naast elkaar op de bank zitten, zoals we vroeger vaak hebben gedaan, arm tegen arm. Ze is een werkelijk beeldschone vrouw, met een gezonde bruine huid en donker, glanzend haar dat dure kappers graag onder handen nemen. Door dat kapsel en de exclusieve, modieuze kleren, steekt ze af bij de andere vrouwen, ook bij mij. Ik wil wedden dat de Audi-SUV voor de deur van haar is en dat haar man geen baantje bij de post heeft, zoals haar vader destijds. Maar als ik haar wat beter bekijk, lijkt het of er toch ergens een barstje zit. Misschien voel ik me door die indruk dat ook zij niet geheel ongeschonden uit de strijd is gekomen zo op mijn gemak naast haar. De sfeer in de kamer doet me denken aan de reeks lezingen die ik naar aanleiding van *Het lichamelijk kapitaal* heb gegeven. Voornamelijk in bibliotheken en achterafzaaltjes in de provincie, waar een welwillend publiek van dames met rode konen en hoopvolle verwachting er eens goed voor ging zitten om te achterhalen wie die jonge vrouw achter dat schunnige boek waar ze over gehoord en gelezen hadden nu eigenlijk was. Het verschil is dat ik nu vertel over een nog te schrijven werk, waarvoor ik onderzoek doe, leg ik uit.

'Je was ook op de Engweg, hoorde ik,' zegt mijn nicht. Haar zoontje, een jochie van een jaar of vijf, speelt met zijn autootjes op de grond. Hij bootst met zijn stem een motor na. Zijn haar is licht gebleekt door de zomerzon.

'Hoe weet je dat?' vraag ik verbaasd.

'De keeper van mijn mans voetbalteam is er hovenier.'

Het Puttense ecosysteem van roddel en surveillance blijkt nog onaangetast.

'Het is een mooi graf,' zeg ik.

'Ik hoef er niet bij,' zegt mijn tante kortaf.

In de stilte die valt vraag ik me af of je jaloers kunt zijn op iemand die onder de grond ligt, ook al is het tussen de overblijfselen van je vader en moeder. Op mijn verzoek halen de vrouwen herinneringen aan mijn moeder op, waarbij mijn tante al voor we goed en wel begonnen zijn een streep in het zand trekt. 'Over bepaalde dingen zullen we het maar niet hebben.' Links en rechts volgen op afroep een paar onschuldige, positieve anekdotes, zoals dat mijn moeder goed kon dansen en op school een vrolijke, ondernemende meid was, bloedmooi bovendien. Tot een van de vrouwen, de schoonzuster van mijn tante Jet, waarvan ik geen idee heb wat zij hier doet, opmerkt: 'Je lijkt sprekend op haar.'

Vanaf dat moment zijn de rollen omgedraaid en ben ik degene die de vragen beantwoordt. Waar woon ik? Amsterdam. Ben ik getrouwd? Nee. Heb ik kinderen? Nee. Bijna zeg ik: maar wel een kat.

De enkele keer dat ik als kind terug ben geweest, om een dagje bij mijn opa te logeren en de rest van de familie te zien, werd ik door mijn tante en haar man voorzichtig ondervraagd over mijn dagelijks leven in Amsterdam. Waarschijnlijk was het goedbedoeld, om na te gaan of ik wel naar behoren verzorgd werd, maar naarmate de vragen een meer persoonlijke belangstelling voor mijn moeder verraadden – 'heeft ze een man?', 'waar werkt ze en waar ben jij dan als zij...?' – werd het me bijna onmogelijk om nog te antwoorden. Als ik al iets losliet, omdat het niet anders kon, probeerde ik de leuke, in mijn ogen ongevaarlijke feiten van ons leven te vermelden, over Pierre de kapper, wiens haar ik in zijn salon föhnde, of dat mijn moeder en ik vaak Chinees eten haalden in de Lange Niezel of pizza's bij de italiaan op de Zeedijk. Al snel nadat ik dit soort alledaagse, onschuldige ontboezemingen had prijsgegeven, vertrok het gezicht van mijn tante in een vertoon van pijn en keek ze opzij naar haar man, waardoor ik abrupt stopte met praten. Toen ik weer thuis was, hoorde mijn moeder me op haar beurt uit, over de gezondheid van opa, de inrichting van tantes huis, de kleren die ze droegen, hun nieuwe auto. Ze onderbrak mijn antwoorden voortdurend met commentaar als 'hou maar op' of 'ik weet genoeg', maar maande me dan toch om mijn verslag te vervolgen.

Ik doe een poging om het gesprek weer op mijn moeder te brengen, op de onmin tussen haar en mijn grootouders en de precieze omstandigheden van haar vertrek uit Putten. Maar de reacties zijn kort en algemeen, op die van de schoonzuster van mijn tante na, die, misschien is ze daarvoor speciaal gekomen, zich laat ontvallen dat mijn moeder op de middelbare school al als een enorme flirt bekendstond. 'Jongenslel', zo omschrijft ze haar. Die term uit een andere tijd doet de anderen even stilvallen, misschien ook wel schrikken, want vanaf dat moment neemt het gesprek weer een tegenovergestelde richting aan, met een hele serie vragen aan mij. Over mijn werk en mijn leven in de hoofdstad. Net als ik tot de conclusie kom dat ik maar beter kan opstappen, omdat ik anders toch maar mezelf hoor praten, zet mijn nicht een schoenendoos met foto's op tafel.

'Die staat al een hele poos voor je klaar,' zegt ze met een welwillend, wat opgelaten gezicht, alsof ze net gehoord heeft dat het hele voetbalteam van haar man onverwacht komt fonduen. 'Opa had hem voor je bewaard.'

Het blijken foto's te zijn van mijn moeder, als baby, als klein meisje, bij oma op schoot, met opa de konijnen voerend; een schoolfoto, als meisje van twaalf met een hoog opgestoken paardenstaart die als een palmboom op haar hoofd staat, als zeventienjarige met lippenstift en blauwe mascara voor de spiegel van haar kaptafeltje. 'Dat moet stiekem geweest zijn, want bij oma binnen was make-up streng verboden,' merkt mijn tante op. Dat kaptafeltje stond er nog in mijn tijd, had ik als het ware overgenomen. Ook Judith herinnert zich hoe wij samen naast elkaar zaten en kappertje speelden, in het drieluik van spiegels tegen elkaar spraken, dagdromend over later, wat we zouden gaan doen, alles samen natuurlijk, want ook onze mannen, wie wisten we nog niet, zouden beste vrienden zijn. Het zijn allemaal foto's die ik niet ken, op een na. Hij zat in mijn koffertje toen ik in Amsterdam aankwam. Tussen mijn kleding geschoven door mijn opa, net als het doosje met de vijf glanzende kastanjes die we tijdens onze laatste wandeling samen hadden gevonden. De foto was gemaakt bij de fotograaf in Harderwijk, die hem in een mooi lijstje had gedaan, wat waarschijnlijk, evenals een extra afdruk, bij de prijs inbegrepen was geweest. De achterwand is een donkergroen doek, misschien een gordijn. Mijn opa staat rechts, gekleed in een stijf kostuum en met zijn hand rustend op de schouder van Jet, die, een jaar of vijf oud, voor hem staat. Oma zit op een leren stoel en toont haar allergelukkigste, allerbeminnelijkste glimlach. Op haar schoot zit een meisje van drie met een roze jurkje met borduursel aan de kraag en leren schoentjes met bandjes over de wreef. Mijn moeder. Ze maakt een slaperige indruk en leunt onderuitgezakt tegen het lichaam van oma aan.

Toen mijn moeder mijn koffer uitpakte en het fotolijstje in haar handen nam, keek ze er een poosje naar. 'Wat een onzin,' zei ze. 'Zo was het niet.'

Ik zal de uitdrukking van afkeer en boosheid op haar gezicht nooit vergeten, waarschijnlijk omdat het de eerste keer was dat ik ermee kennismaakte. Ze bleef nog een hele tijd afgeven op de foto, omdat hij de werkelijkheid vervalste, en ze zei me dat er in haar huis geen plaats voor was. Jaren zag ik de foto niet meer terug, tot ik op zoek was naar mijn diploma van de basisschool, dat ik nodig had om me in te schrijven voor het atheneum. De foto zat weggestopt onder in een lade in de kast, het glas van het lijstje was gebarsten.

Tussen de foto's in de doos tref ik ook nog een kaart aan,

van mijn moeder aan mij, voor mijn tweede verjaardag. 'Voor mijn lieve schat, hartelijk gefeliciteerd, fijne dag, honderd kusjes van mama.' Ik staar een poosje naar de kaart en leg hem dan terug in de doos.

'Er zit ook nog iets in de envelop onderin,' zegt mijn nicht. 'Dat kwam mee met de eigendommen van je moeder na haar dood. Opa heeft hem bij de andere spullen in de doos gedaan.'

Uit de vergeelde envelop komt een foto tevoorschijn, van mijn moeder, mijn opa en mezelf, gemaakt door de fotograaf van Artis. Op een tweede foto ben ik een baby van een maand of drie, vier. In de armen van mijn moeder. Er zit nog iets onder in de envelop, voel ik met mijn vingers, en als ik hem met de geopende kant naar beneden omdraai valt er een roze, plastic bandje uit, met een clipsluiting en mijn naam erop. Ik neem het bandje in mijn hand en bekijk het van alle kanten. Het duurt even voor ik begrijp dat het op de kraamafdeling van het Onze Lieve Vrouwe Gasthuis, kort na mijn geboorte, om mijn pols moet zijn vastgemaakt. Een aandenken dat mijn moeder kennelijk altijd heeft bewaard, haar nalatenschap, op de hypotheekschuld en de onbetaalde gas- en lichtrekeningen na. Het ontroert me, maakt me week, op de grens van huilen, en dat mag niet, heb ik met mezelf afgesproken. Niet hier, niet nu. Ik kom overeind en neem afscheid van mijn tante en mijn nicht en van de andere vrouwen. Judith loopt met me mee naar buiten. Bij mijn huurauto praten we nog even na, zij met de lage zon schuin op haar gezicht en ik met de schoenendoos in mijn handen.

'Gaat het?' vraagt Judith.

Ik knik.

'Ik heb veel aan je gedacht.' Behoedzaam veegt ze met haar wijsvinger een lok haar van haar gebruinde voorhoofd.

'Ik ook aan jou.' Vooral in het begin miste ik haar vreselijk. In die eerste weken schreef ik haar wel tien brieven, die ik geen van alle verstuurde, omdat wat ik opschreef voor een groot deel gelogen was, en dat kon ik mijn beste vriendin niet aandoen. Na een poosje stuurde ik haar, na veel zelfoverwinning, toch een openhartige brief.

'Heb je nog plannen voor vandaag?' vraagt Judith. 'Of moet je gelijk terug naar huis?'

'Nog niet,' zeg ik.

'Misschien... Ik zou het fijn vinden als we nog even met zijn tweeën kunnen verder praten. We zouden ergens wat kunnen eten. Er zit een nieuw restaurant in Ermelo. Ik nodig je uit.'

'Het spijt me,' zeg ik. 'Dat zal niet gaan.'

'Geen probleem, ik begrijp het... misschien een andere keer.' Ze richt haar blik op de grond. 'Ik, ach, je weet het zelf waarschijnlijk niet eens meer, maar er is iets wat me nog altijd dwarszit. Dat ik je nooit heb teruggeschreven. Mijn moeder was ertegen, ze vond dat... nu, ja, het was lastig.'

'Ja, dat was het.'

'Het spijt me.'

'Dat hoeft niet, Judith. Hoe oud was je? Acht! Kinderen waren we.'

Aan ons lag het niet en zou het ook nooit gelegen hebben. De eerste keer dat ik een dagje terug in Putten was, ik denk anderhalf jaar na mijn verhuizing, zag ik haar niet, Judith. Ze was er niet, kreeg ik te horen, en waar ze wel was, daar kwam ik niet achter, in ieder geval niet thuis. Waarschijnlijk had haar moeder, niet gerust op ons weerzien, maatregelen getroffen. Absurd, ik kan er nog boos om worden, om die angst voor een klein meisje, omdat ze ergens anders was gaan wonen en andere kleren was gaan dragen en een beetje Amsterdams was gaan praten. Ik had het bij anderen ook opgemerkt, iets in hun ogen, alsof er op mij, de dochter van Saskia, een vloek rustte. Maar toen was ik inmiddels sterk, een stuk sterker dan in de tijd dat er geen antwoord uit Putten op mijn brief kwam. Ik had een manier gevonden. Judith, zei ik 's avonds laat als ik door het raam van de dakkapel naar de hemel boven de huizen van de steeg keek. Judith, zei ik zacht en herhaalde haar naam net zo lang in gedachten tot ik de betekenis ervan teniet had gedaan. De volgende keer dat ik weer aan haar dacht, begon ik opnieuw.

'Het is niet dat ik geen zin heb om met je uit eten te gaan,' zeg ik, 'maar ik heb nog een afspraak.'

Ze neemt me onderzoekend op, onzeker of ik haar op afstand houd of dat ik de waarheid spreek.

'Ik wilde het net binnen niet zeggen, maar eh, de tante van mijn man is Helena de Ridder, je moeders beste vriendin vroeger hier in Putten. Ze werkten beiden op camping De Rusthoeve en deden eigenlijk zo'n beetje alles samen. Ze was er ook bij toen je moeder je vader... Benny, heette hij niet zo?'

'Benno.'

'Toen ze hem op de camping ontmoette. Hij was een grote vent, met een mooie lach, een charmeur met praatjes voor tien. Hij speelde in een strak sportbroekje en met ontbloot gespierd bovenlijf badminton op het grote veld. Nu ja, alle meiden stonden natuurlijk te kijken. Na het werk nam hij je moeder en Helena in zijn auto mee naar Harderwijk om uit te gaan. Daar zaten in die tijd enkele drukke cafés, waar ook veel dienstplichtige militairen kwamen en dansmuziek werd gedraaid. De generatie van onze grootouders was streng, met name voor de dochters, en jouw moeder was juist een nogal vrijgevochten meisje. Ze botste met je oma. Die schijnt echt zeer bazig en veeleisend geweest te zijn, zelfs naar de maatstaven van toen. Je moeder was vrijdag te laat thuisgekomen, waardoor ze zaterdag huisarrest opgelegd had gekregen, maar ze was stapelverliefd op je vader en glipte toen je oma even in de achtertuin was de deur uit. Toen ze thuiskwam, opnieuw te laat, heeft je oma de deur op het nachtslot gedraaid en haar te verstaan gegeven dat ze er niet in kwam. "Nooit meer," zei ze, "ik breng je nog liever naar het kerkhof." Je moeder was achttien jaar, ze kon geen kant op. Ze voelde zich al jaren onderdrukt, en had volgens Helena zwaar geleden onder je oma, juist zij, die zo vol levenslust zat en een bovengemiddelde behoefte aan avontuur en plezier maken voelde. Ze mocht bepaalde kleren niet dragen en make-up, je hoorde het net nog, was al helemaal uit den boze. Je oma probeerde haar te breken, dat was haar simpele idee van opvoeding. Je moeder wás die nacht ook gebroken, zag het leven niet meer zitten. Ze heeft op een bankje in het bos overnacht en is in de vroege ochtend, toen de treinen weer begonnen te rijden, naar de spoorwegovergang bij de Volenbekerweg gelopen. Ze stond op het punt er een eind aan te maken, maar aarzelde over die laatste stap. Net toen Stefan, die 's zomers ook op De Rusthoeve werkte, langskwam. Hij liep marathons, wedstrijden, en maakte altijd vroeg in de ochtend zijn trainingskilometers. Later is hij nog een keer tweede geworden op het Nederlands kampioenschap. Hij zag je moeder bij het spoor staan en begreep gelijk dat het foute boel was. Het lukte hem om haar te kalmeren en mee te krijgen naar het huis van zijn ouders, waar ze die ochtend buiten op een tuinstoel wachtte tot hij klaar was met douchen en ontbijten. Stefans moeder was bij haar komen zitten om een oogje in het zeil te houden, maar je moeder weigerde om ergens over te praten. Op zijn brommer zijn Stefan en je moeder samen naar de camping gereden. Ze was niet in staat om te werken en later die ochtend stapte ze bij je vader in de auto. Helena heeft ze samen door de poort zien wegrijden, met de kap omlaag. Je moeder had nog vier dagen loon tegoed. Die is ze nooit komen ophalen en je oma weigerde het geld in ontvangst te nemen.'

Ik bedank haar voor haar verhaal en ten afscheid wisselen we onze telefoonnummers uit.

'Ik bel je,' zeg ik, een soort onbezonnen belofte van onvergankelijke vriendschap, van voortzetting van iets wat, vrees ik, niet meer bestaat.

'Als je dat prettiger vindt, kom ik naar Amsterdam,' biedt ze aan. 'Geen probleem. Je belt me echt, hè?'

'Natuurlijk,' zeg ik. We omhelzen elkaar en dan stap ik de auto in en rijd met de doos naast me op de passagiersstoel weg.

Niet ver van de spoorwegovergang parkeer ik de auto half op het zandpad, waar Stefan op die verre ochtend van vogelgekwetter en duistere gedachten zijn trainingsrondje afgewerkt moet hebben. Wat als hij tien minuten later langs was gekomen? Wat als mijn oma de deur niet op het nachtslot had gedraaid? Ik stap uit en kijk naar de omhoogstaande, rood-wit gestreepte slagbomen, de auto's en fietsen die oversteken, de door de avondzon oranjegekleurde rails die in de verte samenvloeien. In gedachten zie ik haar staan, een meisje, moe, wezenloos, met doorgelopen mascara onder haar ogen. Achttien jaar. Alleen. Soms hoorde ik haar 's nachts beneden in haar slaapkamer huilen, angstaanjagende, droge snikken in haar slaap. 'Mama!' riep ze. Toen ík achttien was lagen ook wij met elkaar overhoop, maar zorgen dat ze me eruit zou gooien kende ik niet. Ik telde de dagen en zij wist het. We spraken nog nauwelijks een woord, zeiden uitsluitend de hoogstnoodzakelijke dingen. De was moet worden opgehaald, ik kom niet thuis met eten. Ik vermeed haar blik, omdat ik wist dat wat ze van me wilde horen precies was wat ik haar niet kon en wilde prijsgeven, maar haar niettemin iedere dag liet voelen. Over de toekomst spraken we nooit. Met geen woord. Niet meer. Toen ik klein was had ze me ik weet niet hoe vaak haar in zinderend zonlicht gedrenkte visioen voorgespiegeld: ze zou net zo lang sparen tot ze in Spanje een huis met zwembad kon kopen en daar zouden wij met zijn tweetjes nog lang en gelukkig leven. In bikini. Maar voor dat toekomstbeeld kon ik niet meer warmlopen, al had ze het geld op de bank gehad. De laatste periode van haar leven trok ik me geleidelijk terug in een hoekje van waaruit ik met onbarmhartige blik, misschien wel die van mijn grootmoeder, haar observeerde. Haar vulgaire kleren, haar doortrapte en onuitroeibare vleierijen waarmee ze Jur inpalmde. Haar holle, uitgebluste blik als ze 's avonds laat thuiskwam en in het casino weer een weekomzet had achtergelaten. Ja, het was voorbij en wij voelden het beiden. Op haar achttiende jaar was háár grootste angst geweest uit huis gezet te worden; de mijne was er te moeten blijven. Ik kon niet wachten, op eigen benen staan, een studiebeurs, een kamer, weg. Op de dag dat ik eindelijk over mijn lippen kreeg dat ik na de zomer uit huis zou gaan en al een kamergenoot, een meisje uit mijn klas, had gevonden, draaide ze geheel volgens verwachting door. 'Moet ik op mijn knieën voor je gaan? Is dat het? Wil je dat ik je smeek te blijven? Dat ik sorry zeg voor dat je moeder een hoer is, dat ze niet een moeder is zoals die van je klasgenoten, een fatsoenlijke vrouw die boeken leest en over politiek kan meepraten? Ben je daarop uit, dat ik me verneder? Nu ik rimpels krijg en mijn tieten gaan hangen, doe jij er nog een schepje bovenop. Ga je gang maar, hoor. Ik heb niets te verliezen, zeg het maar, wil je dat ik me mijn haren uittrek? Wat moet ik doen?' Achteraf denk ik dat ze zo aan mij hechtte omdat ik het enige familielid in haar leven was. Het kan in ieder geval niet geweest zijn omdat we het zo goed met elkaar konden vinden.

Over Stefan, haar beschermengel, heeft ze me nooit iets verteld, wel over mijn vader, en aan hem moet ik denken terwijl ik terugloop naar de auto. Hij had haar leven gered, beweerde ze ooit. Haar woorden nemen met terugwerkende kracht een andere betekenis aan dan ik er altijd in heb vermoed. 'Hij was een egoïstische gore klootzak, maar wel een egoïstische gore klootzak die mijn leven heeft gered,' zei ze. Heeft hij toch nog iets goed gedaan.

Ik start de wagen, maar rijd nog niet weg. Waarom moest mijn oma zo nodig de scherprechter uithangen? vraag ik me af. Was het nou echt zo moeilijk geweest om haar die tweede keer binnen te laten? Ze hoefde alleen maar een beetje minder rechtlijnig en hardvochtig te zijn. Als ze de deur nog een keer voor haar dochter had opengedaan, was mijn moeder niet bij Benno ingestapt. Voor zijn troost, zijn bescherming, de magie van een in nevel gehuld avontuur: Amsterdam, sportauto, een vrij en roekeloos leven. Die betovering had slechts tijdelijk een gelukkiger, lichtvoetiger wezen van haar gemaakt, tot zij stuksloeg tegen het roodgekleurde raam, verstikt raakte onder anonieme mannenlijven. Of heb ik het mis? Stond het al vast, ongeacht de stand van het nachtslot, dat ze de benen met de een of andere geslepen, ordinaire uitslover zou nemen, Saskia, de jongenslel uit de Schoolstraat? Was het slechts een kwestie van tijd geweest?

De bel van de spoorwegovergang begint te rinkelen en het glazen oog knippert vuurrood, terwijl de slagbomen dalen. Ik stuur mijn auto van het zandpad af en rijd tot de streep. Achter mij stopt een bestelbus. De bovenleidingen trillen met een zacht tikkend geluid in de lucht. Hij kan ieder moment komen, de trein naar Zwolle. Wij gingen naar Zandvoort, samen, toen het nog goed tussen ons was, zo rond mijn twaalfde. Naast elkaar op de bank in de trein, een rieten tas met spullen tussen ons in. Het was prachtig weer en ze haalde me ertoe over om die dag niet naar school te gaan. Achter het glas lagen we op gehuurde stoelen, we bestelden uitsmijters met ham en cola met ijs en een schijfje citroen erin. We namen een duik in zee en zij zwom zo ver weg dat ik me zorgen maakte en pas weer kalmeerde toen ik zag dat ze terugkeerde. We droogden ons af en smeerden elkaars rug in met zonnebrandcrème. Zij rookte verzaligd en met gesloten ogen een Marlboro en ik staarde door het glas naar het gladde, brede strand dat overging in een kronkelende vloedlijn en de choreografie van de meeuwen boven de schuimende golven, waarin ik haar had zien wegzwemmen. Ze vertelde een grappig verhaal over haar jeugd, de keer dat zij met haar vriendinnetjes had gespijbeld, en ze fantaseerde hardop over het huis in Spanje en de palmbomen en hoe wij in rokjes en op blote voeten gekleurde drankjes aan ons eigen zwembad dronken bij het vallen van de avond. In stilte fantaseerde ik met haar mee.

17

Jur heeft een tafeltje helemaal achter in het restaurant uitgekozen. De zaak ademt de sfeer van een brasserie in het Quartier Latin, maar maakt toch echt deel uit van een groot vijfsterrenhotel op een landgoed met een lange oprijlaan, midden in de bossen van Garderen. Zodra hij me ziet, staat hij op van zijn plaats en trekt een stoel voor mij naar achteren. Hij draagt een lichtblauw zomerkostuum met een donkergroene zijden das, en maakt de indruk dat het hem goed gaat. Als hij vraagt wat ik wil drinken, zeg ik snel: een witte wijn. In de hoop dat hij niet zal vragen wat voor wijn, voeg ik eraan toe: 'Doe maar dezelfde als jij.' Hij bestelt een fles chablis en legt zijn grote, vlezige handen op tafel. Ik kijk naar de trouwring aan zijn linkerwijsvinger, een bewijs van gelofte aan zijn tweede vrouw, of derde, dat weet ik niet. Hij is in ieder geval gescheiden van de moeder van de tweeling, want dat liet hij zich ontvallen tijdens ons telefoongesprek toen ik hem om een afspraak vroeg.

'Het is me vroeger eigenlijk nooit zo opgevallen,' zegt hij als de ober onze wijn heeft ingeschonken, 'maar je lijkt op haar, dezelfde mond. Hoe oud ben je nu?'

'Achtendertig.'

'Dat is ongeveer net zo oud als toen zij...'

'Op twee maanden na.'

'We kenden elkaar al sinds de lagere school. Toen ik hoorde van de moord, was ik helemaal kapot, maar, je begrijpt, er was niemand met wie ik erover kon praten.' Zijn stem wordt zacht en intiem. 'Als iemand waar je om geeft plotseling sterft is dat altijd een klap. Maar in haar geval, door die afschuwelijke omstandigheden, wist ik echt niet meer waar ik het zoeken moest.'

'Ze kon je in ieder geval niet meer chanteren.'

Hij wil net een slok nemen, maar het glas daalt weer af naar de tafel. 'Ach, dat was bluf. Zo was ze nu eenmaal. Ik ben de dag na de begrafenis naar het kerkhof gegaan om een bloemetje op haar graf te leggen.'

'Weet je nog wanneer je haar voor het laatst hebt gezien?'

'Dat moet geweest zijn toen we gedonder kregen en zij de makkelijkste weg koos door het uit te maken. Twee weken voor haar dood.'

'Vanwege dat gedoe met de hypotheek.'

'Je bent goed op de hoogte.'

'Ik doe mijn best. Je hebt haar op de avond van haar dood toch ook nog gezien?'

'Eh, ja, wacht, dat klopt. Aan het begin van de avond. Ze zat verdomme weer achter het raam. Zodra ze me in de gaten kreeg, trok ze het gordijn met een ruk dicht en daarna weigerde ze voor me open te doen. Ik heb staan kloppen en bellen en smeken, maar ze hield zich stil. Ik heb haar dus niet gesproken.' Hij neemt een slok van zijn wijn en kijkt op zijn hoede, lijkt het, langs mij de zaak in, waar naderende stemmen en het geschuif van stoelen klinken. 'In die tijd reed ik iedere week, soms twee keer, naar die drukke, vieze rotstad. Als ik het vandaag moest doen, zou mijn maag zich omdraaien, terwijl het er nu een stuk beter gesteld is dan toen. Hoewel ik heb begrepen dat je tegenwoordig in die buurt helemaal niet meer mag parkeren. Achteraf begrijp ik niet dat ik het zo lang vol heb gehouden.'

'Dat moet de liefde geweest zijn.'

Eerlijke prostitutie, al wat die beoogt, is niet liefde maar geld. Dat weet ik en hij weet het nog beter. Met een bink lag het alleen iets gecompliceerder. Dan raakte de formele, puur zakelijke dienstverlening op de achtergrond, en werd een persoonlijker spel van liefde en intimiteit opgevoerd. Over geld, de enige, echte drijfveer van die hele handel in vluchtig genot, moest juist worden gezwegen.

Ik herinner me ze niet allemaal meer, maar ik schat dat mijn moeder in de tijd dat ik bij haar woonde vijf binken, buiten Jur, heeft versleten. Er was een slanke man in een uniform, een piloot bij de KLM, die op kousenvoeten én met gezaghebbende pet op het hoofd de trap op kwam. 's Ochtends al heel vroeg stond hij als eerste op, schoor zich met kaarsrechte rug bij de spiegel, stak zich in zijn uniform, en perste in de keuken sinaasappels uit. Voor ik naar school ging stond er een met een schoteltje afgedekt glas voor mij klaar en de keer dat er geen brood in huis was, gaf hij me uit eigen zak geld mee om bij de bakker iets lekkers te kopen. Soms maakte ze een reisje naar het buitenland met hem en dan was ik drie, vier dagen helemaal alleen thuis, als de bewoner van een verlaten dorp. De eerste nacht raakte ik in paniek en huilde in mijn bed, de tweede ook nog. Maar tegen de tijd dat ze weer thuiskwam, ik haar de sleutel in het slot hoorde steken, nog voor ze beneden uit haar schoenen was gestapt, kwam er een onverklaarbare, maar zelfbewuste moed over me. Ik wist dat ik maar van één persoon op aan kon en dat was ikzelf.

Zijn opvolger was een grote, luidruchtige vent, die volgens mijn moeder als twee druppels water op de acteur Burt Reynolds leek, met zijn parelende tanden en zwarte snor. Ze bezochten samen regelmatig een nachtclub op het Rembrandtplein. Tegen de ochtend kwamen ze lachend en luid pratend thuis en hielden me daarna nog uren met gekreun en gesmeek van mijn moeder wakker. Op de extase volgde de malaise, van iemand die slecht tegen alcohol kon. In een emmer naast haar bed gaf ze over en tussen de golven door kermde ze dat ze doodging en nooit meer een druppel zou drinken. Gebroken stond ik de volgende ochtend onder de douche toen hij de badkamer binnenglipte. Naakt op zijn zwarte slip na. Met een schild van woest, donker haar op zijn brede borst. Ik was veertien jaar oud, sloeg mijn ene hand voor mijn borsten en de andere voor mijn schaamstreek. Wat hem er niet van weerhield om me te vragen of hij even bij me zou komen staan om mijn rug te wassen. Op hem moet mijn moeder wel zeer gesteld zijn geweest, verliefd, durf ik wel te stellen. Zelfs nadat ik haar verteld had wat er was gebeurd, bleef hij gewoon komen. Hayo was minder toegeeflijk. Met een schaar kerfde hij de letters S-C-H-O-F in de motorkap van Burts rode BMW-coupé die op de Oudezijds geparkeerd stond. Van de T was het niet gekomen omdat er twee agenten naderden. Onverwacht ging het toch uit, overigens niet, wat ik veronderstelde en meer nog hoopte, vanwege zijn vunzige avances, nee, er speelde iets anders. Hij bleek nog geraffineerder dan zijzelf en hield buiten het nestje van mijn moeder er nog twee andere op freelancebasis warm. Net als Jur kwam hij nog voor een laatste keer langs. Om de dure fles aftershave op te halen die mijn moeder hem net vóór de onthulling van zijn bedrog cadeau had gedaan. Volgens Pierre de kapper was S-C-H-O-F de enige bink geweest waar mijn moeder geld bij ingeschoten had.

In die zin vormde hij de uitzondering op de regel, want per definitie waren het toch de binken die, je zou het hun lot of hun roeping kunnen noemen, zich lieten gebruiken. De stomste hoer blijkt nog altijd een stuk slimmer dan de intelligentste bink. Als op de schilderijen van Jan Steen. De vrouwen gis en verleidelijk, de mannen benevelde sukkels die zich laten beetnemen. Liefde, doortraptheid, geilheid.

Jur herinner ik me het duidelijkst van allen. Soms haalde hij alle schoenen van beneden en plaatste ze op een uitgespreide krant, waarna hij ze vol overgave eerst schoonmaakte, vervolgens inwreef met schoensmeer en ten slotte borstelde tot ze blonken.

'Als je moeder het een beetje verstandiger had aangepakt,' zegt hij als we aan het voorgerecht beginnen, 'dan had ze haar huis afbetaald en het raam voor de rest van haar leven verhuurd. Met wat ondersteuning van mij had ze nooit meer hoeven werken. De overwaarde van het pand had haar bovendien een aardig pensioentje opgeleverd.'

Wat dat betreft hadden we in die periode een gemeenschappelijk belang, Jur en ik, we keken er beiden naar uit dat ze zich uit het rosse kamertje terugtrok. Soms had het daar ook de schijn van. Dan nam ze een meisje onder haar hoede, leidde haar op, nam haar mee naar de kapper en stak haar in de juiste werkkleding. Met sommigen van hen ging ze, ook buiten werkuren, heel vriendschappelijk om. Tot avondjes stappen aan toe. Je kon er echter op wachten dat die zeepbel van toegenegen adoptie uiteenspatte. Vaak door een conflict over geld. Gedaan was het met zowel de innigheid als het dienstverband. En dan posteerde ze zichzelf weer in het kuipstoeltje achter het raam.

'Het kwam door het gokken,' zegt Jur. 'In het begin ging ik nog met haar mee, tot ik doorkreeg dat het meer was dan een gezellig avondje uit. Ik probeerde haar er weg te houden, maar ze was al verder heen dan ik dacht. Keer op keer bezwoer ze me dat ze was gestopt, maar een paar weken later bleek ze een nog grotere schuld te hebben opgebouwd. Als ze bij het ene casino geweigerd werd, zorgde ze wel dat ze bij een ander binnenkwam. Ze vond altijd wel weer iemand die haar mee naar binnen nam.'

'Waarom wilde je haar eigenlijk nog zien?'

'Ik wilde nog één keer met haar praten.'

'Praten?'

Hij kijkt me aan. Ik vermoed dat we elkaar begrijpen. 'Er is maar één vrouw van wie ik echt helemaal blind ben geweest, en dat is je moeder. Niet dat ze het waard was, maar ik kon gewoon niet anders.'

Ik mag me hem dan als een aardige vent herinneren, hij was natuurlijk ook een bedrieger, een leugenaar die er een dubbelleven op na hield. Nog één keer. Ik weet waarvoor hij die avond terug is gekomen. Boven de heup was hij een beminnelijke, beleefde man, die stapelverliefd op mijn moeder was, haar hoffelijk, charmant behandelde, op zijn Puttens, dat wel, met gerookte paling. Hij nam haar mee naar exclusieve restaurants en Holiday on Ice, bracht haar iedere week trouw rode rozen, maar uiteindelijk was het hem te doen om wat zich onder de heup afspeelde. Nog één keer.

'Achteraf beschouw ik het als een soort verslaving.'

Waarom zou ze hem die laatste keer onthouden hebben? Zo moeilijk kan het toch niet zijn geweest voor haar, met die bijna bewonderenswaardige zelfverzekerdheid en erotische capaciteit, zonder schaamte over haar lichaam, al helemaal niet als met de inzet daarvan geldelijk gewin te behalen viel.

'Weet je zeker dat je haar niet gesproken hebt?'

'Hoe bedoel je?'

'Ik hoorde van Pat dat je die avond flink gedronken had. Misschien ben je het vergeten.'

Over de tafel heen ruik ik zijn aftershave en ineens herinner ik me de geur die ik op die avond in huis opsnoof. Zo graag wil ik dat hij en niet Hayo het was, de onbekende achter de deur van mijn moeders slaapkamer?

'Wilde je me daarom spreken, om van me te horen dat ik op die avond bij je moeder binnen ben geweest?'

'Om te luisteren naar wat je weet, echt weet.'

'Dat heb ik je net verteld.'

Zijn weifelende glimlach rust op me, precies zoals vroeger op mijn moeder, bedelend, als een kat die kopjes geeft en je smeekt om hem op schoot te nemen. Ik kijk naar zijn grote handen. Die glimlach, dat slappe toegeeflijke mondje, ik mag me er niet door laten misleiden. In zijn leven moest altijd zoveel verzwegen worden, daar kan dit ook nog wel bij.

Het hoofdgerecht, we hebben beiden vis besteld, wordt

geserveerd. 'Je bent in het hotel van Mathilde blijven slapen,' zeg ik.

'Terug naar huis rijden zou onverantwoord geweest zijn. Ik besloot voor een nacht een kamer te huren.'

Achter ons klinkt een schorre, geagiteerde stem, die zijn aandacht trekt. Ik kijk over mijn schouder. Aan een tafeltje zit een opgetut echtpaar van mijn leeftijd met een chagrijnige bejaarde man in een slobberend, ouderwets krijtstreepkostuum.

'Gijsbers, voormalig wethouder van Putten.' Hij fluistert en leunt voorover. 'De man is een beetje doof.'

Gijsbers? Ik bestudeer het gezicht van de jongere man, dat groot is en bezaaid met sproeten. Verdorie, daar zul je hem hebben, Niek Gijsbers, de pestkop die me in het bos op zijn fiets achtervolgde. *Zal ik het zeggen?* De oude wethouder tegenover hem, zijn grootvader ongetwijfeld, verheft opnieuw zijn stem, een onvriendelijk, dictatoriaal, ja, pesterig, geluid. Hij heeft een gehoorapparaat in, misschien is hij boos, niet omdat hij niet goed kan horen, maar omdat de rest van de mensheid niet hard genoeg spreekt. *Zeg het dan, Daan! En een beetje luid en duidelijk graag, anders kan die ouwe het niet verstaan.*

'Ik moet maar een paar uur geslapen hebben die nacht,' vervolgt Jur, 'want ik herinner me dat ik 's ochtends heel vroeg naar huis ben gereden. Het raam van mijn auto was ingeslagen. Ik had vergeten de cassettespeler eruit te halen. Ik moest het raam dichtplakken met een vuilniszak en plakband. Heeft Sharif me nog bij geholpen, dat was een fijne vent. Die vuilniszak was er voor de afslag Muiden al af, maar ik reed gewoon door. Het was niet koud die dag.'

'Dus nadat Pat was vertrokken ben jij naar boven naar je kamer gegaan.'

'Klopt.' Kennelijk trilt zijn telefoon, want hij diept hem op uit de binnenzak van zijn colbert en tuurt met een diepe frons even op het scherm en legt het toestel op tafel. 'Misschien, ik weet het niet zeker, ik was ver heen, die avond, het kan ook ervoor zijn geweest, maar misschien dat ik toch nog een keer ben gaan kijken nadat Pat vertrokken was. Zodra ik uit Schagen stapte, hoorde ik schuin aan de overkant uit jullie huis een stem komen. Geschreeuw, leek het.'

'Mijn moeder?'

Hij schudt zijn hoofd. 'Toen ik dichterbij kwam zag ik dat de deur openstond. Een vent, met zijn rug naar me toe, riep iets naar binnen. Ik dacht een klant die ruzie met je moeder maakte. Dus ik liep erheen en vroeg wat hij moest met dat geschreeuw. Hij draaide zich om en gooide de deur met een klap achter hem dicht en als ik niet een stapje opzij had gedaan was hij dwars door me heen gelopen.'

'Kende je hem?'

Hij knikt.

'Wie?'

'Wil je het echt weten? Hayo.'

Ik voel hoe alle energie in me wegloopt, als de lucht uit een ballon, maar ik geef me nog niet gewonnen. 'Ben jij,' vraag ik en ik hoor mezelf hijgen, 'ben jij daarna zelf nog binnen geweest? Je stond voor de deur, zeg je.'

'Die was dicht.'

'Misschien deed ze open. Toen wel.'

'Je bent wel een doordouwer, moet ik zeggen. Nee, het spijt me dat ik je moet teleurstellen. Ik ben terug naar Schagen gelopen. De zaak was op Mathilde en Hayo na leeg. Ik vroeg hem wat dat was bij je moeder. Ik kreeg een grote bek terug, maar Mathilde had gehoord wat ik zei en dat maakte haar des duivels, niet op mij, maar op hem. Ze kafferde hem uit, schreeuwde tegen hem dat hij daar niets te zoeken had. Hij tierde nog harder terug dat hij dat zelf wel uitmaakte. Ik stond er nog enige tijd bij en wilde net aan de bar gaan zitten, toen ik die blik van Mathilde kreeg. Je weet wel hoe ze kon kijken als ze in zo'n bui was. "En jij krijgt geen druppel meer," beet ze me toe. "Ga naar boven, ik wil die kop van jou niet meer voor morgenochtend zien." En daar ging ik.'

'Waarom had Hayo ruzie met mijn moeder, denk je?'

'Geen idee, en ik paste ervoor om nog iets te vragen. Het was jouw vriendje, maar ik vond hem altijd al een brutale, agressieve jongen. Ik vertrouwde hem niet, ook niet wat jou betreft, volgens mij ging hij vreemd bij het leven. Sorry dat ik het zeg.'

Ik slaak een diepe zucht, het laatste beetje lucht uit de ballon. Dat Hayo vreemdging toen we nog met elkaar omgingen, doet me nog maar weinig. Ik wist het destijds al, niet dat hij dermate ontrouw was als Jur suggereert, maar mijn conclusies had ik al getrokken. Misschien verwachtte ik ook wel niet anders, gezien mijn jeugd waarin zo'n beetje iedere man een hoerenloper leek te zijn. Tijdens de jaren die ik in *Het lichamelijk kapitaal* heb beschreven, voelde ik, een enkele uitzondering daargelaten, niets wat ook maar in de buurt kwam van romantische verliefdheid voor de mannen door wie ik me liet oppikken. Alsof dat, juist het sentimentele aspect, geen rol mocht spelen. Pas toen ik Willem ontmoette ontdekte ik andere gevoelens die in mij sluimerden. Misschien omdat Willem intuïtief begreep wat er speelde en toegewijd, of nieuwsgierig, genoeg was om mij met geduld op weg te helpen. Sommige mensen ontfermen zich over wat zichzelf afgedankt heeft. Door hem vond ik toch nog mijn geloof in 'de' man. Of hervond ik het, moet ik zeggen, want anders zou ik mijn opa tekortdoen.

Op de parkeerplaats nemen Jur en ik afscheid met drie kussen op de wang. Weer dat geurtje. Ik bedank hem voor het gesprek en het diner. Hij vraagt me vriendelijk om hem in mijn boek buiten beeld te houden. Niemand, zegt hij, helemaal niemand heeft het ooit geweten. Dan rijdt hij weg in zijn Tesla, geluidloos, stiekem bijna, geheel in stijl. Ik wacht nog even met instappen en loop een stukje over het landgoed, langs de rand van het bos. Het is een mooie avond met sterren. In de verte klinkt de roep van een uil. Ook Hayo stond op een laatste keer, althans zo voelt het zoveel jaar later. Ik had omzichtig aangekondigd dat ik 'misschien' met mijn vrienden van school op vakantie zou gaan en dat we elkaar daarna, als ik ging studeren, wat minder vaak zouden zien. Natuurlijk begreep hij wat dat betekende. Het was in de kelder, op de bank naast de lege kratten en de biervaten en koolzuurflessen. Op de plek waar we de verkenningen van de sensualiteit begonnen waren. Ik liet hem begaan, ook al had ik er zelf geen zin in. Voor het eerst moest ik mijn best doen om niet te huiveren toen zijn handen over mijn lichaam gleden. De jongen en het meisje op de brommer waren er niet meer. Die waren onvindbaar verdwenen in de verte.

Beste mevrouw Anne Lieftinck,
Bedankt voor uw brief. In navolging van u richt ik me in de u-vorm tot u, ook al waren we in onze jongere jaren buren. Na uw bezoek en het doornemen van de vragen die u voor mij bij mijn moeder achterliet, heb ik u diezelfde avond een brief van vijftien kantjes geschreven. Zoals u gemerkt heeft, heb ik die niet verstuurd. Toen ik klaar was, vroeg ik mezelf af of ik soms gek was geworden. Waarom zou ik me voor u binnenstebuiten keren? Waarom zou ik een verklaring voor u opstellen? Nog net op tijd doorzag ik mijn kinderlijke verlangen om me te verschonen. Ik begreep dat ik me door mijn brief in uw ogen alleen maar nog ongeloofwaardiger, nog belachelijker zou maken. U schrijft dat u het nog een keer probeert. Niet langs de omweg via de directeur, maar dit keer rechtstreeks. Omdat u hoopt op antwoorden, ik citeer: 'echte, directe antwoorden'. In een persoonlijk gesprek. U en ik. Een ontmoeting waarbij we elkaar van min of meer gelijke hoogte bekijken, veronderstel ik, en niet schuin omlaag of omhoog, zoals we dat vroeger vanachter het glas van onze kamertjes deden. Hoe had u het zich voorgesteld? Een afspraak ergens in een openbare ruimte, een café, een stationsrestauratie, of misschien hier bij mij

thuis. U gewapend met een pen en een notitieboekje, en ik braaf antwoord gevend op al uw vragen. Zoiets?

Nog een vraag. Waarom veronderstelt u dat ik daaraan mee zou willen werken? Wat levert het mij op? Of gaat u ervan uit dat ik behoefte heb om mijn hart te luchten, juist bij u? Zoals in die tv-programma's, meestal Amerikaanse producties. De moordenaar wordt in de gevangenis opgezocht door het slachtoffer of een nabestaande. Met aan het eind van het gesprek berouw, vergiffenis en de in tranen gedrenkte catharsis. Gevolgd door reclame voor pindakaas.

Staat dat u voor ogen? In uw brief stelt u dat u er recht op heeft. Recht op antwoord. Na al die jaren. Ik vermoed dat u niet alleen letterlijk maar ook figuurlijk verhaal wil halen. Als dochter en schrijfster, maar misschien nog het meest als deurwaarder. Van het incassobureau van de achterstallige excuses. Ik heb geen hoger beroep aangetekend, zoals u weet. Overigens zeer tegen de zin van mijn advocate. Ze was pro Deo toegevoegd, jong en onervaren. Veel heeft ze niet kunnen betekenen. Dat neem ik haar niet kwalijk. Aan mij had ze ook niet veel. Ze smeekte me bijna om in hoger beroep te gaan, omdat ze in al haar onbekwaamheid aanvoelde dat er nog een heel verhaal niet verteld was. Maar, zoals gezegd, daar heb ik voor bedankt en een straf van negen jaar geaccepteerd. Daar ging een deel af voor goed gedrag, mijn specialiteit. Kortom, ik heb mijn straf uitgezeten en nu is het míjn recht om niet op uw verzoek in te gaan. Om misverstanden te voorkomen, ik beklaag me niet over mijn jaren in opsluiting. U zou door het bovenstaande die indruk kunnen krijgen, maar dat is dan ten onrechte. Het klinkt paradoxaal, misschien wel ongeloofwaardig, maar pas nadat ik in de gevangenis belandde en onder behandeling van een bekwaam en geduldig psychiater mijn angsten leerde te overwinnen, raakte ik bevrijd. Verlost van alle druk over wat ik met mijn leven aan moest en van alle moeizame relaties, met mijn moeder en met vrouwen in het algemeen. Pas in dit isolement kon ik het doel van mijn leven, namelijk tekenen en schilderen, beter dan ooit nastreven. Er waren mensen die mij verder hielpen, die zijn er tot op de dag van vandaag nog steeds, en me op bepaalde boeken wezen. Over kunst, biologie, psychologie, geschiedenis en filosofie. Over verre landen en volkeren. Gedichtenbundels ook. Gelooft u me op mijn woord: ik heb niets gemist doordat ik opgesloten zat. Integendeel.

Toen ik uit de gevangenis kwam, bleek mijn moeder al mijn dagboeken bewaard te hebben. Niet meteen de eerste week dat ik op vrije voeten was, maar na enige tijd begon ik ze te lezen. Hoe confronterend en ziekmakend dat proces ook was, ik heb geen pagina overgeslagen. Met terugwerkende kracht zag ik hoe naïef en klein ik altijd ben geweest. Hoe gevoelig ik was voor de invloed van een slechte man en hoe ik een vrouw had begeerd die mij in geen enkel opzicht serieus nam. Eerlijk gezegd deed ze dat niet eens ten onrechte. Zij kende het leven en de wereld. Zij was mooi. Wie was ik nu helemaal? Een onbenul die 's ochtends havermoutpap at en nog bij zijn moeder woonde. Tijdens het lezen deed ik nog een ontdekking. Ieder woord dat ik had opgeschreven, was 'echt', zoals u het noemt. Waarachtiger en eerlijker dan alles wat ik u in een persoonlijk gesprek kan vertellen. U schrijft dat u van mij iets anders verwacht dan wat 'lastig te duiden aantekeningen in potlood', maar meer zult u niet krijgen. Dit is het beste wat ik voor u heb. U moet het ermee doen. Ik ben niet naar u gekomen. U naar mij. U vraagt. Ik bepaal. Bevalt het gebodene u niet, dan scheurt u het maar door. Als u dat al niet gedaan heeft.

Zoals u uit deze brief inmiddels begrepen zult hebben, heeft uw onverwachte toenadering me in eerste instantie ontregeld, eerlijk gezegd tot razernij gedreven. Maar misschien moet ik u danken omdat u het stilzwijgen heeft verbroken. Niet langer hoef ik weerstand te bieden aan wat me al zo lang dwarszit. Nu is er eindelijk een aanleiding om het te uiten. U heeft vragen, maar, geloof me, ik heb ze ook. Want in mijn dromen kan ik hem horen lachen, de moordenaar.

Met vriendelijke groet,

Johan de Haan

PS

Bijgesloten treft u het mapje met het vel met vragen aan dat u bij mijn moeder achterliet. Ik heb het niet nodig. Ik stuur het u terug. Inclusief een afgescheurd stuk envelop van uw uitgeverij, met daarop, behalve uw naam en adres, een notitie van uw hand, neem ik aan, met de vertrektijd en het perron van de trein van Amsterdam Centraal naar Lelystad. Dit stuk envelop zat achter het vragenvel in het mapje dat ik van u ontving. Ik hoop dat daarmee uw vraag hoe ik aan uw adres ben gekomen afdoende is beantwoord.

18

Spinnoza en ik kijken naar kattenfilmpjes op mijn nieuwe telefoon, een beetje lang, een beetje erg lang. Een tot mislukken gedoemde poging – van mij, in Spinnoza's universum komt falen niet voor – om de dagelijkse aanvaring met mijn e-mails te verdagen. Ach, die berichten lopen niet weg. Althans, niet die waarvan je dat graag zou zien. Juist zulke berichten hebben zelfs de neiging steeds weer terug te keren, ook nadat je ze op de digitale schroothoop hebt gedumpt. Nog een laatste filmpje: twee 'pratende' katten bij een goudvissenkom. Dan is het zover, we gaan over tot de orde van de dag, en ik schrok ze naar binnen als sardientjes, de berichten van de afgelopen veertien uur. Een hele reeks ongevraagde aanprijzingen, van datingsites voor hoogopgeleide vreemdgangers, pizza's met bulktopping, de laatste iPhone, heb ik al, en sandalettes van leer in de twaalf maanden per jaar bestrijkende *mid season sale*, ga ik over nadenken. Een uitnodiging voor de zomerborrel van mijn uitgever, zou ik moeten doen, en dan, ik wist het, Jens, bovenste beste, lieve Jens, mijn stalker van de week, in drievoud, drie noodkreten van gelijke datum en portee: 'CONTACT!' Gisteren en eergisteren heeft hij, als onderdeel van zijn belegering, ook nog een aantal appjes op me afgevuurd. Om te vragen waar de eerste versie van mijn tekst blijft. Ik weet bij god niet wat ik moet antwoorden. Dat ik wel al een stuk heb geschreven (waar) maar dat het nog te weinig is (heel erg waar)? Ik kom gewoonweg niet verder, Jens. De laatste tijd heb ik van die rare aanvallen, moet je weten, ineens zweten, mijn hart dat tekeergaat, een soort paniek, denk ik. Al helemaal als ik me aan die rottekst voor jou zet en mezelf verbied om op te staan. Dan vliegen de muren op me af, je hebt geen idee, Jens.

Sinds mijn gesprek met Jur, nu twee weken geleden, zit ik klem. Tussen Jens – deadline – aan de ene kant en Hayo – onderwerp – aan de andere. Hayo ís bij haar binnen geweest, ik weet het nu zeker, en na zoveel jaren van twijfel en verdringing blokkeert die smerige, onontkoombare realiteit met terugwerkende kracht iedere zin die ik nog aan hem zou kunnen wijden. Ik overweeg om mijn opdracht terug te geven, maar daarmee breng ik Jens, die zijn artistieke nek voor mij heeft uitgestoken, in een lastig parket. Niet alleen hem, want ik zou het voorschot moeten terugstorten. Dat wordt lastig. Meer dan de helft ervan heb ik al uitgegeven, onder andere aan mijn nieuwe telefoon en aan een paar veel te dure schoenen in de webshop die me nu dagelijks mailt om me eraan te herinneren dat er nog best een schepje consumentisme bovenop kan.

De laatste e-mail is afkomstig van Jens' secretaresse, die me een bericht doorstuurt. Geschreven door een Vlaamse ex-journaliste, die vroeger met Hayo in het Midden-Oosten heeft gewerkt. Ze heeft zich op eigen initiatief bij het fotomuseum gemeld naar aanleiding van het nieuwsbericht over de tentoonstelling en de bijbehorende 'biografie', schrijft ze, maar dat woord is overdreven, en hetzelfde geldt trouwens voor haar gehele, tamelijk lange, hysterische tekst, eigenlijk een proeve van kwaadsprekerij, die vandaag bij mij harder aankomt dan hij onder andere omstandigheden gedaan zou hebben. Hayo, die in een vluchtelingenkamp in Afghanistan een jonge vrouw zwanger zou hebben gemaakt. Hayo, die in 2012 een medewerker van Artsen zonder Grenzen mishandeld zou hebben. Ik vermoed een persoonlijk motief achter deze beschuldigingen, want aan het eind van haar mail laat de Vlaamse zich ontvallen dat ze een korte relatie met Hayo heeft gehad. Een terzijde, bedoeld om haar geloofwaardigheid als bron te staven, maar voor mij een lichtpuntje, een kans om haar onthullingen als die van een gefrustreerde ex te relativeren.

Als ik mijn computer afsluit en Spinnoza van mijn schoot afspringt, laat hij een zilvergrijze donslaag op mijn trainingsbroek achter. Vroeger klaagde mijn moeder altijd als ik op het platje met mijn katten in de weer was geweest dat die haren er in de was niet meer af gingen. Ik trek een jurkje en mijn nieuwe open schoenen aan.

Beneden op straat wacht me de stad, waar de zon, die hier vaak zo gemist wordt, vandaag een vooraanstaande rol speelt. Op mijn fiets rijd ik vanaf de Amstelveenseweg het Vondelpark in. Het heeft 's nachts geregend, waardoor de grasvelden er fris en vol uitzien. Vandaag is het raak bij het hek van de tennisclub.

'Jij hier?' zegt hij.

'Tennis je, Lucas?'

'Nee, ik heb net Lizzy naar les gebracht. Daar staat ze, op

de achterste baan, die spriet met die roze haarband.'

Zijn dochter is gehuld in een wit tennispakje. Ze heeft lang blond haar. Van de foto bij Mathilde thuis weet ik dat ze een knap gezicht heeft. Met nog enkele andere leeftijdgenoten kijkt ze aandachtig, plechtig bijna, naar de leraar die als een pantomimespeler in slow motion een backhand voordoet.

'Ze is eigenlijk niet zo sportief, maar een meisje van haar klas ging op tennis en ik heb haar aangemoedigd om zich ook in te schrijven. Ze zit op de internationale school. De leerlingen gaan buiten de lesuren niet of nauwelijks met elkaar om. Andere kinderen kent ze niet. Nog niet.'

'Hoe bevalt het je trouwens om na al die jaren weer terug te zijn?'

'Net als Lizzy moest ook ik wennen. Maar nu voelt het weer goed. Ik hou van Amsterdam, en ben blij dat ik hier weer woon.'

'Je hebt het anders lang volgehouden.'

'Tegenover jou ga ik niet over een moeilijke jeugd beginnen. Ik zou niet durven. Maar het komt er wel op neer dat ik er op een gegeven moment afstand van moest nemen. Van de buurt. Van de mensen. Van alles.' Zijn lichtblauwe ogen weerkaatsen het zonlicht in kleine vonkjes. Het is me vroeger nooit opgevallen dat hij knap was. De jaren hebben zijn hele voorkomen verfraaid en een onverklaarbare charme bij hem ontwikkeld. 'Ik was van plan je te bellen, maar ik dacht, jij wil toch alleen maar over Hayo praten.'

Ik heb nog een keer met Mathilde gesproken, toen ze me belde om me te bedanken voor het boekje. Bij die gelegenheid vertelde ze me, zonder dat ik ernaar informeerde, dat Lucas en Hayo na een hoogopgelopen ruzie nooit meer met elkaar hadden gesproken.

'Wat was je van plan te gaan doen?' vraag ik.

'Nu?'

'Over de rest van je leven kunnen we het later nog hebben.'

'Ik wilde op een terrasje iets gaan drinken of een wandelingetje door het park maken. Over anderhalf uur moet ik de meiden weer ophalen.'

Ik stel voor om samen een stukje door het park te wandelen. 'En je fiets?' vraagt hij.

'Hoe bedoel je?' Ik zet mijn fiets tegen het hek op slot en stop de sleutel in mijn tas. 'Zo moeilijk is het.'

'Ik neem me iedere keer weer voor om te fietsen,' zegt hij, 'maar het komt er steeds maar niet van. In Thailand fietste je nooit. Eerlijk gezegd was ik vroeger in Nederland er ook niet zo'n fan van.'

'Niet stoer genoeg voor een jongen uit de buurt.'

'Dat zal het zijn geweest.'

We passeren de heerlijk duffe muziektent, die teruggetrokken op een cirkelvormig eiland in een van de vijvers staat te wachten op het volgende grote onderhoud. Domein van eenden en meerkoeten die zich in de zon koesteren. Aan de andere kant van het water, met hun gezicht naar de muziektent, zitten stelletjes, hun armen om elkaars middel geslagen. Op het grote grasveld is een verjaardagspartijtje met meisjes, die hand in hand als slagroomtaartjes in hun witte jurkjes om de jarige heen cirkelen. Hoge, eeuwenoude bomen. Halsbandparkieten die in het hete licht schaterend boven onze hoofden zeilen.

'Wat moest je juist in Thailand?'

'Daar belandde ik al vrij snel en het beviel me goed. De zee, het weer, de mensen, het eten, het hele leven. Daarbij was het een roteind weg. Van de Nieuwebrugsteeg, van de junks, van mijn broer, ja, ook, misschien wel juist van mijn moeder. De laatste periode in Amsterdam voelde ik dat alles door mijn vingers glipte. Ik had geld verloren op de beurs, geen bedragen waar je tegenwoordig van zou schrikken, maar toen was het zo'n beetje alles wat ik had.'

Het schiet me weer te binnen, zijn metamorfose, ergens in de tweede helft van de jaren negentig. Op een dag had hij zijn lange haar laten knippen en liep hij in zijden hemden en kostuums met brede schoudervulling door de steeg. Hij was niet zomaar goedgekleed, maar echt strak en 'snel' zoals ze dat in die dagen noemden, een 'snelle jongen', double-breasted blazer, gladgeschoren, geen haartje verkeerd. Ik herkende hem nauwelijks die eerste keer. Tot dat moment had hij in jeans en T-shirts rond gelopen, of in rijbroek met laarzen, als hij naar het Amsterdamse Bos ging, waar hij een eigen, door Mathilde gefinancierd, springpaard had staan. Weer daarvoor, ongeveer in de tijd dat ik Hayo beter leerde kennen, speelde hij gitaar. Ik geloof dat ik eerder met de klanken van zijn snaren, die zich telkens in het geopende raam op tweehoog van Schagen herhaalden, heb kennisgemaakt dan met hemzelf. Klimmend en struikelend, steeds opnieuw, de voor hem te hoog gegrepen akkoorden van 'Roxanne'.

Van Hayo hoorde ik dat Lucas uitging in de Oblomow en

de Richter in de Reguliersdwarsstraat, en toen we een keer langsreden, zagen we hem aan de bar staan, met de mouwen van een tennistrui om zijn nek geknoopt en een margarita in zijn hand. Hij praatte en lachte met een lange, opgedirkte vrouw in een felrood, nauwsluitend broekpak, die een zeer volwassen, rijpe indruk maakte. Het leek alsof hij geoefend had in de juiste nonchalante manier van aan een marmeren bar staan, van een American Express-creditcard trekken, alles met het juiste gevoel voor stijl. Waarschijnlijk had hij het in zich opgenomen wanneer hij in die trendy cafés en clubs van rechte lijnen en witte vlakken rondhing. 'Die barbie is helemaal zijn type,' sneerde Hayo. Met mateloze verachting noemde hij zijn broer een schlemiel, terwijl we hem in het felle licht tussen de andere yuppen observeerden. Volgens Hayo was Lucas iemand die altijd de weg van de minste weerstand koos, fantasieloos op de golf van iedere volgende trend meesurfde. Maar Hayo had bijna nooit een goed woord voor zijn broer over. Lucas was zo anders dan hij. Om te beginnen was hij zes jaar ouder, wat in hun geval een enorm verschil maakte, omdat Lucas zelfs als puber er al de manieren van een volwassene op na hield, een soort ernst in zijn stem en gebaren.

'Je maakte in die tijd juist de indruk van de geslaagde man,' zeg ik.

'Dat was ook zo. Jammer genoeg maar heel even, net lang genoeg om te anticiperen op grootse tijden. Ik had een leuk bedrag op de paardenkoers gewonnen en toen dacht ik dat ik wel wist hoe het verder moest. Een misvatting. Daarna sloot ik mezelf de hele dag op in dat woninkje in De Pijp van mijn moeder. Waar ze zelf nooit kwam, omdat ze al hartkloppingen kreeg als ze het Damrak overstak. Ik lag het grootste deel van de dag op bed blaadjes over paardensport te lezen en video's te kijken. In haar ogen deed ik alles verkeerd. Waarschijnlijk had ze gelijk. Het was alsof de buurt ongemerkt in mijn DNA was gedrongen. Dat afgestompte, dat zwakke, waar ik altijd juist zo op neergekeken had.'

Dat herkende ik, die neergang. Ik had altijd aangenomen dat het een vrij langdurig, op zijn minst geleidelijk proces zou zijn, ten onder gaan, maar dat klopte niet. Voor de ogen van de andere eerstejaars, en van Jens en zijn ouders, veranderde ik van een door het noodlot getroffen meisje met brains en ambitie in een ongemotiveerde, slikkende en snuivende avonturierster – en dit alles binnen enkele maanden. Ik was in de greep van diezelfde wezenloosheid die ook ik in mijn jeugd vaak had gezien en afgekeurd, bij de junks op straat en de alcoholisten in het café van Mathilde. Het duidelijkst als ze nuchter waren, een lamlendige verstrooidheid, die ikzelf in die tijd als een tekortkoming zag, maar die ik met onvoorziene snelheid onder de knie had gekregen. Ik begon geld te lenen, kwam te laat op afspraken of helemaal niet opdagen, colleges verzuimde ik sowieso, en alle gaten van het dagelijks leven vulde ik met smoesjes.

'En toen kwam dat met je moeder er ook nog eens overheen.' Zijn stem klinkt nu zacht. 'Het was zo'n klap. Voor iedereen. Vanaf dat moment wist ik het zeker. Het komt door de buurt. Dit is geen plek om te leven. Ik kreeg gelijk. Zodra ik op reis ging, kon ik voor het eerst sinds tijden weer ademen. Mijn laatste dag in Amsterdam, ik had in het hotel geslapen en stapte 's ochtends heel vroeg met mijn rugzak de deur uit om naar Schiphol te gaan. Er stond een dronken Welshman voor het raam te pissen en toen ik vroeg of het niet ergens anders kon, zei hij: "All right mate" en piste over mijn schoenen. Dat was waarschijnlijk om me in te prenten waarom ik wegging.'

We lopen door het rosarium en om de grote weide heen en besluiten om op het terras van het Melkhuis, dat pal naast Festina ligt, nog iets te drinken. Binnen haalt hij voor ons beiden een saai flesje water zonder prik en een kartonnen bakje met nacho's. Om ons heen drinken de meeste mannen flesjes Mexicaans bier met een schijfje limoen erin. Hij zegt dat hij maar zelden alcohol drinkt, daar eigenlijk nooit zo de lol van heeft ingezien. We kijken uit op de stam van een majestueuze eik, waarvan je je afvraagt hoe hij op deze plek honderd jaar heeft weten te overleven. We hebben het over zijn moeder, over wie hij niet dan ironisch lijkt te kunnen spreken.

'Ze wil het niet toegeven, want fouten maken doet ze niet, en als ze er wel een heeft gemaakt, dan telt die niet, maar in haar hart zou ze het liefst weer in haar versleten ochtendjas voor het raam van haar café zitten.'

'Hayo heeft prachtige foto's van de zaak en de klanten gemaakt. Die zijn allemaal bewaard gebleven.'

'Ach, Hayo,' verzucht hij.

'Wat was dat eigenlijk tussen jullie? Ik heb het nooit goed begrepen.'

'Twee planeten. Komt in de beste families voor. Valt verder ook niets aan te begrijpen.'

Lucas, rustig, bedachtzaam. Hayo, doelgericht, impulsief en onverschrokken. Ik heb hem zelfs eens met een Surinaamse dealer met gouden tanden zien vechten – en winnen. Hayo had zich zeker niet over zijn schoenen laten pissen. Kort voor de moord op mijn moeder hadden ook zij gevochten, Hayo en Lucas. Hayo weigerde me te vertellen waarom hij zijn broer een blauw oog had geslagen. Misschien is de herinnering aan dat voorval wel de reden dat Lucas niet wil meewerken.

'Ik heb met je moeder lang zitten praten over hem. Er kwamen heel wat herinneringen boven.'

'Er is tussen jou en mij ook genoeg om over te praten, vermoed ik, maar ik zou het zonde van onze tijd vinden om die aan hem te besteden.'

Ik biecht aan hem op dat het schrijven van het verhaal over Hayo me grote moeite kost, en dat ik overweeg mijn opdracht terug te geven. Hij glimlacht en staart voor zich uit, waardoor het lijkt alsof hij er niet helemaal bij is met zijn gedachten. Omdat hij niet reageert en, meer nog, omdat ik het kwijt moet, vertel ik hem over wat ik op de avond van de moord gehoord en gezien heb, de stem, de handschoenen, en over mijn gesprek met Jur.

'Wat doe je jezelf aan? Waarom zoek je zo'n vent als Jur op? Aan dat verhaal van hem zou ik overigens niet veel waarde hechten. Als hij die avond zoveel gezopen heeft als jij denkt en hij zelf toegeeft, hoe zou hij het zich dan nog kunnen herinneren? Daarbij, volgens mij was Hayo er die dag niet eens. Hij had een of andere opdracht in Rotterdam, iets met Greenpeace.'

'Daarvan was hij 's avonds teruggekomen. Als het wel klopt wat Jur vertelt, dan is Hayo de laatste die bij haar is geweest.'

'Haal je geen rare dingen in je hoofd. Hayo was een klootzak, en misschien heeft hij jou niet correct behandeld, maar met de moord op je moeder heeft hij niets te maken.' Hij pakt mijn hand vast en kijkt me met een onverwachte bezorgdheid aan.

'Misschien had hij stiekem iets met haar,' zeg ik zacht.

'Denk je dat mijn moeder en ik het dan niet hadden geweten?' Hij zegt het zacht, bijna fluisterend. 'Anne, zet die idiote gedachten alsjeblieft van je af.'

Ik knik en sta op om naar de wc te gaan. In de aangrenzende speeltuin houden ouders toezicht op hun kinderen. Een moeder draait in de rondte en laat haar peuter door de lucht zwieren. Als ik terugloop, klinkt onverwacht de stem van mijn uitgever Bart, die in de schaduw met een stapeltje zaterdagkranten zit.

'Hoe gaat het met het boek?' vraagt hij.

'Ik zit nog midden in de research,' zeg ik.

'Leuke vent.' Hij knikt in de richting van Lucas.

'Iemand van vroeger,' zeg ik.

'Oude liefde roest niet.'

'Nee, nee.'

'Echt niet?'

'Ik had vroeger iets met zijn broer.'

'Neem hem mee naar de zomerborrel, misschien dat je dan wel durft?'

Voor ik kans zie om te reageren, pakt hij met even kokette als verontschuldigende gebaartjes zijn telefoon op. 'New York, moet ik even nemen.'

Zodra ik weer bij hem ga zitten, zegt Lucas alsof ik niet weg ben geweest: 'Je leeft toch van het schrijven?'

'Momenteel leef ik uitsluitend van mijn herinneringen,

ik verzuip er bijna in. En jij, wat voer jij uit sinds je terug bent?'

'Ik heb alles verkocht in Thailand, we hadden een guesthouse en wat vakantiehuisjes en een duikschool met een eigen boot en apparatuur. Een deel van het geld heb ik geherinvesteerd in aandelen.'

'Opnieuw?'

'Dit keer met kennis van zaken. Tot de volgende miskleun, natuurlijk.' Hij drinkt het laatste restje uit zijn flesje en zet het neer op tafel. 'Daarnaast ben ik bezig met een webshop, spullen uit China, krultangen, haarföhns, horloges, digitale fotolijsten, ik heb ook een robot die danst en liedjes van de Beatles zingt. Het begint een beetje te lopen. We zullen zien.' Zijn glimlach heeft iets zachts en hooghartigs tegelijk.

'Weet je,' zegt hij, 'ik ben zelf een weifelaar, al heel mijn leven, en liep meer dan eens weg wanneer het moeilijk werd, dus eigenlijk ben ik de laatste naar wie je moet luisteren. Maar mij lijkt dat je gewoon die tekst moet schrijven en stoppen met rare dingen denken.' Hij kijkt op zijn horloge en strekt zijn arm uit om het me van dichtbij te tonen. 'Ook uit China. Ik moet Lizzy ophalen, want als ik te laat kom, krijg ik op mijn kop. Die meisjes van tegenwoordig, amper veertien jaar oud en al complete tirannetjes.'

Samen lopen we naar het hek van de tennisclub, waar Lizzy, met haar racket in de hoes, en haar vriendin staan te wachten. Hij stelt me aan haar voor: 'Dit is Anne. Mijn buurmeisje van vroeger. Ze is een bekende schrijfster, maar je mag haar boeken niet voor je achttiende jaar lezen, want daar komt alleen maar seks in voor.' De meisjes lachen en er zit weinig anders op dan dat ik meedoe.

'Als je me nog niet helemaal zat bent.' Hij richt zich nu tot mij. 'Volgende week ben ik hier weer rond dezelfde tijd. Misschien kan ik hier in de buurt een fiets huren.'

Ik weet niet goed wat ik met zijn voorstel voor een afspraakje aan moet. Niet omdat ik die mooie ogen niet graag terug zou willen zien. Integendeel, maar diep vanbinnen zegt een stem dat ik het simpel en overzichtelijk moet houden.

'Het is niet bij wet verboden hoor,' zegt hij, 'om daar "ja" op te zeggen.'

'En "nee"?'

'Dat vind ik meer een vraag voor mijn advocaat.' De bomen geven het licht achter hem een doorzichtig groene tint. 'Kijk maar wat je doet.'

Ik staar hem na terwijl hij pratend wegloopt tussen de meisjes met hun heen en weer slingerende paardenstaarten op de rug.

Hij heeft me niet gevraagd of ik kinderen heb, dat hoeft ook niet, Mathilde zal hem ongetwijfeld al op de hoogte hebben gesteld. Gescheiden. Kinderloos. Zoals in dat gedicht van Lorca: 'jouw schoot waaraan de rozen des levens, vrucht van de kussen, nooit ontloken'. Maar dat ging over een oude maagd, volgens mij, en ik, het bewijs daarvan is overtuigend in *Het lichamelijk kapitaal* vastgelegd, ik heb geleefd.

14 JUNI 1998

Aan het begin van de middag belde ze aan. Ik was in het souterrain bezig met het hang-en-sluitwerk van de nieuwe kastdeurtjes voor het casino en had er een beetje de pest in dat ik naar boven moest om voor haar open te doen. Achter haar gezicht zeilde een zwerm spreeuwen met schel gekwetter schuin tegen de wind in. Ze had een roze nylon jas met een brede rits aan. Lokken haar waaiden voor haar ogen. Het duurde even voor ik haar herkende, Rosa, want in de Tempel was ze altijd opgemaakt geweest, met opgestoken haar. Ze kwam voor Daems, maar die was op pad en ik wist niet hoe laat hij terug zou keren. Ze zei dat hij haar nog geld schuldig was, de borgsom voor haar kamer op de gracht, en wilde van me weten of ook ik haar probeerde af te schepen. Nog voor ik iets kon antwoorden zei ze dat ze een blaasontsteking had en nodig moest.

Ik liet haar gebruikmaken van het toilet beneden. Toen ze klaar was, kwam ze naast de werkbank bij me staan. Ze viste een pakje Peter Stuyvesant uit de zak van haar jas die nu openhing. Ze zocht naar lucifers. Ik had een doosje liggen en gaf haar een vuurtje. Ze inhaleerde een diepe trek en keek, de rook langzaam uitblazend, een poosje voor zich uit naar de kleine, getraliede ramen die net boven de stoep uitkwamen. Ze zei dat ik de hele dag alleen maar schoenen en benen zag. Soms een hond, zei ik, als ze niet te groot zijn. Waarom weet ik niet, maar dat vond ze grappig.

Ze legde haar sigaret op de rand van de werkbank, trok haar jas uit en gooide hem over een stoel, alsof ze het ineens warm had gekregen. Ze droeg een dun, loszittend shirt met wijde armsgaten. Op de zijkant van haar zwarte rokje liep een witte baan omlaag. Haar heupen waren smal en haar dijen en kuiten glad en blank, net als haar armen en gezicht, alsof ze niet veel buiten kwam. Ze leek ouder dan ik me herinnerde, misschien wel ouder dan dertig. Een vrouw al. Ze barstte los met een verhaal over Daems die haar op straat had gezet. Haar stem was hard en hees. Ze had een komisch accent met af en toe een buitenlands woord. Ze was er door Daems uitgegooid omdat ze geweigerd had naar achteren te gaan met een vent die scheel keek van de coke. Volgens haar was die vent een crimineel of hij was verrückt of allebei. Zij had in de Tempel alle soorten mannen meegemaakt. De meesten niet veel beter dan ongedierte. Maar er was ook een professor history bij, beweerde ze, een echte van de universiteit. Hij was heel klein en kwam speciaal voor haar. Zo süss. Daems was een schoft. Dat zei ze wel drie, vier keer. Haar tijd zat erop. Na twee jaar kon je vertrekken. Het systeem Daems. Als je niet zelf opstapte, verzon hij een smoes. Voor jou in de plaats weer een nieuwe. Ze had hem helemaal door, zei ze. Vers bloed, beter voor de klanten. Maar nu moest ze ook van haar kamer af. Ze zoog krachtig aan het filter van haar sigaret. Die kamertjes op zolder boven de Tempel heb ik nog gebouwd, nadat Daems plotseling het plan voor een grote zaal met vloerverwarming en een luxe badkamer had laten varen. Voor dat project had hij een nieuw pand aangekocht, dat aan het Singel, het Spiritueel Centrum.

Ik vroeg haar waar ze nu woonde en ze vertelde me dat ze in de Lange Niezel, boven de snackbar, woonde. Bij Angy, die ik kende, omdat ze vroeger ook in de Tempel werkte. Angy's kamer was veel te klein. Ze kon daar niet blijven. De Kale zou het voor haar vragen, van de waarborgsom. Driehonderd gulden. Had ze nichts meer van gehoord. Het zijn allemaal lakeien, zei ze. Feiglinge! Maar zij was niet bang voor die neptovenaar, zoals ze Daems noemde. Dat kon ze zich niet veroorloven. Want ze was blut. Toen vroeg ze me of een glas water te veel gevraagd zou zijn? Ze moest haar medicijn innemen.

Ze boog zich voorover om een pil uit de strip te drukken. In de armopening van haar shirt verscheen een blanke borst. De eerste kuur was niet aangeslagen. Nu moest ze echt consequent innemen, dat had de dokter haar op het hart gedrukt. Anders had ze zo een nierbekkenontsteking te pakken. Ik gaf haar een glas water en zij slikte haar medicijn weg. Ze had van de Kale gehoord dat ik een van die idioten was die ook blind in Daems geloofde. Waarom? vroeg ze. Wat verlangde ik van hem?

Ik zei dat hij veel van het leven wist. Ze liet een gorgelende lach horen. Ze bestreed dat Daems veel wist. Ja, wat spreuken uit rare boeken.

Ik vertelde haar wat ik van hem geleerd had, dat er een nieuw tijdperk naderde.

De langverwachte dag, sprak ze spottend. Het eind van alle kwaad. Wie die praatjes slikt, is in mijn ogen een nog grotere stumper dan degene die ze bedenkt. Ach, mijn stumpertje, zei ze en hield het glas omhoog. Ze liet me het nog een keer met water vullen en bij de kraan herinnerde ik me wat de Kale had gezegd. Dat ze gek was. Het ene moment lachen en dansen. Het volgende moment janken en tieren. Hij vertelde er niet bij waarom. Iedereen heeft weleens een reden om te huilen of te schreeuwen.

Ik gaf haar het glas aan. Ze nam me op met een soort onbuigzame aandacht, zonder glimlachje of iets, en ik voelde me een beetje dom.

Vijf jaar geleden was ze als meisje in deze buurt terechtgekomen, vertelde ze, en nu was ze een oud wijf. Ze nam een slok en zette het glas op de werkbank neer. Met twee handen greep ze haar haar vast, tilde het omhoog en kamde er met haar vingers doorheen. Ze wilde het laten verven, zwart als een berenpels. Of spierwit. Wat dacht ik dat haar het mooist zou staan? In het armsgat schudde haar borst mee op haar bewegingen. Er ging een rilling door mijn lichaam en ik deed een stapje achteruit, zodat zij het niet zou merken. Het was alsof er iets tussen ons veranderd was, want ze vroeg of ik een meisje had. Ik zei van niet.

Had ik er wel een gehad?

Ik vertelde haar over Edith Bleijs, die ik vroeger ontmoette bij concerten van de Staff Band. Maar had ik met Edith geslapen? Ik schudde mijn hoofd. Toen lachte ze hard naar het plafond en zei dat er volgens haar nog heel veel was wat ik niet wist. En juist iemand als ik geloofde dat Daems de wereld wilde verbeteren. Wat een grap, zei ze.

Zo vreemd als ze was, deed ze me denken aan een heel

vertrouwd iemand die ik nog nooit had ontmoet. Iets in haar ogen.

Waar zij vandaan kwam, daar trokken de herten uit de heuvels helemaal tot in de tuinen. Als zij een huisje met een lapje grond had, dan wist ze het wel. Ze zou bloemen planten. Eigenlijk was dat alles wat ze nodig had. Toen ze die woorden had gesproken begon ze te huilen, waarbij ze haar gezicht verborg achter haar handen.

Ik zei dat het nog kon, ze was nog jong. Ze schudde haar hoofd. Zij werd niet oud, snotterde ze.

Dat weet je niet, hield ik haar voor, waarna ze haar handen liet zakken. Ze snoof zonder me aan te kijken. Zij wist het wél. Als kind wist ze dat al. Ze bezat de gave om in de toekomst te kijken. Daarom had ze niet veel tijd meer.

Ik zei dat het haar ging lukken. Ik wist misschien een baantje. Had ze ervaring achter de bar?

Nee. Maar ze was bereid om alles aan te pakken. Ze was transfervrij. Het leek alsof ze niet gehuild had. Ze keek me aan. Haar hemelsblauwe ogen straalden. Ik bood aan om haar na het werk erheen te brengen. Legde haar uit dat ik Mathilde, de eigenaresse, kende.

Jij bent echt heel lief, zei ze. Dat kwam ze niet veel meer tegen.

Kon ze ook voorspellen wat er met mij ging gebeuren, vroeg ik. Jij zult lang leven, zei ze. In antwoord op mijn vraag of er iets goeds op me wachtte, zei ze dat ze dat niet wist. Wat zou ik willen? vroeg ze. Behalve Daems' schoothondje zijn. Dat woord zat me dwars en ze wist het. Ze trok haar jas aan en kuste me, misschien om het een beetje terug te nemen. Ik voelde haar koele lippen op mijn slaap. Ze fluisterde in mijn oor of ik zin had om er samen met haar vandoor te gaan. Ik was overrompeld en zei dat ik het niet wist. Had ik geld op de bank? Wel wat, zei ik. Maar niet genoeg natuurlijk, reageerde ze, en trok de rits van haar jas dicht terwijl ze tegelijk haar neus ophaalde.

Ik stond een halfuur te wachten en dacht al dat ze niet meer zou komen. Ze had zich opgemaakt en kwam met een tikkend geluid van haar naaldhakken aanlopen. Waarom ze te laat was, zei ze niet. We gingen Schagen binnen en Mathilde stelde haar vanuit haar stoel eerst een paar vragen en liet haar daarna weten dat ze de volgende ochtend om elf uur kon beginnen. Binnen een paar minuten stonden we weer buiten. Een kus op mijn wang en weg was ze.

Tijdens het eten begon mijn moeder voor de zoveelste keer over de begrafenis op Vredenburg. Die neemt haar volledig in beslag. Ze draaide het hele verhaal weer af. De ouders in Italië die het in ieder opzicht lieten afweten. Zij die persoonlijk had kunnen voorkomen dat het een gemeentebegrafenis werd. Het Leger des Heils betaalde, dus zou er over God gesproken worden. Door haar. Wat, zei ze, een grote verantwoordelijkheid op haar legt. Vanwege wat er met Sophia gebeurd is. Er komen leden van het muziekkorps met hun blaasinstrumenten en ook wat bestuursleden van het wijkcentrum en twee agenten van bureau Warmoesstraat hebben toegezegd dat ze erbij zullen zijn. Mijn moeder verwacht dat ik ook kom. Opnieuw vroeg ze het me en nog een keer weigerde ik. Met haar rechtlijnige wijsheid, die mij de laatste tijd zo boos maakt, bleef ze maar aandringen. Totdat ik ontplofte en iets gemeens tegen haar zei.

Wat voor haar weer een mooie aanleiding was om me te vergeven en om haar bezorgdheid uit te spreken over Daems en de duivel met zijn voet tussen de deur. Weer zaten we gevangen in het cirkeltje. Zij preekte en smeekte en strooide met dreigende Bijbelteksten. Ik vroeg haar wat er van haar en het hele Leger des Heils terecht zou komen als al die vreselijke drama's er niet meer waren. Wat zou ze dan met haar erbarmen en vergevingsgezindheid aan moeten? Zij zei dat een gebed nu wel op zijn plaats was. Ik lachte haar uit. Toch daalde die dikke wolk van schuldgevoel weer op me neer. Moge jij tot inkeer komen en dat arme kind in vrede rusten, zei mijn moeder. Ze liep tussen het aanrecht en de tafel heen en weer om af te ruimen. De huiskamer was zo krap, zo bedompt en schemerig, dat het leek alsof we in een grot leefden. Ik zag aan haar gezicht hoezeer ze van streek was. Haar zoon, die in haar ogen volkomen afgegleden was. Altijd zo braaf en oppassend geweest.

Afgelopen zondag zaten meneer en mevrouw Bleijs in de kamer toen ik uit mijn bed kwam. Mijn moeder legde uit dat ze haar met de auto kwamen ophalen voor een bijeenkomst in Breda. Ze dronken koffie en na wat algemene vragen aan mij begonnen meneer en mevrouw Bleijs hun grondig voorbereide goedhartigheid op mij te richten. Meneer Bleijs nam een bijbel in zijn hand. Kinderen, ik schrijf u dit opdat u niet zondigt. Mocht een van u echter toch zondigen, dan hebben wij een pleitbezorger bij de Vader: Jezus Christus, de rechtvaardige, declameerde hij uit zijn hoofd. Toen sloeg hij de bijbel op en las: Wend u af van uw huidige leven en keer terug tot God om vergeving te krijgen voor uw zonden. Handelingen 3:19.

Doet u geen moeite, zei ik, maar meneer Bleijs negeerde me.

Ik zwijg niet over uw goedheid, las hij met steeds luidere stem voor, maar getuig van uw trouw en uw hulp. In de kring van het volk verheel ik niet hoe liefdevol, hoe trouw u bent. U, Heer, u weigert mij uw ontferming niet, uw liefde en uw trouw zullen mij steeds bewaren. Psalm 40: 11-12.

Mijn moeder stond met haar armen over elkaar naast de tafel, nieuwsgierig naar het effect van Bleijs' woorden op mij. Ze droeg de crisis als een nieuw uniform. Haar instemmend geknik leek bestemd voor de onzichtbare rechter op zijn hemelse troon. Luister goed naar meneer Bleijs, zei ze toen ik mijn gezicht afwendde.

Ik zei haar dat ik te oud voor de zondagsschool was. Toen nam mevrouw Bleijs het over, zichtbaar blij dat het nu haar beurt was. Een mens kan verleid worden om van het pad af te slaan, zo begon ze, waardoor hij een vloek uitbrengt over zichzelf en zijn naasten en... Ik weigerde nog verder naar haar te luisteren, schoof mijn stoel met een schrapend geluid naar achteren en kwam overeind. Ik wenste ze een prettige voortzetting van de zondag. Zoals ik vanavond na het eten ook opstond om naar mijn kamer te gaan. Mijn moeder riep me achterna dat ik niet in dit huis kon blijven, als ik mijn leven aan een leugen opofferde. Ik ging daar weg of hier.

Al die jaren dat we bij elkaar woonden, was mijn moeder in de greep van haar liefde voor God. Samen hadden we dat speciale gevoel dagelijks in ons kleine huis ingeademd. Het leek iets permanents. Net als het gevoel van verbondenheid in de tijd dat ik nog een kind was en op de zondagsschool van het Leger des Heils kwam. Het zingen van de liederen met elkaar. Ik dacht dat ik er iets voor in de plaats had gevonden, en dat was ook zo, maar de laatste tijd voelt het minder troostrijk. De periode van het dromerig zweven terwijl ik klusjes doe, is voorbij. Ik denk nu terug aan alle fijne momenten die we samen hebben gehad, mijn moeder en ik, tijdens het avondeten als we de dag doorspraken, in de tram onderweg naar de Staff Band. Wat ze van zichzelf aan mij en de wereld wilde laten zien was misschien heel beperkt, maar ook vanzelfsprekend. Ik begrijp haar verwarring en teleurstelling doordat ik klusjes voor Daems doe, haar verdriet over mijn terugtrekking uit ons overzichtelijke bestaan van vroeger. Ik denk aan Julie, die zo stil bij het vuur had gelegen, aan de wazige glimlach van de meisjes op het grote ronde bed van Daems terwijl ze zijn rug met olie insmeerden, aan alle dingen die ik de laatste tijd heb gezien en gehoord. Ik denk aan Sophia, die ik, toen ik in de Tempel mijn eerste loon ontving, ontmoette. Op haar blote voeten, terwijl ze op haar tenen stond om hem in het oor te fluisteren. Zo gaaf en jong. Ik veronderstelde dat zij zijn dochter was, maar ze bleek zijn bruid, de eerste in een lange rij die ik nog zou ontmoeten. Gedane zaken nemen geen keer, zeggen ze. Het gaat om het volgende op je pad. Dat huisje met de herten en de bloemen, waar Rosa over vertelde. Het is alsof ik het ken. Herken. Ik zie het voor me als iets vertrouwds. Vergelijkbaar met de vogels uit het Amazonegebied, die ik met mijn ogen dicht kan uittekenen, kleur, spanwijdte, staart, snavel, terwijl ik nog nooit verder dan Luxemburg ben geweest. De afgelopen tijd jaagt mijn leven me schrik aan omdat ik geen idee heb waar het heen gaat. Kijk ik naar Daems, dan zie ik niet langer uitsluitend toekomst. Blind en doof ben ik niet. Voelen kan ik ook. Speldenprikken. De antichrist is geen mens maar een energie, beweert Daems. Een destructieve kracht die opzettelijk wordt vrijgegeven om de oude orde, de bestaande beschaving af te breken. Eerst het verrotte systeem van binnenuit saboteren, voordat we het licht kunnen bereiken, volgens Daems. Ik zou willen dat ik de dingen zo zeker wist als hij. Op dit moment ken ik alleen maar twijfel. Bij mijn moeder en het korps hoor ik niet meer en als ik Daems loslaat sta ik er helemaal alleen voor. Ik heb mijn leven aan hem overgedragen. Hij kan het vasthouden, omdraaien, het van alle kanten bekijken, er dwars doorheen zien. Deze dingen alleen al denken is niet zonder risico. Hij vangt ze op. Frequenties. Mijn moeder niet, zij dénkt dat ze het weet, vanwege die grote S op de kraag van haar uniform. Als zij toch eens echt alles zou weten. Die gedachte voelt niet als een speldenprik maar als een messteek. Ik hoor haar beneden in de kamer lopen. Natuurlijk zou ik voor haar de begrafenis willen bijwonen. Naar haar woorden in de aula luisteren. Samen met de anderen zingen voor het dode meisje. Ze stond onaangekondigd op de stoep voor het Centrum, Sophia. Mager en met de ogen van een opgezette vogel. Ze belde aan, rammelde met haar kaboutervuistjes op de deur. Je kon het amper horen. Ze schreeuwde zijn naam. En die van haar zusje. De volgende dag stond ze er weer. Ze gooide vuilnisbakken die voor de deur stonden om zodat de stoep met plastic verpakkingen en koffiedrab bezaaid was. Met krijt schreef ze op de gevel van het pand: *The demon lives here*. Toen ze weg was maakte ik met sop en een harde boender alles weer schoon.

19

‘Ha, daar ben je,’ zegt hij als ik aan kom fietsen. Alsof we een afspraak hebben. Alsof ik te laat ben.

Hij staat voor de ingang van Festina met zijn handen krampachtig geklemd om het stuur van, het is even wennen, niet alleen voor hem, ook voor mij, een fiets.

‘En Lizzy?’ vraag ik.

‘De moeder van haar vriendin rijdt vandaag. Ze neemt de meiden na de les mee naar huis. Ik heb vrij.’ Een groepje trimmers in dunne shirts stuift voorbij, met verbeten, bezwete gezichten. Een man fluit zijn hond, die druipend uit de vijver klimt en zich in een waas van schitterende druppels op de kant uitschudt. Lucas stapt op zijn huurfiets met versnellingen en naast elkaar rijden we weg. Langs het voormalig filmmuseum verlaten we het park en vandaar rijden we via de Constantijn Huygensstraat en de Bilderdijkstraat naar de Jordaan. Door de smalle straatjes fietst hij als een toerist, nu, ja, als een beginneling, wat hij, gek genoeg voor een geboren Amsterdammer, ook is. Een verstokte automobilist, die door de omschakeling naar een onbekend, ongemotoriseerd voertuig, te laat versnelt bij een kruispunt en juist te vroeg vertraagt voor een stoplicht, en consequent verkeerd, want op het midden van de rijbaan, voorsorteert. De overige weggebruikers beleven geen plezier aan zijn gestuntel, hij onmiskenbaar wel.

'Dus dit is leuk?' zegt hij met een stalen gezicht als we naast elkaar en onder luid getoeter van een auto achter ons een steile brug van de Brouwersgracht beklimmen.

'Zolang je geen brokken maakt.'

We rijden aan de achterzijde van het Centraal Station, over het fietspad langs het IJ, en passeren de glazen, in het water stekende doos van het Muziekgebouw. In de verte ligt het Java-eiland en ik vertel hem dat Mathilde me heeft gebeld. 'Volgende week ga ik bij haar langs,' zeg ik, 'ze zei dat ze nog iets van Hayo gevonden heeft, een doos met notitieboekjes en perskaarten. Herinner je je nog zijn eerste perskaart, die hij zelf had laten drukken?'

Hij schudt het hoofd.

'Met ANP erop. Van een kilometer afstand zag je al dat hij nep was. Toch lieten ze hem overal door.'

'Ze vindt het fijn als je langskomt. Wat had ze je graag als schoondochter gehad, desnoods als zijn weduwe. Met jou kan ze over hem praten.'

'En met jou?'

'Wij hebben het over andere dingen. Vooral over Lizzy. Hoe ze het op school doet. Wat ze voor haar verjaardag wil hebben. Wanneer ze komt logeren.'

'Dat je bent teruggekomen is voor haar een cadeau op haar oude dag.'

'Ze is dol op Lizzy.'

'En ze heeft jou nu ook weer, de verloren zoon.'

'De verkeerde.'

'Onzin!'

'Denk je? Ze maakten altijd ruzie, die twee, maar hun band was ijzersterk. Ze leken ook op elkaar. Niet alleen qua uiterlijk.'

'En jij, op wie lijk jij?'

'Mijn moeder heeft in een oud album een zwart-witfoto van mijn vader zitten. Die vent begin ik steeds meer in de spiegel te zien als ik me 's ochtends sta te scheren. Ik hoop dat het daarbij blijft. Het was een waardeloze figuur. En jij?'

'Op wie ik lijk? Dan moet ik kiezen tussen het ongeleide projectiel dat als een magneet problemen aantrok en die breed lopende bulldog die met zijn kleine oortjes over de Achterburgwal paradeerde.'

Hij neemt me van opzij op.

'Ik heb haar oren.'

'Misschien heb je een beetje van beiden. Waarom zou je trouwens niet kunnen kiezen, zelf beslissen wie je wordt? Je eigen verhaal zijn.'

'Voor die theorie lijkt me weinig wetenschappelijke onderbouwing te vinden.'

'Ik heb een paar keer met Benno gesproken, vroeger. Hij had zeker ook een innemende kant. En je moeder was meer dan alleen maar een gokverslaafde roddelaarster.'

Dat ze in het leven zat, laat hij, uit wellevendheid, denk ik, ongezegd. We stoppen op een stil stukje langs het water en zetten de fietsen schuin tegen elkaar aan, zodat ze niet kunnen omvallen, een trucje dat ik sinds mijn kinderjaren niet meer heb toegepast.

'Handig,' zegt hij bewonderend.

Ik was me nooit zo bewust van Lucas geweest. Hij was de broer van Hayo. De zoon van Mathilde. Hij was een gegeven. Maar na onze laatste ontmoeting heeft hij de hele week een groot deel van mijn aandacht opgeslokt. En nu neem ik alles van hem in me op: zijn gezichtsuitdrukkingen, de donkere wimpers, de kleine verticale plooi tussen zijn wenkbrauwen. Hoe hij als we een plekje in het gras langs het IJ hebben gevonden heel voorzichtig, om mijn bouwwerk niet te slopen, het rugzakje uit de klem van de snelbinders op zijn bagagedrager bevrijdt. Met twee flesjes water en twee kaascroissants komt hij bij me in het gras zitten.

'Het was een gokje toen ik het kocht,' zegt hij als hij me mijn deel van de proviand aanreikt. 'Positief denken werkt. Bewijs geleverd. Je kwam.'

Hij zit roerloos naast me, in de verte starend. 'Hoe gaat het met dat stuk dat je moet schrijven?'

'Bijna klaar.'

'Mooi.' Op zijn onderarm tekent zich een waas van donkere haartjes af dat doorloopt tot op zijn hand.

'Het zal een hele opluchting zijn wanneer ik het maandag, waarschijnlijk, kan versturen.'

'Streep eronder. Verdergaan.'

Ik sta op het punt hem over mijn andere project, het boek over mijn moeder, in vertrouwen te nemen, maar iets weerhoudt me, misschien het licht op het water, de wind in mijn gezicht. 'Hoe vind je het trouwens dat hij aan het eind van het jaar zo groots geëerd gaat worden?'

'Mijn moeder is er verguld mee. Ze bazuint overal rond dat de burgemeester de tentoonstelling komt openen.'

'Dat vroeg ik niet.'

'Nee, dat klopt.'

Is het afgunst? Van de broer die zich achtergesteld voelt,

zelfs nog nadat het 'lievelingetje' door een raket is weggeblazen? Lucas, die, een van de weinige dingen die hij gemeen had met Hayo, een mateloze weerzin tegen school koesterde, maar toch zijn havodiploma behaalde. Op zijn twintigste weliswaar, maar hij had in ieder geval zijn school afgemaakt en dat kon Hayo niet zeggen. Lucas, die nooit problemen maakte. De oudere broer, die géén bekeuringen kreeg en als het druk in de zaak was zijn moeder wél hielp. Hayo stond altijd in de belangstelling, al was het maar omdat hij zodra hij ergens binnenkwam de ruimte met zijn verhalen vulde. Hij had een meisje dat door zijn moeder als een eigen dochter werd beschouwd. Hayo, dat zal ik niet ontkennen, was als kind de oogappel van Mathilde geweest. Nog voor hij tot de beroemde fotograaf uitgroeide. Al met al lijkt Lucas, nog afgezien van de buurt, een goede reden gehad te hebben om aan de andere kant van de wereld te gaan wonen.

'Wat zag jij eigenlijk in hem?' wil hij weten.

'Hij was de eerste die míj zag. Hij maakte wheelies met zijn fiets om indruk op me te maken, zo begon het. Later nam hij me mee naar Paradiso. Met hem was iedere minuut spannend. En hij was lief voor me. Zeker in het begin.'

'Hij had altijd graag iemand bij zich, behoefte aan publiek.'

'Ik geloof toch echt dat het verder ging dan dat.'

'Jij was heel jong toen jullie wat kregen. Voor jou was hij de grote beschermer tegen wie je opkeek. Maar ik vermoedde toen al dat je er op een dag genoeg van zou krijgen. Hij was eerst en vooral een narcist. Volgens mij was jij op zoek naar meer dan dat en dat is ook wel gebleken.'

Zijn glimlach doet me denken aan die van Willem, die alle geheimen kent, de verleidelijke, troostende, meelevende, en ik-zeg-waar-het-op-staat-glimlach, de glimlach waarop ik verliefd werd en waarvan ik meende dat hij altijd zou blijven.

Steunend op zijn ellebogen ligt Lucas naast me in het gras. Dit zou voldoende kunnen zijn: als een buurmeisje van vroeger naar hem kijken, hopend dat hij ook nog een paar mooie gedachten aan die tijd heeft overgehouden. Opeens draait hij zijn hoofd en kijkt me aan. Hij zegt niets en ik ook niet. Hij pakt mijn hand. 'Sorry dat ik het er allemaal zo uitflap over Hayo. Een beetje kinderachtig, dat besef ik zelf ook wel, want van de twee ben ik de geluksvogel. Ik miste ooit het vliegtuig dat een uur later onderweg van Phuket naar Bangkok neerstortte. Op de passagierslijst was ik de enige overlevende. Hij stond in Afghanistan precies op de plek waar een afzwaaier insloeg, een kans van een op een miljoen. Vandaag ben ik het die hier met jou aan het IJ naar de bootjes en de lucht ligt te kijken.' Hij trekt me iets naar zich toe en brengt zijn gezicht dicht bij het mijne. Achter ons vallen de fietsen op een windvlaag om. 'O jee,' zeg ik en ik voel dat hij naar me kijkt terwijl ik naar onze verstrengelde rijwielen loop. Ik heb een nieuw, kort broekje aan, waarvan ik nu heel erg hoop dat het door het in het gras liggen niet in mijn bilspleet is gekropen.

Terwijl we weer verder fietsen hebben we het over zijn leven op Phuket, dat toen hij daar bijna twintig jaar geleden aankwam een stuk minder toeristisch was dan bij zijn afscheid van het eiland. Hij beschrijft tempels met reuzenboeddha's in een permanente staat van restauratie, jungletochten op olifanten, boottrips naar onbewoonde eilandjes in de Straat van Malakka, restaurantjes met goddelijk eten voor minder dan drie euro, en, voor alles, dat zalige tempo van het leven. 'Om vooruit te komen, moet je soms vertragen,' zegt hij. 'Dat hebben de Thai heel goed door.' Als ik oprecht verbaasd vraag waarom hij er in godsnaam is vertrokken, volgt het schaduwverhaal. Over de expats met hun geld, pretenties en kapotgedronken levers, vroeg oud en gerimpeld door de lange dagen op het strand. Over de Thai, die, wat voor toenaderingspoging je ook doet, je altijd als een buitenlander, een vreemde, blijven zien. Zelfs Lizzy, die daar geboren is. Na de dood van haar moeder had hij nog een halfjaar getwijfeld wat hij zou gaan doen. Hij kwam tot de conclusie dat het leven haar, een Europees meisje van origine, in Nederland meer te bieden had.

'Ze had daar ook verder geen familie. Hier heeft ze haar oma. In het voorjaar hebben we mijn tante, mijn moeders zuster, bezocht en mijn nicht, die in Almere woont en opgroeiende kinderen heeft, neefjes en nichtjes.'

'En van de kant van je vrouw?'

'Die wonen in Slovenië. Is hetzelfde verhaal als dat van mij. Ook geen contact. Dat trok ons tot elkaar aan. We hebben elkaar weer een beetje op weg geholpen. Dat hadden we beiden nodig. Verder was het geen bijster geslaagd huwelijk. Het lag niet aan haar. Ik wist al vrij snel dat ik niet genoeg van haar hield, maar we konden een klein guesthouse van een Frans echtpaar overnemen en toen dat goed uitpakte, bouwden we vakantiehuisjes en daarna kwam Lizzy. Ik ben altijd een beetje een slappeling geweest, in afwachting van wat de anderen doen, van wat er op mijn weg komt. Dat verandert niets aan het feit dat ik me nog steeds gelukkig prijs dat zij op dat moment in mijn leven ergens aan de andere kant van de wereld met mij een gok wilde wagen. In mijn eentje had ik het nooit aangedurfd. En jij? Ben je lang met je man samen geweest?'

'Elf jaar. We woonden eerst op tweehoog aan de Lijnbaansgracht Als je uit het raam keek, kon je ons bootje zien liggen. Op een gegeven moment zijn we in een opwelling buiten gaan wonen, tegen de Utrechtse Heuvelrug aan. In een vervallen boerderijtje. We knapten het op, namen kippen. We hadden niemand nodig.'

'Klinkt alsof jij de juiste had gevonden.'

'Dat dacht ik ook. Hij was het die me aanspoorde om mijn eerste boek te schrijven. Zonder hem had ik het nooit aangedurfd. Zelf was hij filmregisseur, maar daar kwam de klad in doordat hij zijn ideeën niet gefinancierd kreeg. Niet commercieel genoeg. Zijn ouders waren schatrijk, hij wist een voorschot op zijn erfenis van hen los te krijgen en stopte al het geld in een speelfilm die hij al sinds de Filmacademie wilde maken. Hij was geweldig, maar verdween al na drie weken geruisloos uit de bioscoop.'

'En toen?'

'Toen zei hij: "Dat was dat." Hij maakte daarna nog een documentaire en schreef enkele scenario's. Een paar dagen per week gaf hij les aan de Filmacademie. Met zijn tweeën hadden we voldoende inkomsten om van te leven.'

'Als ik het zo hoor, snap ik niet waarom jullie uit elkaar zijn gegaan.'

'Ik ook niet. Hij heeft het me ook nooit goed kunnen uitleggen. Maar één ding is duidelijk: leven met mij was voor hem niet meer genoeg.'

We gaan het spoorviaduct onderdoor en fietsen in de richting van de oude Marinekazerne. Het blijft een minuut of wat stil, alsof we beiden oordelen dat we het voor één afspraakje wel genoeg over doden en exen hebben gehad.

'Het is gek,' zegt hij als we naast elkaar tegen de wind in fietsen, 'ik ben hier geboren en getogen, maar vandaag wordt de stad voor mij alsmaar groter en vreemder. Hoe ziet jouw leven er tegenwoordig uit?'

'Als dat van de alleenstaande vriendin, die ze bij etentjes en feestjes aan eenzame vrijgezellen, vrienden, broers of collega's voorstellen. Toen ik net weer in de stad was komen wonen sprak ik regelmatig met mijn oude vrienden en vriendinnen af, maar ik kon aan hun blik zien hoe droevig het met mij gesteld was. Ik red het aardig alleen. Heb ik altijd gedaan. Ook vóór Willem. Het voordeel van een saai karakter, van iemand die met een goed boek en de kat op schoot al behoorlijk tevreden kan zijn. En tegenwoordig maak ik ook in mijn eentje een fles wijn open. Maar natuurlijk word ik soms ook een beetje gek van de stilte.'

'Het moet voor jou toch niet moeilijk zijn om een leuke man te ontmoeten?'

'Omdat ik weleens op de tv ben geweest en mijn foto in de krant heeft gestaan? Dat dacht ik eerlijk gezegd ook. Van mannelijke collega's die een bestseller schrijven hoor je vaak dat ze, ook al zien ze eruit als een vogelverschrikker, ineens een hoop vrouwen kunnen krijgen. Andersom ligt dat anders, althans ik heb weinig van belangstelling gemerkt.'

'Volgens mij behoor ik nu een complimentje te maken, of vergis ik me?' Hij vraagt het met een plagerig plooitje rond zijn ogen.

'Misschien moet dit gesprek voor trainingsdoeleinden worden opgenomen.'

Ooit was mijn huid nog helemaal gaaf, denk ik, mijn lichaam stevig, zonder dat er één buikspieroefening aan te pas kwam. Mijn borsten waren trouwens ook mooier, en dat steekt misschien nog het meest, want ik heb nooit gezoogd.

Van het Marinekazerneterrein rijden we langs NEMO, dat wij nog gebouwd hebben zien worden. Op het terras van de gedrongen Schreierstoren slaat een groep teenslippertoeristen bierglazen van een halve liter achterover. Er zijn zoveel mensen op straat dat we onze fietsen parkeren en te voet verder gaan.

'Ik had al zo'n vermoeden dat het hierop zou uitdraaien,' zegt hij.

'Als je er geen zin in hebt, moet je het zeggen.'

'Nee, het is goed.'

Hij lijkt niet volledig op zijn gemak. Als iemand dat begrijpt ben ik het wel, die nog niet eens zo lang geleden als een koppige ezel geweigerd zou hebben hier ook maar een stap te zetten. Over de Zeedijk lopen we naar de Nieuwmarkt, waar we op zijn voorstel een Thais restaurant binnengaan. Hij heeft er, tot mijn verrassing, sinds zijn terugkeer al een paar keer gegeten, zegt hij. Zo zwaar kan hem deze opgedrongen, stomtoevallige, reis naar het verleden dus niet vallen.

Er is geen plaats in de zaak en er wachten al wat ongeduldige toeristen. Kansloos, denk ik, maar de paar zinnen in het Thai die hij tot een van de serveersters richt doen wonderen.

'Wat zei je?' vraag ik als we aan een tafeltje bij het raam zijn gaan zitten.

'Dat het vandaag onze trouwdag is. Dus graag een beetje vrolijk kijken.'

Ik laat hem de gerechten van de kaart bestellen, op voorwaarde dat ze geen vlees bevatten, want dat is hier zeker uit de bio-industrie afkomstig. Hij lacht om mijn ernst op dit gebied en als de schaaltjes op tafel komen vertelt hij over de ingrediënten en over een familierestaurantje aan zee, niet ver van waar hij de laatste twee jaar woonde, niet meer samen met zijn vrouw, want ze leefden inmiddels gescheiden, maar hij zag haar nog wel dagelijks door het bedrijf en Lizzy.

Tijdens het eten gaat hij zonder haast en methodisch te werk. Hij heeft slanke handen, behaarde polsen. Steeds die glimlach. Hij vertelt, geeft me aandacht, gedraagt zich met een hoffelijk soort charme, maar soms lijkt het toch alsof hij er zelf niet helemaal bij is.

Aan het tafeltje naast ons zit een wat oudere man met zilvergrijs haar en een blinkend horloge om zijn pols, het zou een oude souteneur kunnen zijn. Hij laat zich de verliefde strelingen van een jonge, donkerharige vrouw in een mini-jurkje, een Thaise, vermoed ik, welgevallen. Af en toe fluistert hij wat tegen haar en dan kust zij hem in zijn hals. Waarom is Lucas niet aan zo'n knappe, jonge meid blijven hangen? Dat schijnt toch de geheime wens van alle mannen te zijn. Het volgende moment denk ik: wij samen zijn een leuker stel.

Als hij een tijdje stil is, vraag ik hem waar hij aan denkt. 'Aan Thailand?'

'Door het eten en het personeel.'

'Hoe is ze eigenlijk doodgegaan?'

'Ze had een chronische hoest en kreeg wat pijn in haar rug. Longontsteking, dachten we toen ze naar de dokter ging. Het bleek een tumor. Een jaar later was ze dood.'

Hij vertelt over de laatste periode, waarin hij voor haar zorgde, over haar familie, met wie er in al die jaren dat ze samen waren nooit contact was geweest. Pas na haar overlijden lieten ze van zich horen. Niet om hem te condoleren, maar om na te gaan of er nog wat te halen viel. Zijn vrouw en hij bezaten samen het huis en het bedrijf, maar ze hadden nooit wat geregeld. Dat hoefde ook niet, want het was vanzelfsprekend wat er moest gebeuren, mocht ooit een van hen komen te overlijden. Alles was voor de overblijver en voor Lizzy.

'Was dat gedoe met haar familie ook een reden om alles te verkopen en uit Thailand weg te gaan?'

'Het speelde een rol. Wij waren nooit officieel getrouwd en Thailand is een verdomd ingewikkeld land als je eenmaal in een juridische procedure verzeild raakt.'

Als twee postduiven na lange omzwervingen koersen we aan op onze oude til. Tussen de drommen toeristen op de Oudezijds benoemen we hardop wat er allemaal veranderd is of juist niet. Het is geruststellend en enerverend tegelijk om dit keer niet alleen, maar met hem, juist met hem, die ook alles weet, hier over straat te gaan. Ik voel dat vreemde, tegenstrijdige verlangen, en niet alleen bij mezelf, naar de bevestiging dat ons leven hier werkelijk plaats heeft gevonden, dat diegenen die wij als kind zijn geweest nog steeds vanbinnen bestaan.

We kijken naar de lange gordijnen voor de ramen van het pand waar hotel Schagen vroeger zat. Het is een anachronisme, wij tweeën hier voor de deur, alsof we er nog wonen en ieder moment door Mathilde voor een boodschap naar de slager in de Lange Niezel gestuurd kunnen worden. We wedijveren met elkaar in het ophalen van herinneringen uit het tijdperk van vóór de Amsterdam City Guide-app. Herinneringen aan Mathilde en Sharif, en aan de vreemde kostgangers die het hotel kende. Een lange optocht van figuren, buitenissig, grotesk à la Jeroen Bosch. Vaste klanten met een drankprobleem, lowbudgettoeristen die van het station waren aan komen waaien, Surinaamse hosselaars, junks die 's avonds laat van hun strooptocht terugkeerden en probeerden de buit te slijten, barmeisjes en kamermeisjes die net zo snel weer vertrokken als ze gekomen waren, en Henri, de relnicht uit Venlo, met zachte g en harde haakneus. Eerst smeekte hij Mathilde om een baantje, om al de volgende ochtend bij iedere mannelijke hotelgast zonder kloppen binnen te stappen. In zwartleren onderbroek. Dweilen en stofzuigen hadden niet bepaald zijn belangstelling. Gebreken en afwijkingen bezat hij in overvloed. Zijn arbeidsethos en promiscuïteit ondermijnden de te verrichten taken dermate dat Mathilde hem eigenhandig op straat zette. Met een duwtje na. Het was Pasen, het hotel zat vol tot en met de oude zolderkamer die normaal voor opslag van matrassen en beddengoed werd gebruikt. Daar kon nog precies een magere Hindoestaan bij, voor half geld. Beneden serveerde Sharif de gasten hun witte sneetjes brood met plastic kuipjes jam, plakjes kaas en gebakken eieren met ham. Het barmeisje van de week was niet komen opdagen. Mathilde zelf kwam zeer tegen haar principes in en luid zuchtend uit haar stoel voor het raam om achter de biertap plaats te nemen. Haar vaste klanten waren al verankerd aan hun kruk, hun hunkerende blik gericht op de gezegende, gouden straal. Mathilde had Lucas en Hayo opgedragen om te helpen met het schoonmaken van de kamers. Ik bood mezelf als vrijwilligster aan. 'Weet je nog?' vraag ik.

'Op het laatste moment ging Hayo ervandoor,' herinnert hij zich, 'hij had iets opgevangen via zijn politiescanner, geloof ik, in ieder geval was hij ineens verdwenen. Wij tweeën hebben toen de bedden verschoond en opgemaakt, de fonteintjes en wc's geschrobd, en de trappen gestofzuigd.'

Na Schagen is nummer 12, schuin aan de overkant, aan de beurt. We kijken door het raam van de lege massagesalon naar binnen terwijl ik hem beschrijf hoe de Chinese schoonmaakster me een week of acht geleden binnenliet.

Hij schudt het hoofd in ongeloof. 'Maar dat is vreselijk. Waarom zou je jezelf dat aandoen? Alleen al naar binnen kijken, doet mij de rillingen over mijn rug lopen.'

Ik herinner me dat Mathilde en hij haar lichaam hadden geïdentificeerd, arme Lucas, die horreur heeft hij twintig jaar met zich mee moeten dragen. En nu wrijf ik hem er met zijn neus nog eens in. 'Ik moest erdoorheen.'

'Ben je in therapie?'

'Zoiets. Ik ga een boek schrijven over mijn jeugd.'

'Stof genoeg, lijkt me.'

'Een deel zal gaan over de moord op mijn moeder. Ik heb

geprobeerd Haantje op te zoeken. Hij weigert om met me te praten.'

'Waarom zou hij ook?'

'Toch heeft hij wel behoefte om me iets te zeggen, nu, ja, het is meer mededelen, wat hij doet. Hij stuurt me kopieën uit een dagboek.'

'Over de moord?'

'Nee, dat niet. Nog niet, in ieder geval. Het schiet alle kanten op. Dat ik de katten voerde en hij vogels tekende en dat hij aan mijn moeder en mij een hekel had en dat hij klusjes voor jouw moeder deed.'

'Dat was ik vergeten.'

'En dat hij een vrouw die door Daems was ontslagen naar je moeder stuurde omdat zij iemand voor achter de bar zocht.'

'*Gezocht buffetjuffrouw*. Dat bordje stond meer wel dan niet achter het raam van het café.'

'Er zitten soms jaren tussen het ene fragment en het volgende. Een echte lijn heb ik er nog niet in kunnen ontdekken. Maar ik vermoed dat hij nog niet klaar met mij is. Hij heeft me ook een persoonlijk briefje geschreven, in antwoord op een brief van mij. Verrassend goed geformuleerd. Hij heeft zich in de loop der jaren ontwikkeld. Dat is duidelijk. Ook dat hij nog vol ingehouden woede zit. Hij schrijft dat hij in zijn dromen de moordenaar kan horen lachen. Dat kan van alles betekenen, natuurlijk. Hij is onder psychiatrische behandeling geweest. Misschien schrijf ik hem nog een keer terug. Om te kijken wat er gebeurt. Jij had hem zien lopen die avond, hè?'

Hij knikt. 'Dat je dat nog weet.'

'Sinds kort pas. Ik heb het oude dossier van de recherche

weten te bemachtigen. Daar staat alles in. Ook jouw verklaring. Dat je hem 's avonds laat voor de deur bij mijn moeder heen en weer had zien lopen, met iets in zijn hand.'

'Dat klopt, is waarschijnlijk die hamer geweest waarmee...' Hij maakt zijn zin niet af.

'Heb je Daems die avond ook gezien?'

'Daems? Hoezo?'

Ik vertel hem wat ik inmiddels te weten ben gekomen, uit het dossier en door mijn gesprekken met Pat en Jur. Als ik bij mijn ontvoering en bedreiging door Daems ben aanbeland worden zijn ogen groter en groter.

'Waar ben je mee bezig, Anne?'

'Ik vermoed dat Daems iets met de moord te maken heeft. Mijn moeder had een grote schuld bij hem.'

'Dat was algemeen bekend. Ik kwam in die tijd ook soms in het casino en op een van die avonden heb ik gezien hoe Daems je moeder eruit liet zetten. Nota bene door Benno. Het was een bizarre vertoning voor de deur, duwen en trekken en schreeuwen, het bakkeleiende stel van vroeger op herhaling. Daems zelf viel ook helemaal uit zijn rol van onderkoelde, verlichte goeroe met een zenhartslag van 52. Hij schold net zo hard terug en stelde haar een ultimatum. Binnen een week wilde hij geld zien, zei hij en ging toen weer naar binnen. Ze was hem duizenden guldens schuldig, hoorde ik later.'

'Haantje werkte voor hem. Daems was naar hem op zoek op de avond van haar moord.'

'Ik weet niet of hij er iets mee te maken heeft gehad, maar er werd in die tijd beweerd dat hij iemand uit de weg had laten ruimen.'

'Dat verhaal ken ik niet.'

'Sharif werkte als nachtportier in het hotel, dat weet je nog wel. Om hotelgasten binnen te laten. Als ze nog iets wilden drinken aan de bar dan kon dat, want dat was legaal. Maar hij nam het niet zo nauw met de sluitingstijden en liet iedereen binnen. Het kon soms behoorlijk druk worden als de cafés in de buurt dichtgingen. Hij zette in de nacht meer om dan wat er overdag binnenkwam. Een van de vaste klanten in de nacht was een kale vent die voor Daems werkte. Ik geloof dat hij schoonmaakte. Hij had een slok op en vertelde aan Sharif dat Daems een meisje had laten verdwijnen. Omdat ze hem had willen aangeven bij de politie. Hij neukte met haar zusje van zestien.'

'Dat kan een fantasieverhaal geweest zijn.'

'Dat dacht ik ook. Tot er een maand later een meisje uit het IJ werd opgedregd. Vermoord.'

'Bedoel je dat Italiaanse meisje, van Hayo's reportage voor de *Panorama*?'

'Ja, zij was het. Ze bleek een poos in de Tempel gewerkt te hebben, maar was totaal verslaafd aan de heroïne geraakt. Daems zette haar op straat. Haar kleine zusje was haar vanuit Italië naar Amsterdam nagereisd. Die raakte hier al snel het spoor bijster en werd opgepikt door Daems. Hij had een neus voor dat soort hulpeloze gevallen. Hoe jonger, hoe beter.'

'Misschien dat Haantje ook daarbij betrokken is geweest. Als uitvoerder. Net als in het geval van mijn moeder.'

'Als je er een afmaakt, waarom dan ook niet nog een tweede? Anne, ik wil me er niet mee bemoeien, maar ik doe het toch: kijk uit voor die Daems.'

'Ik ben veel te oud voor hem.'

'Voor datgene waarvoor ik je waarschuw, ben je nog jong genoeg.' Hij draait zich om op de rijweg en spreidt zijn armen alsof hij de steeg met alle panden erbij probeert te omvatten. 'Het warme nest van het ouderlijk huis,' zegt hij theatraal, ironisch. 'Moet je ons toch eens horen! Ik denk dat niet veel mensen zo'n gesprek zouden voeren als ze terugkeren naar dat leuke straatje van vroeger. Jij moet er toch ook een tik van hebben meegekregen. Dat kan bijna niet anders, ook al ben je nog zo mooi opgedroogd.'

Voor het eerst in mijn leven vraag ik me af of het geluk is geweest, dat zowel Lucas als ik een leven buiten de buurt en het milieu hebben gevonden. Of heeft het niets met geluk te maken en is het louter het werk van intelligentie, intuïtie en kracht geweest?

'Kom, laten we gaan,' zegt Lucas. 'Ik heb mijn portie nostalgie wel gehad.'

We lopen terug naar onze fietsen over de Oudezijds Kolk, waar de ruggen van de oude pakhuizen loodrecht in het water verdwijnen. Ik vertel hem dat ik zo boos was op mijn moeder die avond en dat ik in Putten ben geweest, waar ik bij de spoorwegovergang heb gestaan, en dat ik iedere keer dat ik het plastic polslabel uit het ziekenhuis in mijn handen neem een groot en beklemmend medelijden voor haar voel en spijt heb, zo'n vreselijke spijt dat ik haar uitgescholden heb vlak voor haar dood.

Ik buig me over het kettingslot waarmee ik onze fietsen aan elkaar heb vastgezet. Hij slaat van achteren zijn armen om me heen. 'Het komt door de buurt,' zegt hij zacht. Hij kust me op mijn wang en even blijven we zo staan. Er lopen tientallen mensen voorbij. Hij brengt me in verlegenheid, niet omdat ik me voor die vreemden schaam, maar omdat ik vermoed dat het verlangen op mijn gezicht geschreven staat. Ik kus hem terug, de eerste echte. Als ik mijn gezicht weer terugtrek, zie ik tranen in zijn ogen wellen. Wat een sentimentele man.

30 JUNI 1998

Na minder dan twee weken heeft Rosa al de zak gekregen. Boos was ze, en beledigd, toen ik haar op de Oudezijds tegenkwam. Mathilde noemde ze een keihard rotwijf. Die had haar slecht behandeld. Verweet haar dat ze niet snel genoeg kon rekenen en dat de kassa niet klopte. Noemde haar lui omdat ze één dag ziek was geweest en vergeten was op vrijdag de spoelbakken met soda schoon te maken. En dan was er nog iets met een horloge van Mathilde. Daarvan had ik niet meer begrepen dan dat het uit haar slaapkamer was verdwenen. Ik voelde me schuldig omdat ik haar aan het baantje had geholpen. Om haar een beetje op te vrolijken reden we met mijn auto naar Landsmeer. Ik was van plan in de jachthaven een roeiboot te huren, maar dat wilde ze niet, want ze was bang voor water. Ze vroeg of ik kon zwemmen en ik legde haar uit dat alle kinderen in Nederland dat al op jonge leeftijd leren. Wat een prachtig land, zei ze en begon ineens te huilen omdat niemand het haar vroeger had geleerd. Nadat ze weer gekalmeerd was, huurde ik in plaats van een roeiboot een knalrode duofiets, zo'n driewieler, waarbij je naast elkaar zit en allebei moet trappen. We reden langs de Breek, een groengrijs meertje, omzoomd door populieren en rietkragen, met hier en daar een koe. In de verte draaiden de wieken van een molen. We lijken net twee invaliden, zei ze. Maar ik zag aan haar ogen dat ze het leuk vond. Toen we even stopten stapte ze af om bij het water te hurken en voorzichtig haar hand erin te laten zakken. Kijk, zei ze trots als een klein meisje. Golfjes kabbelden tegen het litteken op haar pols. Een zich in het water weerspiegelende zwerm ganzen vloog over ons heen. Toen we weer verder fietsten vertelde ze dat ze een keer op de Zaanse Schans was geweest, en ook in een plaatsje waar de inwoners nog in klederdracht lopen, maar de naam kon ze zich niet meer herinneren. Ik vond haar er vandaag leuk uitzien. In een joggingbroek en een vest. Geen make-up. Het koperrode haar in een paardenstaartje. Toen we de duofiets weer terug naar de jachthaven hadden gereden, bestelden we broodjes en koffie op het terras met uitzicht op het water. Mussen daalden neer op ons tafeltje en pikten broodkruimels uit mijn vlakke hand. We bestelden nog iets te drinken, zij een glas witte wijn met ijs.

Er verschenen lijntjes rond haar blauwe ogen toen ze zag wat ik dronk. Ze vroeg of ik altijd chocomel nam.

Soms, zei ik, en toen bood ze me haar glas aan om te proeven, ik moest een slok nemen, ze stond erop. Ik bedankte, maar ze hield aan. Hier, lekker, zei ze en ze gaf me het glas aan en toen nam ik maar een slok. De drank beet in mijn mond.

Dat vond ze grappig en ze zei dat het maar wijn was. Toen ik uitlegde dat ik nooit alcohol dronk, reageerde ze met: mooie vent ben jij. Ze dronk haar glas leeg en zei dat zij er nog wel een lustte. En dat ik gerust door mocht gaan met de mussen voeren.

Toen we door de IJtunnel terugreden bekeek ze over haar schouder de laadruimte met de opbergvakken en gereedschapskisten langs de wanden. Ze zei dat het wel een museum leek, zo netjes. Hoeveel gereedschap had ik eigenlijk, wilde ze weten.

Genoeg om een huis te bouwen, zei ik, en dat was geen grootspraak.

Van de Geldersekade, waar ik een parkeerplaats had gevonden, liepen we samen naar de Lange Niezel. Ze nodigde me uit om nog even mee naar boven te gaan, naar Angy's kamer op de tweede etage boven de snackbar. Het was er drukkend warm en een ongekende rotzooi met kleren en tijdschriften over stoelen en op de grond. Daartussen kronkelden de witte aderen van elektriciteitssnoeren. Rechtop tegen de muur stond het luchtbed waar zij 's nachts op sliep. Angy had net gedoucht en was bezig zich aan te kleden. Ook al was ze halfnaakt, ze schaamde zich niet voor mij. We kenden elkaar van gezicht, nog uit de tijd dat zij in de Tempel had gewerkt. Met haar natte, bruine haar en zachte lichtbruine ogen, zag ze er helemaal niet uit als een vrouw die in een fluorescerende bikini achter het raam zat. Eerder als een verdwaalde jachthond in de regen.

Angy föhnde haar haar droog en stak met haastige, geroutineerde rukjes haar hoofd door de opening van haar shirt. Ondertussen praatte ze ratelend in gebroken Engels over de schimmel in de douchecabine, mensen die ik niet kende en zaken die ik niet begreep. Ik keek om me heen. Huidkleurige panty's, zwarte kousen met zilveren streepjes aan de zijkant, beha's, onderbroekjes, lippenstifts met hun gouden doppen als kogelhulzen ernaast. Ik kon de zoetigheid van de lippenstift ruiken, vermengd met de geur van kleren, van parfums, van vrouwen. Mijn moeder zou zich van een plek als deze geen voorstelling kunnen maken, althans niet met mij erbij, en eerlijk gezegd ik ook maar moeilijk. Ik probeerde te raden welke spullen van Rosa waren. Het lege blikje cola, het zilveren armbandje met de bedeltjes, het etui met make-upspullen, de parfumflesjes op tafel, het zwarte broekje met een randje van kant dat op het zeil lag. Alles ademde een mysterieuze belangrijkheid uit, alsof elk voorwerp een persoonlijke aanwijzing kon opleveren over Rosa's karakter, haar geschiedenis, de diepere behoeften van haar leven. De naam Sophia viel. Ze had Daems willen aangegeven, vertelde Angy. Een paar weken voor ze verdween. Eerst had ze geprobeerd haar jongere zusje bij Daems weg te halen, maar dat was haar niet gelukt. Daarna had ze Angy gevraagd om met haar mee te gaan naar het bureau, om te vertellen wat Daems met jonge meisjes uitspookte. Sophia vreesde dat de politie haar, een tippelende junk, niet zou geloven. Iemand moest haar verhaal bevestigen. Maar Angy had het niet aangedurfd omdat ze zelf niet over een verblijfsvergunning beschikte. Wel had ze anoniem een brief geschreven met daarin alles wat ze over Daems en de meisjes wist. Ze had twee ochtenden op die brief geploeterd maar toen hij klaar was, kon ze Sophia nergens meer vinden. Of ze ooit naar het bureau in de Warmoesstraat was gegaan om Daems aan te geven, wist Angy niet. Maar met Daems was daarna in ieder geval niets gebeurd. Ik bladerde in een modetijdschrift en deed alsof ik het gesprek niet volgde.

Toen Angy met een tas vol bikini's, make-upspullen en snoep vertrok, waren we ineens alleen. Rosa veegde een berg kleding van een bankje en trok haar vest uit. Ze klopte met haar vlakke hand op de bank en toen ik twijfelde, lachte ze me uit en zei dat zelfs een geestelijke niet zou aarzelen. Ik ging naast haar zitten en kreeg van haar een vierkante spiegel, die ik moest vasthouden. Ze pakte mijn handen beet en stuurde ze omhoog, wat naar opzij en toen weer iets de andere kant op. Zo houden, zei ze toen het kennelijk goed was. Met een borsteltje bracht ze mascara op haar ene wimper aan en ze vertelde dat ze niet kon blijven bij Angy. De huisbaas had gezegd dat als ze hier volgende week nog was Angy dubbele huur moest betalen. Angy verdiende soms driehonderd op een avond. Honderd voor het raam, tweehonderd voor haar. Zij zelf wist ook een raam. Een prima plek. Maar ze vond het lastig. Dat had ze nog nooit gedaan.

Ik hield haar voor dat het ook niet nodig was. Netheid is gauw vergeten, zei ze, maar de honger blijft. Volgende week stond ze zonder een cent op straat.

Ze streek een lok haar achter haar oor, waardoor ik dat litteken op haar pols weer zag. In een opwelling vroeg ik haar om na het weekeinde met me mee naar Luxemburg te gaan. Ik beschreef haar de heuvels en de sparrenbossen vol gaaien en spechten. De hooibalen die op de glooiende velden lagen te drogen. Ik sloofde me uit om er iets aantrekkelijks van te maken, met gegrilde forellen die je kon eten in een dorpje bij een waterval. Ze wilde weten voor hoe lang.

Ik zei dat ik normaal dezelfde dag weer terugreed. Dat was kennelijk een tegenvaller want ze zei dat ze dacht dat ik met iets leuks kwam.

Ik stelde haar voor om er een dag langer te blijven. Hou die spiegel hoog, zei ze, je zakt. Ze begon nu aan het andere oog, waarbij ze haar gezicht iets naar voren bracht. Onder de spiegel door zag ik de welvende beweging in de dunne stof van haar bloesje. Ze wilde weten wat ik er moest doen, iets voor Daems zeker. Ik knikte en vertelde dat ik naar een bank ging, de ABN. Om iets af te geven. Het duurde maar een kwartiertje. Dat had ik nog nooit aan iemand verteld.

Geld dus, raadde ze. Dat kon niet missen.

Ik moest me inhouden om niet te vertellen dat de bankdirecteur me persoonlijk met koffie in zijn kantoor ontving. De eerste keer was Daems het hele eind achter me aan gereden in zijn eigen auto en had hij me aan de directeur voorgesteld als zijn rechterhand. Deze man vertrouw ik als mijzelf, had hij gezegd.

Hoeveel? wilde ze weten. Of durfde ik er niet over te praten? Ik zei dat het bedrag per keer verschilde en toen concludeerde ze dat ik het vaker deed. Gemiddeld een keer in de twee maanden, zei ik, en dat het nu langer geleden was.

Ze hoefde niet lang na te denken over waar dat geld vandaan kwam. Zwart geld uit het casino en de Tempel. Ik zei dat ik het niet mijn zaak was. Zij had mijn bevestiging niet nodig, ook niet over haar aanname dat Daems' volgelingen in het Centrum flinke bedragen aan hem afdroegen. Wist ik zeker ook niets van, was natuurlijk ook niet mijn zaak, of wel? Nog voor ik iets had kunnen zeggen, gaf zij al het antwoord. Daar wil meneer ook niets over zeggen. Nu het over Daems ging leek ze niet meer te stoppen. Wat verdiende hij niet aan die jonge meisjes? Zodra hij zelf op ze uitgekeken was, gingen ze naar de hoogste bieder. Die smeerlappen kwamen helemaal uit Japan hierheen gevlogen. De bedragen die ze ervoor overhadden. Piepjonge meisjes en alles stiekem. Sophia had haar alles verteld. Die was als zijn bruid begonnen en toen hij klaar met haar was, mochten de anderen de restjes van het kerstpakket. Weer daarna dumpte hij haar in de Tempel, maar toen was haar ego al volkomen kapot. Ze kon niet meer. Zo jong als ze was, alles wat ze had, had ze al gegeven.

Rosa stond op, trok haar joggingbroek naar beneden en stapte uit de pijpen. Ze droeg een lichtblauw broekje. Ik sloeg mijn blik neer met een gevoel dat het midden hield tussen koorts en schaamte.

Waarom bracht Daems het niet zelf naar de bank? wilde ze weten. Omdat er een onderzoek door de belastingdienst naar hem liep. Als hij met het geld aan de grens gepakt werd, dan zat hij zwaar in de problemen. Mijn verklaring verwierp ze pertinent. En jij zeker niet, zei ze. En dat ze voor me hoopte dat ik er goed voor betaald kreeg.

Toen ik zei dat ik mijn dagloon doorbetaald kreeg en op de terugweg op kosten van Daems in een restaurant mocht eten, rolde ze met haar ogen. Mijn god! riep ze uit. Waarom deed ik het?

Wat zij niet besefte, was dat ik de enige was die Daems kan vertrouwen.

Ze zei: Ik kijk en ik kijk en vraag me af wie hier nu tegenover me zit. Je bent bang voor hem, nietwaar? Je gelooft echt dat hij een bovennatuurlijke macht over je heeft, dat hij je aura kan lezen, je lot bepaalt. Je bent niet de enige, misschien is dat een troost. En toen noemde ze me weer haar arme stumpertje.

Ze plukte een oude slaapzak van de grond en legde die op het bed en zei dat ik bij haar moest komen en dat het wel goed was. Toen ik naast haar kroop, pakte ze mijn hand en legde hem op haar borst. Ik voelde warmte. Haar tepel.

Ze wilde van me horen of ik het echt fijn zou vinden als ze met me meeging. Ze liet het me zweren. Ik legde haar een plan voor. Als we 's ochtends heel vroeg vertrokken en de volgende dag pas laat terugkeerden bleef er genoeg tijd over om leuke dingen te doen. Maar niemand mocht het weten.

Ze zei dat ik met 'niemand' Daems bedoelde. Vroeg zich af of ik zo bang voor hem was door wat er met Sophia was gebeurd. Ik wist toch wat er verteld werd? Dat hij haar achter het station had laten oppikken.

Een plooi van de oude slaapzak was omhooggeschoven en scheidde onze lichamen. Het was met een hamer gebeurd, Sophia totaal stukgeslagen. Ze huilde even en zei steeds opnieuw: die arme meid.

Toen ik even rilde vroeg ze of ik het koud had. Het is hier veertig graden, man, zei ze. Ik wist niet hoe het kwam dat ik rilde. Ze streek de plooi plat met haar hand en rolde zich boven op me. Ze drukte haar bovenlichaam met haar armen op tot ze op haar knieën zat. Loom trok ze het shirtje over haar schouders, centimeter voor centimeter, en onthulde ze die mooie blanke borsten, en haar buik. Met een schorre stem zei ze dat ik niet voor altijd Daems schoothondje kon blijven.

Ik zei dat ik niemands schoothondje was, terwijl ik mijn moeder kon horen waarschuwen dat geslachtsgemeenschap buiten het huwelijk het zaad des kwaads was. Ze begon de knoopjes van mijn hemd los te maken. Ik nam in mezelf een onbekend ongeduld waar, een extreem grote angst en verlangen tegelijk.

Ze zei dat ze er nog niet uit was of ik een grote idioot was of de goedheid zelve, een engel in mensengedaante.

Langzaam bracht ze haar hoofd omlaag en kuste me op mijn mond. Ik wist dat ze mij zo voor altijd zou bijblijven, dit gezicht met de blauwe ogen. Een schemerige, benauwde kamer boven de snackbar. Het was er heet, smerig, schimmelig, en de geluiden van de straat drongen er binnen. Overal kringen, krassen, vlekken. Ik hield haar verbazend zachte borsten vast.

20

Soms word je wakker en voelt het meteen al goed, alsof er iets op je wacht wat de moeite waard is. Door een kier in de gordijnen zie ik een streepje blauwe lucht boven de schuine daken van de huizen. Ik geniet van de kalmte, de ochtendloomte, de zang van een merel in de binnentuin. Jens heeft me een bericht gestuurd om te laten weten dat mijn stuk over Hayo in goede aarde is gevallen. Ook bij Marcello, die waarschijnlijk naast hem lag toen hij zijn zegen appte. De VPRO heeft besloten om naar aanleiding van de tentoonstelling een korte documentaire over Hayo te maken, wat Jens bestempelt als 'waanzinnig goed nieuws'. Hij wil weten of er nog iets interessants zit bij de spulletjes die ik van Mathilde heb gekregen. Daar moet ik vandaag even naar kijken, vóór mijn afspraak aan het eind van de middag met Lucas.

Toen ik een paar dagen geleden bij Mathilde was om de spullen op te halen, heeft ze me uitgenodigd om mee naar een hotel op de Veluwe te gaan, voor een diner en een overnachting ter gelegenheid van haar verjaardag. Samen met Lucas en Lizzy. Ik heb nog niet toegezegd, want eerst wil ik van Lucas horen of ook hij het een goed idee vindt. Het antwoord kan ik wel raden, maar ik hoed me ervoor om me op te dringen. Mathildes uitnodiging heeft me ontroerd. Dat zij mij aardig vindt, lijkt nog belangrijker dan wat Lucas voor me voelt. Er zijn momenten dat ik me afvraag of het jaloezie op Hayo is waardoor hij zich voor mij is gaan interesseren. Dat is geen vleiende gedachte, maar ook weer niet verontrustend. Het komt vaak genoeg voor, verlangen naar iets om de verkeerde redenen. Zolang er nog maar een dieper verlangen achter zit dat die eerste gevoelens overstijgt, is er niets mis mee.

Ik douch en was mijn haar en voel tijdens het afdrogen hoe mijn hele lichaam tot leven komt, zoals ook gebeurde toen Lucas en ik in de duisternis van de bioscoop als de eerste de beste pubers elkaar steels streelden en kusten. Van een papieren zak maak ik een prop, die ik over de vloer laat rollen voor Spinnoza's work-out. Steeds opnieuw gaat hij met soepele sprongen achter de prop aan om erop te duiken en met de prooi tussen zijn klauwen, zijn staart zwiepend, af te wachten tot zijn personal trainer bereid is om de oefening te herhalen.

Als we er genoeg van krijgen, valt mijn oog op de Vomar-tas onder de kapstok in de gang. Hayo's spullen waren in een doos voor hoge Timberland boots bewaard gebleven, nogal lastig om te vervoeren op mijn fiets. Daar wist Mathilde raad op door de inhoud in een tas te kiepen. We hebben een openhartig gesprek gehad, Mathilde en ik. Dit keer durfde ik haar te vertellen dat Hayo op de avond van de moord bij mijn moeder thuis was geweest, een opmerking waar zij aanvankelijk niet op inging. Pas nadat ik mijn bange vermoeden uitte dat Hayo iets met mijn moeder heeft gehad, liet ze haar terughoudendheid varen. Met vurige gedecideerdheid wees ze iedere suggestie van de hand dat Hayo achter mijn rug om met mijn moeder 'knoeide', zoals zij het noemde. Zeker, hij was bij haar langs geweest op die avond. Maar slechts om één enkele reden: geld. Mijn moeder had haar schuld van zevenhonderdvijftig gulden aan Mathilde niet terugbetaald en leek dat ook niet van plan. Ook Hayo zelf was zo stom geweest haar wat te lenen, omdat zij mijn moeder was. Dat had hij mij nooit verteld. Net zoals Sharif het voor Mathilde geheim had gehouden dat mijn moeder ook bij hem een schuld van vijfhonderd gulden had uitstaan. Mathildes uitleg verklaarde veel, niet alles, maar genoeg om me te verlossen van een druk die ik de laatste tijd heb gevoeld. Natuurlijk had hij geen amoureuze belangstelling opgevat voor mijn moeder, die, ook al verbeeldde ze zichzelf op haar achtendertigste nog graag dat ze een 'jonge meid' was, voor hem een oud wijf geweest moet zijn. Niets dan onmin over achterstallige betalingen in het schuldboek had er tussen die twee plaatsgevonden. De laatste tijd ben ik een soort complotdenker geworden die in elk detail, in ieder onbenullig voorval een aanwijzing en opzet vermoed. Daar moet ik mee ophouden. Het is waarschijnlijk allemaal veel simpeler en logischer dan ik me voorstel. Ik was niet het middelpunt van Hayo's bestaan en bespiegelingen in die dagen. Hij was gewoon maar een twintigjarige jongen, roekeloos en geil, dat klopt allemaal. Maar van een relatie met mijn moeder is nooit sprake geweest. Mathilde heeft me van de zwaarte van die verdenking verlost en daarmee ook van het kolossale gewicht van die andere, veel ernstigere kwestie.

Ik kan hem schrappen van de wat-als-lijst die ik in mijn achterhoofd bijhoud, aan de rand van mijn bewustzijn. Wat als Haantje het niet was, waar ik serieus rekening mee begin te houden. Mijn moeders eerste vriendje, Jur, had een obsessie met haar gehad. Op de avond van de moord was hij meerdere keren bij haar aan de deur geweest. Ze had hem bedrogen en afgewezen als een kleine jongen. Hij was een flinke som geld lichter, gekrenkt en dronken geweest, een explosief mengsel. Die hele nacht had hij zich op nog geen tien meter afstand van waar zij werd gevonden opgehouden. Daems, die waarschijnlijk een paar maanden voor de moord op mijn moeder een Italiaanse tippelaarster liet opruimen, had mijn moeder een ultimatum gesteld. Op de avond van de moord was hij in alle staten geweest. Pat, een met zijn gezondheid kwakkelende en in de kleine misdaad bijklussende ex-tatoeëerder zocht uit waar ik woon en hing een bebloede nepkat aan mijn deur. Hij had een seksuele verhouding met mijn moeder. Zijn maat, een gepensioneerde junk met een gewelddadige reputatie, liet me in een uitgestorven industriegebied voelen dat het maar een klein kunstje voor hem is om mijn nek te breken. Het zou voor hem ook niet de eerste keer zijn, vermoed ik, alhoewel hij toen het menens werd, in het geval van Sophia, voor een hamer koos. Zo, dat is hem, de wat-als-lijst. Op één na.

Er zit me iets dwars, een gedachte, een herinnering die alsmaar door mijn hoofd speelt. Die nacht, de laatste in de steeg, wazig, grillig, vol vreemde geestverschijningen. Het rode licht van de tl-buis voor de gesloten gordijnen. De handschoenen op de trap. Het korte gebrom van een mannenstem achter haar deur. Ik probeer het allemaal terug te halen. Hoe ik op mijn tenen de treden op ga. En weer af. Ze staat op de overloop. Zijden ochtendjas. Lippenstift. De stilte, die bedrieglijke, uitdagende stilte achter haar slaapkamerdeur. Haar gezicht dat uit honderden kleine stukjes lijkt te bestaan, alsof het kapotgevallen is en daarna slordig gelijmd. Mijn hand die zich uitstrekt naar de deurklink, haar nagels in mijn borst, een duw. Ik schreeuw. De trap af, beneden pak ik mijn schoenen op. Buiten. Plotseling staat alles stil, *freeze frame*, het is bijna mooi, de gang, de trap, de steeg, de donkere hemel daarboven. Ik stort nog een laatste keer mijn haat uit. 'Hoer!' schreeuw ik voor de deur met een klap achter me dichtvalt.

Zodra ik deze herinneringen weer terughaal, verlangt mijn haperende, koortsige brein wanhopig naar oorzakelijke verbanden, naar motieven die elk woord, elk gebaar met betekenis vullen. Steeds weer loop ik vast. Ik bén met een bebloede arm op het feestje bij Jens teruggekeerd. Dat is een feit. Waarschijnlijk was ik gewond geraakt toen Pat me die avond met zijn brommer aanreed, maar het kan ook daarvoor gebeurd zijn. Dat is een aanname. Voor alles is wel een andere verklaring te geven. *When we remember we are all mad, the mysteries disappear and life stands explained*, schreef Mark Twain. Zou ik tot de moord op mijn moeder in staat zijn? Als ik nuchter en systematisch als een rechercheur te werk wil gaan, moet ik die vraag stellen. Alle opties verkennen, ook de minst voor de hand liggende. Er was op die avond met mij iets loos buiten mijn bewustzijn om. In mijn herinnering ontbreken stukken. Het doden van kippen, kalveren, zelfs zeehonden. Mensen kunnen het, doen het. Zonder een diepe haat te voelen. Zonder te trippen. Ze zitten niet in een psychiatrische inrichting of een gevangenis. Gewone mensen. *All mad.* Kan wel zijn, toch durf ik mezelf wel van de lijst te schrappen.

Enkele dagen geleden had ik Bart, mijn uitgever, aan de telefoon en ik vertelde hem over mijn onderzoek en mijn wat-als-lijst, uiteraard zonder vermelding van mijn eigen nominatie. Ik had zijn verbolgen reactie niet verwacht, al lag die voor de hand. Hij vroeg me waarom ik zo nodig de speurneus moest uithangen. 'Denk je nu echt dat jij iets kunt toevoegen aan wat er al bekend is?' vroeg hij. 'Na een uitvoerig politieonderzoek met getuigenverklaringen, een bekentenis, sporen, talloze bewijzen en een rechter die alles gewogen en beoordeeld heeft? Schrijf hoe je leven met je moeder was. Voor jou. Hoe jullie relatie was, hoe je jeugd eruitzag. Enkele mensen van vroeger spreken, lijkt me heel nuttig, maar laat het daarbij. Wat wil je? Een persoonlijk verhaal schrijven of rechercheurtje spelen?'

Moet ik zijn raad opvolgen? *Ha'k mar een kop die wis wa'k wou*, zei mijn opa vroeger als hij geen beslissing kon nemen. Waarschijnlijk heeft Bart gelijk. Als ik op deze weg voortga, komt er van schrijven niets terecht. Eerlijk gezegd denk ik ook nauwelijks aan het boek. Daar gaat het me inmiddels niet meer om. Wat Bart natuurlijk met zijn gevoelige antenne voor vastlopende auteurs met onterugvorderbare voorschotten aanvoelt.

Wat verwacht ik eigenlijk nog te vinden tussen al die alledaagse, voor verschillende interpretaties vatbare feitjes? Alsof het uitmaakt wat voor ochtendjas mijn moeder gedragen had. Wat voor geur er op de trap hing. Hoe laat het was. Of mijn arm al gewond was vóór Pat me aanreed. Soms, als ik zo aan het doordraaien ben, lijk ik op zo'n overlevende van een natuurramp die zijn relaas jaren later niet begint met de tsunami, maar met allerlei quasiveelbetekenende details: de beschrijving van hoe de honden 's ochtends vroeg, uren voor de aardbeving die de tsunami veroorzaakte, hadden gehuild als wolven, hoe een dubbele regenboog boven de huizen had gehangen. Alsof het uitmaakt dat Rennes 666 kilometer van Amsterdam ligt, dat het die avond van de moord warm was geweest en dat Daems naar Haantje zocht, die op zijn beurt in de ban was van een hysterische snol. Ik moet ermee stoppen. Mijn politiepenning inleveren. Achter de schrijftafel plaatsnemen.

Met een stralende zon ga ik de deur uit om op de Overtoom koffie te drinken in een veredelde bakkerswinkel waar ze mijn favoriete haverkoeken verkopen. Aan het tafeltje naast me eet een man van midden twintig met donkere krullen en een blauw-wit gestreept Bretons shirt een kaascroissant. Ondertussen is hij verdiept in de *Verzamelde gedichten* van Slauerhoff. Het ontroert me, zijn onverdeelde aandacht, die frons boven zijn ernstige ogen. Als het niet een verkapte versiertoer is, dromerige jonge romanticus met dichtbundel, verdient hij wat mij betreft een lintje. In zijn brief schreef Haantje dat hij in de gevangenis ook gedichten las. Onmiddellijk moest ik denken aan Achterberg, die zijn hospita doodschoot. 'God in de hemel, beesten van mensen/ hebben mij in hun macht/ maar ik schreeuw tegen ze op zielsgezag/ een woord uit een oude grammatica/ dat ik godverdomme verga.' Misschien heeft Haantje ze ook gelezen, deze regels. Achterberg had ook nooit blijk van enige spijt gegeven. Een minpuntje. Niet omdat hij daarmee in mijn achting is gedaald, maar omdat hij, de gestoorde dichter, me iets heeft onthouden: een beetje geruststellende, sentimentele spijt. Als ik opsta om af te rekenen, kijkt de jongeman even op van zijn boek. Mijn knikje als blijk van waardering voor zijn verfijnde literaire smaak beantwoordt hij met de glazige blik van een zwakbegaafde die naar een lantaarnpaal staart.

Ik zit nog niet op mijn fiets of het begint te regenen, op die abrupte, treiterige manier waarop in Amsterdam een mooie zomerdag gestolen wordt. De regen tikt hard op de daken van auto's. Voetgangers schieten alle kanten op met de haast van de overlevenden in de laatste uren van Pompeï. Een oude man in een donker winterkostuum kiest voor een tegenovergestelde strategie en houdt een gespreide krant boven zijn kale hoofd terwijl hij stil, halsstarrig, op de stoep blijft staan wachten op betere tijden. Terwijl het harder en harder hoost, barst er een onweer boven de huizen los. Kletsnatte mensen schuilen dicht op elkaar onder het afdak van de tramhalte. Horen en zien vergaan me in dit geweld als van een tropische regenbui. Ik geniet. Ik houd van deze stad in opschudding. Ik voel me weer op-en-top een Amsterdamse. Een stadsmeid op de fiets in de regen. Kom maar op, toeterende auto's. Kom maar op, scooters en stoplichten. Kom maar op, scheldende mensen op het kruispunt.

Als ik de benedendeur openduw en doorweekt tot op mijn onderbroek naar binnen schiet, zit er in het schemerige portaal een man op de trap. Roerloos. Hoge zwarte schoenen, grote handen die rusten op de knieën van een werkmansbroek, het hoofd omlaag, waardoor ik zijn kalende kruin zie. Als hij opkijkt, duurt het nog even voor ik besef dat hij het is, de man die twintig jaar lang in mijn onderbewustzijn heeft rondgespookt als De Moordenaar Van Mijn Moeder. Ik heb het gevoel dat ik flauwval en kan even geen woord uitbrengen.

'Het regende,' zegt hij, 'en de deur stond open.'

'Je laat me schrikken.'

'Dat is niet de bedoeling.'

Hij gaat rechtop zitten en stopt zijn handen in de zakken van zijn jack. Ik voel hoe alles wat ik de laatste tijd over hem ben gaan denken in een enkel ogenblik weer veranderd is. Het platje met de katten, de foto's van mijn moeders sectie, haar ingeslagen ogen en mond, de hamer onder zijn bed. Al die beelden tegelijk roept zijn aanwezigheid bij me op. En de woorden van oud-rechercheur Sanders toen ik bij hem in Slotervaart was: "Wie geen hoger beroep aantekent, is schuldig."'

'Ik heb de laatste dagen zitten denken.' Zijn stem klinkt zacht, bijna fluisterend. 'Misschien wordt het toch tijd voor een gesprek, zoals je voorstelde. Jij hebt vragen. Ik ook. Ik dacht, we kunnen het proberen en kijken of het werkt. Ik zeg het maar gelijk, dit is niet mijn sterkste punt. Het is een stuk moeilijker dan je gewoon toe te sturen wat ik geschreven heb. Vroeger, bedoel ik, toen het allemaal speelde.'

Door die wat nadrukkelijke toevoeging houd ik voor het eerst rekening met de mogelijkheid dat zijn dagboekaantekeningen vervalst zijn, een zorgvuldig geconstrueerde verschoning achteraf. Een vernuftig spel om de saaie dagen in Lelystad mee door te komen.

'Ik vraag me af of dit de gepaste manier is,' zeg ik.

'Wat bedoel je?'

'Dat je hier op mijn trap zit.'

'Dat is waar. Zeg maar wie er mag beginnen.'

'Jij bent het hele eind hiernaartoe gekomen.'

'Waarom heb je het gedaan?'

'Ik? Wat?'

'Dat tegen je moeder zeggen, van je weet wel. Ik had nog een briefje onder je raam door geschoven om uit te leggen dat ik het niet had gedaan. Wilde je me terugpakken?'

'Ik had niet tegen mijn moeder gezegd dat ik jou had gezien, maar iemand die in jouw kamer achter het gordijn stond.'

'De hele buurt wist het. Het heeft zoveel verziekt, je hebt geen idee. En er was niets van waar.'

'Dat kwam door mijn moeder.'

'Maar wat deed jij om het te voorkomen? Je wilde me pesten, denk ik. Net zoals die katten de vogels dwarszaten.'

'Nee, dat was niet de reden, echt niet. Als ik had kunnen voorkomen wat er gebeurd is, zou ik het hebben gedaan. Mag ik nu? Hoe kwam die hamer onder je bed?'

'Daar kan ik geen antwoord op geven. Alleen maar dat ik het niet weet. Toen niet en nog steeds niet.'

'Je was gevlucht. De hamer met jouw vingerafdrukken en het bloed van mijn moeder erop lag onder je bed. Je was de enige die over het platje via het raam bij ons naar binnen kon komen. Als jij het niet was, wie dan wel?'

'Ik heb twintig jaar de tijd gehad om daarover na te denken.' Zijn tot nog toe rustige stem klimt licht trillend een octaaf. 'Ik kan alleen maar zeggen dat jij in de verkeerde richting denkt. Iemand is over het platje míjn kamer binnengekomen. Dat is de enige verklaring voor wat er gebeurd is. Dus vertel jij het mij maar.'

'Je hebt bekend dat je het met een hamer deed. Dat kon alleen de moordenaar weten.'

'Een van de twee rechercheurs die me ondervroegen, was vrij jong. Ik had al een paar keer gezegd dat ik het niet was geweest, maar toen begon hij over het meisje dat uit het IJ was gehaald, Sophia. Ik had haar gekend. Dat wisten ze. Hij liet me een foto zien van de hamer die ze onder mijn bed hadden gevonden.'

'Dat staat niet in het dossier.'

'Hij ging buiten zijn boekje. Het gebeurde toen zijn collega er niet bij was. Hij bleef maar op me inhakken. Het was zijn eerste moordzaak, hoorde ik achteraf van mijn advocaat.'

'Moet ik geloven dat je hebt bekend omdat een groentje van de recherche je influisterde dat het moordwapen een hamer was?'

'Ik was verward en bang vooral. Daar maakte hij gebruik van door steeds de naam van Daems te laten vallen. Dat is geen excuus, maar een verklaring. Er speelden nog vele andere zaken. Soms gaat alles tegelijk mis. Ik kon het niet aan. Later heb ik nog gezegd dat ik het niet gedaan had. Maar dat wilden ze niet meer horen. De rechter ook niet en, ach... ik zie het al aan de manier waarop je naar me kijkt. Jij wil het ook niet horen.'

'Je haatte haar, mijn moeder.' Druppels regenwater lekken van mijn haar omlaag en tussen mijn schouderbladen door langs mijn rug.

'Nog steeds.'

'Dat is een sterk motief, of niet?'

'Ze beginnen me een beetje te vervelen, die vragen van je.'

Datzelfde heb ik met jouw antwoorden, denk ik. Zijn gespannen heen en weer schuiven op de traptrede weerhoudt me ervan om het te zeggen.

'Dat toontje van je. Zo moeder, zo dochter.' Onverwacht komt hij overeind van de trap en stapt naar voren. Zijn gezicht is nu dicht bij dat van mij en de plotselinge felheid in zijn ogen jaagt een huivering door mijn lichaam. Ik heb het ineens zo koud dat ik ril.

'Ik geloof dat we het experiment maar moeten beëindigen,' zeg ik en stap langs hem naar de trap. Zijn hand landt van achteren als een krachtige, wanhopige klauw op mijn schouder en houdt me tegen, trekt me terug zodat ik naast hem kom te staan. 'Nog steeds treiteren, hè?' vraagt hij. 'Ik wist dat dit geen zin zou hebben. Tril je? Ben je bang? Dat ben ik ook geweest. Heel lang.' Zijn vrije hand schuift achter zijn openhangende jack en ik zet me schrap om me los te rukken, maar hij is te sterk en de pijnlijke, wrokkige klem van zijn hand om mijn schouder beneemt me alle kracht. Ik heb mijn sleutels in mijn hand en maak me al op om naar zijn gezicht uit te halen, als zijn greep plotseling verslapt en hij een envelop uit de binnenzak van zijn jas tevoorschijn haalt.

'Spartel nog maar even,' zegt hij en duwt me de envelop ruw in mijn hand.

Eenmaal boven trek ik droge kleren aan en zet ik met bevende handen thee. Langzaam kom ik weer wat tot rust en ik wil net Haantjes envelop openmaken als ik een appje van Jens ontvang. Hij verzoekt me dringend om hem onmiddelijk enkele foto's van de perskaarten en de notitieboekjes te sturen, want hij heeft een vergadering van de VPRO. Ik kiep de inhoud van de tas op de eettafel, leg de notitieboekjes apart en spreid de perskaarten voor me uit. De professionele exemplaren zijn geplastificeerd en voorzien van een lint of touwtje dat je om je nek kunt hangen. De wat amateuristischere, uit Sierra Leone, Nicaragua en Albanië, zijn door de tand des tijds aangetast en stellen niet veel meer voor dan een beduimeld, aan de hoeken omgebogen, vlekkerig stukje karton, voorzien van stempels en een vastgeniete pasfoto. Een vreemde gewaarwording, al die fotootjes van Hayo, die met vijfentwintig paar ogen naar me opkijkt. Onverschrokken, uitdagend. Dezelfde blik als op dat feestje van een klasgenoot van me, de enige keer dat het me gelukt was Hayo ertoe over te halen om mee te gaan, en waar ik hem ruim een halfuur in geuren en kleuren over zijn reis naar Cambodja hoorde vertellen. Waar hij nog nooit geweest was. Toen nog niet in ieder geval.

Ik maak foto's van de perskaarten en blader daarna door de notitieboekjes met zijn aantekeningen, de meeste beginnend met een datum, die kort en zakelijk plaatsen, rivieren, markten noemen, waar hij op de betreffende dag zijn foto's nam. Zijn beschrijvingen van de actie zijn even nuchter als bondig, 'bombardement noodhospitaal', met erachter gekrabbeld de naam van een arts of een lokale rebellenleider en het aantal slachtoffers. Op 6 juli 1998, twee dagen na de moord op mijn moeder, noteert hij iets bij zijn fotoreportage over het Piper Alpha-platform, dat in zee bij Aberdeen ontploft is: '167 doden, Schotse politie maakt werk bijna onmogelijk.' Ook die notities fotografeer ik. De Timberland-schat bevat tevens enkele enveloppen. In de ene zit een brief in het Frans van de directeur van het fotopersbureau Magnum in Parijs. Hij bedankt Hayo voor de reportage die hij in Albanië maakte. De andere envelop bevat een afgestempeld ontslagbewijs uit Fort Zeelandia in Suriname, waar hij met een kaalgeschoren kop twee weken gevangenzat nadat hij door de troepen van Desi Bouterse was opgepakt. En dan is er nog een blanco envelop, vergeeld en dun gesleten. Daarin zit een kaart. Met de afbeelding van een mond, of liever de beeldvullende afdruk van een roze lipstickmond, een 'kus'. Eronder staat in drukletters: GEFELICITEERD! Mijn moeder bewaarde een stapeltje van die kaarten in een lade van de televisiekast. Pierre de kapper had ze er een voor zijn verjaardag gestuurd, die hij maandenlang voor een spiegel in zijn salon liet staan. Ik draai hem om en het bleekblauwe balpenhandschrift neemt iedere twijfel weg. Die schuine, aaneengesloten, petieterige letters vormen hetzelfde handschrift als op die andere verjaardagskaart, aan mijzelf als kind, de kaart die mij onlangs bij mijn tante Jet thuis verraste. Aan Hayo schreef mijn moeder: 'Liefste, van harte gefeliciteerd met je verjaardag. Je cadeautje ligt voor je klaar. Kom maar gauw. Dinsdag is ze de hele dag naar school.'

Ik lig op de IKEA-bank, die waarschijnlijk nog met de eigenaar is meeverhuisd van zijn studentenflat naar de Weissenbruchstraat. Ik heb een pil ingenomen, die ik sinds de scheiding achter de hand houd, tegen de pijn, tegen de herinneringen, tegen de duisternis die in die eerste maanden nadat we uit elkaar waren gegaan van geen wijken wilde weten. Zacht valt er iets op me. Spinnoza sluipt naar mijn gezicht toe. Hij ruikt aan mijn mond en wenkbrauwen, aan mijn neus. Hij begint doordringend te spinnen en strekt zich uit op mijn borst. In gedachten keer ik terug naar vier dagen geleden bij Mathilde thuis. 'Je bent een denkertje, dat zag ik vroeger al,' had ze gezegd. 'Kijk maar uit dat je niet verdwaalt in je eigen gedachten, meid.' Alles wat ze me die middag voorhield, slikte ik braaf, maar nu blijkt ze kil als een ijspegel tegen me gelogen te hebben over Hayo en mijn moeder. Ik was de laatste weken voor haar dood zo min mogelijk thuis geweest. Als het maar even kon, bleef ik bij iemand van school slapen. Niet alleen haar, ook Hayo hield ik op afstand. Ongewild en ongemerkt moet ik die twee zo naar elkaar toe gedreven hebben, met kant-en-klaar een motief en gelegenheid. Beneden in de binnentuinen tsjilpen de vogels. Het middaglicht is kil en grijs en de temperatuur is na de regen enkele graden gedaald. Vanaf mijn plek op de harde bank kan ik de huizen aan de overkant van de straat zien, met hun gordijnen en planten voor de ramen, en het is alsof ik weer terug ben in mijn kamertje op de vliering. Terug in de steeg. Mijn moeder is vertrokken, ze is met de piloot gratis meegevlogen naar Londen. Ik lig op bed en heb allerlei gedachten die geen van alle tot een afronding komen. Beneden op tafel ligt geld voor boodschappen. In de koelkast staat een bord met gegrilde kippenpootjes. Ik heb geen trek. Als de winkels dicht zijn, kan ik altijd nog bij de snackbar in de Lange Niezel wat halen. Ik denk aan mijn moeder, die zich ergens in de ontzagwekkende hoogten boven de Noordzee bevindt. Ver weg van het kleine straatje met de dicht opeenstaande huizen, de neonreclames, de platjes, en de liedjes in de cafés. Er lopen steeds meer mensen in de steeg. De deur beneden is op slot. Mijn moeder komt over drie dagen terug.

21

Ik schrik wakker van de bel. Het is afgekoeld in huis. Ik kom van de bank overeind en loop naar het raam aan de straatkant, maar het afdakje boven de voordeur maakt het onmogelijk om te zien wie er beneden staat en opnieuw de bel indrukt. Een naargeestig, verontrustend geluid, oordeelt ook Spinnoza, die met korzelige pasjes de kamer door marcheert. Dan is het een poosje stil. Net als ik weer wil gaan liggen, wordt er op de deur geklopt. Eerst zacht, maar de tweede ronde klinkt luider, dwingender. Ik houd me stil en wacht af. Spinnoza pakt het anders aan, snuffelt aan de deur en miauwt. Het klinkt als een valse, pesterige echo uit het verleden. Ik neem tenminste aan dat hij het is, Haantje. Teruggekomen om het experiment te voltooien, het slotakkoord. De envelop die hij me gaf ligt nog ongeopend op het kastje in de hal. Wat zou erin zitten? Een stem klinkt achter de deur. 'Anne? Anne, ben je thuis?'

Ik zit op dit moment niet bepaald op een ontmoeting met Lucas te wachten, daar voel ik me te zwak, te onbeschut voor. Maar het is nog altijd geruststellender dan dat Haantje op mijn deur staat te bonken. In de gang loopt hij langs me heen, bezorgd omdat ik niet ben komen opdagen.

Mijn relaas over Haantjes overval stemt hem nog verontruster.

'Je kunt maar beter geen slapende gekken wakker maken, dat blijkt maar weer. En aan die dranger op de benedendeur moeten jullie snel iets laten doen.' Hij is voor het eerst bij me thuis en zo kijkt hij ook om zich heen, nieuwsgierig de meubels en affiches met zijn ogen aftastend. Van alles wat hier staat of hangt is het overgrote deel van de vorige bewoner, inclusief de vergulde, maritieme barometer. Wat hij waarneemt vertelt dus weinig weinig over mij, minder in ieder geval dan het grijze T-shirt en de lubberende zwarte legging, waarin ik op sportsokken rondloop. Ik weet dat ik er afschuwelijk uitzie, heel anders dan ik vanochtend in gedachten had voor ons afspraakje op de Noordermarkt. Ik zet een verse pot thee en we gaan samen aan de eettafel zitten, waarop Hayo's spullen nog uitgestald liggen. Hij toont weinig belangstelling voor de perskaarten en notitieboekjes. Ik schuif de envelop van mijn moeder in zijn richting. 'Maak maar open.' Hij neemt de kaart eruit, bekijkt hem en leest wat er op de achterkant staat geschreven. Met opgetrokken wenkbrauwen neemt hij me op.

'Een verjaardagskaart van mijn moeder aan Hayo.'

'Hoe weet je dat? Er staat niet eens een afzender op.' Hij leest de tekst nog een keer en als hij me weer aankijkt is zijn blik ronduit sceptisch.

'Het is haar handschrift.' Ik pak er mijn eigen verjaardagskaart bij, die ze mij voor mijn tweede verjaardag stuurde, met 'honderd kusjes van mama' op de achterkant geschreven. Hij vergelijkt de twee tekstjes.

'De kaart herken ik ook,' zeg ik. 'Ze had er ooit een stapeltje van aan de deur gekocht. Zo nu en dan stuurde ze er iemand een toe.'

Hij haalt zijn hand door zijn haar en blijft een poosje stil zitten.

'Je moeder heeft tegen me gelogen. Ze wist het, ze moet het geweten hebben en toen ik het aan haar vroeg, ontkende ze recht in mijn gezicht. Ik heb de laatste tijd een groot aantal tegenvallers moeten incasseren, maar dit is echt een klap.'

'Zij wist van niets.'

'Wie dan wel?'

'Wil je deze shit werkelijk allemaal horen?'

'Wat ik wil, is dat er voor een keer niet tegen me gelogen wordt.'

'Het is geen liegen.'

'O, nee, ik snap het.' In onze oude buurt werd de hele dag de waarheid niet gesproken zonder dat je dat liegen noemde. De buurt van de duizenden geheimen. Je vroeg niet naar iemands verleden. Wat hij uitgevreten had? Waar zij vandaan kwam? Je bemoeide je met je eigen zaken en verder lette je goed op je rug en je portemonnee.

'Wist jij het?' vraag ik. 'Dat ze wat hadden?'

'Ik wilde je dit besparen.'

'Ik heb je in vertrouwen genomen over al mijn twijfels en schuldgevoelens. En al die tijd hou jij doodleuk je kaken op elkaar. Waarom? Bescherm je hem? Is dat het: bescherm je Hayo?'

Hij staat van zijn stoel op en loopt om de tafel heen. 'Luister, dit slaat nergens op. Hij neukte met je moeder. Ja, dat is waar. Ik heb het je niet verteld. Ook dat is waar.' Hij komt bij me staan, buigt zich en neemt mijn gezicht in de kom van zijn handen. 'Het spijt me dat ik je niet gezegd heb wat ik wist. Maar ik zat ermee. Destijds al. Bijna niemand wist het. Ik was er bij toeval achter gekomen. Toen heb ik hem erop aangesproken. Gezegd dat hij dat niet kon maken. Niet tegenover jou, en niet tegenover onze moeder. Als zij het had geweten, was ze krankzinnig geworden. Hayo met jouw moeder! Hij lachte me uit. We kregen woorden, het liep uit de hand en eindigde ermee dat hij hard uithaalde. Als Sharif er niet tussen was gesprongen, dan had ik meer dan alleen maar een blauw oog opgelopen. Zo, nu weet je alles.' Hij laat mijn gezicht los, draait zich om en loopt met zijn handen in zijn zakken naar het raam aan de straatzijde. Zonder een woord te spreken staart hij enkele minuten het grijze namiddaglicht in.

'Ik heb nagedacht over Haantje,' begin ik na een poosje. 'Over de teksten die hij me gestuurd heeft en wat hij vandaag zei. Ik geloof dat ik de samenhang begin te ontdekken. Zijn boodschap is dat hij niet de vieze exhibitionist was waarvoor hij door mijn moeder en mij is uitgemaakt. Dat hij onder invloed van Daems was, werkelijk geloofde dat die idioot over bovennatuurlijke krachten bezat en hij daarom als de dood voor hem was, zelfs nog in de gevangenis. En vooral dat hij niet de moordenaar is.'

Hij draait zich om. 'Heeft hij dat gezegd?'

'Niet direct, hem gaat het niet alleen maar om wie of hoe, maar vooral om het waarom. Maar ik raak er steeds meer van overtuigd dat dit zijn uiteindelijke boodschap zal zijn: ik ben onschuldig. Mijn moeder was in die tijd boos op mij omdat ik, zoals zij het zag, haar in de steek liet. Ik ontliep haar, had daar zelfs een schema voor opgesteld, zodat we elkaar nog zo min mogelijk hoefden te zien. Misschien nam ze het me nog meer kwalijk dat mijn tieten jonger waren. Wie zal het zeggen. Ze verleidt mijn vriendje om me dat betaald te zetten. Hij trapt erin. Want hij heeft gemerkt dat ik ook afstand van hém begin te nemen. Ze heeft geldnood en leent bij hem. Als hij geen zin meer in haar heeft en zijn geld terugvraagt, en dat van zijn moeder, chanteert ze hem. Ze dreigt hem te verraden. Hij heeft een talent voor gloeiende woede en laat zich in een van die gewelddadige opwellingen van hem helemaal gaan.'

'En slaat haar met een hamer aan gort en gaat gewoon verder met foto's maken. Geloof je het zelf? Dat Hayo tot zoiets in staat zou zijn geweest? Er zat een steekje bij hem los, maar, nee, jouw hypothese raakt kant noch wal.'

'Echt? Waarom heb je dan verklaard dat Haantje die avond dat hij bij mijn moeder aan de deur was met iets in zijn hand wegliep? Jur en de toenmalige assistent van Pat hebben hem ook gezien, maar zij zeggen daar niets over.'

'Het geheugen is minder betrouwbaar dan we denken. Kijk maar naar jezelf. Dat bloed aan je arm, waar je over vertelde. Je weet niet eens zeker waardoor dat gekomen is. Wat je je weet te herinneren zijn niet altijd de feiten.'

'Schei toch uit! Ik was aan het trippen die nacht. Het is de enige keer in mijn leven geweest dat ik werkelijkheid niet meer van waan kon onderscheiden. Sommige dingen weet je zeker. Jij hebt aan de recherche niets verklaard over Hayo's affaire met mijn moeder, terwijl je ervan op de hoogte was. Ook heb je achtergehouden dat Hayo die avond bij haar was geweest. Ik ben ervan overtuigd dat jij dat wist.'

'Vooropgesteld dat ik niet geloof dat het Hayo is geweest, dan nog eerder Pat of Jur, maar goed, los daarvan vraag ik me af of het nog van belang is: Hayo is dood.'

'En Haantje? Die heeft acht jaar gezeten.'

'Dat is niet meer terug te draaien. Hij is nu een vrij man.'

'Zie je, dat je hem beschermt.'

Hij ploft neer op de bank en ziet er plotseling moe en wanhopig uit, als een gestrande reiziger op de luchthaven. 'Hij interesseert me geen ene fuck. Maar mijn moeder wel.'

'En Haantje? En ik? Eigenlijk zou ik je nu het huis uit moeten gooien.'

'Wil je dat ik ga?'

Uit de koelkast in de keuken gris ik de fles verdejo waar ik al een glas uit heb genomen. Ik schenk twee glazen in en ga naast hem op de bank zitten. Ik sla de helft van mijn wijn achterover. Hij schroeit mijn keel op weg naar een inmiddels behoorlijk lege maag. Lucas laat zijn glas onaangeraakt, waardoor me te binnen schiet dat hij geen alcohol drinkt. Ik weet niet wat ik zeggen moet. Woorden zijn nu speelgoed. Hij pakt mijn hand en masseert en streelt mijn vingers. 'Moet dit nu echt tussen ons in komen te staan?' vraagt hij met een ernstige blik.

Ik pak nu zijn hand vast, wat hem de moed geeft om naar me op te schuiven. Hij legt zijn gezicht op mijn schouder en ik laat hem begaan. Ik voel zijn adem in mijn nek. 'Het spijt me als ik het verkeerd heb aangepakt,' zegt hij zacht. Hij draait zich naar me toe en kust mijn wang en ik trek hem tegen me aan en sla mijn armen om hem heen. We houden elkaar vast en wiegen in de schemer.

4 JULI 1998 (1)

Twee uur. Ze zou meegaan. Ze zou niet meegaan. Toen ik haar gisteren op straat tegenkwam spraken we voor vandaag aan het eind van de ochtend in de Roode Leeuw op het Damrak af. Daar hebben ze heerlijke appeltaart, zei ze. Beloofd? vroeg ik. Ze zwoer het. Weer kwam ze niet opdagen. Ik kan de rit naar Luxemburg niet nog eens uitstellen. Daems zal het niet pikken als ik voor de tweede keer met een smoesje kom aanzetten. Gisteren vroeg hij me of het waar was wat hij had gehoord. Dat ik Rosa zag. Hij waarschuwde me om uit haar buurt te blijven. Rosa noemt hem een bedrieger, misschien terecht, misschien ook niet. Morgen ga ik. Ik moet. Waarom is ze niet op komen dagen? Komt het door die zoon van Mathilde? Met zijn blauwe oog. Enkele dagen geleden zag ik ze 's avonds samen The Cotton Club op de Nieuwmarkt binnengaan. Daar komen alleen maar Surinamers. Helemaal achter in de zaak trokken ze zich terug met zijn tweeën. Ik snap het niet. Mathilde die rondbazuint dat Rosa haar horloge met briljanten heeft gestolen en haar eigen zoon die met de dief in The Cotton Club zit te geilen en wijn te drinken.

Nadat ik in het casino de laatste kastdeurtjes had teruggeplaatst, liep ik maar weer eens naar de Lange Niezel. Ook dit keer geen reactie op mijn aanbellen. Ze woont niet meer bij Angy, maar waar dan wel weigert ze te zeggen. Misschien wil Angy het wel vertellen. Waar? Bij wie? Hij schijnt ergens in De Pijp een woning te hebben, Lucas. In mijn verbeelding zie ik haar lichaam over hem gebogen. Zijn hand die hij op haar borst legt. Haar gezicht, loom en opgezet, zuigend en likkend.

Vijf uur. Ik heb haar gezien. Ze kwam uit de kapsalon op de Zeedijk. Ik moest twee keer kijken. Ze begint steeds meer die hoer van om de hoek te imiteren. Ik snap niet dat ze zo tegen dat mens opkijkt. Haar huid was zo bruin van de zonnebank geworden dat het leek of ze net van vakantie terugkwam. Haar hoog opgekamde haar was blond, bijna wit. Ik dacht aan het schilderij dat ik de afgelopen dagen van haar gezicht had gemaakt, met dat leuke koperkleurige staartje, zoals een paar weken geleden bij het meertje. Alleen die lichtblauwe ogen leken er nog op. Ze vroeg of ik blond haar beter vond staan. Ik zei dat ze al mooi was. Binnen in de kapsalon zat dat mens uit de steeg onder een droogkap een tijdschrift te lezen.

Dat haar was nog tot daaraan toe, maar de tatoeage die ze had laten zetten... Rosa, vroeg ik, waarom? Uit mijn gezichtsuitdrukking kon ze wel opmaken wat ik ervan vond, want ze zei op een aanvallende toon dat ik er beter maar aan kon wennen, anders had ik pech. Haar adem rook naar alcohol. Ik liep met haar op in de richting van het Centraal Station en vroeg haar of ze de volgende dag nog meeging. Ze had besloten dat ze voor zichzelf zou zorgen, zei ze. Over Lucas sprak ze met geen woord en het leek me beter haar er niet naar te vragen. Ik bood haar aan een woning ergens in de stad voor haar te huren, voor als we weer terugkwamen. En dat ze daar alleen kon wonen. Dat vond ze lief van me, maar zij wilde iets beters. En als ik dat niet wilde, wilde zij mij niet. Ze kon maar beter eerlijk zeggen hoe het ervoor stond. En hoe zat het eigenlijk met mij? Dat met jonge meisjes?'

Ik begreep haar niet, zelfs niet toen ze vroeg of ik op jonge meisjes geilde en of dat misschien de reden was waarom ik voor Daems werkte. Ik ben gewoon de klusjesman, dat is alles, zei ik. Pas toen ze zei dat ze andere dingen hoorde en me vroeg of het waar was dat ik me afrukte als er kleine meisjes keken, begreep ik wat er speelde. Dat wijf weer, nog steeds. Ik zei dat ze loog. Rosa wist dat ik haar op straat had uitgescholden, die leugenaarster met haar wiegende kont en giftige praatjes. Rosa zei dat ik haar met rust moest laten. Ik háár! Ik zei: ze moet mij met rust laten, jou moet ze met rust laten.'

Rosa vond dat ik dat rotmens niet mocht bedreigen. Ik probeerde Rosa ervan te overtuigen dat ik zoiets anders nooit deed en ook dat ze dat mens niet kende, niet echt kende, zoals ik, en dat ze zich niet moest laten beïnvloeden. Dat was niet zo, beweerde ze, het was haar eigen beslissing. Vanaf dat moment gingen mijn woorden met me aan de haal. Ik zei dat ze blind was, voor hoe ze erin gezogen werd door die hoer. Rosa dacht daar anders over. Saskia, ze noemde haar naam, zou juist op haar letten, ze woonde erboven. Wat haar een veilig gevoel gaf. En hij? vroeg ik. Hoe zit het met hem? Wie? Met wie je in de Cotton Club zat?

Dat ik haar achtervolgde vond ze pas echt griezelig. Ik

achtervolgde haar niet, ik had haar toevallig met hem over straat zien lopen. Ga met mij mee, zei ik. Samen. We blijven weg. Ik heb nagedacht. Eigenlijk had ik erover gedroomd. Vier, vijf nachten achter elkaar, verstrengeld in doorweekte lakens. Een volle benzinetank, mijn gereedschap achterin, en haar naast me. In de droom was het genoeg.

Ze zei dat met mij meegaan een grote stap zou zijn. Een risico.

Groter dan achter het raam te zitten? vroeg ik.

Daarover hoefde ik me geen zorgen te maken. Aan haar reputatie viel nog weinig hoog te houden.

Dat mens, zei ik, Rosa moest niets van wat ze haar vertelde geloven. Ze zat niet alleen in het leven, ze was ook verrot. Wilde zij dat, zijn zoals die gemene hoer was?

Ik besefte meteen dat ik iets verkeerds had gezegd. Het licht verdween, haar gezicht vervaagde in een grijs waas. Ik voelde dat ik haar nog meer aan het verliezen was maar ik begreep niet goed waardoor. Wat ik zei was de waarheid.

Ze zei dat de vrouw haar hielp zonder dat ze met haar naar bed wilde. En toen begon ze op te sommen wat ze allemaal voor haar had gedaan: de kapper en de zonnebank, mooie kleren, een avondje stappen op het Rembrandtplein. Het was allemaal heel simpel en eerlijk, beweerde ze. De vrouw wilde zelf minder werken. En als zij, Rosa, het goed deed, hield ze wel zevenhonderd in de week over, was haar beloofd.

Geloofde ze werkelijk meer in die leugens en die zevenhonderd gulden in de week dan in mij? Dat kon niet waar zijn. Waarom dacht ze dat ze niets meer te verliezen had? In haar hart wilde ze iets anders. Dat voelde ik. Het kwam door dat wijf van om de hoek. Ik wil het ook, zei ik, net als jij. Een huisje met een tuin, ver weg. Ik kan het zelf verbouwen, desnoods helemaal bouwen.

Aan haar ogen zag ik dat ze haar reserves liet varen. Ze zei dat vergeleken met hier de prijzen daar spotgoedkoop waren, maar dertigduizend had je toch wel nodig.

Ik verzekerde haar dat het bedrag waar ik over praatte groot genoeg was.

Ze zei dat je misschien wel veertig nodig had.

Ik knikte alleen maar.

Ze wilde weten hoeveel geld ik naar Luxemburg moest brengen en ik vertelde haar dat ik het bedrag op meer dan vijftig schatte. Alsof ze me op een leugen betrapte, reageerde ze met: meneer weet het niet eens zeker, meneer roept dus maar wat.

Ik wist waar ik over sprak. Verleden week had ik de envelop in mijn handen gehad. Voordat ik hem weer teruggaf en zei dat ik te ziek was om te rijden. Hij was bijna twee keer zo dik als normaal. Er zaten briefjes van honderd in. Dat kon niet, volgens haar, omdat de envelop dicht was, zoals ik zelf zei.

Ja, hij was dicht, maar er zaten altijd alleen maar briefjes van honderd in. Daems wisselde al het geld eerst om bij zijn eigen bank op het Rokin. Voor honderdjes. En de bankdirecteur in Luxemburg telde ze waar ik bij zat en belde dan het bedrag naar hem door.

Ik legde haar mijn plan voor. Aan het begin van de avond zou ik bij Daems langsgaan. Zo deed ik het altijd. De avond voor vertrek haalde ik de envelop op en de volgende ochtend om een uur of zes reed ik weg, zodat ik in de loop van de ochtend bij de bank aankwam. Als we niet morgenochtend, maar gelijk vanavond al weg zouden rijden, kwam Daems er pas achter dat ik niet naar Luxemburg was gereden als wij Duitsland al weer uit waren. Ik had het op de kaart allemaal bekeken en uitgerekend. Het was zestien uur rijden, op de Autobahn kon je goed opschieten.

Ze keek tijdens het lopen recht voor zich uit en even leek het of ze niet eens naar me luisterde, maar toen zei ze dat ik misschien alles fantaseerde.

Ik beloofde haar dat het zou zijn zoals ik verteld had.

Dat kende ze, als ze voor alle mooie beloftes een gulden had gekregen, kon ze nu stil leven.

Nog een keer probeerde ik haar te overtuigen, heel precies, stap voor stap. Daems ging iedere avond om tien uur naar het casino. Zodra hij vanavond vertrokken zou zijn, laadde ik mijn zaagmachine uit het souterrain in mijn auto. Die wilde ik niet achterlaten. Daarna zou ik gaan tanken en reed ik naar huis. Ik zou mijn auto voor het hek van de steeg zetten. Met de parkeerlichten knipperend. Dat deed ik wel vaker als ik wat moest in- of uitladen. De agenten van de Warmoesstraat wisten dat en lieten mijn wagen niet wegslepen. Ik zou mijn koffer en de envelop van mijn kamer halen. Het was dan ongeveer elf uur.

Ze vroeg me of ik haar had horen zeggen dat ze mee zou gaan.

Ik beloofde haar het geld te laten zien. Zodat ze wist, zeker wist dat het waar was. En daarna zouden we samen wegrijden.

We liepen op de brug over het water van de Oudezijds Kolk. Een rondvaartboot gleed ronkend onder ons door. Je kon de gids door de luidspreker in het Engels horen praten.

Rosa, zei ik zacht, ga met me mee vanavond.

Ze bleef staan voor de hoge met graffiti bekladderde deuren van de Sint-Olofskapel. Misschien, zei ze, als ik niet blufte. Maar ze beloofde niets.

Toen ik zei dat ik zou zorgen voor belegde broodjes en een thermoskan met koffie, noemde ze me een engel en lachte en knikte met haar hoofd naar het zandstenen beeldhouwwerk van een liggend skelet boven de ingang van de kapel. Wat ik daarvan maakte, vroeg ze. Volgens haar een slecht teken, daar had je het al. Ze sloeg een kruisje en vroeg me of ik in God geloofde. Ik antwoordde dat ik altijd had geloofd, maar het nu niet meer wist.

Jij en ik, vroeg ze, maken we een kans, denk je? Zonder mijn antwoord af te wachten, vuurde ze al de volgende vraag op me af, waar mijn auto stond.

Toen ik zei dat ik hem op de Prins Hendrikkade had geparkeerd wilde ze weten of het ver lopen was, in verband met haar hakken. Nee, hij stond aan het begin van de kade. Nu ontvouwde zij een plan. We zouden samen in de auto naar mijn huis rijden, ik haalde de envelop op en daarna reden we ergens heen waar ik liet zien dat ik niet uit mijn nek kletste.

Haar voorstel overviel me en dat merkte ze, want ze zei: Ha! Je schrikt, ja, geef het maar toe. Is het dan toch allemaal grootspraak? Of heeft meneer de klusjesman iets belangrijkers te doen?

Nee, nee, dat was het niet. Kom maar mee, zei ik, kom, deze kant op. Over de Oudezijds Kolk. Dat was de kortste weg.

22

'Hoeveel katten had je dan?' wil Lizzy van me weten, terwijl we naast elkaar langs de gracht lopen.

'Wel zes, zeven. Als ze jongen hadden soms het dubbele. Maar ze kwamen nooit binnen, dat mocht niet van mijn moeder. Ik bouwde op het platje naast mijn raam hokken voor ze. Ik gaf ze te eten en te drinken.'

'Mijn katten kwamen ook niet binnen, maar dat wilden ze ook niet, hè pap?' Ze kijkt even over haar schouder naar Lucas, die achter ons loopt.

'Waarom zouden ze?' zegt hij. 'Op Phuket was het iedere dag lekker warm buiten. Dan heb je binnen niets te zoeken.'

Vandaag zijn Lucas, Lizzy en ik samen naar het Kattenkabinet op de Herengracht geweest. Een idee van mij, nadat ik had ontdekt dat Lizzy net als ik enigszins verslaafd is aan kattenfilmpjes. Ik had haar, na onze kennismaking bij de tennisbaan, nog een keer bij Lucas thuis in Buitenveldert ontmoet. In hun driekamerflat op zeshoog, waar ze na mijn binnenkomst haar magere, pezige lijf liet neerploffen op de leren fauteuil in de woonkamer. Ze bleef roerloos zitten met haar oortjes in en haar duimen op het scherm van haar telefoon tikkend. Als Lucas haar in het gesprek probeerde te betrekken, knikte ze alleen maar, zonder zelfs haar blik los te maken van haar telefoon. Het was alsof ze ons had uitgezet. Pas toen ik iets over Spinnoza vertelde, bleek ze toch nog te luisteren. Ze keek, met haar blauwe ogen, plotseling zo helder als de hemel, even naar me op. Niet veel later zaten we samen op de bank en lieten we elkaar onze favoriete kattenfilmpjes zien. Daarmee leek het ijs tussen ons gebroken en was het idee voor een gezamenlijk uitstapje geboren.

Ik neem ze mee naar een café-restaurantje aan de Prinsengracht, waar ik regelmatig met Bart afsprak, in de tijd dat *Het lichamelijk kapitaal* de ene na de andere herdruk beleefde, om mijn agenda met interviews en lezingen door te nemen. Lunches met witte wijn en gerookte zalm vooraf, die wel twee uur konden duren. Tegenwoordig mag ik mijn handen dichtknijpen met een speed-audiëntie met één kop koffie bij hem op kantoor.

We bestellen koffie met taart, ook voor mij, ik wil niet de truttige ik-ben-aan-de-lijn-spelbreker zijn, en Lizzy neemt er een icetea bij. Terwijl we op onze bestelling wachten, bladeren Lizzy en ik door de kalenders met kattenfoto's die Lucas voor haar en mij in de winkel van het museum heeft gekocht.

'Ik had er vroeger eentje bij met maar één oog,' vertel ik. 'Een grote kater, hij knokte de hele dag en zag er afschrikwekkend uit, maar voor mij was hij de liefste van allemaal.'

'Had hij een naam?'

'Ik noemde hem, niet bijster origineel, Eenoog.'

'Ik had een kat waarvan een deel van zijn kop en rug verbrand was na een ongeluk. We zijn met hem naar de dierenarts gegaan en daarna heb ik hem verzorgd tot hij weer beter was. Maar hij zag er niet meer uit. Zijn oren leken van gesmolten rubber en op een deel van zijn rug groeide geen haar meer. We noemden hem Draakje.'

'Heb je een foto van hem?'

'Nee, zo stom. Een paar dagen voordat we uit Thailand vertrokken, is mijn telefoon gestolen. Daar stonden al mijn foto's en filmpjes op. Ik heb er geen een meer.'

'O, dat is mijn grote angstdroom. Toen ik mijn oude telefoon voor een nieuwe inruilde, was ik panisch door de gedachte dat ik om de een of andere reden al mijn foto's en filmpjes zou verliezen. Ik heb die verkoper van Apple helemaal gek gemaakt.'

Op het moment dat onze bestelling wordt gebracht, voel ik onder tafel Lucas' been liefdevol tegen het mijne aan drukken.

'Als iemand hard tegen me praatte of als ik met een vriendinnetje stoeide dan zette Draakje zijn rug hoog op en ging er sissend op af. Hij heeft een keer de buurjongen vol in zijn been gegrepen.'

'Daar zal hij het dan wel naar gemaakt hebben.'

'Hij liep de hele dag met een katapult rond.'

Ik pak mijn telefoon en laat haar de foto van een straatkat zien die in Turkije onderwerp van een rechtszaak is. 'Deze kat kwam dagelijks binnen bij een winkelier in elektronische spullen die hem melk en brokjes gaf. Op een dag maakte een vrouwelijke klant met de winkelier ruzie omdat haar iPad nog niet terug was van de reparatie. Ze ging zo tekeer dat de kat langs haar been omhoogvloog en haar in het gezicht krabde. De vrouw begon een rechtszaak tegen de winkelier en die moet haar nu een schadevergoeding betalen.'

'Maar het was niet eens zijn kat,' zegt Lucas.

'De rechter oordeelde dat de winkelier toch verantwoordelijk was, omdat de kat regelmatig bij hem binnenkwam.'

'Had hij niet kunnen zeggen, dat hij die kat niet kende?' vraagt Lucas.

'Wie de wet niet kent, komt voor verrassingen te staan.'

'En berooft zich van het genoegen haar te overtreden.'

Als ze haar taart opheeft, komt Lizzy overeind om naar de wc te gaan. Ik wijs haar de weg en kijk haar na terwijl ze tussen de tafeltjes door loopt, gekleed in haar witte driekwartbroek, zachtroze hemdje en witte sneakers.

'Het gaat goed, vind je niet?' vraagt Lucas.

'Tussen Lizzy en mij, bedoel je?'

'Ze kan heel gereserveerd zijn. Meestal eigenlijk. Ik weet niet hoe je het klaarspeelt, maar ze vindt je leuk.'

Niet dat ik het laat merken, maar zijn opmerking vervult me met trots. *De gescheiden vrouw, de weduwnaar en de dochter*, denk ik. *Hoofdstuk 1: Het Kattenkabinet.* Ach, die Lucas, uit wat ik ervan heb gezien, maak ik op dat hij zacht en zorgzaam voor Lizzy is. Toen we elkaar vanochtend voor het Kattenkabinet ontmoetten, was het eerste wat hij zei dat ze twee achten op haar rapport had.

Ik vraag me af hoe hij zou reageren als ik Lizzy een jong poesje cadeau zou doen. Zijn gezicht en armen zijn roodbruin van het fietsen, wat hij de laatste tijd bijna dagelijks doet. Hij heeft een sportmodel met versnellingen gekocht en volgens Mathilde heeft hij al een paar keer het hele eind naar het Java-eiland afgelegd. 'En dan te bedenken dat ik hem vroeger, als er maar één spat regen viel, met de auto naar de manege in het Amsterdamse Bos moest rijden,' zei ze. 'Als ik niet kon, ging meneer met de taxi. Fietsen kwam in zijn woordenboek niet voor.' Ik heb haar nog een keer aan de telefoon gehad. Ze belde mij, om te vragen of ik al had besloten of ik mee zou gaan op haar verjaardag. Ik liet me overhalen en natuurlijk dacht ik maar aan één ding toen ik had opgehangen. Hoe moet het nu verder? Hayo, zijn lauwer is nog groen en de piramide die te zijner ere in zijn geboortestad wordt opgetrokken nadert haar voltooiing, maar de hyena's cirkelen er al rond om ertegenaan te pissen, zoals Flaubert de keerzijde van roem omschreef. Een gekmakende beslissing is het, of ik tegen het monument zal pissen of niet, of ik de geschiedenis zal herschrijven of zo laten, of ik, om te beginnen, wel of niet binnenkort nog eens met oud-rechercheur Sanders zal afspreken.

'Een kwartje voor je gedachten, dat zeiden ze toen wij nog kinderen waren. Heb je dat fragment dat Haantje afgegeven had al gelezen?'

Ik was niet van plan om er vandaag, tijdens het eerste uitje samen met Lizzy, over te beginnen, maar nu hij er zelf naar vraagt, wil ik er niet omheen draaien. 'Jullie zaten achter hetzelfde meisje aan.'

'Daar kan ik me niets van herinneren.'

'Nee? Dat zei je een paar weken geleden ook al toen we samen terug in de steeg waren. Maar ik geloof er geen barst van. Waarom zou je je na al die jaren daar nog voor schamen? Big deal.'

Het lijkt alsof mijn geruststellend bedoelde woorden een averechtse uitwerking op hem hebben. Zijn gezicht, net nog zo minzaam en zelfverzekerd, vertrekt.

'Wat is er?' vraag ik.

Hij schudt zijn hoofd en staart naar de bodem van zijn lege kopje alsof hij in het crèmekleurige restje schuim het antwoord hoopt te vinden. 'Zij is Lizzy's moeder.'

'Toch niet zíj?'

Zijn hoofd is nog steeds omlaaggekanteld. Hij snuift, haalt diep adem en ik zie dat zijn handen trillen. Impulsief reik ik over de tafel en omklem zijn handen met de mijne en wrijf ze net zo lang tot hij me aankijkt. Het is bijna een schok voor me om te merken wat de uitwerking van zijn verkramping op me is. Het liefst zou ik hem nu in mijn armen nemen.

'Ik kreeg de indruk dat je haar tijdens je reis had ontmoet,' zeg ik.

'Dat is het verhaal altijd geweest. Ze had, zeg maar, een verleden. Ze was ouder dan ik, en ook nog eens geen Nederlandse. Ik wist hoe mijn moeder erover zou denken. Dat ik er met de eerste de beste buitenlandse sloerie, een afgelikte boterham, vandoor zou gaan.'

'Mathilde weet nog steeds van niets?'

'Waar staat geschreven dat je als kind verplicht bent je door zogenaamde moederliefde de grond in te laten boren? Zelfs in Thailand, op bijna tienduizend kilometer afstand, kon ik haar afkeuring voelen. Laat staan hier.'

Hij vertelt over zijn gemoedsstemming van die tijd. Het gevoel dat hem maar één ding te doen stond: zich onder de doem van de buurt en vooral onder de matriarchale heerschappij, de moederlijke verwurging zien uit te werken; vertrekken met een ticket en wat reisgeld om te zien wat de rest van de mensheid hem te bieden had; wegwezen en niet omkijken.

Aan het andere eind van de zaak, naast de bar, staat Lizzy. Net van het toilet gekomen is ze nu telefonisch in gesprek, waarbij ze met haar vrije hand druk gesticuleert. Een vrolijk, knap meisje, dat haar draai hier in Nederland wel zal vinden, veronderstel ik.

'Ze weet niets van het verleden van haar moeder,' zegt Lucas. 'Ik wil niet dat ze te horen krijgt wat geen enkele dochter wil weten.'

'Maak je over mij geen zorgen,' zeg ik. 'Ik heb het zo'n beetje uitgevonden, hoe je dat soort zaken verzwijgt.'

Met haar telefoon in haar hand en stralend als een appel aan een boom komt Lizzy weer bij ons zitten. 'Dat was oma. Jullie moeten de groeten hebben, alle twee.' Nadat we betaald hebben, tijdens het afscheid voor de deur van het restaurant, kust Lizzy me op mijn wangen, alsof ik vanaf nu ook lid van de familie ben.

4 JULI 1998 (2)

Twaalf uur. Sirenes, ze klinken overal. Op de gracht. In de Warmoesstraat. Alles gaat mis. Het lijkt alsof er iets groots achter zit. Ze hebben mijn auto opengebroken. Gelukkig zit het meeste er nog in, maar de achterklep moest ik met een stuk ijzerdraad vastzetten. Het slot is stuk. Toen ik weer binnenkwam stond mijn moeder me met een trillende lip op te wachten. Ze had de ingepakte koffer op mijn bed gezien. Wilde weten waar ik heen ging en voor hoe lang, maar haar iets vertellen kon ik niet. Dat maakte haar alleen nog maar bozer, helemaal toen de telefoon ging en zij opnam. Ze zei dat het voor mij was, iemand die haar naam niet noemde. Heel opgevoed, zei mijn moeder kortaf. Het was Rosa. Ze zat in de problemen. Had een stommiteit begaan. Ze vroeg of ik meteen naar haar toe kon komen. Ik wilde weten of het niet doorging. Daarover wilde ze juist met me praten, zei ze. Ik moest nu naar Krasnapolsky komen. Anders was het te laat. Ga maar, zei mijn moeder toen ik mijn schoenen aantrok. Ze mag je hebben. Terwijl ik me door de Warmoesstraat haastte, was er steeds weer dat hoge geluid van sirenes. Die schrille uithalen achtervolgden me de lobby van het hotel in. Aan de lage tafeltjes zag ik haar niet. Bij de toiletten ook niet. In de gangen was het druk door een feest in de Wintertuin. Ik baande me een weg langs vrouwen in lange, zwierige jurken en mannen met vlinderdasjes en sigaren. De portier hield me aan en vroeg of hij me kon helpen. Buiten liep ik om het monument van de Dam, maar ik vond haar niet. Toen ik weer thuiskwam stond mijn auto nog steeds met knipperende lichten voor het hek. Ik begon heen en weer tussen de auto en de steeg te lopen. Met zijn duim achter de patroongordel om zijn heupen, rookte Pats assistent een sigaret voor de deur van de shop. Hij waarschuwde me voor de junks die op mijn auto loerden. Door het geluid van de sirenes hoorde ik amper wat hij zei. Ineens stond ik voor de deur van het pandje. De rode tl-buis brandde. Het gordijn erachter was dicht. Ik voelde dat ze er was en riep haar naam. Ik hoorde heel zacht een vrouwenstem op de trap en toen nog een stem, ik dacht van een man. Ik belde aan. De deur bleef dicht. Geen stemmen meer en ik twijfelde of ik ze wel echt gehoord had. Ik bonkte op de deur, schopte ertegen. Mensen op straat bleven staan kijken. Ik schreeuwde nog twee, drie keer haar naam. Er gebeurde niets. Toen ik terugliep, vroeg Pats assistent waarom ik Rosa zocht. Ze zit in de problemen, zei ik. Hij haalde zijn schouders op en toen kwam die ene junk aangelopen, die lange, magere met die scherpe neus. Zonder iets te vragen spoot hij uit een flesje wat spul op mijn hand en zei: ruik maar. Hij vroeg of ik het wilde kopen. Hield een doosje voor mijn gezicht. Beweerde dat het in de Kalverstraat veertig piek kostte. Ik zag hem niet weglopen, maar het volgende moment was hij verdwenen. Ik hield nog een poosje de deur van het pandje in de gaten, tot er een auto toeterde. Pats assistent trok me op de stoep en wilde weten of het goed met me ging. Vanwaar die sirenes de hele tijd, vroeg ik. Hij wist het niet. Ik vroeg hem of het geluid hem ook niet knettergek maakte. Rustig maar, Haantje, zei hij. Ga lekker naar huis, man.

Toen ik binnenkwam volgde een klaagzang van mijn moeder. Ze stond vlak voor me. Wilde weten wat er aan de hand was. Ik vroeg haar om me met rust te laten. Wie eenmaal verraadt, verraadt tot het eind, zei ze. Onze armen schampten elkaar toen ik langs haar liep. Dat klopt, dacht ik, maar wat jij niet weet, ma, is dat de weg der goddelozen het voorspoedigst is.

Nu zit ik weer hier bij mijn koffer. Het ruikt anders op mijn kamer. Misschien ben ik het zelf. Door de aftershave die de junk op me heeft gespoten. Of misschien zijn het de zenuwen. De sirenes huilen weer, alsof er ergens een ramp is gebeurd. Ik moet mijn auto verplaatsen. Anders jatten ze mijn zaagmachine ook nog. Eén tik en die laadklep is open. Ik hoor mijn moeder beneden bidden. Dat zou ik graag doen, bidden. Voor het eerst sinds lang. Maar als je bidt kun je niet nadenken. Geloof jij in God, had Rosa gevraagd. Die stem achter de deur. Misschien is die Lucas er ook wel. Hij zit in de problemen. Ruzie met zijn moeder. Vechten met zijn broer. Het zou kunnen dat hij Rosa de afgelopen weken heeft bewerkt om bij die temeier achter het raam te gaan zitten. Haar met mooie praatjes volgestopt. In zijn dure, glimmende pak. Lieve God, ik aanvaard uw oordeel voor alles wat ik misdeed de afgelopen tijd. Geeft u alleen stumpertje de vrouw met het koperen staartje terug. Ze is daar binnen. Toen ik die hoer gisteren in de steeg aansprak, zei ze dat ik ziek in mijn hoofd ben. Ga opzij, kneus. Ik keek haar na met die gladde benen onder het korte rokje en met die ordinaire hoge witte toren op haar hoofd. Die uitdagende pasjes, die rug, en dan die hals, ik moest me inhouden om niet achter haar aan te rennen en iets vreselijks te doen. Een vreemd luchtje, het is iets anders dan dat spul op mijn hand. Wat voor kwaad spreekt ze nu weer over mij? Wat gebeurt er allemaal? Het is te veel. De ene na de andere plaag. Daems. Misschien zit hij erachter. Dat kan ook nog. Daems, die iedere stap doorziet. Tot en met dit moment. Al die tijd al. Als een schaker die alle zetten vooraf heeft doorgekregen. Hij stelt me op de proef. God deed het met Abraham. Misschien zit ik zonder het zelf door te hebben gevangen in zijn plan. Mijn auto. Ze heeft het geld vanmiddag gezien. Vastgehouden. Dat wilde ze. Heel even. Ruim vijfhonderd biljetten van honderd. We hebben ze samen op een parkeerplaats bij de Oostelijke Handelskade geteld. Ze begon steeds harder te lachen. Maakte geluiden als een kind op een schommel. Durft ze ineens niet meer? Of wordt ze vastgehouden en wacht ze tot ik haar kom halen. Ik moet het weten. Als dat mens niet opendoet, pak ik een breekijzer. Als het moet. Ik krijg hem open, de deur, alles.

23

Het was een lang en intens gesprek bij meneer Sanders thuis in zijn aanleunwoning. Er stond een cellosonate van Bach op terwijl ik hem vragen stelde over de voorwaarden voor het heropenen van een strafrechtelijk onderzoek en over de huidige mogelijkheden van DNA-bewijsmateriaal. Daarna hebben we toegewijd en ijverig als twee examenkandidaten het dossier samen doorgenomen, waarbij hij zich onder de indruk van mijn kennis van de feiten toonde. Ik weet niet of hij het meende, misschien complimenteerde hij me alleen maar omdat hij mijn bezoek wel een plezierige onderbreking van zijn eentonige bestaan vond en hoopte dat er een herhaling in zat. Als ik in gepeins verzonken over de brede Johan Huizingalaan terug naar huis fiets, gaat mijn telefoon. Het is Pat. Ik heb nog niet opgenomen of ik word rakelings door een claxonnerende scooter gepasseerd. Ik roep de idioot aan het stuur iets na.

'Niet zo vloeken,' zegt Pat. 'Kom maar gauw, ik zit hier in het park met iemand die jij graag wil spreken.'

'Wie?'

'Kom nou maar, anders is hij alweer weg.'

Als een kritische talentenjachtjury heeft een groepje jonge mannen met achterstevoren gedragen petjes en sporthemdjes zonder mouwen positie gekozen bij de ingang van het Sarphatipark. Er is iets met dit park, misschien wel met ieder park in deze stad, tenminste als je als vrouw alleen je ongesluierd binnen de hekken waagt. Gefluister en verlekkerde blikken, 'schatje' hier en 'lekkere kont' daar, alsof je een arena betreedt, waar andere wetten en regels gelden. Ik waag het te betwijfelen of ze zo ooit maar een enkele verovering hebben behaald, deze armoedige aansissers. Als je er op die manier naar kijkt, dat het niet meer dan sukkels zijn en er in de stad een soort stilzwijgende afspraak bestaat dat het park fungeert als een gedoogzone voor de dagrecreatie van de zwakstbegaafde versierders onder ons, valt het allemaal nog wel mee. Dag guys. Ja, jullie ook goedemiddag.

Op het gazon voor het beeld van Sarphati houdt Andy vandaag, in plaats van zijn zilveren ballen, drie door de heldere zomerlucht tuimelende knotsen hoog. Dat scherpe profiel van zijn gezicht, zijn blote, gebruinde bast met die als veren gespannen spieren, alles aan die man roept weerzin bij me op. En huiver. Ja, voor hem ben ik bang, echt bang. Ik hoop dan ook dat Pat niet Andy bedoelt met de persoon die ik graag zou willen spreken. Pat zit op een ander bankje dan tijdens onze eerste ontmoeting, maar als ik me niet vergis heeft hij wel dezelfde kleren aan als toen én die keer dat ik hem thuis opzocht. Aan continuïteit ontbreekt het hem niet. Bij hem zit een man van een jaar of vijfenveertig, schat ik als ik die twee, met ieder een blikje bier in de vuist en het hondje van Pat tussen hen in, ben genaderd. Pat neemt zijn hondje op schoot om plaats voor me te maken. 'Dit is Rits, hij was mijn assistent in de tijd toen met je moeder.'

'Wel een bekend gezicht,' zegt Rits terwijl zijn blik traag langs mijn borsten omlaag dwaalt. 'Kom je weleens op het Leidseplein?'

'Nee.'

Zwart lang haar, donkere smalle ogen. Langwerpig gezicht. Randje tandvlees als hij lacht. Smerige Adidas-gympen. Tatoeages op armen en benen. En vooral: een brutale, onverschillige blik. Die vent zou je nog niet waarschuwen als er boven je hoofd een piano van vierhoog naar beneden suisde.

'Toen het gebeurde werkte ik net een maand bij Pat.'

'Noem je dat werken?' zegt Pat en slaat zijn hoofd ver achterover om het laatste restje bier uit zijn blik te drinken.

Rits vist uit een plastic tas een vol blik en reikt voor me langs om het Pat aan te bieden. 'Hier, ouwe chagrijn. Dat zal je goeddoen.' Als hij zijn hand weer terugtrekt raakt hij heel even mijn blote knie aan.

'Gek dat we elkaar niet gezien hebben in die tijd,' zegt Rits.

'Ik was niet veel thuis.'

'Woon je in de stad?'

'Ja.'

'Alleen?'

Ik staar in die vlerkerige, donkere ogen. Iets in me, een intuïtieve vechtlust, uit nood aangeleerd in de steeg lang geleden, dwingt me om hem aan te blijven kijken, dwingt me om hem te laten voelen dat ook ik mijn mannetje sta.

‘Waarom wil je dat weten? Je dacht toch niet dat je een kans maakt.’

‘Au!’ grinnikt Pat naast me.

Hij negeert Pats reactie, met het volle licht van zijn charme, ik neem tenminste aan dat hij het zelf zo beschouwt, op mij gericht. ‘Heerlijk!’ zegt hij. ‘Ik vind ze het leukst als ze bijten.’ Hij drinkt uit zijn blik, waarna hij met de rug van zijn hand zijn mond afveegt en naar me knipoogt. Ik probeer hem te zien als een organisme, een systeem van bloed, botten, organen en spieren, een organisme van een intrigerende tegenstrijdigheid: zwak en sterk, uitdelend en incasserend, triomferend en lijdend – dat alles in een afgeknipte spijkerbroek en een verwassen Hard Rock Cafe T-shirt.

Pat beklaagt zich over het vuil dat uit een prullenbak steekt en op de grond ligt. Bekers, lege blikken, kranten, plastic borden met afgekloven kippenbotten. ‘Dat is nog van gisteren. Ze verdommen het om het op te halen, die gasten van de gemeente. ’s Nachts sterft het hier van de ratten.’

‘Niet alleen ’s nachts,’ zegt Rits en hij knikt in de richting van Andy, die met gebogen rug en langs zijn gezicht zwaaiende grijze lokken zijn knotsen opbergt in een rugzak.

‘Heeft-ie je nou al betaald?’ wil Rits weten.

‘Een deel,’ zegt Pat.

‘Wedden dat je naar de rest kunt fluiten?’

‘Ik dacht het niet.’

‘Hoe lang doet hij dat nou al, dat jongleren?’

‘Vier jaar, vijf keer per week, hij houdt zich aan de circus-cao. Als het regent staat hij onder het Rijksmuseum.’

‘Hij is er wel goed in geworden, moet ik zeggen.’

‘Hij kan het ook met brandende fakkels en met hamers.’

Rits vertelt dat hij samen met Andy heeft vastgezeten. Waarvoor, laat hij onvermeld. Andy presteerde het om zelfs in de bajes portemonnees en bezittingen van medegevangenen en cipiers achterover te drukken. Het was hem een keer gelukt om een computer met snoeren en al van de administratie weg te halen. Zijn huidige vriendin had hij in de gevangenis leren kennen, waar ze als maatschappelijk werkster gedetineerden bijstond. Later, toen hij weer vrij was, werd ze ontslagen. Ze was betrapt op het naar binnen smokkelen van drugs en telefoons, een door Andy opgezet en aangestuurd handeltje. Onderuitgezakt in de warme zon is Rits minutenlang aan het woord. ‘Dat wijf is nog gekker dan Andy. Hij zegt dat hij zou willen dat ze pot werd. Dan kan hij gewoon rustig zijn gang gaan met haar auto en haar uitkering en het hele gedoe in bed aan een ander wijf overlaten. Een andere vent gaat hem te ver.’ Zoals meestal bij mensen die voortdurend in anekdotes praten duurt het te lang en daarbij word ik er niets wijzer van. Rits, merk ik al snel, gaat het niet om de kern van de zaak, om de inhoud, maar om de vorm. Midden, begin, eind, clou, waar hijzelf hinnikend het hardst om lacht. Als bereidwillig slachtoffer stel ik me bloot aan zijn volgende verhaal, over een dalmatiër, een tentoonstellingshond, die ooit onder verdoving bij hem binnen werd gedragen om er een paar zwarte vlekken op te laten tatoeëren. Met mijn glimlach kom ik Rits enigszins tegemoet. Misschien heeft hij ook nog iets van waarde op zijn repertoire.

‘Nou, ouwehoer,’ zegt Pat, ‘zeg haar wat je mij hebt verteld.’

‘Ik heb hem die avond nog gezien en gesproken, die eh…’

‘Haantje,’ vult Pat aan.

‘Weird hoor, dat ik hem vlak voordat hij… Misschien ben ik wel de laatste geweest.’

‘Op een na,’ zegt Pat.

‘Maar die kan het niet meer navertellen.’ Rits kijkt me aan en steekt zijn handen op in een gebaar van verontschuldiging. ‘Sorry, weet je zeker dat je het kunt hebben?’ Even doet hij zijn best om een zachtaardige, inlevende toon aan te slaan, maar al snel is hij weer zichzelf, de harde jongen. ‘Het was zo’n domme moord. Je leest weleens dat iemand een perfect plan heeft bedacht, waarbij het lijk in zoutzuur is opgelost en door het riool gespoeld, zoals in dat consulaat in Istanboel. Van die vent hebben ze nog geen huidschilfer teruggevonden. Maar hier was het: rammen, wegwezen en wachten tot ze je oppakken.’

‘Meestal worden ze gewurgd of gestoken, temeiers,’ zegt Pat. ‘Een hamer, dat is toch wel bijzonder.’

‘Wie heeft er ook een hamer bij zich als hij naar de hoeren gaat?’

‘Niet als je komt om te neuken.’

‘Hij was over zijn toeren, die jongen. Hij liep maar heen en weer, ging een paar keer terug naar jullie deur. Hij zocht dat meisje. Ik weet niet meer hoe ze heet. Ik had haar eerder op de avond bij jullie naar binnen zien gaan, maar dat heb ik hem niet verteld. Ik wist niet precies wat er speelde en wilde nergens bij betrokken raken. Natuurlijk had ik zo mijn vermoedens. De avond ervoor was ze bij me binnen geweest in de shop. Ze had een slok op en zei dat ze achter het raam van je moeder ging werken. Ze had je moeder hoog zitten, het was je moeder voor en je moeder na. Ze sprak met een raar accent. Op zich was het wel een lekker wijf, mooie tieten, maar volgens mij spoorde ze niet helemaal. Er was geen touw aan vast te knopen. Ze wilde weten of ik de kleur van haar haar mooi vond en of het pijn deed, een tatoeage, en of ik dat Italiaanse meisje dat uit het IJ was gehaald had gekend. Ze vertelde dat Mathilde haar had ontslagen en voor dief had uitgemaakt, maar dat het haar eigen zoon was geweest.'

'Mathilde had twee zoons,' zeg ik.

'Lucas,' klinkt Pats stem resoluut.

Ik negeer hem en richt me tot Rits. 'Heeft ze dat gezegd, dat het Lucas was?'

'Dat weet ik echt niet meer. Wel dat hij werk van haar maakte. Maar volgens mij dacht ze dat van iedere man.'

'Ik heb het later gehoord,' zegt Pat, 'Lucas zat achter haar aan, al toen ze in het café van zijn moeder werkte. Ze zijn samen een paar keer in de buurt gesignaleerd. Hayo was erachter gekomen dat niet zij, maar Lucas Mathildes horloge had gejat en beleend. Hij had het briefje van de lommerd in Lucas' jaszak gevonden. Dat was het moment waarop de stoppen bij hem doorsloegen en hij zijn broer een pak op zijn sodemieter gaf.'

'Die Haantje,' herneemt Rits, 'gek dat ik het zeg, misschien, maar ik had die avond echt met hem te doen. Zo'n kneus die achter het verkeerde wijf aan loopt en dan wordt zijn bestelauto ook nog gekraakt. Ik zal niet zeggen door wie, maar de dader staat op minder dan honderd meter van ons af.' Hij knikt in de richting van het standbeeld, waar Andy uit een grote plastic fles water drinkt en vervolgens langzaam de dop dichtdraait. Als hij de fles in de rugzak heeft laten glijden, steekt hij zijn armen door de openingen van de draagbanden. Voor hij op zijn oude racefiets stapt, werpt hij nog een korte, welgemikte, klinische blik in mijn richting. We kijken hem in stilte na terwijl hij in een lichte versnelling over het gras wegrijdt. 'Hij kwam met in iedere hand een zwarte metalen kist vol gereedschap aangelopen. Hij kon ze amper tillen, want die lange had in die dagen nog armen als satéprikkers. Hij liet me kijken, er zat van alles in, sleutelsets, vijlen, schroevendraaiers, tangetjes, geen Gamma-spul, allemaal eersteklas merken. Een joetje vroeg hij. Guldens nog! Ik heb een van die kisten van hem gekocht, maar toen wist ik nog niet dat hij uit Haantjes auto kwam.'

'Alsof dat verschil gemaakt zou hebben,' merkt Pat op.

'Nog geen uur later duikt die linkmichel alweer op met een plastic tas vol andere gestolen troep. Flesjes parfum en aftershave.'

Hij begint te lachen, strekt zijn benen en kruist ze bij de enkels over elkaar.

'Had hij ook nog mee in Schagen geleurd,' herinnert Pat zich. 'Hij spoot het zo in mijn nek, die idioot. Jur kocht een paar flesjes van hem, waarschijnlijk om zijn vrouw de volgende dag te paaien.' Hij neemt een slok van zijn bier en slaat een bedachtzamere toon aan. 'Daems heb je op dat moment niet in de steeg gezien, toch, Rits?'

'Nee, hoezo?'

'Zomaar.' Pat kijkt mij aan, maar omdat ik niet reageer, blijft hij hardnekkig voorzetten geven. 'En heeft Haantje tegen jou nog iets over Daems gezegd, Rits?'

'Geen woord. Hij was alleen maar met dat mokkeltje bezig.'

Ik begin nu te vermoeden waarom Pat zo graag wilde dat ik hierheen kwam. 'Goed om te horen, Pat,' zeg ik. 'Bedankt dat je de conclusie even voor me samenvat. Hij zal tevreden over je zijn, Daems.'

'Ik heb hem pas nog gesproken,' reageert Pat verontwaardigd. 'Ik heb het speciaal gevraagd. Voor jou. Zodat je het weet. Dat wilde je toch? Weten hoe het zit. Hij heeft het uitgelegd. Haantje moest een flink pak geld van Daems wegrijden. Over de grens. Maar ineens was hij pleite. En dat geld ook. Het had helemaal niets met jouw moeder te maken.'

'Toeval?'

'Er gebeuren wel vreemdere dingen,' zegt Pat.

'Die avond, complete waanzin, man,' beaamt Rits. 'In de gevangenis heb ik hem er nog weleens mee gejend. "Nou, Andy, in jouw tijd was je de enige junk die met twee volle gereedschapskisten naar zijn werk ging." Hij kon er niet om lachen, humor is niet echt aan hem besteed. Toen ik een keer...'

'Zat er een hamer in de gereedschapskist?' De vraag dringt zich plotseling met grote urgentie aan me op.

'Niet in de kist die ik kocht,' zegt hij met een stem vermoeid van de verplichtingen op dit soort opmerkingen, die zijn anekdote alleen maar ophouden, in te gaan, maar er niettemin toe bereid, omdat het hoe dan ook een manier is om aan het woord te blijven. 'Maar in die andere wel, dacht ik, schroevendraaiers en hamers in verschillende maten.'

Door Haantjes dagboekfragmenten weet ik wat er over

Andy werd beweerd, dat hij dat Italiaanse meisje in opdracht van Daems had vermoord. Met een hamer. Of hij het echt is geweest, weet ik niet, maar alleen al het feit dat hij, Daems' veronderstelde hitman, op die 'krankzinnige' avond met hamers van Haantje voor het uitkiezen in de steeg rondliep, doet me huiveren.

'Hoe goed ken je Andy eigenlijk, Pat?'

'Goed genoeg om hem nog geen minuut met mijn portemonnee alleen te laten. Ook niet met mijn hondje trouwens.'

'Vroeger deed het gerucht de ronde dat hij een meisje dat voor Daems had gewerkt, in het IJ heeft gedumpt. Niet lang voor mijn moeder vermoord werd.'

Pats ogen knipperen alsof hij plotseling in een fel licht kijkt. Met een zware frons tussen zijn wenkbrauwen laat hij mijn woorden op zich inwerken. 'Andy?'

Op mijn bevestigend knikken haalt Pat zijn schouders op en even denk ik dat hij nog iets zal zeggen, maar het volgende moment is hij afgeleid. Er loopt een knappe, gekleurde vrouw met een indrukwekkende bilpartij in haar legging langs het bankje.

'Moet je die ogen zien,' zegt Rits. 'Dat grietje loopt een partijtje te genieten.'

'Te hooggegrepen voor jou, vriend,' zegt Pat, 'die meid vreet je levend op.'

'Sprak de oude man.' Rits slaat zijn armen over elkaar. 'Gekleurde meisjes kunnen het nog waarderen, een beetje flirten, maar met die blanke chicks van tegenwoordig is het niet leuk meer. Als je al een blik terugkrijgt, dan lijkt het alsof er tbs op je voorhoofd geschreven staat.'

Eerder met verbazing dan met ongemak besef ik dat het ze helemaal niets uitmaakt dat ik naast ze zit, dat ze zich in geen enkel opzicht voor mij zullen inhouden.

'Ik houd wel van die gekleurde meiden,' zegt Pat. 'Van die spleetogen ook wel.'

'En dan noemen ze je een racist.'

Aan hun gezichten te zien vinden ze zichzelf vreselijk grappig, die twee met tatoeages geïllustreerde parkdrinkers, of misschien zijn ze alleen maar nieuwsgierig hoeveel ik kan hebben en zit ik midden in een test.

'Hou je van livemuziek?' vraagt Rits aan me. 'Ik heb kaartjes voor de Melkweg vanavond. Een leuke bluesband uit Chicago. We kunnen ervoor ergens een hapje eten.'

'Is je vrouw soms op vakantie?'

'Deze jongen is vrijgezel, schat.'

'Sorry, ik ga alleen met getrouwde mannen uit, schat.' Ik wend me nu tot Pat. 'Ik wil met hem praten.'

'Met die lange?'

'Kun je me daarbij helpen?'

'Ik zou niet weten hoe, meid,' klinkt het volstrekt onverschillig. Als ik al ooit enige indruk op Pat heb gemaakt, gebaseerd op mijn verdienste als jonge, semibekende schrijfster, en zijn positie als lamlendige, vroegoude bankzitter, dan is die nu niet langer van kracht. Niet alleen voor Rits, ook voor Pat beteken ik helemaal niets.

'Dan laat ik Daems verder met rust,' beloof ik in een wilde opwelling. 'Als jij zorgt dat ik met Andy kan praten en erbij blijft. Want ik wil geen moment alleen met hem zijn.'

'Maar met mij toch wel?' vraagt Rits, die zich kennelijk

buitengesloten voelt nu hij al bijna een minuut geen aandacht krijgt.

'Ik kan hem gelijk even bellen,' zegt Pat en vist zijn telefoon uit zijn broekzak. Hij kiest een nummer, maar Andy neemt niet op. 'Ik probeer het later nog een keer. Alleen, het probleem is dat ik nog geld van hem krijg en dan is de kans niet echt groot dat hij opneemt. Anders moet je na het weekend hierheen komen. Maandagochtend om tien uur begint zijn werkweek weer.'

'Ik stap maar eens op,' zeg ik en kom overeind.

'Leuk om je ontmoet te hebben,' zegt Rits, waarbij hij zijn sarcastische toon volstrekt overbodig onderstreept met een hautain, scheef lachje.

'Insgelijks,' zeg ik.

'Als ik wat hoor van die lange, laat ik het je weten,' zegt Pat. 'En anders zie ik je volgende week wel weer.'

24

Aan het onverstoorbare motorgeronk begin ik na een minuut of twintig toch al redelijk gewend te raken. In de sloep, die Lucas heeft gehuurd, varen we over de statige, eerbiedwaardige Amstel, waaraan onze geboortestad zijn naam dankt. Naarmate we het centrum dichter naderen wordt het drukker op het water. Kapitale sloepen en afgeragde motorbootjes bevechten elkaar het beperkte aantal vierkante meters van de ideale vaarlijn. Maar het zijn overduidelijk de arrogant door het water snijdende glazen buizen van de rondvaartboten die zich de oorspronkelijke bewoners van de grachten wanen. Mannen met ontbloot bovenlijf in snelle motorjachten brengen niet het minste greintje consideratie met welk vaartuig dan ook op. Luid gepraat. Harde muziek. Spelevaren lekker in de natuur. Rousseau zou vandaag zijn pruik opgegeten hebben. Vanaf een van de boten schalt de stem van Sting over het water.

'Weet je nog,' vraag ik, 'The Police? Je zat vroeger de hele dag *Roxanne* te oefenen.'

'*I can't stand losing you* was dat. Ik heb nooit *Roxanne* gespeeld.' Hij draagt shorts, teenslippers en een T-shirt. Een donkere zonnebril voor zijn ogen.

'Weet je dat zeker?'

'Honderd procent.'

Als mijn geheugen al om zoiets onbenulligs verstoppertje met me speelt, wat heb ik dan nog meer niet goed onthouden? Hij opent de koelbox met daarin flessen witte wijn en water op ijs, en, speciaal voor mij, zoals hij het plagend verwoordt, 'verantwoorde' hapjes. Hij heeft werk van de voorbereidingen gemaakt. Zelfs aan zonnebrandolie en een kleine parasol heeft hij gedacht, waardoor ons tochtje voor hem behalve een ontspannend uitstapje ook een mooi staaltje van organisatie lijkt te zijn.

Een tijdlang krijg ik de melodie van Stings liedje niet meer uit mijn hoofd terwijl Lucas me wijn bijschenkt en met devote aandacht plakjes stokbrood met hummus besmeert. Zelf drinkt hij uit een flesje water.

'Dat is misschien wel het enige wat ik mis van Phuket,' zegt hij. 'Varen. Zodra we het ons konden veroorloven, kochten we een bootje met een kleine buitenboordmotor, die om de haverklap afsloeg. Zwemmen in zee. De eerste jaren iedere dag.' Hij vertelt over zijn laatste boot, een zeewaardig motorjacht, geschikt voor excursies en duiklessen met groepen tot twintig personen. Zijn stuurman had een vast ritueel als hij aan boord ging, altijd eerst met zijn rechtervoet. In zijn broekzak droeg hij een haaientand bij zich. Hij was zo iemand die het met het bovennatuurlijke op een akkoordje gooide. De wereld van watergeesten en heilige rotsen.

Mijn gedachten zijn blijven steken bij een man en een vrouw in het azuurblauwe water. Ik zie ze voor me samen in de golven. De verhalen van Haantje en Rits ruisen zacht na in de wind boven de Amstel. Ik bespeur een zeker ongenoegen diep vanbinnen. Ik ben boos. Op hem. Eigenlijk verschil ik niet veel van Mathilde. Dezelfde afkeuring. Hetzelfde verwijt: wat zag hij in vredesnaam in een simpele ziel met een push-upbeha?

'Het leuke van een eiland,' hoor ik Lucas zeggen, 'is dat alle wegen naar zee leiden.'

'Ik heb Pat onlangs nog een keer gesproken.' Ik doe mijn best om niet wraakzuchtig te klinken. 'Hij was samen met iemand die vroeger bij hem in de shop werkte. Ze beweren dat die vechtpartij tussen Hayo en jou om een horloge ging. Het horloge dat jij van je moeder gestolen zou hebben.'

Zijn zonnebril maakt het onmogelijk om de uitwerking van mijn opmerking af te lezen. Het duurt even voor hij reageert. Met een rustige stem. 'Ik had het geld nodig op dat moment. Ik wilde zó graag weg, maar de omstandigheden waren er niet naar dat ik het haar kon vragen. In de haak was het niet, maar als je weet wat ze in die tijd allemaal voor Hayo kocht, de duurste camera's, en aan die motor van hem had ze ook meebetaald, al deden die twee het voorkomen alsof dat niet zo was. Maar dat blauwe oog had maar één oorzaak, mijn kritiek op zijn verhouding met je moeder.'

De vaart die we maken veroorzaakt een aangenaam briesje. In de stilte die valt, neemt hij een olijf en kauwt erop en ik doe hetzelfde.

'Ben je er al uit?' vraagt hij na een poosje. 'Wat je doet, in verband met Hayo, bedoel ik.'

'Nog niet.'

'Praktisch gezien heeft het allemaal niet veel zin meer, lijkt me. Die verjaardagskaart van je moeder aan hem bewijst niets. Op basis daarvan en wat verhalen van halve of hele idioten gaat de officier van justitie echt niet een onderzoek naar een twintig jaar oude zaak heropenen.'

'De hamer is bewaard gebleven. En nog enkele sporen die toen gevonden zijn, zoals sigarettenpeuken.'

'Hij heeft misschien bij haar boven een sigaret gerookt. So what? Hij was tenslotte jouw vriendje en kwam weleens bij jullie over de vloer.'

'Weet je nog wie Andy is? Die lange, magere junk.'

'Zegt me niks.'

'Hij had een scherpe neus, echt een eersteklas lamstraal. Hij liep altijd met gestolen spullen te leuren. Een soort mobiele kringloopwinkel.'

Hij schudt zijn hoofd. 'Er liepen zoveel van die mafkezen rond.'

'Op de avond van de moord had hij Haantjes auto opengebroken en er gereedschap uit gestolen. Ook hamers.'

'Die junk zal inmiddels wel dood zijn.'

'Nee, hij leeft en ziet eruit alsof hij van plan is honderd te worden.'

'Dus je hebt een nieuwe verdachte?'

'Misschien. Er is een handschoen bewaard gebleven.'

'Wat voor handschoen?'

'Die hadden ze gevonden in de container van het Spaanse restaurant die in het Wijngaardstraatje stond. Eentje maar. Met bloed erop. Zelfde bloedgroep als mijn moeder. Toen konden ze er niet veel mee. Maar met het DNA-onderzoek van tegenwoordig misschien wel.'

'Hoe weet je dat allemaal?'

'Ik ben bij Sanders geweest. We hebben samen het hele dossier nog eens doorgenomen en daarna is hij op mijn verzoek bij het forensisch instituut nagegaan wat er nog bewaard is gebleven.'

'Er is een gedachte die me steeds meer begint bezig te houden. Je zou nooit contact met Haantje gezocht hebben, of met Pat, of met mijn moeder, ook niet met mij, als het niet voor je boek was. Dat klopt toch?'

'Ja, dat is waar.' Mijn telefoon trilt in de zak van mijn shorts.

'Hoe zie je mijn moeder en mij eigenlijk?' vraagt hij. 'Als materiaal? Wat jij doet, lijkt op vivisectie.'

Ik haal mijn schouders op met het duistere gevoel dat ik deze ronde heb verloren. Uiteraard verwacht hij dat ik hem tegenspreek, maar dat doe ik niet, want tussen hem en mij is het al lang niet meer zo simpel en licht als ik het aanvankelijk had willen houden.

Behendig manoeuvreert hij de boot vanaf de Grimburgwal in een haakse bocht de Oudezijds Achterburgwal op, waar het water onder de brug plotseling onheilspellend smal wordt. Zodra we eronder vandaan komen, kan ik de fietsers en voetgangers op de kant goed onderscheiden. Jonge mensen, studenten na tentamentijd. Onbezorgd zweven ze als pluisjes door de zonnige zomerlucht. De oude stad die eeuwig jong blijft.

Op de gracht is het benauwend druk en met rimpeltjes van concentratie op zijn voorhoofd weerstaat hij de anarchie op het water. Aan de eenvoudige, menselijke norm dat grote boten, die veel golfslag veroorzaken, vaart minderen zodra ze in de buurt komen van kleine, rubberen bootjes of ranke eenpersoonskano's, voelt helemaal niemand zich hier gehouden. Als we onder de brug van de Zeedijk, de ‘eerste brug’, door varen, bewaren we beiden nog steeds het stilzwijgen. Hij lijkt in gedachten verzonken, misschien aan haar die, hier recht boven ons, met Haantje had gelopen. Haantje, die haar had gesmeekt om met hem mee te gaan. Voor de Sint-Olofskapel hadden ze staan praten. Met boven de ingang het beeld van het liggende skelet en de vergulde letters. *Spes alterae vitae*. Ik moet er vroeger duizenden keren langsgelopen zijn, zonder te weten wat het betekent. Ik heb het opgezocht. Hoop op een ander leven.

Als we het IJ bereiken, is er ineens die ontzagwekkende ruimte. Ik zuig mijn longen vol met de bedwelmende lucht, schoongewassen door de regen van de afgelopen dagen, en vol frisse geuren. Zijn gereserveerdheid maakt duidelijk dat ik hem gekwetst heb. Met de beschuldiging dat hij Mathildes horloge had gejat, en het stille verwijt dat hij met de vrouw uit Haantjes dagboek was vertrokken. De stille verwijten komen het hardst aan. Dat weet hij ook, misschien betaalt hij me nu met gelijke munt. Had ik hier met Hayo gevaren, dan zou het er luidruchtiger aan toe zijn gegaan. Hij zou zich verweerd hebben, liegend, scheldend, intimiderend desnoods. Misschien had hij me wel van boord gezet, hij hield er een zeer basale manier van met kritiek omgaan op na. Dat hij niet zo’n opgewonden macho als zijn broer is, spreekt me juist in Lucas aan. Goed, hij is toen hij jong was met een onnozele, vulgaire meid naar de andere kant van de wereld vertrokken. Mag ik hem dat vandaag aanrekenen? Misschien was het alleen maar zijn omweg geweest, zijn *Het lichamelijk kapitaal*-fase. Ik kijk om me heen als we tussen Noord en het centrum in varen en onverwachts het meest fantastische uitzicht opdoemt dat je op de verweving van de oude en de nieuwe stad vanaf het water kunt hebben. Ik grijp het beeld met beide handen aan en wijs hem op de oude kerktorens die boven de stationshal omhoogklimmen, en de nieuwe, stoutmoedig belijnde gebouwen langs de oevers.

'Er schuilt een architect in je,' zegt hij, voor het eerst weer glimlachend.

Ik strek me uit op de kussens van de bank, genietend van de weidse gastvrijheid van het water. Zijn koele hand streelt mijn nek, mijn haar. Ik rust met mijn hoofd tegen zijn zij. Voor ons uit naar het westen een brede, steeds legere horizon met hier en daar een uit baksteen opgetrokken industrieel gebouw. Hij stuurt de boot wat dichter naar de kant, langs een werf, een groot, rommelig terrein met kranen en takels en boten op de helling. Hoog opgeschoten netels en fluitenkruid langs een hek van gaas. Fladderende pauwogen en libellen bij de vleet. In de lucht het geronk van vliegtuigen, als altijd bereid om ieder gevoel van een natuurlijke idylle de kop in te drukken. We varen een doodlopende zijarm in, waar hij vroeger als jongetje kwam om te vissen. Er liggen tientallen platte schuiten in de lengte naast elkaar, drie rijen dik. Langzaam stuurt hij om het ponton van roest heen, als zijn telefoon gaat. Hij kijkt op het scherm. 'Lizzy. Ik neem even op.' Hij draait het gas terug, waardoor de boot nog nauwelijks vooruitkomt en licht begint te schommelen.

Terwijl hij met zijn dochter spreekt, controleer ik op mijn telefoon wie mij eerder die middag heeft proberen te bereiken. Ha, Pat! Hij heeft een voicemail ingesproken.

'Nieuws!' klinkt zijn stem opgetogen. 'Ik heb die lange vanochtend gesproken.' Dan geheimzinnig fluisterend, alsof er iemand van de CIA achter hem is opgedoken: 'Bel maar als je interesse hebt.'

Ik aarzel, maar omdat Lucas nog steeds in gesprek is, geef ik toe aan mijn nieuwsgierigheid. Ik loop naar de boeg van de boot en ga met mijn rug naar Lucas zitten. Na drie keer overgaan neemt Pat zijn telefoon op. Hij komt zonder dralen ter zake. Lijkt het. 'Ik was een paar dagen niet naar het park geweest door het slechte weer, maar vandaag zag ik hem, Andy.'

'Ja?'

'Hij wil niet met je praten.'

'Jammer,' zeg ik, maar ik voel me ook een beetje opgelucht.

'Ik heb hem uitgehoord over die avond.'

'En wat zegt hij?'

Hij laat een welbewuste stilte vallen, ik vermoed om me goed te laten voelen wat hij waard is.

'Het is bizar, hij kraakte die auto van Haantje in opdracht. Dat was hem nog nooit eerder overkomen, dat iemand hem had gevraagd een auto open te breken. Hij kreeg er vier tientjes voor en daarna had hij eerste keus, hij mocht...'

'Wie gaf hem die opdracht?' onderbreek ik hem.

'Ik heb wel drie keer aan hem gevraagd of hij het zeker wist. Hij zweert dat het waar is. Niet dat dat zo heel veel betekent, in zijn geval, maar ik kan geen reden bedenken waarom hij zou liegen.'

'Wie was het, Pat?'

'Hij wees de auto aan.'

‘Wie, verdomme? Hayo?’

‘Zijn broer, Lucas. Hij stond erbij met handschoenen aan.’

Het bloed in mijn lichaam vertraagt. Ik heb het gevoel dat ik me niet boven maar onder water bevind. Na de lange stilte die ik laat vallen, klinkt Pats stem alsof hij me vanaf de andere kant van de wereld bereikt. ‘Hallo? Ben je er nog, Anne?’

‘Ja, ik luister. En wilde hij zelf ook nog iets uit de auto hebben?’

‘Volgens Andy ging hij in de laadruimte wel op zoek, maar naar wat heeft Andy niet kunnen zien. Zelf was hij er alweer vandoor met twee gereedschapskisten, in iedere hand een.’ Hij pauzeert even. ‘Ik weet wat er door je hoofd gaat. Ik dacht hetzelfde toen ik het hoorde. Die fucking hamer.’

‘Dat kan toch niet waar zijn, Pat?’ fluister ik op bijna smekende toon.

‘Hij was veruit de sympathiekste van de twee, de rustigste, maar er was wel iets met hem, wat nu weer bij me boven is gekomen. Toen hij een puber was, is hij een poosje weg geweest. Mathilde beweerde altijd dat hij voor zijn longen in een soort revalidatiecentrum lag, maar in werkelijkheid zat hij in een tehuis, een opvoedingsgesticht. Hij had zijn vader met een broodmes dwars door zijn arm gestoken. Tegenwoordig schijnt hij in Thailand te wonen.’

Ik verbreek de verbinding, stop mijn telefoon weg en blijf met mijn rug naar Lucas zitten. De buitenboordmotor pruttelt boven het water, met een dof gesuis en gebonk dat het geluid lijkt van mijn eigen bloed, kloppend in mijn hersenen.

'Alles goed?' klinkt het na een poosje achter me.

Ik draai me langzaam om. 'Ja.' Hem aankijken kan ik, durf ik niet.

'Zo zie je er niet uit.'

Ik trotseer zijn onzichtbare blik achter de donkere zonnebrilglazen, zonder dat ik een woord kan uitbrengen.

'Nou?' vraagt hij.

'O, sorry. Iets met mijn uitgever. Hoe was het met Lizzy?'

'Die loopt in de Kalverstraat. Ze vroeg of ze een jurkje van maar negentig euro mag kopen.'

'Ik dacht dat ze voor een schoolagenda en schriften op pad was.'

'Mijn woorden. Wil je nog iets drinken?'

'Het is misschien vervelend dat ik het vraag, maar ik moet nogal nodig plassen.'

'Ik kan hier bij de werf even aanmeren.' Hij wijst naar de kade, waar een korte steiger in het water steekt. 'Dan kun je misschien achter een van die boten... Maar ik vind het ook prima om terug naar de stad varen.'

Terug is algauw een halfuur. Ik moet maken dat ik wegkom. 'We zitten niet ver van de IJ-kantine,' zeg ik, 'ken je dat? Een café-restaurant aan het water, net naast de aanlegplaats van de pont. Is het goed als we daar een stop maken?' In gedachten ben ik al van boord en in de bedrijvigheid bij de pont verdwenen.

'Dat is goed.'

Hij stuurt de boot in een U-bocht om de dekschuiten als er een berichtsignaal uit zijn telefoon klinkt. Over mijn schouder glurend, zie ik dat hij zijn zonnebril omhoog op zijn voorhoofd schuift en met een bijna bezeten aandacht op zijn telefoon tuurt. Donkere schaduwen verschijnen rond zijn ogen, zijn wangen lijken in te vallen, hol van een plotselinge pijn. 'Stom kind!' sist hij tussen zijn opeengeklemde tanden.

'Is er iets gebeurd?' vraag ik, maar het lijkt alsof hij me niet hoort en dan gaat ook mijn telefoon. Misschien nog een bericht van Pat, iets wat hij is vergeten te zeggen. Plotseling gaat alles heel snel. Ik tast naar mijn telefoon. Hij draait het gas terug, waardoor de motor stationair loopt. De boot begint plotseling heftig te schommelen. Als ik me omdraai komt hij op me af, met grote, gehaaste stappen. Dicht voor me blijft hij staan. Een vreemd soort energie, een onverwachte flikkering, maakt zich van hem meester. Hij glimlacht, bedroefd, manisch, door een muur van pijn heen. Hij kijkt secondenlang op me neer, waarbij zijn lippen vertrekken, langzaam veranderen in het verbeten pruilmondje van een woedend kind. Halfvol hangt de wijnfles ter hoogte van zijn dijbeen. Zijn vingers omklemmen de hals zoals je een stok vasthoudt, de steel van een hamer. Uit mijn binnenste rijst het beeld op van de donkere overloop en mijn moeder voor de deur van haar kamer. De onzichtbare aanwezigheid erachter. Een wilde angst slaat me om het hart, maar ik voel dat ik hem rustig moet blijven aankijken. Dat is mijn enige kans. De eerste klap kwam van achteren. Toen ze niet keek.

'Wil je het me vertellen?' vraag ik.

'Wat?' vraagt hij met een wrange blik in zijn ogen.

'Wat je gedaan hebt?'

Achter hem tekent de middagzon cirkels van licht op het water. De ramen van de verre hoge gebouwen langs de oever aan de stadskant blikkeren boven donkere kades van basalt. Geen boten in de buurt. Als ik hier tussen de golfjes met het gele schuim zou verdwijnen zou niemand het merken.

'Dacht je daar wat mee op te schieten?' vraagt hij.

'Daar probeer ik achter te komen.' Ver weg schalt het geluid van een scheepshoorn.

'Het zou geen verschil maken, ongeacht wat ik je vertel.' Hij vertrekt zijn mond, een soort samenknijpen van de lippen, dat zowel berusting als spijt lijkt uit te drukken. Hij knikt langzaam met zijn hoofd en zegt: 'Voor jou in ieder geval niet. Je bent slim en snel. Sneller dan ik had verwacht, moet ik toegeven.'

'Had je gedacht dat ik het erbij zou laten zitten?'

'En dat niet iets onvoorziens alles in het honderd zou laten lopen. Het slechtste komt meestal uit onverwachte hoek.'

Zijn hand beeft en omklemt nu zo krampachtig de flessenhals dat de knokkels tot lijkkleurige knoppen verbleken.

Achter hem, op een meter of twintig afstand, vaart een kleine motorboot voorbij. Twee mannen met kortgeknipt haar, bruine armen, hengeltoppen die aan de achterzijde uitsteken. Hij kijkt over zijn schouder en op dat moment spring ik overeind en begin naar de mannen te schreeuwen, zwaaiend met mijn armen. Ze zijn alweer verder gevaren als hij met de fles naar me uithaalt. Ik kan de klap half afweren, waardoor het glas mijn jukbeen schampt en op mijn onderarm landt. Ik schreeuw en schreeuw als een volgende klap de zijkant van mijn hoofd raakt en ik in een golf van warmte en pijn achteroverval, over de rand van de boot in het water. Het is donker en koud. Overal water. Mijn ogen stijf dicht. De druk in mijn longen loopt op. Mijn benen en armen lijken verlamd als in zo'n droom waarin een trein recht op je afkomt. Ik moet bewegen, bovenkomen, ademhalen. Maar in plaats daarvan zak ik verder weg in de diepte, waar het licht langzaam wegsterft. Dan klinkt er een dof geronk en boven mij wervelt het water. Ik sla mijn armen uit om me omhoog te werken.

De kleine boot met de twee mannen is al dichtbij als ik naar adem happend bovenkom. Omhuld door de stank van benzinewalm trekken ze me aan boord tussen de bierblikken, schepnetten, en kistjes met dobbers en haken. Ik kijk achter me. De sloep met Lucas erin is verdwenen.

De mannen blijken collega's van de brandweer, twee fitte, koelbloedige helden van beroep. Hun bruine, gladgeschoren gezichten verraden behalve een routineuze begaanheid ook iets sikkeneurigs omdat ik hun vrije middag met hengels en bier aan het verzieken ben. Helemaal nat en verkleumd en ongelukkig in het briesje geef ik antwoord op hun vragen over wat er in de sloep tussen mij en Lucas plaatsvond. Ze pakken het efficiënt aan, terwijl de een naar de politie belt vaart de ander de boot naar de aanlegsteiger van de pont. Waar ze me onder grote belangstelling van forensen en dagjesmensen overdragen aan twee geüniformeerde agenten, een man en een vrouw. Die twee bekijken de buil op mijn hoofd en de wond op mijn jukbeen en stellen voor me naar de eerste hulp van het ziekenhuis te rijden, maar ik zeg dat ik me goed voel en met een hysterische smeekbede weet ik ze te vermurwen om eerst aangifte te mogen doen. Voor het eerst van mijn leven zit ik in een politieauto. Alleen de sirene en het pulserende blauwe licht ontbreken als ik onderweg naar het bureau voor de tweede keer in korte tijd uitleg wat me is overkomen. 'Lekker vriendje,' reageert de vrouwelijke agente over haar schouder kijkend. 'Ik denk dat hij mijn moeder vermoord heeft,' bibber ik op de achterbank.

Op het bureau word ik door een deur naast de balie geleid, en vandaar een gang door met aan weerszijden deuren. Sommige staan open. Rechercheurs in jeans en T-shirt zitten snel typend achter beeldschermen, hun geüniformeerde collega's passeren me in de gang als ik naar de achterste kamer wordt gedirigeerd. De politieagente brengt me een deken, die ze zorgzaam over mijn schouders legt. Ze vraagt hoe het met me gaat en daarna wil ze nog een keer van me horen waar ik aangifte van wil doen.

Het hele verhaal komt er nu uit. 'Als die mannen van de brandweer niet langs waren gevaren, had ik hier niet gezeten,' zeg ik.

'En dat, eh, andere?' Ze monstert me met een doordringende blik, alsof ze probeert uit te sluiten dat ze met een medicatie ontduikende psychopaat te maken heeft.

'Hij heeft mijn moeder vermoord. Daar ben ik vandaag achter gekomen. Het is een lang verhaal. Alstublieft, gelooft u me. Ik ben niet gek...'

'Er komt zo een collega van de recherche bij u,' onderbreekt ze me en sluit de deur achter zich als ze de verhoorkamer verlaat. Door de muren klinken doffe stemmen. Voetstappen op de gang. Deuren die dichtslaan. Gelach. De minuten verstrijken. Ik ben opeens zo moe. Het liefst zou ik gaan liggen en slapen. De adrenaline laat me in de steek. Ik moet iets doen om wakker te blijven en pak mijn telefoon, erop voorbereid dat de aanprijzing 'waterproof' niets dan een loos lokkertje zal blijken te zijn. Maar, verdomd, hij doet het nog. Ik open het appje dat ik ontving toen Lucas met een fles in zijn hand op mij kwam afstormen.

Mijn vriendinnetje uit Thailand had nog een filmpje van Draakje. Ik heb het ook aan papa geappt. Veel plezier vandaag. X. Lizzy.

Het eerste, stilstaande beeld van het filmpje vertoont twee magere meisjesarmen om een kat, die eruitziet alsof hij uit een hete frituurpan is ontsnapt. Ik laat het filmpje lopen. De kat. Lizzy, een jaar of twee jonger dan ze nu is. Haar gezicht met een wolk van helwit haar dicht bij de kop van de kat. Ze kust hem op zijn oor van gestold kaarsvet. Het beeld verandert alsof degene die filmt een stap naar achteren heeft gezet. Er klinkt een hese stem buiten beeld. Een terrastafel. Weelderig groen. Een palm die het zonlicht filtert. Het filmpje duurt 24 seconden. Het gebeurt in de laatste twee seconden. Ik bekijk dat stukje vijf, zes keer achter elkaar. Ik bekijk het nog steeds als er een man met zilvergrijs haar in een overhemd met korte mouwen tegenover me komt zitten. Hij stelt zich voor. Ik kan zijn naam niet verstaan. Zijn hand voelt koel en droog aan.

Hij werpt een zorgelijke blik op mijn jukbeen. 'Hoe gaat het met u?'

'Slecht.'

'Dat kan ik me voorstellen na wat u overkomen is. Hoofdagent Lia Waalwijk heeft me net even kort bijgepraat.'

Hij zet een leesbril op, doet de computer aan, tikt snel en kort iets op het toetsenbord in, en neemt me dan over de rand van het donkere montuur op. 'Waar zullen we beginnen? Bij wat er vandaag is gebeurd of bij... uw moeder? Ze is vermoord? Klopt dat?'

'Nee.'

Hij knikt met de ervaren blik van iemand die aan een enkel woord genoeg heeft om vast te stellen dat hij zijn tijd verdoet.

'Maar dat heeft u toch net aan de hoofdagent verteld?'

'Ja, maar...' Even vind ik geen woorden meer en staar ik hem hulpeloos aan, handenwringend.

'Nu heeft u zich bedacht en wilt u geen aangifte meer tegen uw vriend doen.' Hij kruist zijn armen voor zijn borst en leunt met een diepe, verwijtende zucht achterover in zijn stoel.

'Ik heb me niet bedacht. Ik heb me vergist.'

25

Van de bushalte is het onder de witgrijze hemel maar een klein stukje lopen naar het parkeerterrein van het rechthoekige, nieuwe gebouw. Het doet eerder aan een hightechfabriek of een distributiecentrum denken dan aan een gevangenis. De kou stijgt in een bijna onzichtbare nevel op van de met pekel bestrooide weg. In de Zaanse wei staan schapen, roerloos, hun adem stomend. Een schraal laagje sneeuw bedekt de houten palen van de prikkeldraadafscheiding. Op het parkeerterrein liggen hulzen van vuurpijlen, misschien hier of vanaf de binnenplaats, als ze die hebben, afgestoken. Vroeger bleef er op de Nieuwmarkt een centimeters dikke brij van gekleurd papier achter na het vuurwerk op oudejaarsavond. We liepen er steevast om tien voor twaalf als in een processie heen om naar het spektakel te kijken, mijn moeder, ik, Hayo, Lucas, Sharif en Pat. Mutsen, dassen, moonboots. Hayo voorop, met een brandende sigaar tussen zijn lippen en een plastic tas vol vuurpijlen en voetzoekers in zijn hand. Mathilde bleef achter in haar zaak. Op sommige oudejaarsavonden lag er sneeuw op de takken van de bomen en de auto's langs de grachten, een fenomenaal gezicht als we na afloop van het vuurwerk over de Zeedijk terugkeerden. Op het skelet boven de ingang van de Sint-Olofskapel had zich een poederlaagje gevormd dat in het straatlicht kristalachtig glinsterde.

Ik zuig mijn longen nog een paar keer vol met frisse lucht voor ik naar binnen ga. Net als op een vliegveld word ik aan een veiligheidsprocedure onderworpen. Maar de rij is aanmerkelijk korter. Mijn tas en jas verdwijnen op een lopende band in een scanner. Daarna mijn schoenen. Op kousenvoeten ga ik door een detectiepoortje naar binnen. Aan een man in uniform achter gepantserd glas toon ik mijn rijbewijs. Hij overhandigt me een doorzichtig plastic mapje, waarin hij een kaartje met mijn naam erop heeft geschoven. Een collega van de man leidt me door een aantal sluizen. Lange gangen, hel verlicht door tl-balken aan het plafond. Hij levert me af aan een balie, kleiner dan de eerste. Daarachter houdt een vrouw enkele monitoren in de gaten. Ook zij wil mijn rijbewijs zien. Zonder me aan te kijken legt ze met een mechanisch stemmetje de regels uit, waarvan de belangrijkste is dat ik geen enkel voorwerp mag doorgeven.

'Ben ik alleen met hem?'

'Nee, er zijn meerdere gedetineerden die tegelijk bezoek ontvangen.' Nu kijkt ze me aan.

'Ik bedoel, ben ik veilig?'

'Er zitten binnen twee collega's die alles in de gaten houden. Heeft u redenen om te denken dat er iets staat te gebeuren?'

Ik schud mijn hoofd.

Een kale, holklinkende ruimte met planten, echte planten, en reproducties aan de muur. Aan één kant getraliede ramen met uitzicht op de hemel boven grasland. Een van de twee toezichthouders in uniform wijst me een tafel toe. Hij is een bedaarde, breedgeschouderde man met een gemillimeterd judohoofd en marmeren onderarmen, die een complete straatbende in bedwang lijken te kunnen houden. Ik ga in de plastic stoel zitten en zoek glimlachend oogcontact met, naar ik hoop, mijn bodyguard, maar hij lijkt slechts ijzig op zijn hoede, zonder verder enige emotie. Aan een van de andere tafels zit een oudere, mollige vrouw in een fleecetrui te wachten. Ze knikt mij, haar lotgenote, zal ze veronderstellen, vriendelijk toe. Als eerste komt haar zoon, een jongen met lang zwart haar, binnensjokken. Als zij opstaat laat hij zijn eveneens gezette lichaam in de armen van zijn moeder vallen en zo blijven ze een poosje staan, als twee teddyberen. De bewakers slaan alles kalm maar nauwlettend gade.

Dan is het zover. In een trainingsbroek en een sweater komt hij op sportschoenen binnengelopen. Hij is magerder en bleker, merk ik op als hij aan de andere kant van de tafel komt zitten – aarzelend, lijkt het, of hij me een hand zal geven of niet. Ik houd mijn handen onder tafel.

'Dag Anne,' zegt Lucas. 'Je ziet er goed uit.'

'Hoe gaat het met jou?'

'Goed.'

Daar lijkt het niet op. Die ingevallen en bestoppelde wangen zijn nog tot daaraan toe, maar die blik, die doffe ogen met hun glazige starheid, als van een dode krab op een viskraam.

'En met je boek?'

'Het komt in maart uit. Ik ben bezig met de laatste correctieronde voor het naar de zetter gaat.'

'Heb je al een titel?'

'*Kattenmeisje*.'

'Ik hoop dat het een succes wordt.'

We kijken van elkaar weg en vervallen in een lange onbeholpen stilte. Mijn blik kruist die van de bewaker met de brede schouders. Hij, en zijn collega's, en de agenten en de rechercheurs, en de officieren van justitie en de rechters, staan allemaal aan dezelfde kant. Ze houden er een simpele opvatting over hun werk op na: dat de smeerlappen niet ongestraft weg mogen komen. Ik sta óók aan hun kant, maar dat weet hij niet. Waarschijnlijk gaat hij ervan uit dat ik met de vijand heul, met de smeerlappen.

De jongen is inmiddels tegenover zijn moeder gaan zitten. Zijn ogen staan onrustig, alsof ze naar een akelige droom van afgelopen nacht staren.

'Fijn dat je gekomen bent,' zegt Lucas. 'Ik had het eerlijk gezegd niet verwacht.'

'Ik ook niet.' Daar is geen woord aan gelogen. Ik herinner me de verblindende, withete lichtflits die door me heen schoot op het moment dat de fles de zijkant van mijn hoofd raakte. De laatste twee van de 24 ingekapselde seconden die korte metten maakten met al mijn illusies en hypotheses. Mijn verbeeldingskracht, zo lang op het verkeerde been gezet, had de afgelopen maanden overuren gemaakt met flarden van beelden en herinneringen die ik aan elkaar probeerde te passen. Als een verbrijzelde ruit, stukje voor stukje, tot het beeld weer bijna compleet was. Ik heb ooit ergens gelezen dat de levenden alleen maar een soort doden zijn. Kennelijk is het tegenovergestelde ook mogelijk: een dode als een vreemd soort levende. In de laatste seconden van het filmpje van Draakje, dat Lizzy me stuurde, maakt ze haar opwachting. Slechts twee tellen duurt haar verrijzenis. Haar haar is kortgeknipt, ze is wat voller, twintig jaar ouder, maar springlevend. De tatoeage van de sterretjes in haar hals is onzichtbaar, waarschijnlijk weggelaserd, maar zij is het onmiskenbaar, mijn moeder. Ze zegt iets tegen Lizzy: 'Zijn jullie klaar, het is halftwee, we gaan zo naar...' en dan stopt het filmpje. Haar stem, geen twijfel mogelijk. Na twintig jaar is mijn moeder haar eigen graf in Putten om komen woelen. Niet haar lichaam maar dat van een wildvreemde vrouw was door de politie opgegraven. Al die tijd had het tussen mijn opa en oma in gelegen. De overblijfselen bleken van Rosa te zijn, Haantjes spookgeliefde. In het familiegraf is er geen lichaam voor in de plaats gekomen, want dat van mijn moeder was na haar dood in Thailand gecremeerd. Ze hadden Rosa vermoord, Lucas en mijn moeder samen. Ze hadden Haantjes geld gestolen en Rosa met de uit zijn auto afkomstige hamer zo toegetakeld dat er van haar gezicht niets meer over was. Lucas zelf had haar samen met kippige Mathilde als mijn moeder geïdentificeerd. Tot zover de feiten die ik heb weten te achterhalen.

'Je hebt aan Mathilde gevraagd of ik je wilde komen opzoeken,' zeg ik, 'omdat er nog dingen zijn die je me persoonlijk wilt zeggen.'

'Het spijt me. Alles wat er gebeurd is.'

Ik ga ervan uit dat hij het was, die de verwoestende klappen uitdeelde. Inmiddels acht ik mijn moeder tot gruwelen à la Medea in staat, maar ik kan me niet voorstellen dat zij de executie persoonlijk uitvoerde. Toch wil ik, moet ik het van hem horen, het honderd procent zeker weten.

'Was jij het, die haar vermoordde?'

'Zoals je weet, heb ik alles ontkend.'

'Het hoger beroep heeft gediend. Wat je ook zegt, het maakt niet meer uit. Je zit negen jaar vast.'

'Die kunnen er nog wel bij. Ik zit al ruim twintig jaar opgesloten. Maar het gaat niet alleen om mij.'

'Mathilde?'

'En Lizzy. Haar vader heeft alles ontkend.'

'Misschien denkt ze later alleen maar: leugenaar, tot aan het eind aan toe.'

Hij komt op me over als een man die twee gedachten tegelijk onder ogen ziet, die hij geen van beide kan verdragen. 'Ik hoorde van mijn moeder dat je soms met Lizzy afspreekt.'

'We hebben een paar keer samen iets leuks gedaan, maar over dit soort zaken spreken we niet.' Uit de moord is veel voortgekomen. Vanaf die eerste hamerslag, dat moment van hitte en waanzin, zijn zoveel vertakkingen van verhaallijnen ontstaan, zoveel paden gebaand van verraad en haat en, vooral, verdriet, dat het een wonder mag heten dat er ook nog iets goeds uit is voortgekomen. Lizzy en ik. Als het ons lukt tenminste.

'Het zou fijn zijn als je een beetje naar haar om blijft kijken.'

'Je hebt het knap gespeeld. Dat moet ik erkennen. Ik was erin getrapt en dacht werkelijk dat je Hayo beschermde, terwijl je hem al die tijd vakkundig aan het opknopen was. Die verjaardagskaart van mijn moeder. Ze had hem jou gestuurd en jij hebt hem in de schoenendoos bij de spullen van Hayo gestopt. Waardoor het leek alsof de kaart niet voor jou maar voor hem bestemd was geweest. Dat is toch zo?'

'Ik kan niet op alles ingaan. Al zou ik het willen. Het spijt me.'

'Heb je me daarvoor laten komen?'

'Om je te bedanken dat je Lizzy aandacht geeft. Ze is zeer op je gesteld. Dat merkte ik vanaf het moment dat jullie begonnen te praten. Geloof me, ik had graag open kaart met je gespeeld. Gelijk vanaf onze allereerste ontmoeting. Weet je nog, bij mijn moeder voor de deur? Het was geen toeval. Ik wist dat je bij haar op bezoek was en wachtte buiten in mijn auto. Ik had besloten om je niet te ontmoeten, maar toch wilde ik je zien, van een afstandje.'

'Maar toen kwam ik terug om dat boekje voor je moeder in de bus te doen en dat had je niet verwacht.'

Hij knikt. 'Jij wilde mij ook zien, dat begreep ik later, toen je zogenaamd toevallig langs de tennisclub in het Vondelpark kwam. Je wist van mijn moeder dat ik daar iedere zaterdag was. Wat had ik graag tegen jou, juist tegen jou, alles eerlijk verteld. Voor één keer. Ik was met Lizzy terug naar Nederland gekomen om opnieuw te beginnen. Je maakt jezelf wijs dat het kan, dat er nog een weg terug is.'

'Luister, Lucas. Ik zeg het je recht in je gezicht. Je hebt me bijna om zeep geholpen. Ik denk dat je een psychopaat bent. Ik zou niet weten waarom ik naar jouw diepere zielenroerselen zou moeten luisteren. Ik zit hier maar om één reden, en die is heel simpel en heel zelfzuchtig: ik wil weten wat mijn moeder geflikt heeft en waarom.'

'Dat snap ik. Maar het is lastig, zoals ik je net heb proberen uit te leggen.'

'In dat geval kunnen we net zo goed een eind aan het gesprek maken.' Ik draai mijn gezicht naar de bewaker met het judohoofd, die juist op dat moment zijn collega iets op zijn telefoon laat zien. Iets grappigs, vermoed ik, want ze grijnzen beiden als twee gedresseerde circusapen.

'Misschien kan ik iets voor je betekenen. Voor een volgend boek. Maar wat ik in gedachten heb, is meer een thriller, en die schrijf jij niet, toch?'

'Ik bepaal mijn eigen onderwerpen. Dank je.' Opnieuw kijk ik opzij naar de twee bewakers. Dit keer maak ik met de geüniformeerde spierbundel oogcontact. Hij begrijpt mijn wenk en wil al opstaan, als Lucas me op bijna smekende toon om nog een minuut vraagt.

'De hoofdpersoon van het verhaal is een jongeman,' zegt hij, 'die valt voor een wat oudere vrouw. Hij is al jaren stilletjes verliefd op haar. Ze zit schuin tegenover waar hij woont achter het raam. Ze krijgen een relatie die ze geheimhouden.' Hij pauzeert even, om na te denken, lijkt het, en verschuift op zijn stoel. 'Ja, dat is belangrijk: de buitenwereld mag van niets weten. Ondanks het leeftijdsverschil passen ze wel bij elkaar, die twee. Beiden voelen ze zich tekortgedaan door het leven. Dat is misschien ook het thema: ze verwerpen de wereld die hen verworpen heeft. Of is dat te hoogdravend? Nog iets wat ze delen: ze schrikken niet terug voor een gokje. Hij zit financieel aan de grond en zij heeft een flinke schuld uitstaan. Haar schuldeisers maken haar het leven met de dag moeilijker. Onverwacht verschijnt er een derde figuur in hun bestaan. Een vrouw, een buitenlandse, die ternauwernood het hoofd boven water weet te houden. Behalve desperaat is ze neurotisch.'

'Laten we haar een naam geven,' onderbreek ik hem.

'Dat is goed. Eh...'

'Rosa?' Ik ben nieuwsgierig naar waar dit heen leidt en besluit om met hem mee te doen. Hij weet meer dan ik.

'Als jij dat een geschikte naam vindt, prima. Hij is degene die Rosa introduceert bij zijn vriendin. Die biedt Rosa aan om bij haar achter het raam te komen werken. Ze maken afspraken over de verdeling van de opbrengst. Rosa voelt al snel een grenzeloze adoratie voor de vrouw, die haar vriendschappelijk onder haar hoede neemt. Rosa laat haar haar in dezelfde kleur verven als die van de vrouw. Als ze samen een avondje uitgaan, vertelt Rosa aan de vrouw over een man die haar mee terug naar haar geboorteland wil nemen. Hij is een wat zielige figuur, maar daar staat tegenover dat hij een groot bedrag in contanten bij hem thuis heeft liggen. Het ene moment overweegt Rosa serieus om op zijn aanbod in te gaan, het volgende noemt ze hem een piepeltje, een sukkel, die haar onwaardig is. De hoofdpersoon en zijn vriendin beramen samen met Rosa een plan om het geld van de sukkel te stelen. Ze spreken af om het bedrag in drie gelijke porties te verdelen. Maar Rosa is grillig. Ineens besluit ze om toch met de sukkel verder te gaan. Het volgende moment valt ze weer terug op het plan. Maar nu eist ze de helft van het geld op. Als de hoofdpersoon en zijn vriendin hiermee akkoord gaan, maakt ze opnieuw ruzie. Ze dreigt om alles aan de sukkel op te biechten, erger, om naar de politie te gaan, mochten ze het plan toch doorzetten. De hoofdpersoon en zijn vriendin beseffen dat samenwerken met Rosa onmogelijk is. Ze besluiten haar uit de weg te ruimen.'

'Wie komt er op dat idee? De man of de vrouw?'

'De vrouw, maar er is weinig overtuigingskracht voor nodig om hem voor het plan te winnen. Zoals ik al zei, die twee passen perfect bij elkaar.'

'En wie vermoordt haar?'

'Als Rosa weer een beetje gekalmeerd is, neemt de vrouw haar mee naar het kamertje beneden, waar Rosa voor de grote spiegel kleren van de vrouw mag passen. Dan komt hij.'

'Met een hamer?'

'Dat zou kunnen. Het kan ook een ander wapen zijn. Dat laat ik aan jou over.'

'Maar wie *doet* het? Hij?'

Hij knikt.

'En die tatoeage? Rits, dat is de vroegere assistent van Pat, hij heeft toen ik hem er onlangs naar vroeg toegegeven dat hij twee dagen voor de moord sterretjes in Rosa's hals heeft getatoeëerd. Buiten medeweten van Pat, want Rits heeft destijds het geld in zijn eigen zak gestoken. Hoe zit het daarmee?'

Zijn ogen vernauwen zich, alsof ik een even doorzichtige als kinderachtige val voor hem zet, beneden zijn niveau en waardigheid. 'Ik ken geen Rits. Het is maar een verhaal.'

Ik snap het. Van de spelregels wordt niet afgeweken. Misschien wordt ons gesprek afgeluisterd. 'Laten we eens nagaan wat we tot zover hebben. De hoofdpersoon en zijn vriendin beramen een plan. Ze gebruiken als moordwapen een hamer. Allereerst omdat niet lang ervoor een andere prostituee met een hamer is vermoord, waardoor het lijkt alsof er een of andere maniak toeslaat. Die hamer is afkomstig van de sukkel. Na de moord laten ze de hamer onder zijn bed achter. Een perfect dwaalspoor.'

'Je kunt wel zien wie de schrijver hier is. Knap bedacht.'

'Maar met één ding moet je me toch echt helpen,' zeg ik. 'Die tatoeage.'

'Ik kan wel met je meedenken, als je dat op prijs stelt.'

'De vriendin van de hoofdpersoon, de hoer, heeft een tatoeage van vijf sterretjes in haar hals. Ze willen het laten lijken alsof niet Rosa maar zijzelf is vermoord. Ze, of hij, dus, verminkt Rosa's gezicht onherkenbaar met de hamer. Haar lichaam wordt als dat van de hoer geïdentificeerd, mede doordat ze dezelfde tatoeage in haar hals heeft. En nu mijn vraag. Hoe krijgen ze haar zover dat ze zich laat tatoeeren?'

'Misschien hoeft dat helemaal niet. Stel dat Rosa zo tegen de vrouw opkijkt dat ze niet alleen hetzelfde kapsel wil, maar ook net zo'n tatoeage als de vrouw in haar hals heeft. Het plan ontstaat doordat zij met die tatoeage opduikt. Daarmee tekent ze als het ware haar eigen doodvonnis. Kun je daar wat mee?'

'Er is een probleem.'

'Hoezo?'

'De hoofdpersoon is een koude psychopaat. Wie zou zich met hem willen identificeren?'

'Hij is niet alleen maar koud. Hij is juist zo vreselijk verliefd op de vrouw. Hij is een zwakkeling, maar wel een hele sterke zwakkeling.'

'Dus hij doet het voor haar? Zij is de kwade genius.'

'Zonder haar zou hij nooit tot die daad gekomen zijn. Daar gaat het verhaal over. Hij weet wat hij heeft gedaan en dat daarvoor geen excuus bestaat, geen genade, geen vergiffenis. Hij lijdt. Zelfs aan de andere kant van de wereld, waar ze heen gevlucht zijn en samen een kind krijgen en opvoeden. Ze kunnen elkaar nooit meer loslaten, die twee, want ze zitten er samen in. Net als in het wagentje van de achtbaan. Ze moeten de rit helemaal met elkaar uitzitten. Ze zijn tot elkaar veroordeeld om samen het geheim te bewaken. Tot een van hen overlijdt.'

'Ik weet niet of het genoeg is,' zeg ik. 'Nietsontziend eigenbelang, om praktische problemen op te lossen.'

'Ook om op het leven een overwinning te behalen.'

'Misschien is zij een interessantere hoofdpersoon,' opper ik.

'De vrouw?'

'Ja, stel dat ze een dochter heeft. Van achttien jaar oud. Als ze voor het plan kiest, betekent dat een definitief afscheid. Ze zal haar dochter nooit meer kunnen zien. Heeft ze die prijs er echt voor over?'

'Dat is de pijn waar ze mee moet leren leven.'

'Maar *kan* ze dat?'

'Nee, maar dat besef komt als het te laat is.'

'En het verdriet van haar dochter? Speelt dat bij haar ook nog een rol?'

'O, zeker. 's Nachts spreekt ze in haar dromen met haar dochter en dan huilt ze.' Plotseling is het alsof ik haar aanwezigheid hier kan voelen. Mijn moeder, die 's nachts in haar dromen met mij spreekt. Nadat ze me heeft verworpen en zich als een onaantastbaar en wraakzuchtig wezen tegen me keert, vereffent ze in haar schimmige wereld en onder een andere naam nog een laatste, levenslange rekening met me. Ze ontneemt me een moeder. Was het uit boosheid geweest omdat ik haar zou gaan verlaten?

De bewakers zijn opgestaan en geven een seintje dat het bezoekuur om is. Ik kom overeind en geef hem ten afscheid een hand. Met in zijn ogen de verstarde meegaandheid van iemand die de regie over zijn leven kwijt is, bedankt hij me nog een laatste keer voor mijn komst, en dan lopen we ieder een andere kant op. Ik naar de goede deur.

Op de parkeerplaats bijt de noordoostenwind in mijn gezicht. Ik vis mijn handschoenen uit mijn zak en trek ze aan en daarna schuif ik mijn capuchon over mijn hoofd. De schapen in het weiland zijn dicht tegen elkaar aan gekropen. Misschien staat hij inmiddels in zijn cel voor het raam, langzaam in- en uitademend, terwijl hij me ziet lopen. In wat hij me verteld heeft, moet ik iets zien te vinden wat me zal harden tegen de dingen die ik van hem wilde horen, maar eigenlijk niet wil weten. Juist als ik aan kom lopen, stopt de bus bij de halte. Ik zoek een plaatsje op de achterste bank. Het is aangenaam warm binnen. Door het raam zie ik de gevangenis langzaam, als in vertraagde beelden, kleiner worden en verdwijnen. Hem wil ik nooit meer ontmoeten, maar met Lizzy zou ik graag iets wat blijvend en de moeite waard is opbouwen. Ze woont bij Mathilde. De geschiedenis herhaalt zich: na mij wordt ook mijn moeders tweede dochter overgeleverd aan het toezicht en de goedheid van een oma. We hebben samen Hayo's overzichtstentoonstelling bezocht, Lizzy en ik. Zijn ingelijste foto's maakten een even verpletterende indruk als tijdens de opening van de expositie. Hayo's beelden zijn een spiegel waar je doorheen moet stappen om te zien hoe de wereld er – ook – uitziet. Zijn onderwerpen betoveren en jagen een koude vrees aan. Er hangt een schaduw over die hem aantrok en alleen hij leek waar te nemen, overal, altijd. Ja, hij is een groot fotograaf. Naast bewondering voor zijn werk, maakte zich ook schuldbewustzijn van me meester. Om al mijn kwalijke, onterechte verdenkingen aan zijn adres. Om het gemak waarmee ik me door Lucas' spoor met de verjaardagskaart had laten misleiden. Maar toen ik samen met Lizzy in zijn over de hele wereld verzamelde beelden werd gedompeld, legde de wroeging het al snel af tegen trots. Die van mij, zijn vriendinnetje dat bij zijn geboorte als fotograaf was geweest, en die van Lizzy, zijn nichtje dat haar getalenteerde, jonggestorven oom nu in zijn werk tot leven zag komen. We liepen tussen de andere bezoekers en bekeken met een bijna gewijde aandacht zijn foto's. Zusjes. Maar zo voelde het nog niet. Dat gebeurde pas nadat we Jens kort op zijn kantoor hadden bezocht, waarbij hij Lizzy een opgerold affiche van de tentoonstelling in een koker cadeau deed. Zodra we buiten op straat kwamen pakte ze onverwacht mijn hand vast. Zonder te spreken liepen we verder en ik werd overmand door een gevoel van hoop en acceptatie. Voor het eerst sinds lang vertrouwde ik erop dat al het duistere tot iets lichts kon leiden, dat er voor ons beiden een manier was om te ontsnappen naar een zinvoller leven dan dat van mijn moeder. Ónze moeder. Zij had ons op de wereld gezet, maar dat maakte ons nog niet tot dochters van de nacht.

Beste Johan de Haan,
Omdat we elkaar al zo lang kennen neem ik de vrijheid om me in de je-vorm tot je te richten. Een van ons tweeën moet met die malle, zogenaamde wellevendheid afrekenen. Die taak vervul ik bij dezen. In de krant las ik dat je advocaat met justitie in onderhandeling is over een schadevergoeding voor de jaren dat je onterecht hebt vastgezeten. Ik neem aan dat hij meer zal vragen dan de 85 euro per dag die daarvoor schijnt te staan. Als de hoogte van het bedrag is bepaald kan het dossier na eenentwintig jaar eindelijk definitief gesloten worden. Het valt niet te bevatten waarom het leven je zoveel heeft aangedaan, en een les eruit trekken lukt ook niet. Mij tenminste niet, want ik geloof niet in het aanvaarden van de juistheid van Gods oordeel.

Ik verbeeld me niet te weten wat er in je omging toen het nieuws je bereikte dat het heropende onderzoek naar de moord zowel tot een andere dader, als tot een ander slachtoffer heeft geleid. Maar erover gefantaseerd heb ik volop. Nu weet je alles. Wat doet dat met je? Daar ben ik nieuwsgierig naar. Wat mezelf betreft verkeer ik in het ongewisse. Ik ben er nog niet uit wat erger is: leven in een waan of leven in een onbarmhartige waarheid. Samen met

Lucas heeft mijn moeder iedereen bedrogen, inclusief zichzelf. Jou liet ze voor haar zonde opdraaien en meer dan twintig jaar ronddolen in een moreel niemandsland. Mij gaf ze op.

Het is alweer een poos geleden, maar het staat me nog levendig voor de geest, wat je tegen me zei onder aan de trap. 'Zo moeder, zo dochter.' Scherpere, rakere woorden had je nauwelijks kunnen gebruiken om me recht in het hart te treffen. Altijd was het mijn grote angst dat zij diep vanbinnen in mij opgesloten zat en de touwtjes in handen had. Al heel jong wist ik dat ik geen kopie van haar wilde zijn. Je moet weten, ze had me al eens eerder achtergelaten, bij mijn grootouders. Als kind zocht ik naar de reden. Misschien lag het aan mij. Want alle moeders hielden immers van hun kinderen. In universele liefde geloof ik niet, wel in moederliefde, die heb ik met eigen ogen waargenomen op het platje tussen onze ramen. Waar de katten hun jongen verzorgden en verdedigden. Ik moest een goed meisje zijn, nam ik mezelf voor. Beter dan mijn moeder.

Uiteindelijk bleek dat niet zo moeilijk. Als ze nieste regende het leugens en roddels. Ze schrok er zelfs niet voor terug om mij voor een dodelijk complot op te offeren. Het lag aan haar. Ik weet inmiddels genoeg van het leven en mezelf om erop te vertrouwen dat ik gevrijwaard zal blijven van de zwakte en kwaadaardigheid die ten grondslag lagen aan haar daden.

In het laatste halfjaar voor haar grote verdwijntruc knaagde er iets aan haar. Er sloop een zekere verstrooidheid in haar denken, een futloosheid in haar handelen, die plotseling kon omslaan in een tierend geklaag. Het ene moment keek ze langdurig stil voor zich uit, het volgende liep ze de wereld vervloekend heen en weer door de kamer. Ze had schulden. Achteraf werd me pas duidelijk hoe hoog die waren. Ze kreeg last van migraine, jammerde in haar bed. Ze gebruikte pijnstillers. Soms vermoedde ik dat het een manier was om mijn aandacht te trekken, als een indirecte aanklacht tegen mijn naderende vertrek naar een eigen kamer, een zelfstandig leven. Ze sliep op slaaptabletten. Als ze de volgende dag wakker werd, was ze te moe om te werken.

Een aantal dagen geleden droomde ik dat ik terug was in de steeg. Het regende hard en het licht van de auto's en de neonreclames vloeide uit over de straat, vormde gekleurde vlekken en plassen. Ze zat met opgetrokken benen in haar kuipstoeltje voor het raam. Haar brandende filtersigaret lag in de asbak op de vensterbank. Ik voelde een gewelddadige, aan haat grenzende boosheid op komen zetten. Met mijn vlakke handen sloeg ik hard tegen het raam. Als het gekund had, zou ik haar bij haar dunne bloesje gegrepen hebben om haar naar buiten te sleuren. Ik zou haar geslagen hebben. In het rode licht bleef ze maar naar me glimlachen en toen ze ten slotte opstond om de deur voor me open te doen, viel ik in haar armen en liet haar mijn natte haar drogen.

Het was mijn lot en dat van jou om daar in die straatjes op te groeien, om het leven van onderaf te bekijken. Maar ook om te ontsnappen aan de klauwen van de buurt. Nieuwsgierigheid is soms nog sterker dan afkeer of angst. Mijn archeologische expeditie bracht me terug naar die oude buurt waar ik nooit meer dacht te komen. Als een nachtvlinder liet ik me aantrekken door het rode licht. Onuitgenodigd verscheen ik op je radar. Vandaag komt daar een einde aan.

Alles tussen ons is, neem ik aan, gezegd. Ik ga weer verdwijnen, Johan. Voel je niet verplicht om mijn brief te beantwoorden. Sla het dossier dicht en voel je tot niets verplicht.

Het ga je goed,

Je vroegere buurmeisje Anne